Un mois avec un chirurgien

*

Délicieuse imprudence

*

Un médecin dans la tourmente

CAROL MARINELLI

Un mois avec un chirurgien

Traduction française de

C. DUTEIL

BLANCHE

HARLEQUIN

Collection : Blanche

Titre original :
ONE MONTH TO TAME THE SURGEON

HARPERCOLLINS FRANCE
83-85, boulevard Vincent-Auriol, 75646 PARIS CEDEX 13
Service Clients — www.harlequin.fr
ISBN 978-2-2805-0791-2 — ISSN 0223-5056

Édité par HarperCollins France.
Composition et mise en pages Nord Compo.
Imprimé en septembre 2024 par CPI Black Print (Barcelone)
en utilisant 100% d'électricité renouvelable.
Dépôt légal : octobre 2024.

FSC
www.fsc.org
MIXTE
Papier issu de sources responsables
FSC® C159065

Pour limiter l'empreinte environnementale de ses livres, HarperCollins France s'engage à n'utiliser que du papier fabriqué à partir de bois provenant de forêts gérées durablement et de manière responsable.

Prologue

Pippa Westford considérait la bibliothèque du collège comme son refuge. Elle pouvait y faire ses devoirs et étudier au calme, sans être dérangée.

Elle ne se liait pas facilement. Enfant, elle avait eu des amis, mais sa famille avait si souvent déménagé qu'avant l'âge de seize ans, Pippa s'était habituée à être « la nouvelle », et toujours l'étrangère, où qu'elle aille.

Elle gardait de vagues souvenirs de la crèche et de la maternelle du village du pays de Galles où elle était née. Ils s'étaient ensuite installés à Cardiff pour être près d'un grand hôpital. Puis, l'état de sa sœur aînée Julia s'étant dégradé, ils s'étaient rapprochés de Londres pour gérer ses rendez-vous médicaux dans la capitale. Et quand Julia avait intégré la liste des demandeurs d'organes en vue d'une transplantation, ils avaient encore déménagé pour être à moins de quatre heures de l'hôpital si on lui trouvait un donneur cœur-poumons.

À présent que le nouveau cœur de Julia s'avérait défaillant, la bibliothèque était devenue le refuge de Pippa. Elle y trouvait la paix, et plein de petits recoins où se cacher. On était en mai, mais peu de lumière entrait par les étroites fenêtres. Et malgré les lampes sur les tables, on se serait cru en hiver.

Assise dans une alcôve, elle jouait avec ses boucles brunes en lisant les notes prises avec la conseillère d'orientation quand elle entendit quelqu'un s'asseoir en face d'elle et balancer son sac par terre, mais elle ne leva pas les yeux.

Bon. Que voulait-elle faire de sa vie ? Elle prit un stylo, décidée à s'attaquer au formulaire qui la narguait depuis des semaines. Elle écrivit son prénom en toutes lettres – Philippa – et soupira. À seize ans, elle se sentait dépassée à l'idée de choisir les matières de terminale qui assoiraient son avenir.

D'après la conseillère d'orientation, les décisions qu'elle prendrait, bien qu'importantes, pourraient être changées en fonction des résultats de son brevet. Pippa doutait que ces résultats soient ceux qu'elle espérait.

Dans son agenda, elle parcourut le programme d'études qu'elle avait préparé en début d'année à son nouveau collège. Elle fut tentée de gribouiller rageusement les pages car elle n'avait pas pu faire le quart des heures qu'elle avait prévues. Il y avait toujours un empêchement...

« Pippa, tu peux t'arrêter faire des courses... ? »

« Peux-tu apporter le peignoir de Julia à l'hôpital... ? »

« Va parler avec ta sœur, Pippa. Elle est seule à la maison toute la journée... »

Elle avait réussi à gérer tant bien que mal, puis la nouvelle tant attendue était arrivée. *« On a un donneur ! »*

Était-elle une mauvaise sœur de s'être morfondue en salle d'attente avec ses parents en déplorant de ne pas avoir pris ses devoirs ? Si elle rendait son travail en retard, elle ne serait pas pénalisée. Juste à la traîne, comme d'habitude.

À présent que l'espoir s'amenuisait dangereusement pour sa sœur, Pippa avait la mort dans l'âme. Elle l'aimait plus que tout au monde. Et son cœur souffrait à l'idée de perdre celle qui, plus que sa sœur, était aussi sa meilleure amie.

— Tu as du mal à te décider ?

Levant les yeux, Pippa tressaillit en voyant Luke Harris assis devant elle... et il lui posait une question !

— Un peu, répondit-elle faiblement, incapable de trouver plus spirituel sous le regard intense de ses yeux bruns.

Tout le monde avait le béguin pour Luke. En tout cas, il était le chouchou de toutes ses camarades. De deux ans son aîné, Luke Harris était celui qu'elles encourageaient lors des événements sportifs du lycée et qui suscitait l'émoi de la gent féminine quand il prenait la parole aux réunions scolaires.

Charmant avec ses cheveux raides un peu plus clairs que ses yeux, il était doué en tout. Il était juste... sublime.

— Comment tu as choisi, toi ? demanda-t-elle par curiosité, et pour prolonger la conversation.

Elle s'attendait à ce qu'il élude la question, mais il réfléchit.

— Je crois que la décision a été prise pour moi avant même ma naissance, dit-il un peu sèchement.

— Tu vas être médecin ?

Avec Julia, elle avait regardé en ligne la Soirée de l'éloquence du lycée, où le père de Luke avait remis des prix.

— Chirurgien, corrigea-t-il.

Elle s'autorisa enfin à le regarder et vit qu'il avait les yeux rouges. Un instant, elle songea que l'infaillible Luke avait dû pleurer, avant de réaliser qu'il rentrait probablement de la piscine. Car c'était aussi un nageur hors pair, naturellement.

Elle détourna les yeux et remarqua une égratignure sur son menton. Elle sourit à la pensée que l'incomparable Luke avait dû se couper en se rasant. Il lui rendit son sourire.

— Je m'appelle Luke. Luke Harris.

— Je sais. J'écoute pendant les assemblées. Enfin, parfois...

Le sourire de Luke s'élargit, et le cœur de Pippa bondit.

Il déchiffra le formulaire qu'elle avait commencé à remplir.

— Philippa ?

Elle allait préciser qu'on l'appelait généralement Pippa, mais s'aperçut qu'elle n'avait pas envie de lui donner son prénom. Et encore moins son nom de famille.

Westford n'était pas un patronyme rare, mais il n'y avait qu'une autre élève de ce nom au lycée. Julia. Et à cet instant, Pippa ne voulait pas être identifiée comme la sœur de Julia.

Elles ne se ressemblaient pas. Julia était petite et blonde avec de grands yeux bleus alors que Pippa était plus robuste avec une masse de boucles brunes indociles. Quant à ses yeux... Au cours d'arts plastiques la semaine précédente, le professeur avait demandé aux élèves de trouver la nuance de leurs yeux dans la palette de couleurs. Pippa aurait aimé avoir des pupilles couleur jade ou malachite, mais, hélas, elles étaient d'un vert kaki très ordinaire.

La comparaison physique mise à part, il y avait toujours un moment de gêne lorsqu'elle se présentait, un élan de compassion, un silence pesant, ou on lui demandait carrément des nouvelles de Julia. *Toujours.*

Luke était dans la même classe que Julia et, même si sa sœur avait été trop malade pour fréquenter assidûment le lycée cette année, il la connaissait forcément. Il devait savoir que Julia souffrait de mucoviscidose et que sa greffe cœur-poumons n'avait pas été le succès escompté. Il lui aurait certainement demandé comment elle allait...

Pippa se savait la plus chanceuse des deux. Mais, parfois, elle avait l'impression d'être invisible. Celle qui pouvait se gérer seule. Dont les problèmes étaient insignifiants.

Qu'étaient des lunettes cassées quand votre sœur avait été hospitalisée le jour même ? Quelle importance avaient vos premières règles lorsque votre aînée était en attente d'une greffe ? Et comment pouvait-on se lamenter pour quelques boutons d'acné quand sa sœur était en train de mourir ?

Pippa s'était sentie coupable en se tartinant de crème pour tenter de se débarrasser de ses boutons. Et elle en avait visiblement trop mis, car l'eau oxygénée avait décoloré les boucles brunes de son front, qui étaient devenues orange.

Même si elle refusait d'avouer qu'elle était la cadette de Julia, Pippa adorait sa sœur, et la perspective d'un monde sans elle la terrifiait. Mais ses parents étaient rongés par leurs propres angoisses, et elle n'avait personne à qui se confier.

— L'orientation professionnelle ne m'a pas aidée, dit-elle.

Elle avait tenté d'en discuter avec Julia, toujours à son écoute, mais leur mère l'avait sévèrement réprimandée.

« Un peu de tact, Pippa », avait-elle grondé, lui rappelant que Julia, elle, n'avait pas le luxe de planifier un avenir.

Un nouveau sujet avait donc été ajouté à la liste des conversations prohibées. Elle n'avait pas eu le courage de consulter ses parents sur ses choix futurs, et l'entretien avec la conseillère d'orientation ne l'avait pas éclairée.

— Quelles matières tu prends au brevet ? demanda Luke.

— J'aime le français, mais je ne me vois pas y faire carrière.

— La traduction ne te tente pas ?

— Oh non. Je me contenterai de parler français pendant les vacances, dit Pippa en souriant. C'est pareil avec les arts plastiques. J'adore dessiner et faire de la céramique… en tout cas, j'adorais ça jusqu'à la semaine dernière…

Elle s'interrompit avec un sourire.

— Qu'est-ce qui t'amuse ? interrogea-t il.

— Rien. Juste…

— Juste quoi ?

Il insistait, et c'était nouveau pour elle d'entendre quelqu'un d'autre que sa sœur s'intéresser vraiment à elle.

C'était si plaisant qu'elle lui confia le travail de recherche imposé par le professeur d'arts plastiques, et sa conclusion décevante que ses yeux étaient d'un vert kaki banal.

— C'est mieux que marron, rétorqua-t-il. À l'évidence, tu aimes bien les arts.

— Oui, mais…

Elle haussa les épaules d'une façon qui aurait dû clore la conversation, mais il attendit qu'elle développe.

— Comme le français, je ne me vois pas y faire carrière...

— Tu peux combiner les deux et être artiste de rue à Paris...

Pippa éclata de rire à cette idée.

— Si tu pouvais être n'importe quoi, que serais-tu ? dit-il.

— Et toi ? répliqua-t-elle, lui retournant la question.

Il pencha la tête, comme s'il n'y avait jamais songé.

— Une rock star, répondit-il après réflexion.

— Un guitariste ?

— Oh ! non. Un batteur.

— Ce sont des sauvages. Tu joues de la batterie ?

— Je n'ai jamais essayé, avoua-t-il, et elle s'esclaffa.

— Chut ! protesta la bibliothécaire.

Luke se leva et vint s'asseoir à côté d'elle. Il parcourut les notes qu'elle avait prises avec la conseillère d'orientation.

— Et la police ?

— C'était la suggestion de la conseillère, car je suis calme et fiable. Mais ce n'est pas fait pour moi...

Il la dévisagea un long moment.

— Non, approuva-t-il finalement.

— Il faut porter un uniforme, et je ne sais pas courir.

— Tu ne sais pas courir ? Tu ne peux pas, ou tu ne veux pas ?

— Les deux, admit-elle tandis qu'il relisait ses notes.

— *Gâteau* ? lut-il, perplexe. Tu envisages la pâtisserie ?

— Non. C'est juste que... j'ai voulu être infirmière...

— Quel rapport avec un gâteau ?

Pippa savait qu'elle ne pouvait pas le lui avouer sans passer pour égoïste. Elle n'avait pas voulu devenir infirmière par altruisme, mais à cause d'une jolie histoire remontant à son enfance. Le jour de ses sept ans, elle s'était réveillée tout excitée, mais quand elle était descendue, une voisine lui avait appris que Julia était malade et avait dû être hospitalisée.

Ce soir-là, on avait emmené Pippa voir sa sœur dont l'état s'était stabilisé. Elle l'avait serrée dans ses bras et avait voulu la rejoindre au lit, mais les adultes masqués lui avaient ordonné de garder ses distances avec sa sœur.

Déçue qu'on ne lui ait pas souhaité son anniversaire, Pippa ruminait sa culpabilité quand une infirmière avait apporté un gâteau. Tout le monde avait entonné *Joyeux Anniversaire,* et un instant, Pippa avait été folle de joie qu'on ait songé à elle.

— Pourquoi es-tu attirée par ce métier ? demanda Luke, la ramenant au présent.

Pippa s'aperçut alors que ce n'était pas seulement son physique de beau ténébreux qui le rendait populaire. Il savait aussi écouter, s'intéresser aux autres… à elle.

Elle ne savait pas comment lui expliquer, pas juste parce qu'elle refusait d'évoquer Julia. Mais cette infirmière avait tout changé pour elle. Grâce à elle, elle avait été un membre important de la famille pendant un court instant.

— C'est une profession que je pourrais aimer…

— De quoi as-tu besoin pour ça ?

— D'un bac scientifique. Je veux faire de la biologie et de l'anglais, expliqua Pippa, heureuse de pouvoir en parler à quelqu'un. J'aimerais continuer les arts plastiques, mais… je ne crois pas être assez douée pour ça.

— Ma mère peint. Affreusement mal…

La voix de Luke s'éteignit comme il s'absorbait dans ses pensées, puis il se ressaisit, et ses beaux yeux bruns la fixèrent.

— Tu aimes vraiment la création artistique ?

— Beaucoup, admit-elle, consciente que l'art lui permettait d'exprimer les émotions qu'elle avait appris à contenir. Je trouve ça apaisant. Surtout la céramique…

— Alors n'hésite pas.

Ils se rapprochèrent, et elle s'attendait à sentir l'odeur du chlore de la piscine. Mais en le dévisageant elle vit que ses yeux rougis étaient gonflés. Elle déglutit. Il avait pleuré.

Se pouvait-il que Luke Harris se soit aussi réfugié à la bibliothèque pour s'isoler du monde ?

Pippa devina qu'il n'aimerait pas être questionné.

Ils se regardèrent un moment, et elle en oublia le scotch qui rafistolait ses lunettes et sa frange striée d'orange. C'était comme s'ils savaient qu'il y avait de la souffrance derrière leurs sourires et leur bavardage léger.

— N'abandonne pas les arts plastiques si tu y prends plaisir, dit-il sans la quitter des yeux.

— Je ferais peut-être mieux de me concentrer sur deux...

— Mais c'est ta matière préférée.

— Oui. C'est relaxant. Très différent d'un cours normal.

— Alors, ne renonce pas.

Pippa savait qu'il avait raison, il confirmait ce qu'elle voulait entendre, elle devait choisir une matière qu'elle appréciait. Elle inclina la tête.

— Je crois que je vais t'écouter.

— Parfait.

Maintenant que son dilemme était en partie résolu, Pippa se rendait compte qu'elle était fascinée par son regard. Il y avait du chocolat dans ses yeux, et elle avait envie de se replonger dans sa palette de couleurs pour en identifier la nuance exacte. Mais ces beaux yeux rouges et gonflés l'intriguaient.

— Tu vas bien ? demanda-t-elle.

Il ne répondit pas tout de suite. La sonnerie marquant la fin de la pause de midi venait de retentir, et autour d'eux les élèves rangeaient leurs affaires. Mais ils ne bougeaient pas, la question restant en suspens entre eux.

— Ça va aller, répondit-il enfin avec un sourire désenchanté.

— Je peux faire quelque chose ? Je veux dire...

— Ça va aller, répéta-t-il en se levant. Je ferais mieux de partir. Tu as quel cours maintenant ?

— Deux heures d'arts plastiques. Et toi ? dit-elle comme ils quittaient la bibliothèque ensemble.

— Deux heures de sport.

Comme toujours, son cours préféré passa trop vite, et, en plus d'émailler un pot qu'elle avait façonné, Pippa travailla sur un petit cœur en céramique qu'elle mit à cuire au four.

— C'est pour Julia ? demanda son professeur, habitué à la voir créer des bibelots pour sa sœur.

Pippa ne répondit pas.

Rentrant chez elle à pied, elle s'arrêta en chemin pour récupérer les nouvelles lunettes qu'elle avait commandées, et faire les courses demandées par sa mère. Puis elle passa à la pharmacie chercher la lotion spéciale dont Julia avait besoin pour sa peau quand elle était alitée.

Mais durant tout le trajet de retour, elle n'arrêta pas de penser au moment passé avec Luke à la bibliothèque, et quand elle arriva dans sa rue elle flottait sur un petit nuage, imaginant que la cloche n'avait pas sonné et qu'elle était enfermée avec lui pendant des heures, voire des jours... Et comme c'était *son* fantasme, elle se voyait plus âgée d'un ou deux ans, sans lunettes raccommodées avec du scotch ni mèches orange dans les cheveux.

Julia pourrait peut-être lui parler de Luke, car elle brûlait d'en savoir plus sur lui. Elle pourrait même confier à sa sœur que l'attirance qu'elle éprouvait pour lui avait été réévaluée à la hausse pour devenir un vrai coup de cœur...

Elle prit une inspiration et tourna la clé dans la serrure, un peu inquiète à la pensée de ce qui l'attendait, comme toujours ces temps-ci.

— Coucou, appela-t-elle avant de voir sa mère émerger de la cuisine. J'ai fait les courses, maman.

— Ça s'est bien passé au collège ?

— Oui. On doit réfléchir à nos options pour la terminale…

— C'est bien.

— J'envisage de…

— Julia a quelque chose d'excitant à te dire, interrompit sa mère. C'est une bonne nouvelle ! Mais je la laisse te l'apprendre elle-même.

— Bien sûr, répondit Pippa en se dirigeant vers l'escalier.

À l'étage, elle frappa à la porte ouverte de la chambre et sourit à sa sœur qui terminait une nébulisation, adossée à ses oreillers. Pippa lui enleva le masque et le suspendit.

— Devine ! dit Julia d'une voix rauque.

— Quoi ? répondit-elle, s'asseyant sur son lit.

— Luke a téléphoné, annonça Julia, radieuse. Il m'a *enfin* invitée à sortir avec lui. Luke Harris !

Le cœur de Pippa sombra, et elle eut honte de son égoïsme. Comment pouvait-elle être jalouse du bonheur de sa sœur qui en avait si peu dans la vie ?

— On va aller au bal du lycée, expliqua Julia en se laissant aller contre ses oreillers, ses yeux bleu lavande étincelant, un grand sourire étirant ses lèvres sèches.

— Il vient d'appeler, dit leur mère en entrant, tout sourires. Il a dit que la présence de Julia lui manquait en classe.

— Oh…

Pendant quelques secondes, Pippa fut incapable d'en dire plus. Au fond, elle savait que Luke avait juste été gentil pendant leur pause-déjeuner, que *jamais* il ne l'aurait invitée à sortir avec lui. Mais la nouvelle faisait mal, mettant un terme brutal à ses fantasmes et sa trop courte évasion.

— C'est fantastique, se força-t-elle à déclarer.

Luke passa à la maison à une ou deux reprises, mais Pippa ne se montra pas. Et lorsqu'elle le croisa dans le hall du collège, il fit comme s'il ne la voyait pas. Elle se consola en se disant qu'il était sans doute préoccupé par ses examens.

Le soir du bal, elle aida Julia à se maquiller et la trouva magnifique dans sa robe en lamé argent.

— Tu es superbe, fit-elle remarquer en ajoutant un peu de blush sur ses joues pâles. Tu es excitée ?

— Nerveuse. Et excitée !

Elle avait mis des semaines à se sentir assez bien pour aller au bal. Son traitement avait dû être adapté pour la soirée, et on avait prévu de l'oxygène dans un salon privé en cas de besoin.

— Il est là ! annonça leur mère en surgissant dans la chambre. Papa va te porter au rez-de-chaussée, il faut garder ton souffle pour danser.

C'était la soirée de Julia, aussi Pippa resta-t-elle à l'étage pendant qu'on descendait sa sœur. Agenouillée sur son lit, elle toucha le petit cœur en céramique qu'elle avait fait et qui trônait sur le rebord de la fenêtre. Après l'avoir passé au four, elle l'avait enduit d'un engobe de la couleur des yeux de Luke, et la semaine d'après, elle l'avait émaillé et cuit de nouveau.

Par la fenêtre, elle vit Luke guider Julia jusqu'à la voiture. Elle enviait celle qui tenait son bras, et en avait honte.

Pour la première fois de sa vie, elle aurait voulu être Julia.

1

— Ouah… !

Par une froide matinée de novembre, alors qu'elle aurait dû se hâter d'aller prendre son service, Pippa était plantée à l'entrée de l'hôpital, bouche bée, un gobelet de café à la main.

— On dirait un vaisseau spatial.

May, la responsable des infirmières urgentistes qui la précédait, s'était aussi arrêtée pour admirer la nouvelle aile pédiatrique du Primary Hospital de Londres.

Depuis deux ans, l'aile Est de la bâtisse d'après-guerre était en travaux de rénovation et d'extension, et maintenant que les échafaudages avaient été retirés, elle se révélait dans tout l'éclat de ses voûtes blanches et de ses parois de verre.

— J'en ai le vertige, fit remarquer May avec son fort accent irlandais. Je ne me vois pas marcher dans ces couloirs.

— Moi, si, répondit Pippa, impatiente de decouvrir les nouveaux locaux où elle allait bientôt travailler comme infirmière pédiatrique. Où sont les urgences pédiatriques ?

— Bah, ce sont les mêmes urgences, dit May. Il y a juste une nouvelle entrée pimpante et quelques services en plus. On n'aura pas forcément besoin d'embaucher…

— Quand même pas ? commenta Pippa en riant.

— Disons, juste quelques extra, concéda May. Qu'est-ce qui se passe avec ton service ?

— On va déménager au premier étage du nouveau bâtiment, et on ne prendra que les admissions graves...

— Ce ne sera plus pareil, observa May. Tous les cas un peu intéressants seront envoyés dans une unité spécialisée.

May avait raison. Pour le moment, le service pédiatrique accueillait tous les enfants, des bébés aux adolescents, et il y avait un mélange éclectique de patients, depuis les admissions jusqu'aux urgences, en passant par tous les cas intermédiaires.

Avec l'ouverture de la nouvelle aile, il y aurait d'autres secteurs de court séjour, et une zone d'attente pour accueillir les patients avant leur transfert dans une unité spécialisée.

— Regarde l'heure, observa May. On va être en retard...

Pippa jeta un dernier coup d'œil. Elle avait étudié les plans postés sur les réseaux sociaux et dévoré tout ce qui concernait les nouvelles unités, et l'une d'elles avait retenu son attention. Elle n'en avait parlé à personne, mais la semaine suivante elle avait un entretien.

Les temps changeaient... Et elle aussi.

— Pardon ! Pardon !

Comme Luke Harris sortait d'une salle, un tourbillon de boucles brunes passa devant lui en trombe dans une envolée d'écharpe et se confondit en excuses auprès de l'équipe soignante qui attendait la relève. L'infirmière apportait une bouffée d'air automnal, mais aussi un étrange parfum d'été. Était-ce son eau de toilette ?

— Je vais me changer ! cria-t-elle à ses collègues avant de s'engouffrer dans ce que Luke supposa être les vestiaires.

Quelque chose en elle attirait *son* regard... quelque chose de familier.

Ayant passé les deux dernières années à Philadelphie, Luke était habitué aux visages inconnus. Bien sûr, au cours de ses voyages, il avait parfois croisé d'anciens collègues, voire des ex… et maintenant qu'il était de retour à Londres pour quelque temps, cela allait lui arriver souvent.

Mais il n'arrivait pas à situer cette femme. Ses longues boucles brunes lui firent perdre le fil de sa conversation avec Nola, la cheffe de secteur, qui lui faisait faire un tour rapide du service avec sa jeune interne pour leur montrer l'organisation de l'unité pédiatrique.

— En plus des salles de petits lits et d'isolement, nous avons douze lits de médecine générale et huit lits pour malades hautement dépendants, dit Nola en désignant les salles vitrées proches du poste infirmier. La nouvelle aile ouvre bientôt, mais pour l'instant vos patients de chirurgie pédiatrique…

Alors elle se mit à rire. Pas Nola. Ni Fiona, la jeune interne qui était encore étudiante en médecine à St. Bede la dernière fois qu'il l'avait côtoyée… Non, le rire venait du poste des infirmières, et Luke sut qu'il s'agissait d'*elle*.

Elle ? Il jeta un coup d'œil. Malgré sa piètre réputation avec les femmes, il se rappelait toutes ses ex, et *elle* n'en faisait pas partie. Elle avait de longues boucles brunes qu'elle était en train d'attacher en riant. Elle avait enlevé son manteau et son écharpe, et son corps tout en courbes se devinait sous sa tenue d'infirmière. Luke aurait juré la connaître.

Avait-elle travaillé dans son ancien hôpital ? Il connaissait presque tout le personnel là-bas. Mais c'était le problème. Et il n'avait pas eu d'autre choix que de quitter l'établissement.

Laissant le sujet de côté, il accompagna Nola dans le service pour rencontrer les jeunes patients et leurs parents.

— Chloe James, sept ans, annonça Nola. A fait une chute de cinq mètres d'un portique d'aire de jeux vendredi, avec lacération du foie. Pas d'opération…

Luke parcourut le dossier et se présenta à la mère anxieuse.

— Vous êtes remplaçant ? murmura Mme James, les sourcils froncés. Depuis quand travaillez-vous ici ?

— Je prends mes fonctions aujourd'hui…

— M. Harris était consultant en chirurgie à St. Bede, et nous avons beaucoup de chance de l'avoir au Primary, coupa Nola.

Luke pinça les lèvres, contrarié. Il jeta un coup d'œil à son interne qui rougit. Fiona avait donc renseigné Nola, et il se demanda ce qu'elle avait pu raconter d'autre…

— Madame James, dit-il, vous avez dû voir défiler bien des soignants, mais je remplace M. Eames en congé de longue durée. Je suis chirurgien général avec une spécialisation en traumatologie, et c'est moi qui vais soigner Chloe maintenant.

— Alors vous n'êtes pas là juste pour la journée ?

— Je vais rester un mois, et Chloe sera rentrée chez elle depuis longtemps à ce moment-là. Comment va-t-elle ?

— Mieux, répondit la mère. Elle commence à se plaindre de la faim, et veut jouer à des jeux sur mon téléphone.

— Je vois ça. Je peux t'examiner, Chloe ?

— J'ai le droit de prendre mon petit déjeuner ? demanda la fillette, levant sa tête blonde du jeu où elle était plongée.

— C'est encore trop tôt, mais j'en saurai plus quand j'aurai examiné ton abdomen… ton petit ventre.

— Je sais ce que c'est, rétorqua Chloe avec un sourire édenté, posant le téléphone et s'allongeant sur le lit.

— Je m'en doute, commenta Luke en soulevant sa chemise pour palper son abdomen. Je soigne aussi des adultes, et ils l'appellent l'estomac, le ventre…

— Le bide ! cria Chloe, ravie, en pouffant joyeusement.

— Chloe ! protesta sa mère.

— Tu peux t'asseoir ? demanda-t-il, amusé, constatant que son abdomen était souple au toucher.

Mme James l'aida à redresser sa fille, et il vit qu'elle bougeait bien et avait à peine besoin de soutien.

Après avoir effrayé tout le monde, Chloe allait visiblement beaucoup mieux qu'à son arrivée aux urgences vendredi.

— Les enfants se remettent bien plus vite que nous, dit-il. Sur le plan émotionnel aussi.

— Oui, acquiesça Mme James avec un petit rire. J'en tremble encore... Elle peut avoir quelque chose à manger ?

— Uniquement du liquide aujourd'hui. On ne doit pas aller trop vite. J'aimerais lui faire une nouvelle échographie.

— Mais j'ai faim, geignit Chloe, maussade.

— Moi aussi, répondit Luke.

La fillette sourit.

— Vous n'avez pas pris de petit déjeuner ?

— Non. On va faire de nouvelles images de ton abdomen pour voir comment tu vas.

C'est alors qu'*elle* entra. La mystérieuse infirmière.

— Salut, Chloe... (Elle se tut en remarquant la présence des médecins.) Pardon de vous interrompre... je repasserai.

— Aucun problème, dit Nola. Nous avons fini.

En sortant de la chambre où l'infirmière changeait la perfusion de Chloe, Luke crut reconnaître sa voix. Un vague souvenir... un moment fugace qu'il n'arrivait pas à situer.

Mais en quittant l'unité il ne songeait plus qu'à sa patiente.

— J'aimerais être bipé quand elle descendra faire l'échographie. Si je ne suis pas disponible, David ? dit-il à son chef de clinique qui consultait son bipeur.

— Je dois justement descendre à l'imagerie, répondit David.

Quand il fut parti, Luke tourna vers Nola un regard sévère.

— Je peux rassurer moi-même les patients et leurs parents sur mes qualifications, déclara-t-il sèchement.

— Je voulais juste..., bredouilla Nola avec un regard à Fiona devenue écarlate. Mme James était angoissée que ce soit votre premier jour et...

— Encore une fois, je réponds moi-même aux inquiétudes concernant mes compétences professionnelles. Et je vous saurais gré de ne pas parler en mon nom quand je suis là !

Il avait conscience d'être sévère, mais il devait clarifier sa position dès le début. Le parfum de scandale entourant son départ de St. Bede ne s'était pas totalement dissipé, et il ne voulait pas qu'il empoisonne ses nouvelles fonctions.

Ils prirent l'ascenseur pour monter aux services de chirurgie adultes, et il garda le silence en marchant à côté de son interne, convaincu que Fiona ne tarderait pas à partager avec ses collèges tout ce qu'elle savait sur son passé. À l'hôpital, les ragots se répandaient plus vite qu'un virus.

Devait-il lui *ordonner* ou lui *demander* de ne pas divulguer ce qu'elle avait vu et entendu deux ans plus tôt ? Cela ne mettrait-il pas de l'huile sur le feu qu'il espérait éteint ? Mais il ne se leurrait pas. D'autres que Fiona se feraient un plaisir de parler. Il en eut la confirmation en se dirigeant vers l'unité de chirurgie 1, quand il croisa un *autre* visage familier – un technicien de bloc avec qui il avait travaillé à St. Bede.

— Jimmy !

— Luke !

Ils échangèrent des banalités dans le couloir astiqué reliant les salles d'opération à l'unité de chirurgie 1, mais la lueur d'intérêt dans les yeux de son collègue ne lui échappa pas.

— Alors, de retour à Londres ? demanda celui-ci.

Luke acquiesça.

— Je suis sorti avec l'ancienne équipe l'autre jour, reprit Jimmy. Ross est technicien en échocardiographie. Et Shona a été transférée aux soins intensifs.

Un instant, la désinvolture avec laquelle Jimmy avait cité ce nom rassura Luke. Peut-être les gens avaient-ils fini par passer à autre chose. Puis Jimmy toussota en marmonnant qu'il devait filer pendant que Fiona consultait son bipeur muet, et Luke perçut le malaise causé par l'évocation de Shona.

Sa vie sexuelle *active* et son refus de s'engager avaient été les sujets de ragots les plus répandus à St. Bede. Luke avait toujours accepté sa réputation dont il n'avait pas honte, même s'il détestait les potins. Ses brèves liaisons s'étaient pour la plupart achevées à l'amiable, car il choisissait judicieusement ses partenaires et leur signifiait clairement dès le début que leur relation serait sans lendemain. *Jamais* il ne s'engagerait, et il veillait à ce qu'elles le sachent.

Mais deux ans plus tôt sa réputation l'avait rattrapé. Des spéculations avaient couru sur lui et Shona, une infirmière de bloc mariée. Les rumeurs s'étaient propagées à St. Bede, comme elles ne manqueraient pas de le faire au Primary. Elles n'avaient aucun fondement. Mais, pour des raisons personnelles, Luke n'avait pas été en mesure de les démentir.

C'est pour cela qu'il ne resterait pas plus d'un mois à Londres. Il était venu vendre son appartement, du moins le mettre sur le marché, après quoi il s'en irait.

Pour de bon, cette fois.

Pippa ne vit pas partir les chirurgiens. Elle ramassa les fiches mises à jour par l'interne, puis s'entretint avec Mme James, contrariée que sa fille ne soit pas autorisée à manger.

— Allez prendre un petit déjeuner à la cafétéria, suggéra-t-elle. Quand j'aurai fini de préparer les médicaments, je viendrai bavarder avec Chloe. C'est une fillette intelligente, il faut qu'elle sache pourquoi elle n'a pas le droit de manger.

— Mais je ne voudrais pas l'effrayer, s'inquiéta Mme James. Je dois rentrer chez moi quelques heures pour tirer mon lait. Je ne peux pas me détendre ici, et…

— Et vous voulez voir votre bébé.

— Oui, mais si Chloe est fâchée, je ne la laisserai pas.

— Partez sans crainte. Je vous l'ai dit, elle est intelligente. Elle sait que vous devez passer chez vous ce matin.

Comme Mme James se rendait aux toilettes, Jenny, la collègue de Pippa, leva les yeux au ciel.

— Elle doit vraiment apprendre à dire non à sa fille !

— Chloe vient d'avoir un petit frère, et elle a eu un accident grave, coupa Pippa. C'est normal qu'elle se cramponne à sa mère et que celle-ci soit angoissée.

Laissant Jenny marmonner dans sa barbe, Pippa se rendit à la pharmacie du service où elle commença à préparer les médications de la matinée pour ses patients.

— Ah, tu es là, dit Nola en entrant dans la pièce.

— Tu arrives à point nommé. Tu vérifies tout ça avec moi ?

— Bien sûr. Pippa, tu sais que les candidatures pour mon remplacement pendant mon congé de maternité doivent être remises aujourd'hui ? Tu n'as pas encore fait ta demande…

— Non, admit Pippa avec nervosité.

Elle ne voulait pas en parler pour l'instant, mais elle n'avait plus le choix, elle devait tout dire à Nola.

— J'ai postulé pour un poste de chef de service quand la nouvelle aile pédiatrique ouvrira.

— Tu ne m'as rien dit…

— Je n'étais pas sûre d'avoir une chance. C'est un grand pas pour moi qui étais remplaçante ici. C'est pour l'unité PEC.

Il y avait beaucoup de nouvelles spécialités au Primary, et elle ne fut pas surprise de voir Nola froncer les sourcils.

— L'unité Pédiatrique pour les Enfants avec des Comorbidités, précisa-t-elle.

— Souffrant de graves maladies chroniques ?

— Oui. Ça semble intéressant, et je n'avais guère d'espoir quand j'ai postulé. Mais j'ai été conviée à un entretien préliminaire. Et j'allais te demander si tu acceptais d'appuyer ma demande ?

— Bien sûr. Mais, Pippa… Pourquoi n'as-tu rien dit avant ?

— Je te le répète, je n'étais même pas sûre d'arriver au stade de l'entretien.

— Nous parlons de la nouvelle aile pédiatrique depuis des

mois. Nous avons tous évoqué les postes que nous briguions… Mais pas toi, apparemment.

— C'est un problème ?

— Pour te recommander, non…

La sonnerie du téléphone empêcha Nola de développer.

Pippa resta seule, consciente de s'être fait réprimander. Elle était aimable au travail, et s'entendait bien avec la plupart de ses collègues. Elle avait occupé plusieurs postes d'infirmière au fil des ans, et c'était au Primary qu'elle avait passé la plus longue période. Mais comme elle n'étalait pas sa vie privée pendant les pauses, on la croyait distante et froide.

De plus, elle n'avait jamais participé aux discussions sur les carrières et les promotions. Elle n'avait simplement pas l'habitude d'évoquer ses décisions avec les autres ou de débattre de ses choix. Elle avait grandi en gérant ses émotions seule, et en les contenant pour ne déranger personne.

Nola avait raison. Le personnel avait discuté durant des semaines des options et des opportunités qu'offrait la nouvelle aile. Et elle n'avait jamais montré son intérêt pour l'unité PEC.

Quand Nola revint, elle décida de lui présenter des excuses.

— Nola, je regrette de ne pas te l'avoir dit plus tôt. J'aurais dû le faire. En toute franchise, je ne suis pas à cent pour cent sûre que ce soit le bon poste pour moi.

— Est-ce que les collègues et les chefs de service ne sont pas là pour te conseiller, Pippa ? rétorqua Nola avec un brin d'exaspération. Nous aurions pu en débattre ensemble.

Le problème était là. Pippa doutait de pouvoir expliquer sans fondre en larmes les raisons pour lesquelles elle voulait travailler avec les enfants gravement malades. Elle n'avait jamais parlé de Julia à ses collègues.

Avant même la fin de sa formation, elle avait compris qu'elle était incapable d'évoquer sa sœur sans éclater en sanglots. Enfant puis adolescente, on lui avait interdit d'exprimer ses émotions concernant Julia. Aujourd'hui adulte, elle redoutait de craquer, aussi préférait-elle éviter le sujet.

C'était pourquoi elle se sentait nerveuse à la perspective d'avoir cet entretien.

— Tu sais t'y prendre avec les malades chroniques, Pippa. Je suis sûre que tu seras parfaite, déclara Nola avec un sourire crispé. Je te l'aurais dit, si tu me l'avais demandé.

— Merci.

— Tu veux qu'on voie ensemble les questions sur lesquelles portera l'entretien ? On pourrait faire une mise en situation.

— Je crois que je suis bien préparée. Mais merci, Nola.

— Si tu changes d'avis... Quoi qu'il en soit, ta lacération du foie doit subir une échographie aujourd'hui.

— Je vais l'afficher au tableau, dit Pippa.

— On voit qu'il vient de St. Bede. Il est tellement arrogant !

— Qui ça ?

— Le consultant suppléant. Il m'a rabrouée alors que j'essayais juste de rassurer une patiente !

— Rabrouée ? répéta distraitement Pippa, tapotant une seringue pour éliminer les bulles d'air.

— Oh ! oui, acquiesça Nola, prenant un air hautain : « *Je n'apprécie pas qu'on parle en mon nom...* » Je voulais juste expliquer à Mme James que celui qui allait soigner sa fille n'était pas n'importe qui, et qu'il avait exercé à St. Bede.

Il n'y avait pas de rivalité entre les deux établissements, mais St. Benedict – surnommé St. Bede – était un hôpital universitaire renommé et prestigieux.

— Le remplaçant s'appelle Harris. Luke Harris, précisa Nola. On va l'avoir pendant un mois.

Pippa ne réagit pas. Les médications vérifiées, Nola les valida, puis laissa Pippa seule dans la petite pièce.

Ça ne pouvait pas être le même Luke Harris, quand même ?

Bien sûr que si, c'était possible.

Elle savait que Luke ambitionnait de devenir chirurgien, et elle avait découvert des années plus tôt que son père enseignait la chirurgie à St. Bede.

Mais si c'était lui tout à l'heure, elle l'aurait reconnu, non ? Il y avait encore une photo de lui et Julia sur la cheminée de ses parents, prise le soir du bal du lycée.

Pippa revit la scène vingt minutes plus tôt. Elle avait reconnu Fiona et David, bien sûr, mais pour ce qui était du ténébreux médecin en blouse, elle avait surtout remarqué sa haute taille et sa silhouette athlétique.

Luke Harris avait été son premier coup de cœur, presque quatorze ans plus tôt. Son premier béguin coupable.

Mais sa mémoire ne la ramena pas à la bibliothèque du lycée. Elle la replongea brutalement dans un douloureux passé. À l'époque où elle avait une sœur.

Puis quand elle n'en avait plus.

Pippa ferma les yeux. Au lieu d'éprouver de la curiosité, voire de l'excitation à l'idée de revoir Luke, elle s'irrita de son intrusion dans sa vie. Le tourbillon d'émotions de cette période troublée avait depuis longtemps été relégué dans un recoin oublié de son passé.

Enfin... pas tout à fait. Le souvenir de Luke lui revenait parfois, et elle rougit à cette pensée. Mais personne n'avait besoin de le savoir.

Aussi loin qu'elle se souvienne, Pippa avait appris à garder ses sentiments pour elle afin de ne pas contrarier ses parents, surtout sa mère. Et, à la mort de Julia, elle n'avait eu personne à qui se confier. Julia avait été la seule personne à qui elle pouvait parler, la seule qui la comprenait. Ironiquement, elle était la seule qui aurait pu la consoler de son chagrin. Et elle n'était plus là.

Au début, Pippa s'était plongée dans les activités artistiques pour oublier. Et plus tard elle avait remisé sa souffrance dans un coin de sa mémoire, pour qu'elle y reste. Elle n'avait pas envie que Luke Harris vienne remuer les eaux troubles qui avaient mis tant d'années à s'apaiser.

En entrant dans la chambre de Chloe, elle ne put s'empêcher de sourire devant la fillette allongée sur son lit avec ses cache-oreilles duveteux mauves, ses cheveux hirsutes et sa moue boudeuse. Elle lui fit signe de retirer ses cache-oreilles, ce qu'elle fit avec un soupir théâtral.

— Les bébés sont bruyants ! Pourquoi je ne mange pas ?

— Parce que ça peut te rendre malade.

— Je suis malade justement parce que j'ai faim !

— En effet, j'entends gronder ton ventre, dit Pippa avec un sourire en s'asseyant sur le lit. Il a l'air très en colère.

— Vous avez pris votre petit déjeuner ?

— Non, mentit Pippa. J'étais trop pressée.

— Le docteur n'a pas mangé non plus. Il a dit que je pourrais me lever plus tard, mais je veux juste un truc à manger...

Elle se mit à pleurer, et Pippa la consola. Chloe ne pouvait absorber aucun aliment solide parce que ses organes devaient rester au repos, et au cas où elle ferait une hémorragie et devrait être emmenée d'urgence au bloc opératoire. Il était inutile de l'effrayer avec trop d'informations, mais Pippa avait appris très tôt, d'abord avec sa sœur, et plus tard à son travail, à être aussi honnête que possible avec les enfants.

— Tu te rappelles vendredi ? On croyait que tu allais être opérée et on t'a demandé à quand remontait ton dernier repas ?

— Non, dit Chloe, mais Pippa lui donna des mouchoirs en papier, et elle acquiesça en essuyant ses larmes. Peut-être...

— Si on doit être opéré, il vaut mieux avoir l'estomac vide. Tu ne voudrais pas vomir pendant que tu dors, n'est-ce pas ?

— Mais je vais mieux. Je n'ai plus besoin d'être opérée.

— En effet. Tu t'es reposée, et le goutte-à-goutte permet à ton ventre d'être au repos. On va en faire des images aujourd'hui, et si tout va bien, tu pourras bientôt manger.

Mme James revint et adressa à Pippa un sourire hésitant.

— Elle veut toujours manger ?

— Elle comprend pourquoi elle ne peut pas en ce moment.

— Je pourrais vomir, précisa Chloe, plus détendue après les explications de Pippa, et déjà prête à négocier avec sa mère. Je peux jouer sur ton téléphone ?

— J'ai un jeu pour toi, dit Pippa, consciente de la tension de Mme James. Ta maman va devoir aller chez vous un moment.

— Non !

— Si, répliqua Pippa. Et elle gardera son téléphone avec elle pour que je puisse l'appeler si c'est nécessaire.

— Je ne veux pas rester ici toute seule.

— Chloe… George ne m'a presque pas vue depuis vendredi.

— C'est juste un bébé, rétorqua Chloe avec dédain. Il ne s'en rend même pas compte.

— Il sait que sa maman n'est pas là, et, de plus, elle doit l'allaiter, fit remarquer Pippa. Si elle peut avoir une matinée tranquille, elle pourra tirer son lait pour en avoir d'avance.

— Et elle reviendra après ?

— Bien sûr, dit Mme James.

— Et si on me fait mes radios pendant que tu n'es pas là ?

— Alors, c'est moi qui t'accompagnerai, répondit Pippa.

La fillette jeta un regard anxieux à sa mère.

— Promis ?

— Évidemment, petite sotte, murmura Mme James, la prenant dans ses bras pour lui faire un câlin.

Pippa eut encore pas mal de choses à faire avant de pouvoir mettre à jour le tableau de service. Et en effaçant le mot « suppléant » pour noter « Mr Harris » à la place, elle s'efforça de masquer son malaise, aptitude qu'elle avait perfectionnée avec le temps.

Luke Harris avait fait battre son cœur durant des mois. Ou plutôt des années ! Même avant leur tête-à-tête à la bibliothèque, elle avait déjà le béguin pour lui, comme la plupart de ses amies, mais après qu'il était allé au bal avec Julia, quand c'était devenu dur à la maison, elle s'était souvent imaginée en robe lamée argent, la main dans la sienne…

Aujourd'hui encore, elle se rappelait clairement le plaisir qu'elle avait éprouvé quand il lui avait adressé la parole ce jour-là, prenant le temps de l'écouter. Elle ne se souvenait pas tant de leur échange que d'avoir été entendue, d'avoir été au centre de son attention, au lieu d'être constamment en arrière-plan… Avec Luke, elle avait senti que ses pensées, ses opinions, comptaient réellement. Et même si elle ne lui avait pas avoué qu'elle était la sœur de Julia, il lui avait donné le courage de se confier à lui, de partager un peu d'elle.

Pour une raison inconnue, elle avait envie de pleurer au souvenir de ce moment précieux, mais elle ne pleurait jamais.

Surtout pas au travail. Ni avec sa famille… Dieu l'en préserve ! Avec personne, en fait. Pas même toute seule.

Sa dernière aventure amoureuse s'était achevée sur un goût d'amertume. « Le problème, Pippa, c'est que je ne te connais pas mieux aujourd'hui que le soir de notre première rencontre… » Un échec sentimental de plus.

Car elle ne laissait jamais personne percer ses défenses. Le sexe, ça allait, mais dès que c'était fini, elle rentrait chez elle, ou attendait que son partenaire s'en aille… Pas de confidences sur l'oreiller.

Non qu'elle fût frivole, au contraire, elle était plus sentimentale que la plupart des gens. Mais elle préférait que ses rapports restent légers. Elle ne savait pas partager ses émotions, encore moins ses pensées intimes. De même qu'elle ignorait comment glisser Julia dans la conversation, elle n'avait pas trouvé comment avouer à un amoureux qu'elle était atteinte de mucoviscidose.

À vingt ans, elle avait pris la décision de se faire tester pour savoir si elle était porteuse du gène. Et à la clinique on avait voulu savoir si elle avait un soutien. Elle avait celui sur lequel elle comptait depuis l'enfance : elle-même.

— Même si vous êtes porteuse, cela n'implique pas que votre enfant aurait la mucoviscidose, lui avait-on expliqué. Le père devrait aussi être porteur, et même alors…

Elle avait caché les résultats du test à ses parents. Du reste, ils ne l'avaient jamais questionnée à ce sujet, car ils s'intéressaient rarement à elle.

Alors, même si elle ne fréquentait personne à l'époque, Pippa avait commencé à prendre la pilule, et elle veillait à ce que ses partenaires utilisent des préservatifs.

Et il n'y avait jamais eu d'accident.

Les ébats n'avaient jamais été passionnés au point de les déchirer !

2

C'était une journée chargée comme les autres, même si elle était particulière pour Pippa. Les sens en éveil, elle n'arrêtait pas de regarder en direction du couloir et du poste infirmier où les médecins avaient l'habitude de se retrouver. La fin de son service approchait quand Mme James appela pour prévenir qu'elle serait là dans une demi-heure, et Pippa lui dit qu'elle s'apprêtait à emmener Chloe faire son échographie.

— Le brancardier est là, Pippa, annonça Kim, l'infirmière chef de garde. Si Mme James n'est pas de retour à temps, j'enverrai quelqu'un te relever.

En escortant Chloe, Pippa se félicita d'avoir réussi à passer la journée sans croiser Luke. Elle voulait se préparer mentalement avant de l'affronter.

— Tu te souviens d'être venue ici vendredi ? demanda-t-elle à la fillette dont le brancardier poussait le chariot.

— Je dormais à moitié à cause de la piqûre...

La procédure allait commencer quand le technicien radio leva les yeux et sourit.

— Bonjour, Luke.

— Mike ! J'ignorais que tu travaillais ici.

La gorge de Pippa se serra. Avant même qu'elle le voie, le son de sa voix avait confirmé... quoi ? Sa pire crainte ? Son vœu le plus cher ? En tout cas, c'était bien lui. *Luke.*

Elle se tourna vers lui et fut immédiatement subjuguée. Les années lui avaient réussi. Avec la trentaine, le bel adolescent était devenu un homme incroyablement séduisant. Ses cheveux raides bien coupés, il était superbe dans sa tenue de bloc bleu marine, mais elle ne pouvait se prononcer sur ses yeux, n'osant pas soutenir son regard. Il était grand avec de larges épaules sans doute dues à la natation, et sa minceur d'adolescent avait fait place à une carrure athlétique.

— Bonjour, fit-il avec un bref sourire. Vous êtes du service ?

— Oui, acquiesça-t-elle en s'empressant de détourner les yeux, comme s'il allait mettre son cœur à nu. Chloe redoutait de faire cette échographie sans sa maman.

— Tout ira bien, dit-il à la fillette. Ça ne fait pas mal, mais ça nous donnera une bonne image de ton ventre.

— C'était comment, l'Amérique ? demanda Mike, occupé à se laver les mains.

— Fantastique, répondit Luke.

— Vous venez d'Amérique ? interrogea Chloe, les yeux écarquillés. Vous avez vu Disneyland ?

— Non.

— Pourquoi ? s'écria-t-elle, consternée.

— J'étais à Philadelphie. C'est très loin des parcs à thème.

— Vous pouviez y aller quand même, argumenta la fillette. Ma copine Sophie allait à New York avec ses parents, et ils se sont arrêtés à Los Angeles en chemin.

— J'ignorais que c'était possible, commenta Luke, amusé par ses notions fantaisistes de géographie.

— On ira à Disneyland Paris. Maman me l'a promis.

— Oh ! je n'en doute pas. Que lui as-tu extorqué d'autre ?

Pippa souriait malgré elle. À l'évidence, Luke avait déjà travaillé avec des enfants car il savait s'y prendre avec eux.

— Un abat-jour pour ma lampe de chevet, et papa m'a acheté

ces cache-oreilles, dit Chloe en les brandissant. Comme ça, je n'entendrai pas George pleurer quand je serai rentrée.

— Tu sembles être bien gâtée, fit remarquer Luke.

Il distrayait l'enfant pendant que le technicien promenait la sonde sur son abdomen enduit de gel, mais ses yeux perçants fixaient l'écran, scrutant le foie, mesurant la lésion et cherchant d'éventuels écoulements. Satisfait de son examen, il remonta le drap sur le ventre de Chloe.

— Merci, Mike.

Il jeta un coup d'œil à Pippa qu'il gratifia d'un vague sourire, et elle comprit qu'il ne l'avait pas reconnue. Elle dut attendre trente minutes que l'ambulancier vienne chercher la fillette pour la raccompagner dans sa chambre.

— Mme James est là, dit Kim quand elle regagna le service. Excuse-moi, je t'avais complètement oubliée...

— C'est sans importance.

— Tu peux recoucher Chloe ? Laura l'a en charge cette nuit, mais elle est avec le lit-bébé 2 dont le drain est bouché.

— Bien sûr.

— Quelqu'un peut me dire comment s'est passée l'échographie ? demanda nerveusement Mme James.

— Le personnel est débordé, je leur dirai de vous en parler.

Pippa savait qu'on servirait bientôt le dîner, et les heures des repas étaient des moments difficiles pour sa jeune patiente. Elle allait mieux, et sa mère allait avoir du mal à la faire tenir tranquille et se reposer.

— Chloe, tu aimes les puzzles ? demanda-t-elle. On en a avec des personnages de Disney.

Le visage de la fillette s'illumina, et le temps que Pippa lui trouve de quoi la distraire, la fin de sa garde était passée depuis presque une heure. Mais quand son téléphone vibra et qu'elle vit que c'était sa mère, elle se félicita d'être encore là. Elle passait la voir le lundi si son emploi du temps le permettait, mais aujourd'hui, elle voulait avoir sa soirée pour elle.

— Je viendrai ce week-end, lui dit-elle. Du moins j'essaierai.

— Tu n'es pas allée au cimetière depuis un moment.

Le ton accusateur ne lui échappa pas, et Pippa se faufila dans une salle de soins pour continuer la conversation.

— Non. J'ai été très prise, dit-elle, consciente de lui mentir, mais les visites au cimetière ne lui apportaient aucun réconfort. Nous sommes débordés en ce moment et…

Elle fut interrompue par une alarme qui heureusement ne concernait pas son service. Elle s'en voulait de ne pas aller voir ses parents, mais cela la soulageait. Elle était incapable de les affronter ce soir. Elle avait vraiment besoin d'être seule.

Levant les yeux, elle rougit en voyant Luke entrer en salle de soins et fouiller dans des tiroirs.

— On manque de personnel, dit-elle à sa mère quand la sonnerie eut cessé. Je vais devoir faire des heures supplémentaires. Je dois te laisser. Je t'embrasse…

Avec un soupir tendu, elle remit son téléphone dans sa poche, soulagée pour un temps. Mais, en levant les yeux, elle vit Luke allumer la lumière au-dessus de la table de soins.

— Vous pouvez me donner un coup de main ? demanda-t-il. Je dois repositionner un drain, et le patient va venir ici.

— Le lit-bébé 2 ? Je crois que Laura s'en occupe. Pour tout vous dire, j'ai fini mon service.

— Oh ! J'ai cru vous entendre dire que vous restiez ici…

Elle étouffa un ricanement. N'était-on pas censé ignorer les conversations privées qu'on surprenait malgré soi ? Avec un tut-tut désapprobateur, Luke posa sur un plateau des compresses imbibées d'alcool et un rouleau d'adhésif.

— Je vois. On prétend être coincée au travail… Je trouve que l'honnêteté est une bien meilleure stratégie.

— Pas quand il s'agit de mes parents.

— Au temps pour moi, dit-il, amusé, en ajoutant des doses de sérum physiologique sur le plateau. Je comprends.

C'était étrange d'entendre Luke la réprimander pour un pieux mensonge en soutenant son regard. Ses yeux avaient gardé leur magnifique camaïeu de bruns. Il avait toujours les mêmes cils épais qui frémissaient à peine en la fixant. Elle demeura silencieuse, se demandant si leur intérêt mutuel était de la reconnaissance ou de l'attirance.

Pour elle, en tout cas, c'étaient les deux. Pour Luke, elle ne savait pas trop.

— Je préviens Laura que vous avez besoin d'aide, dit-elle.

— Inutile, répondit-il avec un sourire en coin.

Il la regarda, ce qui eut pour effet de l'agacer, car elle craignait de trahir ses émotions en s'empourprant.

— Je dois y aller, fit-elle en restant plantée là. Oh ! et Mme James veut savoir ce qui va se passer après l'échographie.

— Humm, murmura-t-il, sans la quitter des yeux.

Ou il essayait de se rappeler où il l'avait déjà vue, ou il flirtait ouvertement avec elle. Ou les deux !

— Je vous connais ?

Elle ne répondit pas. La question la heurtait, et elle avait peur que sa voix flanche, même si elle trouvait les mots.

Il plissa les yeux comme pour la situer, pendant qu'elle scrutait l'ombre de sa mâchoire et sa cravate dénouée. Il avait ôté sa veste et relevé ses manches de chemise, et son parfum citronné l'emportait sur l'odeur d'antiseptique de la pièce.

Elle était de nouveau attirée par lui. Malédiction.

Il parut prendre son silence pour un jeu.

— Je trouverai, dit-il avant de poser le plateau d'ustensiles sur la table de soins, prêt à accueillir son patient.

Pippa se sentait aussi secouée que la rame de métro qui la ramenait chez elle quelques minutes plus tard, et cette impression persista quand elle gravit l'escalier menant à son petit appartement glacial. Elle alluma la couverture électrique qu'elle emporta dans la chambre avant de se déshabiller.

Elle apprécia de prendre une douche chaude, puis se lova dans son peignoir et, pour la première fois depuis bien longtemps, elle alla prendre un certain album-photos sur l'étagère. Sa mère lui avait fait refaire toutes les photos de Julia, avec d'autres clichés familiaux et scolaires.

Ses parents possédaient un album presque identique, mais, contrairement à elle, ils s'y plongeaient presque chaque jour et il trônait dans leur salon. Celui de Pippa était dissimulé à l'abri des regards. Présent, mais invisible. En s'en emparant elle se figea, et ses doigts se refermèrent sur le petit cœur en céramique qu'elle avait fabriqué de ses mains quinze ans plus tôt. Seigneur, elle était folle de Luke Harris à l'époque.

Blottie dans sa couverture chauffante sur le canapé, elle feuilleta lentement l'album. Les premier, deuxième et troisième anniversaires de Julia. Toute potelée, elle paraissait en forme mais était déjà malade.

Pippa savait que sa sœur était à l'hôpital le jour de sa naissance. Sa mère lui avait raconté comment ce soir-là on était venu la chercher à la maternité pour la conduire en fauteuil roulant auprès de sa petite fille agitée hospitalisée en pédiatrie. Âgée de quelques heures à peine, Pippa était restée seule avec les autres nourrissons du service.

Tournant la page, elle tomba sur une photo de sa sœur et elle sur la plage. Protectrice, Julia lui tenait la main. Puis il y avait le jour de la rentrée scolaire, à la maternelle et en primaire, les nouvelles maisons, encore une autre école…

Seigneur, comme Julia lui manquait. Elle se sentait flouée pour sa sœur, pour la vie qu'elle n'aurait jamais.

Plus d'une fois, sa mère avait humilié Pippa en l'accusant d'être jalouse de l'attention qu'on portait à sa sœur. L'avait-elle été ?

Pippa se posa enfin la question qu'elle avait toujours refoulée. *Parfois, peut-être,* reconnut-elle. Surtout quand elle était petite. Mais après, en particulier quand l'état de Julia s'était dégradé, la jalousie n'avait jamais terni leurs rapports.

Leurs parents avaient tout fait pour remplir la trop courte existence de Julia – visites à des parcs à thème, baignade avec des dauphins, sorties grandioses – comme pour lui offrir un peu de vie en plus. Et, chaque jour plus diaphane que la veille, Julia leur avait fait le cadeau de vivre pendant dix-huit ans.

Après le bal, Luke avait disparu. D'après sa mère, Julia ne voulait pas qu'il la voie affaiblie. Affaiblie... mais d'une force et une détermination mentales incroyables.

Une nuit, Pippa avait quitté son lit en catimini pour se glisser dans celui de sa sœur. Elle voulait la féliciter de son admission à l'université de St. Andrews, en Écosse. La prestigieuse université avait été le premier choix de Julia, et malgré une greffe cœur-poumons défaillante, de longs séjours à l'hôpital, et de multiples procédures et rendez-vous, elle avait fait de ses études une priorité.

Pippa avait toujours admiré sa sœur, mais jamais autant que ce jour-là. Julia devait déjà savoir que sa maladie ne lui permettrait pas d'intégrer St. Andrews, mais elle avait travaillé extrêmement dur et obtenu les meilleures notes. À sa place, Pippa aurait renoncé depuis longtemps, jugeant vain de s'acharner, mais Julia était allée au bout d'elle-même, vivant comme si la mort n'était pas une option, s'accrochant à l'existence et tirant le meilleur parti de chaque précieux instant, même s'il ne menait nulle part.

— *Qu'est-ce que ça te fait d'être admise, Julia ?*

— *J'y suis arrivée...*

— *Oui, tu as réussi.*

— *Tu iras voir l'université pour moi ?*

— *Tu iras toi-même.*

— *Arrête,* avait protesté Julia. *Je fais bonne figure pour maman et papa, mais je ne veux pas jouer la comédie avec toi.*

— *Tu n'y es pas obligée.*

C'était vrai. Si leur mère avait tout fait pour édulcorer leurs conversations, elles avaient toujours trouvé le temps de se parler *vraiment*, comme seules deux sœurs le pouvaient.

— *Alors, tu iras pour moi ?*

— *Je ne sais pas...*

Elle s'était allongée près de sa sœur, et Julia lui avait caressé les cheveux. Sa merveilleuse sœur l'avait réconfortée pendant que Pippa lui confiait ses angoisses.

— *Je crois que ce serait trop dur pour moi. Je veux dire... je ne m'imagine pas aller nulle part sans toi.*

— *Je suis si fatiguée, Pip,* avait murmuré Julia, la seule à l'appeler ainsi. *Fatiguée de me battre... pour simplement respirer. Je suis prête.*

— *Je ne veux pas te laisser partir,* avait chuchoté Pippa.

Elle avait pris une profonde inspiration, sachant que sa mère interdirait cette conversation si elle était là.

— *Tu as peur, Julia ?*

— *Tout le monde a peur à un moment ou un autre, Pip. Je me dis juste que je m'autoriserai à avoir peur demain.*

Pippa n'avait pas compris ce qu'elle voulait dire.

— *Tu as peur, toi ?* avait demandé Julia.

Pippa n'avait pas voulu bouleverser sa sœur, mais elle avait répondu avec franchise. Ou presque.

— *Parfois.*

En fait, elle était pétrifiée de terreur.

— *Je ne veux pas rester toute seule.*

— *Tu passes beaucoup de temps seule,* avait rétorqué Julia avec sagesse. *En réalité, tu as toujours été seule.*

— *Je t'avais, toi...*

Mais Pippa savait que Julia parlait de la manière différente dont leurs parents les traitaient. C'était la première fois que la chose était ouvertement admise entre les deux sœurs. Et Julia lui avait confié ses propres appréhensions.

— *Je m'inquiète pour eux. Je me demande comment ils réagiront quand je partirai…*

Pippa avait voulu lui dire que ça irait, qu'elle serait là pour eux, mais elle était rongée par la même hantise, consciente qu'elle ne suffirait pas à combler le vide laissé par Julia.

Tant s'en fallait.

— *Ils continueront à t'aimer, comme ils l'ont toujours fait.*

Et ils l'avaient fait. À la maison, c'était comme si Julia n'était jamais partie. Sa chambre était restée telle qu'à sa mort, avec ses vêtements dans l'armoire. Mais l'ancienne chambre de Pippa était devenue l'atelier de couture de sa mère.

Quatorze ans plus tard, Pippa contemplait la photo de sa sœur en robe argentée en caressant du doigt son joli visage. Transparent. C'était le mot, car même sur le cliché, on avait l'impression que Julia était en train de s'effacer. Mais pas Luke, qui se tenait droit, audacieux et confiant, portant le costume comme s'il l'avait fait toute sa vie.

À son insu, il avait beaucoup aidé Pippa en lui donnant le courage de faire des choix qu'elle n'aurait jamais faits. Elle ne regretterait jamais d'avoir choisi les arts plastiques.

La reprise des cours après la mort de Julia avait semblé étrange. Les gens s'étaient gardés de questionner Pippa sur Julia, ou l'avaient évitée. Et il n'y avait plus de Luke Harris sur lequel fantasmer, car il avait pris une année sabbatique. La seule consolation de Pippa avait été la salle de dessin, devenue pour elle un refuge contre le désespoir qui régnait à la maison.

À l'époque, Luke Harris hantait encore ses pensées et ses rêves. Et aujourd'hui, il était de retour dans la vraie vie.

Comme adulte.

Il avait voulu savoir où il l'avait connue. Elle avait hésité à répondre, et il avait cru qu'elle le taquinait. Était-elle stupide de se sentir blessée qu'il ait rayé de sa mémoire l'heure exquise qu'ils avaient partagée ? Il l'avait oubliée. Toute sa vie, Pippa s'était sentie oubliée. Quand il avait demandé s'il la connaissait, elle avait été projetée dans son douloureux passé.

« Je t'aimais ! » aurait-elle voulu lui crier.

Mais elle n'était plus une ado. Les adolescents ne connaissaient rien à l'amour.

Songeuse, elle tritura le petit cœur qu'elle avait peint en arts plastiques. Brun, cuivre et roux, les différentes nuances des yeux de Luke qu'elle avait remarquées pendant cette heure délicieuse en tête à tête avec lui.

Riant de ses fougueuses émotions d'adolescente, Pippa s'efforça de rationaliser leur conversation ce jour-là. Il s'était juste montré poli en aidant une élève plus jeune à faire des choix pour son avenir. Et même s'ils avaient fréquenté le même établissement scolaire et bavardé un moment dans la bibliothèque, ils ne partageaient pas le même passé.

Julia était en réalité leur seul lien.

C'était tout.

3

Pippa n'était pas la seule à avoir remarqué Luke.

Son charisme naturel et sa beauté ténébreuse n'étaient pas les seules raisons de l'émoi qu'il suscitait, ni son talent évident de chirurgien. Ce n'était même pas son arrogance un peu détachée qui troublait certains membres du personnel.

Luke arrivait au Primary précédé d'un parfum de scandale !

Louise, de la maternité, était sortie avec lui – c'est ce qu'une sage-femme avait dit à Laura qui avait joyeusement colporté la nouvelle. Quant à Jimmy, le technicien de bloc, il adorait raconter des histoires sur leur passé trouble. Bref, les rumeurs allaient bon train.

Ce soir-là, alors que Pippa profitait d'une accalmie en attendant la relève au poste infirmier, Luke était l'unique sujet de conversation. S'efforçant de se concentrer sur les papiers de sortie d'un patient, elle brûlait d'emprunter les cache-oreilles de Chloe pour ne plus rien entendre.

Occupée à donner son biberon au petit Toby dont les parents n'étaient pas encore arrivés, Jenny en profitait pour faire le point sur le nouveau consultant sexy.

— Il venait d'être nommé consultant quand il a tout plaqué.

— Étudier la traumatologie à Philadelphie n'est pas ce que j'appelle *tout plaquer*, protesta Nola. Avec son expérience, on va se l'arracher, où qu'il aille.

— Il est parti parce qu'il couchait avec une infirmière cheffe du bloc à St. Bede, et ça a fait scandale.

— Avec qui *n'a-t-il pas* couché ? rétorqua Nola en soupirant. En dehors de nous, je veux dire !

— Elle était mariée. Son époux travaillait en ortho...

Jenny s'interrompit, et Pippa comprit pourquoi en voyant approcher l'objet de leur conversation.

— Pardon de vous déranger, dit Luke d'un ton sec, comme s'il savait de quoi elles parlaient. Martha, la pédiatre, veut s'entretenir d'un patient avec moi, apparemment.

— Elle est aux urgences, répondit Nola.

— Fiona est là ?

— Non. Elle a été appelée en chirurgie 1. Ils sont débordés.

— Alors, je vais me planquer ici, dit-il, sortant un sandwich.

— Pourquoi vous ne mangez pas dans la salle des consultants ? demanda Nola.

— Très bonne question, observa-t-il, sans toutefois y répondre. On est affamé, on dirait, nota-t-il, les yeux fixés sur Toby qui tétait goulûment.

— Tu as faim, hein ? murmura Jenny au nourrisson.

Pippa sourit. Jenny était peut-être une commère, souvent abrupte avec les parents, mais les enfants l'adoraient. Même Toby, qui souffrait d'un retard de croissance et chipotait pendant les tétées, buvait son biberon avec elle.

— Toby sait qu'il a intérêt à finir son biberon pour ne pas chambouler tes tableaux bien ordonnés, dit Pippa, taquine.

— Absolument, acquiesça Jenny, pince-sans-rire.

Quand Nola quitta la pièce, Jenny se tourna vers Luke.

— J'ai été dans l'armée pendant dix ans.

— En pédiatrie ?

— Principalement, répondit Jenny, redressant Toby pour lui faire faire son rot. Vous étiez à St. Bede, n'est-ce pas ?

L'arrivée du père de Toby mit fin à la pêche aux infos de Jenny qui s'adressa à lui d'un ton brusque.

— Je devais vous observer pendant que vous le nourrissiez.

Perplexe, Luke regarda Jenny sortir avec le père penaud.

— Elle est toujours aussi aimable avec les parents ?

Pippa ne réagit pas au sarcasme et se replongea dans ses papiers. Mais elle rougit en sentant son regard sur elle. Elle le surprenait parfois qui la regardait. C'était une sensation troublante, et l'examen mettait ses nerfs à rude épreuve.

— Je vous connais. Mais je n'arrive pas à me rappeler où on s'est rencontrés.

— Suis-je si inoubliable ? dit-elle, mi-figue mi-raisin.

Était-elle en train de flirter ? Ou tentait-elle de masquer sa déception devant son amnésie, alors qu'elle aurait pu répéter mot pour mot leur conversation dans la bibliothèque ?

— Pippa, je sais que je n'ai pas couché avec vous. Je m'en souviendrais.

Elle éclata de rire.

— Alors, insista-t-il, où nous sommes-nous rencontrés ?

S'apprêtant à le lui dire, elle se revit en train de se confier à lui dans la bibliothèque pendant qu'il l'écoutait comme personne ne l'avait jamais fait. Se sentant pour une fois assez importante pour qu'on lui prête une oreille attentive...

— Vous n'êtes pas sympa, déclara-t-il, prenant son silence pour un refus. Allez, Pip...

— Pippa ! protesta-t-elle d'un ton sec, seule Julia ayant eu le droit de la surnommer ainsi. Philippa, plus précisément.

— Oh ! j'adore la précision...

Il avait parlé à voix basse, et elle sentit ses oreilles bourdonner. Leur petit jeu passait à la vitesse supérieure...

Elle aurait dû le prévenir qu'il perdait son temps. Elle ne fréquentait jamais quelqu'un de son travail, encore moins un remplaçant de passage aux antécédents sulfureux.

Mais ce scandaleux suppléant était Luke Harris. Et pour Pippa, cela changeait tout.

Le retour de Nola et Jenny la dispensa de répondre.

— Encore là ? s'écria Jenny avec sa brusquerie coutumière.

— Oui, répondit nonchalamment Luke. J'essaie de me souvenir où j'ai pu croiser Pippa.

— Ah ? Vous vous connaissez, tous les deux ?

— J'en suis convaincu.

— Depuis quand ?

— Nous avons fréquenté la même école, répondit Pippa.

— Vraiment ? dit-il, les yeux écarquillés.

— Vous étiez en cours ensemble ? dit Nola, ravie du scoop.

— Pas ensemble, corrigea Pippa. Il était deux classes au-dessus de la mienne. Il était chef de classe en terminale.

— Tu avais le béguin pour lui ? demanda Nola, forte de son mariage heureux et sa grossesse épanouie. Moi, je l'aurais eu.

Pippa haussa les épaules avec désinvolture.

— Tout le monde en pinçait pour lui.

— Pas du tout ! protesta Luke.

— Allons donc, rétorqua Pippa, agrafant ses papiers et se levant pour les ranger. C'est vrai, et vous le savez très bien.

— Vous étiez dans l'équipe de natation ? demanda-t-il.

— Non, répondit-elle.

Il déchiffra son nom sur son badge et leva les yeux, choqué.

— Westford... vous êtes la sœur de Julia ?

Il se souvenait d'elle par rapport à Julia... bien sûr. Ravalant la boule qui lui obstruait la gorge, elle acquiesça.

— Tu as une sœur ? observa Nola, incrédule. Julia ?

— Je... oui, murmura Pippa. J'*avais* une sœur...

Le sourire de Nola s'effaça.

— Oh ! Pippa... je l'ignorais.

— C'est bon.

— Je suis tellement désolée.

— Merci, murmura Pippa, les yeux brûlant de larmes contenues, terrifiée à l'idée de craquer.

Va au diable, Luke. Sois maudit d'avoir réveillé ma peine.

Elle croyait avoir relégué ses tourments dans un recoin du passé. Mais une autre blessure s'était ravivée...

— Luke sortait avec elle, lança-t-elle en quittant la pièce.

Sur le point de protester qu'il n'était jamais sorti avec sa sœur, Luke jugea plus sage de se taire, conscient que l'endroit était mal choisi. Pippa avait le visage en feu et il voyait qu'elle était bouleversée. À l'évidence, ses collègues n'étaient pas au courant pour Julia, et il avait involontairement trahi son secret.

Il avait tout bousillé, songea-t-il comme Nola et Jenny échangeaient des regards perplexes.

— Luke ? interrogea Jenny, en quête d'explications.

Mais il n'était pas question qu'il leur donne la moindre information. Il préféra suivre Pippa dans le couloir.

Il avait juste conversé avec elle en mode léger... enfin non... *bien sûr* qu'il flirtait avec elle. Il était pourtant décidé à éviter ce genre de chose pendant sa brève affectation ici. Mais il avait été immédiatement attiré par Pippa quand leurs regards s'étaient croisés. Et même avant. Il avait été troublé quand elle l'avait dépassé en courant le premier jour, son écharpe flottant dans son sillage dans un frais parfum d'été. Et depuis, il voulait savoir qui elle était et où il l'avait vue, mais aussi apprendre à mieux la connaître.

Leur conversation n'était pas si innocente, et c'était lui qui avait entretenu leur petit jeu au bureau infirmier. Il avait voulu se convaincre qu'il n'y avait pas apporté son déjeuner pour la voir. Mais au fond il espérait lui proposer un tête-à-tête en dehors de l'hôpital. Et maintenant, leur petit flirt discret était devenu incontrôlable.

Il s'en voulait, car, en plus de la blesser, il avait eu l'incorrection d'évoquer sa sœur, ce qui ne lui ressemblait pas. Il connaissait d'expérience les dégâts causés par des paroles irréfléchies. Les indiscrétions pouvaient déplacer des montagnes, torpiller des relations, ruiner des vies...

Il songea à son ancien hôpital, aux dernières semaines pénibles à St. Bede, aux conversations qui s'interrompaient à son arrivée. Les gens s'étaient comportés comme Jenny et Nola allaient sans doute le faire quand Pippa regagnerait l'accueil. Mais aujourd'hui, il était le seul responsable.

Luke rejoignit Pippa dans la cuisine.

— Je suis sincèrement navré pour tout ça, Pippa.

— Tout quoi ? demanda-t-elle, versant de l'eau chaude sur du thé pour préparer une boisson dont elle n'avait pas envie.

— Je regrette d'avoir parlé de Julia de façon irréfléchie.

— Bah, répondit-elle, affectant une nonchalance démentie par son maintien raide, ce n'était pas un secret d'État.

Évitant son regard, elle épongea le thé qu'elle avait renversé sur le plan de travail.

— Manifestement, vos collègues n'étaient pas au courant.

— L'occasion ne s'était pas présentée, répondit-elle, prenant sa tasse avant de sortir. Contrairement à beaucoup, je n'apporte pas ma vie personnelle sur mon lieu de travail.

— Quoi qu'il en soit, j'ai été indiscret. Pardonnez-moi.

Frappée par son accent de sincérité, elle se retourna et rencontra son regard grave, empreint de sollicitude. Elle ne s'attendait pas à ce qu'il la suive, et encore moins à ce qu'il l'aborde avec franchise et lui présente des excuses.

— C'est bon, dit-elle d'une voix mal assurée. Merci.

— Je savais que je vous connaissais.

— Mystère résolu, déclara-t-elle avec un sourire forcé.

Elle avait le cœur en miettes. Elle ne voulait pas s'attarder là-dessus, mais c'était ce qui faisait le plus mal. Une fois encore, elle était *la sœur de Julia*. Leur conversation à la bibliothèque – ce moment si précieux pour elle – n'avait pas compté pour lui. Il ne s'en souvenait même pas.

— Je dois aller faire le changement d'équipe.

— Un instant. Vous voulez qu'on parle un peu du passé ?

— Qu'on parle ?

— Je devrais avoir fini à 6 heures.

— On chantera l'hymne de l'école ? plaisanta-t-elle.

Elle était déconcertée, car il ne la quittait pas des yeux et elle avait l'impression ridicule qu'il allait la toucher. Son vieux fantasme était revenu en technicolor, alors qu'elle soutenait le regard de ces yeux dont elle avait jadis tenté de capturer les nuances. Il s'accompagnait d'un parfum citronné de bergamote et du pressentiment bizarre qu'il allait l'enlacer pour se faire pardonner avec un baiser…

Les paroles de Luke firent éclater sa bulle hallucinatoire.

— L'hôpital n'est pas le lieu rêvé pour évoquer le passé.

Le cœur de Pippa sombra tandis qu'elle reprenait pied dans la réalité. Il voulait parler de Julia, de ses derniers jours.

Il n'avait pas assisté aux funérailles. Assommée de chagrin, elle l'avait cherché des yeux pour l'apercevoir, savoir qu'il était là. En vain. Plus tard, elle avait appris qu'il était parti en congé sabbatique juste après ses examens.

Ses pensées ramenèrent Pippa aux jours, aux semaines, aux mois qui avaient suivi le décès de sa sœur, aux obsèques, aux conversations interminables où on demandait des nouvelles de ses parents, où on sondait l'affliction de la famille.

Elle avait vite appris le refrain par cœur.

« Ils tiennent le coup. »

« Elle est décédée à la maison, comme elle le souhaitait. »

« Sa mort a été paisible. »

Voilà ce qu'elle avait dit. En réalité, elle *espérait* qu'elle avait été paisible, car ses parents n'étaient pas venus la chercher au collège pour lui permettre de dire adieu à Julia.

Pippa s'était sentie mal toute la journée. Elle était allée à l'infirmerie en espérant être renvoyée chez elle, mais on s'était contenté de lui donner deux cachets pour sa migraine. La journée lui avait paru interminable. Quand enfin elle était rentrée à la maison, étreinte par l'angoisse habituelle, elle avait ouvert la porte et trouvé sa tante dans le vestibule.

— Pippa...

Elle l'avait entraînée dans la cuisine. Là, elle lui avait annoncé que Julia était morte peu après 9 heures ce matin-là.

Cela n'avait aucun sens. Alors qu'elle était en biologie, qu'elle déjeunait, étudiait, assistait à son cours d'arts plastiques, Julia n'était déjà plus là...

— Où est-elle ?

Comme elle gravissait les marches de l'escalier quatre à quatre, sa tante lui avait dit que les pompes funèbres étaient venues chercher la dépouille de Julia pendant qu'elle rentrait à pied, assommée par une effroyable migraine.

Elle n'avait pas partagé ce moment atroce avec les siens... ni les sanglots éperdus de ses parents enlacés sur le canapé.

— Elle est partie..., avait murmuré sa mère, la regardant à peine. Julia est partie.

Ils n'avaient pas accompagné Pippa quand elle était montée dans la chambre de sa sœur. Ils n'étaient pas venus s'enquérir d'elle lorsqu'elle s'était allongée sur le lit de Julia.

Sois maudit d'être venu travailler ici et de me rappeler ce que j'essaie désespérément d'oublier, Luke Harris...

Levant les yeux, elle vit qu'il guettait sa réponse. Même si elle n'avait pas envie d'aller boire un verre avec lui pour parler de la mort de Julia, elle n'allait pas en discuter ici.

— D'accord, marmonna-t-elle sans conviction.

— Que dites-vous du Avery ? demanda-t-il, faisant allusion à un charmant pub en vogue, pas très loin de l'hôpital.

— Entendu.

Le pub était assez proche pour qu'elle puisse rentrer chez elle se changer, car il n'était pas question qu'elle aille le retrouver avec le jean qu'elle avait porté toute la journée.

Ce n'était pas de la coquetterie. Mais Luke était en costume chemise, et elle ne voulait pas lui faire honte.

Ce fut pourtant la coquetterie qui poussa Pippa un peu plus tard à faire l'inventaire de sa garde-robe et à sortir la robe portefeuille grise qu'elle devait mettre à son entretien le lendemain. Elle allait juste boire un verre, mais c'était sa plus jolie tenue, élégante avec des talons et un maquillage soigné, ou décontractée chic associée à des bottines.

Ce soir, elle choisit la dernière option. Quelques minutes plus tard, elle était dans le métro, en route pour le pub où elle devait retrouver Luke. Pour parler.

Respire…

Elle n'était plus une godiche de seize ans entichée d'un premier béguin. Elle allait bientôt avoir trente ans et se méfiait des relations amoureuses. De toute façon, ce n'était pas un rencart. Luke voulait juste savoir ce qui était arrivé à Julia.

Pendant que le métro l'emmenait en grinçant vers sa destination, elle s'absorba dans ses pensées. Au fond, cette sortie imprévue lui faisait plutôt plaisir. Que ce soit pour un rendez-vous galant ou en soirée avec des amis, elle préférait aller dans un joli bar bruyant où on ne pouvait pas vraiment discuter. Par principe, elle évitait les conversations sérieuses, pas seulement au travail…

En ce qui concernait Luke Harris, au moins, elle connaissait par cœur ce qu'elle allait lui dire.

« Elle est morte paisiblement… » et patati et patata…

On le remarquait dans la cohue. Dans le bar bondé, Pippa repéra immédiatement Luke près du comptoir. Il était vraiment superbe, et elle ralentit, hésitante. Même si elle n'avait pas su qui il était, il aurait immédiatement attiré son attention.

Plaquant un sourire sur ses lèvres, elle se dirigea vers lui.

— Juste à temps, dit-il. Qu'est-ce que tu prends ?

— Un jus de pamplemousse... avec des glaçons, merci.

Regardant autour d'elle, elle vit que l'établissement était plein, mais remarqua une table libre au centre.

— Je saute dessus ?

— Inutile. Je nous ai réservé une table dans la partie salon, c'est plus tranquille.

Le cœur de Pippa sombra. C'était plus calme, oui. Des canapés et des tables basses cirées incitaient aux conversations intimes. Luke se dirigea vers des fauteuils et, ôtant son manteau, elle l'accrocha à une patère avant de s'asseoir en face de lui, pas trop près.

— Alors, dit-elle poliment pour engager la conversation, tu es là pour un mois ?

Il acquiesça.

— Comment tu trouves Londres ?

— Je suis là pour régler des affaires, répondit-il évasivement.

— Des affaires ?

Oui. Je veux vendre mon appartement avant de repartir.

— En Amérique ?

— Je ne sais pas. Je comptais faire une pause et préparer l'appartement pour le mettre sur le marché tout en réfléchissant à la suite quand on m'a proposé ce remplacement d'un mois au Primary. C'est un grand centre de traumatologie, et je n'ai pas pu résister... J'ai chargé l'agent immobilier de relooker l'appartement.

— Tu veux dire le priver de son âme ?

Luke s'esclaffa.

— On peut dire ça. Maintenant, j'ai des coussins partout et des tapis sur lesquels je n'arrête pas de trébucher, et il y a une bouteille de vin avec deux verres et un tire-bouchon pour le décor, que je n'ai pas le droit de toucher...

— J'adore visiter les maisons à vendre. J'avais envie de devenir architecte d'intérieur à une époque, dit-elle, avant de se rappeler qu'ils étaient là pour parler de sa sœur.

Autant en finir une bonne fois.

— Tu voulais en savoir plus sur Julia ?

Il fronça les sourcils, et elle se demanda pourquoi.

— Ça s'est passé paisiblement, dit-elle avec un sourire artificiel qui se voulait réconfortant. Elle est morte à la maison, comme elle le souhaitait...

— Pippa.

Il l'interrompit, peut-être un peu sèchement, et dans le silence qui suivit Luke s'aperçut qu'il ne savait pas comment poursuivre. Il n'avait pas voulu la voir pour parler de Julia, mais il aurait paru insensible en avouant qu'il n'était pas venu entendre le triste récit de la courte vie de sa sœur.

En tout cas, il tenait à ce qu'une chose soit très claire.

— Je ne sortais pas avec ta sœur.

Les yeux verts de Pippa flamboyèrent.

— Si, Luke.

— Non. Je l'ai emmenée danser au bal du lycée, c'est tout.

— Tu es venu à la maison. À plusieurs reprises.

— Elle était trop malade pour assister aux réunions d'information. Mais nous ne sommes jamais sortis ensemble. Julia voulait aller à ce bal, et je...

Comme Luke se taisait, Pippa se sentit stupide en réalisant sa méprise. Il était chef de classe à l'époque, bien sûr, et cette fonction impliquait certaines obligations.

— On t'a demandé d'inviter Julia ?

— Ça a été un plaisir d'être son cavalier.

Pour quelqu'un d'aussi arrogant, il était délicat, et ses réponses prudentes ne révélaient pas grand-chose. Mais Pippa voulait que les choses soient claires.

— Mais on te l'a bien demandé ?

Il inclina légèrement la tête, et elle fut submergée par une vague de soulagement. *Ils n'étaient pas sortis ensemble. Luke avait seulement fait son devoir.*

— Je croyais..., bredouilla-t-elle en passant la main dans ses boucles brunes, ne voulant pas être déloyale envers sa sœur qui avait eu un coup de cœur pour lui. J'ai supposé que vous sortiez ensemble.

— Pippa...

Il se pencha vers elle. Il était si grand que, malgré la distance qui les séparait, leurs genoux et leurs bras se frôlaient.

— Je ne l'ai plus revue après le bal. Et je ne lui ai pas non plus rendu visite à l'hôpital.

Elle se sentait rougir en l'écoutant, le cœur battant.

— Je sais que mes relations amoureuses sont de courte durée, reprit-il, et que, parfois, je peux être un peu dur en y mettant fin, mais je ne serais pas assez ignoble pour rompre avec quelqu'un en phase terminale.

Pippa sursauta en entendant les mots que sa mère avait interdit de prononcer à la maison.

— Pardon, fit-elle, reculant son genou et s'écartant.

Elle prit une gorgée de son verre pour masquer sa confusion. C'était dur de revenir sur cette période avec Luke après ce qu'il venait de lui révéler.

— J'avais seize ans, dit-elle. J'imagine qu'à cet âge, on croit que tout le monde a un petit copain ou une petite copine. Sauf toi. Je veux dire, sauf *moi*.

— Je vois ce que tu veux dire, répondit-il en souriant. Mon Dieu, qui voudrait avoir encore seize ans ?

Moi, songea-t-elle. L'année de ses seize ans avait été merveilleuse, au moins au début.

Julia avait reçu son nouveau cœur et ses nouveaux poumons, et son anniversaire et le Noël suivant avaient été les semaines les plus heureuses de la vie de Pippa. Julia et elle étaient allées faire des courses de Noël et déjeuner au restaurant, et elles avaient passé des heures au rayon parfumerie d'un grand magasin, testant des rouges à lèvres sur le dos de leurs mains. Elles s'étaient rendues ensuite dans une bijouterie pour essayer des bagues sublimes qu'elles ne pourraient jamais s'offrir.

Du moins c'était ce qu'avait cru Pippa. Elle tritura la bague en argent dont Julia lui avait fait cadeau en se remémorant ce merveilleux Noël, quand ils ne voyaient pas les sombres nuages s'amonceler à l'horizon et ignoraient que leur monde s'écroulerait l'année suivante.

— Elle est morte en septembre, murmura-t-elle.

— J'avais pris une année sabbatique, dit-il en hochant la tête, mais je me rappelle avoir appris son décès.

— Elle venait d'être admise à l'université qu'elle rêvait d'intégrer. St. Andrews. Son premier choix.

Elle revit Julia recevant la grande nouvelle, le large sourire sur son visage émacié, la fierté illuminant ses yeux creusés.

— Elle était si heureuse d'être prise.

— Un bel accomplissement... Pour ma part, j'ai obtenu mon second choix. Pendant mes études, je ne voulais pas faire mon stage au même hôpital que mon père, et si j'avais été accepté à Cambridge – mon premier choix – je l'aurais évité...

Elle rit doucement, avant de réaliser qu'il était sérieux.

— Vous ne vous entendez pas, ton père et toi ?

— J'admire ses compétences chirurgicales.

Et c'était reparti, encore une réponse diplomatique qui ne révélait rien. Mais, pour Pippa, ce qu'il taisait en disait long.

— Pourquoi tu as fait ce choix si vous ne vous entendez pas ?

— On s'entendait bien à l'époque où j'ai fait ma demande.

Il vida son verre et poursuivit :

— Mon grand-père était chirurgien là-bas, mon père aussi...

Pippa se rappela l'avoir entendu dire à la bibliothèque que son avenir avait été décidé avant même sa naissance.

— Je voulais aller à Cambridge. J'ai échoué d'un point.

— Aïe...

— J'ai raté l'examen de chimie. Je revois encore la question, dit-il avec une grimace. Sur la fragmentation.

Il voulut lui expliquer, mais la perdit en chemin.

— Je ne sais même pas ce que ça signifie ! grommela-t-elle. La chimie était ma bête noire.

— J'aimais ça. Tu ne te souviens pas de ce vieux plan drague ? *Excuse-moi, tu as perdu un électron ? Car tu es positivement attirante.*

— Beurk ! s'écria-t-elle en riant. On évoluait manifestement dans des cercles différents. Je n'ai jamais pu dépasser le stade du tableau périodique des éléments.

— Il m'arrive encore de rêver de ce maudit examen... Mais j'avais la tête ailleurs. Ma mère n'allait pas bien à l'époque.

Elle le vit déglutir et se souvint de ses yeux rougis ce jour-là, à la bibliothèque. Mais elle ne savait pas comment évoquer une conversation qu'il avait complètement oubliée.

— Mais St. Bede est un grand hôpital, non ?

Sans répondre, Luke prit son verre, vit qu'il était vide, et le reposa. À l'évidence, il ne tenait pas à prolonger la soirée.

— Alors, comment vas-tu depuis que tu as perdu ta sœur ?

— C'était il y a quatorze ans, fit-elle, consciente qu'elle n'avait pas la réponse à cette question. Ça va, je suppose.

— Et tes parents ?

— Ils... ils vont bien, dit-elle, sachant qu'il faudrait plus d'un verre pour faire le tour du sujet.

— Pourquoi les évites-tu ? Je t'ai entendue au téléphone.

Elle eut un rire ironique.

— Bon, d'accord, ils ne vont pas si bien que ça. Ils ne sont pas passés à autre chose, et je doute qu'ils y arrivent un jour.

— Ça doit être dur…

— Bien sûr, perdre un enfant…

— Je voulais dire, pour *toi*.

Pippa ne s'attendait pas à ça. Depuis le décès de Julia, on ne la questionnait que sur ses parents.

— Pourquoi tu n'as parlé de Julia à personne au travail ?

— Euh… l'occasion ne s'est pas présentée, répondit-elle.

Il parut sceptique. Et il n'avait pas tort.

— Je ne travaille pas ici depuis très longtemps.

— Depuis combien de temps ?

— Deux ans…

— J'abandonne. J'ai tout donné…

Elle éclata de rire.

— C'est juste que… je n'aime pas en parler.

Il y eut un long silence qu'il choisit de ne pas meubler. Leurs verres étaient vides, le sujet de Julia était clos, ou presque. Elle s'attendait à ce qu'il mette fin à la soirée, mais Luke ramassa les menus et lui en tendit un.

— Je croyais qu'on allait juste boire un verre ? objecta-t-elle.

— À 6 heures du soir ? Je ne sais pas toi, mais moi, je meurs de faim. Bref, comme je l'ai dit, l'hôpital n'est pas le bon endroit pour une discussion privée. Même si nous n'avons pas convenablement fait connaissance…

Pippa inspira, s'exhortant à lâcher prise. Elle s'en voulait d'être offensée qu'il ait oublié leur tête-à-tête à la bibliothèque du lycée, mais elle se sentait ignorée, dédaignée.

— Nous nous sommes pourtant rencontrés, dit-elle.

— Ah ? Alors, tu étais bien dans l'équipe de natation ?

— Non, répondit-elle avec un petit rire pitoyable. Tu m'as aidée à choisir mes matières de terminale.

Elle le vit plisser les yeux en s'efforçant de se rappeler ce moment qui avait compté pour elle – à l'évidence *juste* pour elle –, et son cœur se serra douloureusement.

— Nous étions à la bibliothèque… ?

Il secoua la tête.

— Le jour où tu as invité… le jour où on t'a *demandé* d'inviter Julia au bal ?

Luke fronça les sourcils. Un vieux souvenir enfoui flottait sous la surface, insaisissable. Il n'avait pas voulu emmener Julia au bal. Il n'avait même pas eu envie d'y aller tout court. Il aurait préféré étudier. Pour une raison personnelle, le bal était le cadet de ses soucis ce jour-là.

Il venait d'apprendre que son père était un tricheur. À deux semaines des examens, profitant d'une heure d'étude pour aller chez lui chercher son sac de natation, il avait découvert que son père n'était pas l'homme parfait qu'il croyait.

Hors de lui, il lui avait hurlé de jeter la femme dehors. Il avait attendu qu'elle s'en aille pour le questionner.

— *Qui est-ce ?*

— *Ça n'a pas d'importance.*

— *Ça n'a pas d'importance ?!*

— *Je veux dire que ce n'est pas sérieux.*

La réplique avait porté la fureur de Luke à son comble, et ils avaient failli en venir aux mains.

— *Tu avais tout ! Comment as-tu pu tout foutre en l'air ?*

— *Je n'ai rien fait de tel,* avait rétorqué Matthew Harris, l'exhortant au calme. *Ta mère n'a pas besoin de le savoir.*

— *Ne compte pas sur moi pour le lui cacher. Ou tu lui dis tout, ou je m'en charge !*

Et, attrapant son sac de sport, il était reparti au lycée.

Son père n'avait rien avoué à sa femme, bien sûr. Et sa charmante mère délicieusement étourdie était tout sourires en l'embrassant à son retour du lycée le soir.

— *Ah, chéri, tu es là… Il faut absolument que tu appelles Julia. Je sais que tu as du travail, mais il ne sert à rien de repousser ce coup de fil.*

Il avait donc téléphoné à Julia pour l'inviter au bal, et pendant toute la conversation il avait contenu sa colère. Mais après, son dégoût était revenu en force. Non seulement son père avait trompé sa mère, mais il avait osé recevoir sa maîtresse dans la demeure familiale.

— *Ne fais pas la tête, Luke,* l'avait gentiment réprimandé sa mère. *Cette pauvre jeune fille a besoin de ce joli projet.*

Il avait foncé dans le salon et toisé son père.

— *Je vais faire un tour. Si tu ne lui as rien dit quand je reviendrai, je lui parlerai.*

À son retour, le gyrophare bleu d'une ambulance clignotait dans l'allée, éclairant le brancard qui emportait sa mère.

Luke n'avait jamais compris qu'elle ait pu vouloir mettre fin une fois pour toutes à cette sordide histoire. Ce jour-là, il s'était juré qu'il ne se marierait pas, et qu'en dehors du travail, personne ne dépendrait jamais de lui.

Il ne voulait pas se remémorer ces souvenirs, surtout pas un lundi soir au Avery. Il regarda Pippa, qui persistait à prétendre qu'ils s'étaient jadis parlé à la bibliothèque.

— Je ne m'en souviens pas, admit-il. Tu prendras du vin ?

— Avec plaisir, murmura-t-elle.

— Rouge, blanc ? Champagne pour fêter ces retrouvailles ?

Pippa fut tentée de répliquer qu'on ne pouvait pas qualifier leur réunion de retrouvailles si l'un d'eux n'avait aucun souvenir d'avoir connu l'autre. Mais elle laissa tomber.

— Je croyais que tu voulais me parler en privé… ?

— En effet. C'est pour ça que je ne voulais pas manger dans la salle des consultants.

Pippa déglutit et baissa le nez sur le menu en s'efforçant de comprendre. Il était venu dans son service pour la voir *elle* ?

— D'où ma suggestion de nous voir ici. Tu préfères sans doute que tes collègues ignorent ce qu'il se passe entre nous.

— Il ne se passe *rien* entre nous, répliqua-t-elle vivement.

Mais, en levant les yeux, elle vit qu'il était aussi peu convaincu qu'elle.

— Tu en es sûre ? demanda-t-il.

— Non...

— Bon. Tu as choisi ? dit-il, désignant le menu.

— Poulet à la provençale, répondit-elle sans conviction.

— Je ne prendrais pas ça ici, fit-il, plissant son joli nez.

— Tu l'as déjà goûté ?

— Non, avoua-t-il, mais si je mange français, je veux que mon plat soit préparé par un arrogant chef français. Il y a un restaurant près de chez moi... on entend jurer en français jusque dans les cuisines.

Pippa éclata de rire.

— Les serveurs parlent uniquement le français, et ils font semblant de ne pas comprendre toute autre tentative de communication. C'est insupportable, je t'assure.

— Ça a l'air affreux.

— Mais ça en vaut la peine.

— Eh bien, alors, je prendrai la salade grecque à l'agneau. Et peu importe si elle n'est pas authentique.

Luke choisit un steak-salade, sans frites, et il commanda une bouteille de vin rouge, un luxe un jour de semaine.

— Philadelphie était incroyable, dit-il comme ils discutaient de leur travail. C'est la plus belle ville que je connaisse. Tout n'y est pas rose, bien sûr, c'est pour ça que j'y suis allé, pour l'expérience. Mais je ne pensais pas m'y plaire autant.

— Je ne suis jamais allée en Amérique, avoua-t-elle. C'est sur ma liste de choses à voir. Je voudrais visiter le Colorado.

— Eh bien, ajoute Philadelphie à ta liste.

— Tu as toujours voulu étudier aux États-Unis ?

— Non, dit-il, trinquant avec elle. Mais au Royaume-Uni, le chemin n'est pas tout tracé pour un chirurgien en traumatologie. Pour les qualifications postuniversitaires, il faut aller aux États-Unis ou en Afrique du Sud.

— Pourquoi ? Les traumas ne manquent pourtant pas ici.

— En effet ! Les Anglais devraient perfectionner leur cursus.

Il eut ce sourire un peu arrogant qui la faisait craquer.

— Je compte faire une pause après le Primary pour aller aux îles Hébrides. Je veux connaître l'hiver écossais, sans traumas.

— N'en sois pas si sûr. Tu risques fort d'être affecté au sauvetage aérien et maritime...

Luke ouvrit la bouche pour lui dire qu'il n'allait pas en Écosse pour travailler. Ni pour éviter le supplice d'un Noël dans une famille éclatée, ou fuir les interminables questions de sa mère et sa sœur sur sa vie privée. Non, il voulait faire une pause bien méritée.

Il adorait son métier, mais il avait besoin de prendre du recul. L'horreur des corps brisés, esquintés, laissait des traces, et il s'y était fait. Mais dernièrement, à force d'annoncer de mauvaises nouvelles et de regarder des familles se désagréger sous ses yeux, il en était arrivé à se demander non seulement si son patient allait s'en sortir, mais aussi si ses proches allaient survivre à la dure bataille qu'il allait devoir livrer...

Il n'en avait parlé avec personne, et il ne tenait pas à casser l'ambiance maintenant en abordant le sujet.

Son regard s'attarda sur les boucles brunes de Pippa, et même si son goût le portait plutôt vers les grandes blondes, il se dit que Pippa Westford pourrait le faire changer d'avis. Même dans sa tenue d'infirmière, il avait remarqué qu'elle était belle, sans voir à quel point. Sa robe mettait en valeur les courbes de son corps, et, en rougissant, sa peau claire en disait plus que ses yeux verts empreints de réserve. Elle l'intriguait. Entre son air indépendant et sa retenue, elle le troublait.

Leurs plats arrivèrent, avec des frites au lieu de la salade commandée par Luke, mais il ne fit aucun commentaire.

— Londres ne va pas te manquer ? demanda Pippa.

— Non. Ce qui ne veut pas dire que je ne passe pas un bon moment ici, maintenant, ajouta-t-il en la regardant fixement.

Il était sincère. Elle sentait l'énergie vibrer entre eux. À présent qu'elle connaissait la vérité sur lui et sa sœur, elle pouvait se le permettre... s'autoriser à plonger son regard dans ses yeux de velours, profiter de lui – de ce moment – et sentir son regard s'attarder sur ses lèvres.

Elle le scruta. Quoi qu'elle éprouve, il ne faisait que passer.

— C'est quand même agréable d'avoir un pied-à-terre ici, non ? Tu ne pourrais pas louer ton appartement ?

— C'est ce que j'ai fait, mais il est situé dans un immeuble très ancien et a besoin d'entretien. C'est trop de responsabilité. Et je n'ai pas besoin de pied-à-terre ici.

— Mais ta famille... pardon, ça ne me regarde pas.

En temps normal, Luke en aurait profité pour mettre fin à cette conversation. Il ne discutait *jamais* de sa famille. Et il veillait toujours à donner des réponses minimales et superficielles aux questions sur les siens.

Il ne parlait même plus de sa famille avec les siens...

— *Comment as-tu pu, Luke ?*

Aussi étourdie qu'elle parût parfois, Hannah, sa mère, avait appris ce qui s'était passé à St. Bede. Et quand le scandale avait éclaté, éclaboussant le mari de Shona, Hannah Harris avait sévèrement réprimandé son fils, les yeux brillant de larmes.

— *Tu es le dernier que j'aurais cru capable de ça, Luke. Tel père, tel fils, il faut croire...*

Il s'était envolé pour les États-Unis, et depuis son retour tout semblait oublié. La poussière était retombée. Mais il n'arrivait toujours pas à pardonner à son père.

— C'est bon, répondit-il à Pippa. Je viens de t'interroger sur ta famille. Mais, comme toi, je préfère ne pas en parler.

Il lui adressa un sourire qui la remua profondément.

— Prends une frite, dit-il, changeant de sujet, en poussant son assiette vers elle. Tu en meurs d'envie.

Pippa eut un sourire aguicheur. Elle n'avait pas l'habitude de flirter. En temps normal. Mais elle était là, à lui tendre son assiette pour le laisser piquer une olive. Elle ne partageait jamais ses repas, elle ne partageait rien, en fait. Ni ses pensées profondes ni ses émotions, et encore moins le contenu de son assiette... Tout était différent avec lui. Ils bavardaient librement. Elle lui parla même de son minuscule appartement, à deux stations de métro de là.

— C'est une colocation ?

— Grands dieux, non. J'ai passé l'âge.

— Quel âge as-tu ?

— Vingt-neuf ans, répondit-elle. J'ai arrêté la coloc à la fin de mes études universitaires. J'aime trop avoir mon propre espace. Et ton appartement ? Il est sur le marché ?

— À ce jour, oui. J'espère qu'on va se le disputer. Je ne tiens pas à rester ici trop longtemps...

— Je croyais qu'on fuyait plutôt *vers* Londres que l'inverse ?

— Qui a parlé de fuir ?

— Personne. Je... hum..., bredouilla-t-elle.

Pour la première fois, la conversation s'essoufflait, et Pippa fut sauvée par l'arrivée du serveur venu prendre leurs assiettes. Luke servit du vin.

— Tu as entendu les rumeurs ? demanda-t-il.

— J'essaie de ne pas écouter, mais... Dieu sait que je déteste qu'on médise sur moi.

— Sur toi ? s'écria-t-il, surpris. Raconte !

— Il n'y a rien à dire. Mais comme je ne déballe pas ma vie privée au travail, on croit que je suis frigide ou lesbienne...

— Une combinaison intéressante, observa-t-il d'un air coquin. J'adorerais discréditer ces présomptions...

Il avait un sourire espiègle, et elle ne put s'empêcher de rire.

— Alors, qu'as-tu entendu dire à mon sujet ? demanda-t-il.

— Les trucs habituels. C'est difficile de se boucher les oreilles au Primary où on ne parle que de toi qui brises les cœurs sur ton passage, dit-elle avec malice.

— Faux. Je ne m'engage jamais, et comme je le précise dès le début d'une relation, personne ne souffre.

Il dut la voir froncer les sourcils car il poursuivit :

— La rumeur que tu as dû entendre à propos d'une femme mariée n'a strictement aucun fondement. D'abord parce que je ne m'interposerais jamais entre un mari et son épouse.

— Et ensuite ?

— J'ai le mensonge en horreur.

— Très bien, nota-t-elle en prenant une gorgée de vin.

— Et toi, Pippa, tu vois quelqu'un ?

Il était direct. Le préambule avait été plutôt soft, et il la prenait par surprise avec la plus simple des questions.

Répondre *oui* était un mensonge. Mais après ce qu'il venait de lui confier, c'était peut-être plus sage. Ils partiraient ensuite chacun de son côté...

— Non. Je ne vois personne, dit-elle après hésitation.

— Tu en es sûre ? demanda-t-il.

— Oui. Je ne suis pas douée pour les relations durables.

Ils se regardèrent dans les yeux, et dans ceux de Luke elle vit la même lueur que le premier jour au Primary. Elle savait maintenant que c'était du désir.

Même si elle n'avait aucune attirance pour les amours pérennes, elle débutait toujours une relation avec l'espoir que, cette fois, ce serait différent... qu'elle pourrait peut-être enfin s'ouvrir, être elle-même avec l'autre. Mais cela n'avait jamais marché. Elle se sentait toujours menacée quand cela devenait plus sérieux. Elle finissait par croire qu'elle n'aimait pas qu'on soit trop proche d'elle.

Les dernières commandes furent prises, et Pippa tressaillit en voyant l'heure. La soirée avait passé en un éclair.

— Excuse-moi un instant.

Elle éprouva du soulagement en s'échappant aux toilettes. Plantée devant la glace, elle s'efforça de digérer l'incroyable révélation : Luke n'était jamais sorti avec Julia.

Leur supposée relation avait comme pétrifié son cœur d'adolescente, et c'était exaltant d'être libérée de ce malentendu, perpétué encore aujourd'hui par ses parents.

Elle prit une inspiration tremblante. Oui, Luke lui plaisait toujours après toutes ces années. Mais de façon différente. Quatorze ans plus tôt, son cœur pur et innocent rêvait de robes lamées, de l'étreinte de ses bras et d'un baiser… Aujourd'hui, son cœur meurtri savait que la réalité était tout autre.

Luke Harris était ici pour un mois, pas plus. Il lui avait clairement fait savoir que leur aventure ne mènerait nulle part. Il était un joueur, pas un partenaire. Et elle le comprenait.

Pourtant elle avait envie de connaître la vraie passion, elle voulait ranimer la flamme qu'il avait jadis allumée en elle. N'était-elle pas trop sérieuse pour une liaison sans lendemain ? Cela lui ressemblait si peu. Mais le soulagement grisant qui l'avait submergée quand elle avait su qu'il n'était jamais sorti avec Julia ne s'était toujours pas dissipé.

Elle surprit son reflet dans le miroir. Ses cheveux étaient ébouriffés et sa robe grise moulait ses seins avec indécence. Ses yeux kaki luisaient, noirs de désir…

Elle pensa à sa sœur, regrettant de ne pouvoir lui demander conseil. Puis elle réalisa qu'elle connaissait déjà sa vision de la vie. Car Julia avait vécu son existence comme si elle était immortelle.

Si elle avait pu décrocher les meilleures notes en sachant

qu'elle n'irait pas à l'université parfaire ses brillantes études, Pippa pouvait sûrement vivre ainsi. Julia avait mordu la vie à pleines dents et saisi chaque opportunité en souriant, heureuse, apparemment insouciante, puisant jusqu'à la dernière goutte de vie en ayant conscience qu'elle s'achèverait trop tôt. Elle avait vécu toute son existence sans espoir d'avenir. Pippa pouvait certainement le faire un seul petit mois.

Si Julia y était arrivée...

— Alors, tu peux, lança Pippa à son reflet.

Moins d'un mois, rectifia-t-elle en regagnant leur table, Luke étant au Primary depuis déjà une semaine.

La table avait été débarrassée, l'addition réglée.

— Prête ? demanda Luke.

Elle hocha la tête et enfila son manteau. Il avait plu pendant le dîner, et les véhicules passaient dans la rue en bruissant dans la lueur des phares, les faisceaux des lampadaires éclairaient les gouttes de pluie qui tombaient toujours. Ils se mirent à couvert et se firent face.

— Merci pour le dîner. J'ai passé une très bonne soirée.

— Elle n'est pas encore finie, répondit-il.

Il prit son visage entre ses mains et, posant ses lèvres douces sur les siennes, il l'embrassa avec lenteur.

C'était exactement comme elle l'avait imaginé. Mieux, même, pas seulement parce que c'était réel. Elle sentit le goût du vin qu'ils avaient partagé, et la douce caresse de sa langue éveilla en elle une faim différente...

Pas maintenant.

Elle songea à sa sœur, qui avait vécu sans peur, guidée par ses objectifs et ses passions. Et elle y puisa du courage.

Il s'écarta, gardant son visage entre ses mains.

— On pourrait passer un mois très agréable, Pippa...

Un mois.

Elle aurait peut-être dû se sentir offensée qu'il fixe une échéance à leur relation à peine éclose, mais elle fut parcourue par un frisson d'excitation.

Pas de promesses qui ne pourraient jamais être tenues.

Pas de faux espoirs.

Juste une chance de vivre son rêve.

Et pas de récriminations si elle refusait d'ouvrir son cœur.

Luke ne l'attendait pas d'elle.

Enhardie, elle lâcha la lionne qui était en elle.

— Alors, tu me le montres, ce fameux appartement ?

4

Londres luisait, comme lavé par la pluie.

— Vous avez bien fait de prendre un taxi, nota leur chauffeur quand Luke lui indiqua leur destination. Quel orage !

— On n'a pas remarqué, répondit Luke en embrassant Pippa.

— Les feux de circulation sont tombés en panne et...

L'homme continua à soliloquer, et Pippa rit en sentant Luke lui donner des coups de coude, ils étaient tombés sur le chauffeur de taxi le plus bavard de Londres !

Ils passèrent devant St. Bede, l'élégant vieil hôpital, puis tournèrent dans une étroite rue pavée. L'immeuble de Luke se trouvait dans le vieux Londres, près de l'hôpital, remarqua-t-elle comme il réglait leur course. Sa vie était ici, et elle s'étonna qu'il envisage si facilement de la laisser derrière lui.

Ce n'était pas comme s'il voulait échapper à sa réputation. Pourquoi fuirait-il une rumeur qu'il prétendait infondée ? Cela ne ressemblait pas à l'homme confiant et sûr de lui qui gravissait maintenant avec elle l'escalier menant aux lourdes portes d'entrée de l'édifice. Il les ouvrit, et elle vit une rangée de sonnettes dont celle du dernier étage portait les initiales *LH*.

— Il y a beaucoup de marches à monter, la prévint-il en l'entraînant dans le hall d'entrée.

Levant les yeux, elle contempla l'imposant escalier de pierre garni d'une rampe en bois desservant les étages. Elle renversa la tête pour admirer l'incroyable puits de lumière en forme de dôme, et Luke en profita pour baiser sa gorge. Sa bouche trouva la sienne, et il la plaqua contre le mur.

— On pourrait passer un mois *très* agréable..., murmura-t-il, écartant ses cheveux pour embrasser son cou.

— Plus que trois semaines, objecta-t-elle, haletante, sentant la puissance de son désir contre son ventre.

— Tu ne t'amuses pas jusqu'ici ? demanda-t-il, l'embrassant comme elle en avait longtemps rêvé.

Ils se séparèrent en entendant des pas, et Luke salua la femme qui descendait l'escalier avec un adorable petit teckel.

— Bonjour, Luke, répondit-elle avant d'ouvrir la porte d'entrée pour faire sortir le chiot.

Luke leva les yeux au ciel.

— Elle l'a appelé Saucisse, tu te rends compte !

— C'est mignon... Montons avant qu'elle revienne.

Ils gravirent l'escalier en courant sans se lâcher la main, impatients d'arriver en haut. Jamais elle ne s'était sentie aussi légère, riant comme une enfant, escaladant les volées de marches pour être à l'abri des portes closes de l'appartement. Jamais elle n'avait été aussi détendue avant de coucher avec un homme pour la première fois.

Il ouvrit une porte et l'entraîna à l'intérieur, ôta son manteau et lui prit le sien. Il la couvrait de baisers pendant qu'ils se déshabillaient. Mais la chambre était trop loin, les boutons trop compliqués à défaire. Ils glissèrent sur le parquet.

Ivre de désir, elle lui rendait ses baisers avec une fièvre dont elle se serait crue incapable. Il écarta avidement les pans de sa robe pour tirer sur son collant, et elle souleva les hanches, mue par la même urgence. Elle baissa son collant et son slip pendant qu'il enfilait un préservatif. Elle voulut retirer ses bottes, mais pas question de perdre un seul instant de plus.

Elle gémit quand il la prit aux hanches et l'attira sur lui.

Elle sentait monter l'orgasme. Et il n'était pas en reste.

Les mains à plat sur son torse, elle contempla son visage crispé par la jouissance. Elle avait un sein à l'air, son collant était tire-bouchonné autour de ses cuisses, et Luke était encore en elle...

— Au lit, ordonna-t-il d'une voix rauque.

Ils ne faisaient que commencer...

5

— C'est le matin, dit paresseusement Luke en entendant sonner son téléphone. Tu dois aller travailler ?

— Non…, murmura Pippa, somnolente.

Ouvrant les yeux, elle se rappela qu'elle s'était endormie avec ses lentilles de contact et s'empressa de les refermer.

— Je ne travaille pas avant demain.

— Alors, tu es de repos aujourd'hui ? dit-il, déjà levé.

— Oui, mais je dois…

Elle s'interrompit, préférant éviter de mentionner son rendez-vous de la matinée. Elle s'efforçait de minimiser son entretien, pourtant capital pour elle. Elle voulait décrocher ce poste, essentiel pour sa carrière. Mais il n'avait pas sa place dans un bavardage futile sur l'oreiller avec un nouvel amant.

Elle avait pensé en parler à Luke. Mais il n'aimait pas s'impliquer. Et elle devrait évoquer Julia, au risque de fondre en larmes, ce qui ferait mauvais effet après une première nuit d'amour.

— Tu dois quoi ? demanda-t-il avec un bâillement.

— Je dois aller quelque part.

Une réponse évasive, réplique banale d'un amant de passage. Elle ouvrit ses yeux irrités en déplorant de ne pas mieux voir pour profiter du spectacle de Luke nu en train de s'étirer en bâillant.

— Tu étais dans l'armée ? demanda-t-elle.

— Non, pourquoi ?

— Je n'ai jamais vu personne se lever aussi vite.

— J'ai peur de me rendormir… Café ?

— Avec plaisir, dit-elle pendant qu'il ceignait sa taille d'une serviette et quittait la pièce. Avec deux sucres ! Et du lait !

Elle se redressa dans le lit et frissonna. Attrapant la couverture pendue à la tête du lit, elle en enveloppa ses épaules nues, et entreprit d'examiner l'univers de Luke. Le lit défait était garni de draps bleu marine, et des tapis épars dissimulaient en partie un vieux parquet ciré. Orné de corniches et d'une rosace centrale, le plafond était gâché par l'éclairage trop moderne. Au-dessus de la belle vieille cheminée, trônait une immense affiche de la grouillante Oxford Street, choix plutôt surprenant pour une chambre.

— Affreux, n'est-ce pas ? dit Luke, revenant avec deux tasses. C'est une idée de l'agent immobilier, pour masquer les irrégularités du mur. Tu as vu celle du séjour ?

— Je n'ai pas fait attention, avoua-t-elle en riant. Tu pourrais habiller le manteau de la cheminée au lieu de cacher le mur. Et un lustre serait du plus bel effet au plafond.

— Désolé, je n'ai pas de lait, dit-il en lui tendant une tasse.

— Tant pis. Il fait encore plus froid chez toi que chez moi.

— J'ai mis le chauffage mais c'est long à se réchauffer. Je suis condamné à le laisser en marche la journée pour les acheteurs potentiels, dit-il avec un soupir.

Il la regarda et sourit.

— Cette couverture est censée servir uniquement de décor.

— Ah ? Moi qui te croyais attentionné…

Elle but une gorgée de café et reposa la tasse avec une grimace. Elle s'arrêterait à son café préféré en rentrant.

— Je vais bientôt y aller, fit-elle.

— Tu veux prendre une douche ? J'allais y aller, dit-il, l'invitant à se joindre à lui d'un sourire, mais toute son audace de la veille semblait avoir déserté Pippa.

— J'attendrai d'être de retour chez moi.

— Dommage.

Elle avait envie de lui demander quand ils se reverraient, mais ne voulait pas avoir l'air de lui courir après.

Elle s'habilla. Elle mettait de nouvelles lentilles qu'elle gardait toujours dans son sac quand Luke revint. Elle détourna les yeux du grand corps humide qu'il frictionnait.

— Je vais y aller maintenant…

— Attends, Pippa. Je suis de garde les prochaines nuits, et je crains de ne pas être disponible pendant quelques jours.

— Ça ne fait rien.

— Allez, Pip, donne-moi ton numéro.

Il l'avait encore appelée *Pip,* et il ne remarqua pas sa bouche pincée en sortant son téléphone.

Elle n'arrivait pas à croire qu'elle avait couché avec un homme qui ne connaissait même pas son numéro de téléphone. Mais c'était le jeu qu'elle avait accepté, songea-t-elle tandis qu'ils échangeaient leurs coordonnées. Et elle n'y pensa plus en refermant la porte de l'appartement derrière elle.

Pippa regrettait d'avoir refusé l'aide de Nola pour préparer son entretien, car celui-ci ne se passait pas bien. Elle avait été présentée au panel de trois personnes, dont Mlle Brett, qui avait dirigé un service de soins palliatifs où Pippa avait travaillé, mais elle ne se souvenait pas d'elle et persistait à l'appeler Philippa.

La robe grise qu'elle comptait porter pour l'entretien ayant échoué au pressing après la soirée de la veille, elle avait opté pour un tailleur bleu marine et des ballerines plates. Elle avait relevé ses boucles folles en un chignon haut et, si elle était élégante, le reste laissait un peu à désirer…

La première partie s'était bien passée. Pippa avait dû traiter le cas fictif d'une adolescente anorexique qui avait fait une overdose, trop malade pour être admise en psychiatrie ou, désormais, à l'Unité de troubles alimentaires qui ouvrirait prochainement dans la nouvelle aile de l'hôpital.

Puis tout était allé de travers. S'attendant à être interrogée sur sa gestion des conflits avec les patients ou leurs parents, elle avait été questionnée sur les heurts entre collègues.

— En général, je m'entends bien avec eux. J'essaie toujours de me mettre à la place de mon interlocuteur.

— Mais en tant que cheffe d'unité, vous serez obligée de prendre position, fit remarquer Mlle Brett.

Plus tard, elle se chercherait des excuses en accusant le manque de sommeil et sa nuit avec Luke d'être responsables de ses carences, mais elle savait qu'elle se leurrait.

— Que croyez-vous pouvoir apporter à l'Unité pédiatrique pour enfants atteints de comorbidités, ou PEC, Philippa ?

— Eh bien, j'ai travaillé dans des services différents, médecine générale, oncologie, soins palliatifs, néphrologie…

— Oui, nota sévèrement un directeur de fondation. Vous vous êtes beaucoup promenée.

— En effet, admit Pippa, consciente de la critique implicite.

C'était vrai. Elle avait passé un an ici, dix-huit mois ailleurs, et elle était au Primary depuis deux ans…

Sa décision de se présenter à ce poste lui avait paru logique sur le moment, mais la logique semblait l'avoir désertée depuis le retour de Luke. Les vieilles blessures remontaient à la surface, mais un entretien n'était pas l'endroit où exprimer les émotions qui la tourmentaient.

— Je pense que, même si elle est variée, mon expérience est parfaitement appropriée pour la PEC.

— Que viseriez-vous ?

— Un poste de gestionnaire de haut niveau après avoir fait la preuve de mes compétences, mais…

— Je voulais dire pour le service, précisa Mlle Brett. Quels objectifs fixeriez-vous à la PEC ?

Pippa bredouilla tout le reste de l'entretien, consciente qu'elle avait lamentablement échoué.

En quittant l'hôpital, elle tomba sur Nola.

— Alors, comment ça s'est passé ?

— Très mal, répondit-elle sombrement. C'est pour ça que je ne voulais pas en parler. J'ai tout raté.

— Ne t'inquiète pas, dit gentiment Nola. Je ne dirai rien.

Pippa n'en crut pas un mot.

Par la suite, la journée ne fit qu'aller de mal en pis. Luke ne lui envoya même pas un texto. Pour ne pas penser à lui, Pippa s'arrangea pour être occupée, allant jusqu'à rendre visite à ses parents, corvée qu'elle ne cessait de repousser.

— Je t'attendais plus tôt, la réprimanda sa mère. Il y a une éternité que tu n'es pas allée au cimetière.

— J'essaierai d'y aller dans la semaine, répondit-elle en embrassant son père. Ou le jour de mon anniversaire.

— C'est dans plusieurs semaines.

— Deux. Je serai de garde le matin, dit-elle, comme s'ils lui prévoyaient une surprise ce jour-là, ce qui était improbable, les anniversaires étant un sujet tabou dans la famille.

Pippa avait beau essayer de chasser Luke de ses pensées, c'était impossible, même chez ses parents où sa photo avec Julia trônait sur la cheminée du salon.

— Devinez qui travaille au Primary, dit-elle sans réfléchir.

— Qui ? demanda sa mère.

Pippa comprit qu'évoquer Luke allait les bouleverser.

— Mlle Brett. J'ai travaillé avec elle aux soins palliatifs.

Sa mère lui lança un regard absent.

— Pas longtemps, ajouta Pippa. Elle dirigeait le service. C'est un des pontes de l'hôpital maintenant. J'ai eu un entretien aujourd'hui, elle faisait partie de la commission.

— C'est bien.

On ne lui demanda pas comme s'était passé l'entretien, ni quel poste elle briguait. Comme d'habitude. Heureusement elle devait se rendre à son cours d'art, le prétexte parfait pour prendre congé de ses parents.

Elle ressentit une joie familière en entrant dans l'atelier. Ce soir, le sujet était libre. Elle avait prévu de travailler sur un croquis au fusain, mais se retrouva à mélanger différentes teintes de peinture à l'huile et s'absorba bientôt dans sa tâche.

— Sur quoi travaillez-vous, Pippa ? demanda Cassie, sa professeure.

— J'essaie de rendre les faisceaux lumineux des éclairages la nuit, dit-elle, revoyant les phares des voitures se refléter sur la chaussée mouillée la veille. Je peine à saisir leur intensité.

De même qu'elle n'avait jamais pu comprendre Luke. Elle se gardait de rêver ou d'essayer de se l'approprier. Autant chercher à capturer la lumière.

Elle ne regrettait pas leur nuit ensemble, ni l'audace inhabituelle qu'elle avait montrée. Elle était trop sérieuse. Un peu ennuyeuse. Mais la veille, elle s'était sentie pétillante, et elle avait envie de revivre cela...

Cassie lui conseilla d'estomper la matière et d'être plus hardie dans ses coups de pinceau, et son travail prit vie.

— Surtout, amusez-vous, suggéra joyeusement Cassie.

Pippa scruta les formes miroitantes qu'elle avait peintes, fière de son œuvre. Puis elle inspira et se répéta ce conseil en songeant à Luke... « *Surtout, amusez-vous...* »

6

Pippa était irritée en s'éveillant le lendemain matin. Non seulement elle pensait à Luke, mais elle avait rêvé de lui, ce qui ne lui ressemblait pas. Il ne s'agissait pas d'un rêve érotique, et dans le métro qui l'emmenait à l'hôpital elle ne s'en rappelait pas la teneur. Mais elle n'était pas habituée à ce que quelqu'un investisse ainsi son esprit.

Si la veille elle s'était enhardie en peignant, elle doutait aujourd'hui d'être faite pour une aventure passagère. C'était bien joli de « s'amuser », mais elle devait protéger son cœur.

Elle s'arrêta acheter son café habituel et bavarda avec Rohan, le barman, pendant qu'il le préparait.

— Hier soir, on avait installé un *food truck* au bord de la rivière pour Diwali, lui raconta-t-il en faisant mousser le lait. Vous savez, le festival de la lumière en Inde...

— On m'en a déjà parlé. J'aimerais bien voir ça.

Rohan acquiesça en fixant le couvercle sur son gobelet.

— On va illuminer le London Eye comme un *rangoli,* ces peintures colorées qu'on fait au sol chez nous lors de fêtes.

— Ça a l'air magnifique. J'irai ! décida Pippa, prenant son café et filant pour ne pas arriver en retard à l'hôpital.

Elle ne s'arrêta pas pour admirer la nouvelle extension de l'édifice. Elle était encore déçue de la tournure prise par son entretien la veille. Même si son service allait déménager dans la nouvelle aile, c'était à la PEC qu'elle voulait travailler, et elle était persuadée d'avoir tout gâché.

Elle ruminait sa déception en remontant le couloir, le nez dans son écharpe, quand elle entendit la voix de Luke.

— Excuse-moi, tu as perdu un électron ?

Elle éclata de rire.

— C'est nul. Et je n'ai rien d'attirant ce matin.

— Moi non plus.

Elle préféra ne pas débattre de la question. En tunique de bloc avec sa calotte sur la tête, il était scandaleusement sexy.

— Qu'est-ce que tu as fait hier soir ? demanda-t-il.

— J'avais mon cours d'arts plastiques hebdomadaire... mais je suis en retard, là...

— Ça ne t'a pas empêchée de t'arrêter prendre un café, remarqua-t-il, désignant son gobelet.

— Ils connaissent mes goûts. Et ils ont toujours du lait, eux !

— Je peux te le piquer ?

— Aucune chance.

— Sérieusement, je suis mort. Encore quelques tournées et je vais me coucher... jusqu'à demain, j'espère.

— La nuit a été agitée ?

— Oui...

Il fut interrompu par le tintement de son bip et la sonnerie générale appelant l'équipe de traumatologie aux urgences.

— Zut, dit-il, regardant l'écran. Un multitraumatisé arrive.

C'était le pire moment pour être appelé, juste avant l'arrivée de l'équipe de jour pour la relève.

— Tiens, dit Pippa, lui tendant son précieux café dont il s'empara avant de s'éloigner en hâte.

Elle n'aurait fait ça pour personne d'autre, et il ne le saurait jamais, songea-t-elle, résolue à jouer les femmes libérées.

Gagnant le service de pédiatrie, elle retirait son écharpe quand Jenny entra en trombe.

— Alors, tu brigues le poste de cheffe de secteur à la PEC ?

Sans surprise, Nola n'avait pas su tenir sa langue... Pippa leva les yeux au ciel et alla dans la cuisine se préparer un mauvais café instantané.

Heureusement que Pippa lui avait donné son café.

Il était tiède et trop sucré, rien à voir avec le petit noir serré que Luke affectionnait, mais il était bienvenu après sa longue garde qui ne semblait pas encore sur le point de s'achever, à en juger par les alarmes qui se succédaient pour avertir le personnel qu'un grave accident de la route s'était produit.

Hors d'haleine d'avoir couru, Fiona arriva au moment où May, la responsable des infirmiers urgentistes, dressait un état de la situation à l'intention du personnel.

L'accident avait eu lieu sur l'autoroute, et les blessés étaient acheminés en hélicoptère ou en ambulance au Primary, principal centre de traumatologie de la région.

— Il y a huit blessés au total, nous en prenons trois, déclara May. Le premier est un trauma thoracique. Gino s'en charge.

Gino, chirurgien chef de garde, allait s'occuper du jeune homme désincarcéré d'un véhicule accidenté, mais quand on l'amena sur un chariot, Luke vit qu'il était au plus mal.

— Allez assister Gino, ordonna-t-il à Fiona alors que David, le chef de clinique de Luke, venait d'arriver.

Le second patient, une femme qui réclamait ses enfants en hurlant, souffrait d'une luxation de la hanche et d'une vilaine fracture de la jambe. L'équipe d'urgence la prit en charge, et May s'adressa à Luke qui finissait son café.

— Garçon de quatre ans, multiples traumatismes, inconscient, arrive dans cinq minutes. Je vais l'accueillir.

Comme elle s'éloignait, Luke vérifia les médications pendant que l'équipe soignante mettait tout en place pour le jeune patient, et que Remi, l'anesthésiste, sortait différentes sondes trachéales pour parer à toute éventualité.

Quand l'enfant arriva, Luke remarqua qu'il était tout petit, et qu'on l'avait déjà intubé.

— Darcy ! annonça l'ambulancier pour l'identifier.

Luke comprit que le garçonnet avait un jumeau identique. L'air bouleversé de l'équipe de trauma en disait long sur ce qu'ils avaient vu sur le lieu de l'accident. Il ne les questionna pas sur l'autre jumeau, préférant se concentrer sur son patient.

— Il a quatre ans ? demanda-t-il pour savoir les doses de médicament à lui administrer.

— Cinq ans depuis la semaine dernière, dit l'ambulancier.

Un médecin détailla les procédures réalisées sur place.

— Choc hypovolémique, puis bradycardie... massage cardiaque commencé, puis intubation.

Le pyjama de l'enfant avait été découpé, révélant un corps menu et un abdomen distendu que Luke palpa puis tapa, provoquant des bruits sourds indiquant la présence de liquide. L'anesthésiste confirma que la sonde d'intubation insérée sur place était sécurisée, et on examina le garçonnet avec douceur. Luke décida de l'envoyer au scanner, et si le résultat n'était pas clair, de le monter au bloc opératoire.

— Le scanner est libre ? demanda-t-il à May qui revenait. Ou l'autre patient est-il encore... ?

— Il est libre, répondit-elle en secouant la tête.

Quand Fiona revint l'assister, Luke comprit que le jeune homme au trauma thoracique n'avait pas survécu.

— J'ai prévenu le scanner que vous arriviez, annonça May.

Ils étaient attendus, et ils constatèrent bientôt avec soulagement que les clichés de l'enfant ne montraient aucun signe de grave lésion à la tête. Mais son torse avait pris le plus gros du choc, sa rate s'était rompue, et il avait un rein déchiré. On devait l'emmener au bloc sur-le-champ.

— Montons-le directement, dit Luke que May avait rejoint avec un téléphone. C'est sa mère qu'on a vue aux urgences ?

— Oui. On l'a mise sous sédation, répondit-elle alors qu'ils fonçaient dans les couloirs. On réduit sa hanche luxée.

— Et le père ?

— Il arrive de l'aéroport de Heathrow. Il est en route.

— Quelqu'un peut essayer de le joindre au téléphone ? Je dois obtenir son consentement oral…

— J'ai M. Williams en ligne… Ils sont parents de vrais jumeaux, dit May avant de lui tendre l'appareil.

— Je sais.

— Demandez-lui les signes distinctifs qui les différencient. On doit s'assurer qu'on a le bon jumeau. L'autre garçon est encore prisonnier des tôles… Le père s'appelle Evan, la mère Amber. Le frère jumeau, Hamish.

Pauvre homme, pensa Luke, et il s'empara du téléphone en continuant à marcher à grands pas vers le bloc opératoire.

— Monsieur Williams, je suis le Dr Luke Harris…

Il n'alla pas plus loin.

— La police me conduit à l'hôpital… on est encore à un quart d'heure, bredouilla le père affolé. Je peux voir Darcy avant que vous l'opériez ?

— Désolé, je ne peux pas attendre, répondit Luke avant de préciser les blessures du garçon. Chaque seconde compte. Avant d'avoir votre consentement, monsieur Williams, nous devons nous assurer de l'identité du jumeau qui est avec nous.

M. Williams était visiblement habitué à la question, car sa voix résonna dans le haut-parleur :

— Darcy a un angiome derrière l'oreille gauche.

May arrêta le chariot et effectua la vérification.

— C'est bon, dit Luke.

Après avoir consenti à l'opération, les nerfs du père commencèrent à lâcher, et Luke réagit immédiatement.

— L'anesthésiste veut vous dire un mot, monsieur Williams.

Luke tendit le téléphone à Remi avec qui il avait beaucoup travaillé ces derniers jours. C'était une grande rousse bienveillante dotée d'un sang-froid à toute épreuve.

Elle le questionna sur les antécédents médicaux de Darcy et promit de ne pas quitter son chevet, lui proposant même de parler à son fils.

— Il est intubé et ne peut pas vous répondre, mais je vais approcher l'écouteur de son oreille...

Luke fut reconnaissant à la jeune femme. Pour lui, l'émotion n'avait pas sa place au bloc où il se focalisait sur l'opération à venir. Il se sentait toujours investi d'une énorme responsabilité quand il opérait, surtout un enfant. Le père de Darcy était absent, et la confiance qu'il avait placée en lui pesait lourdement sur ses épaules. Remi le sentait aussi, à l'évidence. Il alla se laver les mains pendant qu'elle restait avec le petit garçon et lui caressait les cheveux en lui parlant avec douceur.

— Où est David ? demanda-t-il quand Fiona revint seule.

— Toujours aux urgences, dit-elle d'une voix tremblante. Un quatrième patient a été amené à la dernière minute...

— Vous vous débrouillerez très bien, déclara-t-il, rassurant.

Luke regarda la frêle silhouette de Darcy qu'on installait sur la table d'opération. On voyait ses côtes, mais il fut surtout ému par ses genoux écorchés dont l'un était plâtré. Le champ opératoire les recouvrit bientôt, mais ce bref aperçu d'un petit garçon vif et joueur avait bouleversé Luke. Puis il pensa au père traversant la ville pour accourir au chevet de son fils...

Ce n'était pas le moment d'y songer.

Il n'avait pas posé de questions sur l'autre jumeau. Il refusait de laisser l'émotion pénétrer en salle d'opération, mais il était content que son anesthésiste le fasse.

— Papa est en route, il arrive, répétait Remi, et même si Darcy était sous anesthésie, elle continuait à le rassurer en lui caressant les cheveux. Et maman est ici, à l'hôpital.

Luke avait conscience d'avoir besoin de faire une pause. Il avait de plus en plus de mal à mettre ses sentiments de côté pour se concentrer sur son travail.

— Commençons, dit-il en jetant un coup d'œil à l'infirmière de bloc. Content de vous voir.

Ils avaient opéré ensemble deux ou trois fois, et il savait qu'elle était compétente, sans plus. Il ne bavardait plus au travail, et évitait le contact avec le personnel. À une exception près... Mais à cet instant, il n'y avait pas de place dans son esprit pour quelqu'un d'autre que Darcy.

— Splénectomie, annonça-t-il dès qu'il eut ouvert la cavité abdominale, voyant qu'il devait procéder à l'ablation de la rate, impossible à sauver. Intestin perforé.

Il étudia les lésions d'un œil exercé et se félicita des connaissances transmises par Carl, son mentor, à Philadelphie.

Fiona fit de l'excellent travail. Comme toute l'équipe.

David, son chef de clinique, était déjà avec son patient – le quatrième blessé – quand Luke alla en salle de réveil.

— Un motard, précisa David. Ses blessures semblaient superficielles, mais les ambulanciers ont préféré l'amener ici.

Ils parlèrent de l'état du motard et de l'opération réalisée par Luke, puis David alla s'entretenir avec la famille du blessé pendant que Luke gagnait une salle d'attente séparée.

Cet aspect de son travail lui coûtait de plus en plus. Il donnait tout pour le patient au bloc, mais ces temps-ci il adoptait une distance polie avec les proches, en se disant qu'ils avaient besoin de ses aptitudes chirurgicales, et rien d'autre.

Luke frappa à la porte close et entra.

Sa femme et ses enfants venaient de déposer M. Williams à l'aéroport quand ils avaient eu l'accident. Il fut surpris de tomber sur un homme jeune en veste fluo en train d'arpenter nerveusement la pièce.

— Monsieur Williams ?

— Evan. Les nouvelles sont mauvaises ?

— Darcy est en salle de réveil, dit Luke. On le transférera bientôt aux soins intensifs. On s'assoit ?

— Il est conscient ? demanda l'homme en s'asseyant.

— L'anesthésiste l'a réveillé brièvement à la fin de l'intervention, mais on le gardera sous sédation les prochains jours. Toutefois il a bien réagi en s'agitant. C'est une bonne nouvelle, dit-il avant de lui détailler les blessures de Darcy. Il ne semble pas avoir de lésion grave à la tête.

— Il était inconscient. Il paraît que son cœur s'est arrêté !

— Non. Il a dangereusement ralenti parce qu'il avait perdu beaucoup de sang. Et j'ai dû lui retirer la rate...

Le père grimaça et enfouit son visage dans ses mains quand Luke parla du rein touché.

— On a trouvé une petite perforation dans son intestin. Mais elle s'est bien refermée. Nous avons évité une colostomie.

M. Williams déglutit plusieurs fois.

— Et ses jambes ?

— Elles vont bien.

L'homme se frotta les yeux.

— Je m'embrouille...

— C'est votre épouse qui est blessée aux jambes. Darcy a juste d'anciennes ecchymoses aux genoux, ainsi qu'un plâtre. Il a dû recevoir beaucoup de sang, et on le transfuse encore, reprit Luke. Tant qu'il a besoin de sang, nous devons le surveiller de près au cas où il aurait des complications.

Il décida que c'était suffisant pour le moment.

— Vous devriez pouvoir le voir avant qu'il parte aux soins intensifs... Avez-vous des nouvelles de votre fils Hamish ?

— Il est aux soins intensifs à St. Bede.

— Très bien. Vous en savez plus ?

— Il est réveillé, et on veut le mettre sous sédation… Je ne sais pas où est ma place…

— Vous voulez que j'appelle St. Bede pour voir ce que je peux apprendre ?

— S'il vous plaît, oui. J'étais au travail…

Luke apprit qu'Evan était agent d'entretien à l'aéroport de Heathrow, et qu'il venait de commencer son service quand il avait appris l'accident des siens.

— Amber me dépose à 6 heures. On doit réveiller les garçons, les mettre dans la voiture en pyjama… On croit faire ce qu'il faut… mais ils auraient été plus en sécurité au lit.

Luke avait souvent entendu ce genre de propos dans la bouche des proches. Avaient-ils agi comme il convenait ? Lui-même s'était posé la question après le malaise de sa mère. Il avait insisté pour que son père avoue sa liaison à son épouse, persuadé d'avoir raison. C'est pourquoi il lui était difficile de donner des conseils personnels aux familles.

— Je vais essayer d'en savoir plus, promit-il à M. Williams.

Luke retourna en salle de réveil surveiller l'état de Darcy, puis appela St. Bede pour avoir des nouvelles de son jumeau.

— Soins intensifs. Infirmière Adams, j'écoute.

— Shona, j'appelle au sujet de Hamish Williams.

— Vous avez son frère, paraît-il ?

— En effet. Il va bientôt être transféré aux soins intensifs, dit-il avant d'évoquer ses blessures. Il est encore trop tôt pour se prononcer. On lui a transfusé beaucoup de sang.

— Coagulation intravasculaire disséminée ? demanda Shona, consciente du risque de graves problèmes de coagulation.

— J'espère que non. Comment va Hamish ?

— Son principal problème est un petit hématome sous-dural. Il est conscient mais agité. On va le mettre sous sédation. Horace est avec lui. Vous voulez lui parler ?

— Inutile de le déranger, répondit Luke, heureux de savoir Hamish entre les mains de ce brillant neurochirurgien. Je voulais savoir où la présence du père était la plus nécessaire.

— Donnez-moi une minute. Je vais voir.

— Merci.

De longues minutes s'écoulèrent.

Luke n'aimait pas Shona. Mais il la savait compétente dans son travail et consciencieuse. Elle devait s'entretenir avec Horace en ce moment, et il lui faisait toute confiance sur le plan professionnel. Il entendait le brouhaha des soins intensifs de St. Bede et des voix familières en arrière-plan.

Shona revint au téléphone.

— J'ai parlé à Horace. Il pense que la présence de son père peut apaiser Hamish. Au moins il sera là quand on le mettra sous sédation.

— Merci, dit Luke. Je préviens M. Williams.

Il mit fin à la communication et retourna auprès du père.

— Bien. J'ai eu St. Bede au téléphone, et ce serait un grand réconfort pour Hamish de vous avoir près de lui.

— Je vois, commenta M. Williams, visiblement déchiré.

— On vous appellera s'il y a le moindre changement, mais pour l'instant l'état de Darcy est aussi stable que possible.

— Alors vous pensez que je dois aller à St. Bede ?

— Oui, dit Luke, conscient qu'aucune réponse n'était vraiment satisfaisante. Allez embrasser Darcy, puis partez.

— Et Amber ? Si elle se réveille, elle va s'affoler...

— Je vais descendre aux urgences, et je lui parlerai si je peux. Sinon, je demanderai qu'on la tienne au courant de la situation à son réveil. Allez rejoindre Hamish.

Pendant que l'infirmière de bloc emmenait M. Williams embrasser Darcy, Luke se rendit aux urgences pour voir son épouse, réveillée mais peu loquace. Très pâle, elle craignait manifestement pour la vie de ses fils.

— Il faut que je les voie, murmura-t-elle, oubliant qu'on allait l'emmener au bloc pour l'opérer de la jambe.

— Je comprends. Mais ce n'est pas possible pour l'instant. Evan sera bientôt avec Hamish, et Darcy est sous sédation.

Il fut interrompu par May dont le visage était congestionné.

— Il y a un débriefing pour tout le personnel impliqué dans l'accident à 2 heures, dit-elle.

— J'espère dormir à ce moment-là, répliqua-t-il.

— Un autre est prévu à 8 heures pour l'équipe de nuit.

— J'espère être *encore* endormi à cette heure-là.

Luke retourna s'occuper des patients qu'il avait dû laisser quand on l'avait appelé en urgence.

Les patients de Luke l'attendaient impatiemment.

— Où est M. Harris ?

Mme James était énervée. Elle espérait ramener sa fille Chloe à la maison, mais le médecin n'avait pas pu faire sa tournée matinale et donner son feu vert.

— Encore au bloc, répondit Jenny. Ça risque d'être long.

— Vous l'avez déjà dit il y a deux heures. Combien de temps encore faudra-t-il patienter ?

Jenny haussa les épaules et s'éloigna. Pippa savait que Mme James avait des raisons d'être irritable. Elle était épuisée. En plus d'une enfant hospitalisée, elle avait un nourrisson à la maison et d'autres sujets d'inquiétude, comme trouver comment occuper sa turbulente fillette qui allait devoir rester tranquille durant plusieurs semaines.

— On a eu plusieurs urgences ce matin, lui expliqua Pippa.

Elle était au courant pour le polytraumatisé car elle était avec Luke quand on l'avait bipé, et on en avait parlé pendant sa pause. Mais elle s'abstint d'entrer dans les détails.

— Les salles d'opération sont surchargées. Je sais que c'est frustrant pour vous, mais les urgences passent en priorité.

— Je sais. On envisageait d'opérer Chloe à son arrivée…

Si Mme James agaçait visiblement Jenny, ce n'était pas le cas de Pippa, touchée par son inquiétude pour ses enfants et sa courageuse gestion de sa petite famille.

Les retards et les urgences bouleversaient l'organisation d'un hôpital, et même si celles-ci étaient prioritaires, cela n'en causait pas moins des mécontentements.

— Bébé George ne va plus me reconnaître, dit Mme James avec un soupir.

— Aujourd'hui ou dans un jour ou deux, vous serez bientôt chez vous, de toute façon, dit Pippa.

— Comment je vais distraire Chloe ? Je sais qu'elle est gâtée, mais, au départ, nous ne voulions qu'un enfant. Elle est déjà un peu jalouse de son petit frère.

— Je demanderai au médecin d'avoir un entretien avec elle, et je lui parlerai aussi… Tenez, le voilà justement, dit Pippa en voyant arriver Luke avec Fiona.

Mme James retourna s'asseoir au chevet de sa fille pendant que Luke et Fiona rejoignaient le bureau infirmier. Ils avaient l'air sinistre, à juste titre, car ils avaient été de garde toute la nuit et avaient opéré la matinée. Avec les urgences qu'ils avaient dû assurer, ils devaient être exténués.

— Comment va le petit garçon de ce matin ? demanda Pippa.

— Il est en soins intensifs, répondit Luke sans plus de détails.

Il regarda Fiona qui avait le teint blême.

— Si vous alliez déjeuner ? suggéra-t-il. Vous pouvez m'apporter quelque chose à manger et un café ?

— J'allais me rendre… oui, bien sûr.

Fiona s'en alla, visiblement harassée. Il reporta son attention sur ses patients.

— Qu'avez-vous pour moi ?

— Une seule patiente. Chloe James.

— Comment va-t-elle ?

— Elle s'ennuie. Sa mère se demande avec angoisse comment elle va pouvoir l'occuper à la maison, dit Pippa pendant que Jenny tendait à Luke une ordonnance à signer. Nous nous préparions à aller voir Chloe.

— Elle n'est pas la seule patiente du service, déclara sèchement Jenny. Et on n'a pas de chefs cuisiniers ici !

Luke comprit que Chloe devait se plaindre des repas.

— Lâche-la un peu, dit Pippa à sa collègue.

Sans un mot, Jenny prit l'ordonnance signée, et ils allèrent voir Chloe ensemble.

— Retire tes cache-oreilles, Chloe, ordonna sa mère quand ils entrèrent dans la chambre.

— Je vous prie d'excuser mon retard, dit Luke.

— Où vous étiez ? grogna Chloe, maussade.

— J'étais occupé. Comment tu vas ?

— Mieux ! Je veux rentrer à la maison.

— Je vais t'examiner. Tu as mangé ?

— J'ai eu du snack hier soir.

Luke tourna vers Pippa un regard accusateur.

— Je lui avais prescrit un régime pauvre en matières grasses.

— Elle n'aimait pas le dîner, expliqua Mme James.

— Je ne veux pas qu'elle mange du fast-food. Pas avant d'avoir été revue en ambulatoire.

— Mais on a de la pizza ce soir, protesta Chloe.

— Tu veux rentrer chez toi ? dit-il. Alors je vais t'ausculter.

Après l'examen, il s'assit à son chevet. Pippa sentait son épuisement de manière palpable, mais il sourit à Amber.

— Chloe devra venir en consultation dans deux semaines.

— Elle peut reprendre l'école la semaine prochaine ?

— Pas d'école tant qu'on ne l'aura pas revue en consultation, et même alors, ce sera un retour aménagé.

— Ça veut dire quoi « aménagé » ? demanda la fillette.

— Pas de sport pendant quelque temps, répondit Luke.

Ce n'était peut-être pas le meilleur moment de lui dire qu'elle ne pourrait pas fréquenter une aire de jeux durant quelque temps, et il choisit ses mots.

— Ni aucune activité du même genre. Nous en reparlerons à ton rendez-vous en ambulatoire. Je dois m'entretenir avec ta maman, mais avant, tu vas m'écouter attentivement, Chloe. Les prochaines semaines, il faudra faire tout ce que dit ta maman, et manger ce qu'elle te donne. Pas de fast-food ni de pizza. Juste de la nourriture normale.

Chloe fit la grimace.

— C'est important, Chloe. Si tu ne le fais pas, je le saurai à la consultation, et ta maman ne t'emmènera pas à Disneyland.

— Si !

— Non. La blessure de ton ventre va mieux de jour en jour, mais je ne veux pas que tu tombes ou qu'on te bouscule, et que tu sois obligée de revenir ici. C'est très sérieux.

— Bon, d'accord...

— Tu as reçu un mauvais coup, et il ne faut pas que tu grimpes ou que tu joues à des jeux brutaux pendant quelque temps. Ni que tu sautes sur un lit ou un canapé. Tu pourras t'en abstenir une quinzaine de jours, non ?

Chloe hocha la tête avec réticence.

— Je te reverrai donc en consultation, sauf si ta mère m'appelle avant.

Il s'entretint avec Mme James en aparté.

— Si elle veut jouer les casse-cous ou manger du fast-food, menacez-la de me prévenir. Ce n'est pas une punition, madame James. Elle récupère d'une grave blessure.

— Oui, je comprends. Merci pour tout.

— C'est normal. Je vous revois dans deux semaines. Prenez soin de vous, dit-il en lui serrant la main.

Pippa s'apprêtait à suivre Mme James quand il l'arrêta.

— Je peux vous dire un mot, infirmière Westford ?

— Bien sûr. Je vous rejoins dans un instant, madame James.

Pippa et Luke allèrent discuter près du chariot à linge pour ne pas attirer l'attention.

— Merci pour le café ce matin, dit-il. Je l'ai apprécié.

— Quelle tristesse, ce malheureux enfant...

— Oui. Pauvre petit. Il avait un plâtre au genou...

Pippa comprit son désarroi.

— Ce sont souvent les petites choses qui nous touchent.

Luke acquiesça en silence. Puis il la regarda.

— J'ai l'impression qu'il s'est passé une éternité depuis cette nuit-là...

Pippa eut un petit rire ironique. Même si elle savait qu'il avait été très occupé, ils s'étaient séparés sans promesses ni projets, et elle détestait l'incertitude.

— Pour ce soir, c'est fichu, reprit-il. Je vais voir, mais...

Il allait voir ? S'il n'avait pas été aussi exténué, elle lui aurait balancé une réplique cinglante. Mais ils furent interrompus par l'arrivée de Fiona avec un sac en papier et un grand gobelet de café pour son patron.

— Merci.

— Vous voulez que j'aille m'occuper des papiers des sortants ? proposa Fiona.

— Non, répondit-il. Je le ferai. Allez au débriefing.

— Et vous ?

— Je n'ai pas besoin de débriefer. Je n'ai pas travaillé sur le patient décédé. On se voit demain, Fiona. Merci pour votre aide, surtout au bloc ce matin. Vous avez fait de l'excellent travail. Ça a été critique pendant un moment...

Pippa regarda Luke grimacer en sortant du sac un œuf dur enrobé de chair à saucisse, le tout pané et frit, et des chips.

— Dire que j'interdis la *junk food* aux patients !

— Faites ce que je dis, pas ce que je fais, murmura Pippa avec un sourire mal assuré, voyant qu'il avait l'esprit ailleurs. Nola m'a dit que des jumeaux étaient impliqués dans l'accident. Tu as des nouvelles de l'autre ?

— Je me suis concentré sur mon patient, répondit-il un peu sèchement. L'autre jumeau est blessé à la tête. Son père est actuellement dans un taxi pour le rejoindre à St. Bede. La mère doit être en route pour le bloc pour se faire opérer.

— Seigneur...

— J'espère qu'ils se rétabliront tous complètement, dit-il en mordant dans son œuf frit. Contrairement à mes artères...

— Tu aimes mieux la nourriture saine ?

— Je préfère que mes œufs ne soient pas enrobés de chair à saucisse et passés à la friture ! grogna-t-il avant de s'éloigner avec un petit salut. Pardon... j'ai eu une longue nuit.

Mais Luke pouvait difficilement ignorer ses pensées.

Il se réveilla tard dans la soirée dans un lit dont les draps dégageaient un subtil parfum d'été. Il envisagea d'appeler Pippa, mais il ne serait pas de bonne compagnie ce soir.

À la place, il rappela son père.

— Tu m'as téléphoné ? demanda-t-il sèchement, car ils se parlaient à peine hors de la présence de sa mère.

— Je suis content de t'entendre, dit Matthew Harris de sa voix enjouée. Ta mère voudrait te parler de notre quarantième anniversaire de mariage.

— Tu n'es pas sérieux.

— Je sais que c'est encore loin, poursuivit joyeusement Matthew. Mais nous voulons arrêter la date. Ne quitte pas...

Couché dans son lit, Luke regarda le plafond en se disant qu'il avait besoin d'un bon coup de peinture.

— Ta mère veut savoir quand tu comptes venir à la maison.

— Je l'appellerai, dit Luke. On est débordés au Primary.

— C'est toi qui as insisté pour y aller, répliqua ironiquement son père. Il paraît que tu as dû gérer ce polytraumatisé.

— Oui.

— Nous avons admis un couple...

Luke ne répondit pas. Il ne voulait pas de détails, surtout si les nouvelles étaient mauvaises.

— Qu'est-ce que tu fais, là ? dit son père, brisant le silence.

— Je vais manger quelque chose, puis je me rendormirai. Je reprends demain à 7 heures.

— Passe donc à la maison.

— Pour étudier la liste des invités à votre fête ? rétorqua Luke d'un ton coupant, sachant que sa mère voudrait inviter les collègues de son père et que sa dernière maîtresse pourrait être de la partie. Je ne pense pas, non.

— Je te proposais juste de venir dîner. Ta mère va aller peindre dans son atelier. On pourrait parler...

— Je croyais que tu ne voulais pas discuter.

— J'aurais aimé te sortir l'hôpital de la tête un moment. Il n'y a pas que le travail dans la vie...

— Arrête, dit Luke qui n'avait pas envie d'écouter ses laïus.

Pourtant, derrière son ton désinvolte, son père était touché par ses patients et essayait de les comprendre. Mais Luke ne voulait pas en entendre parler ce soir.

— Je vais me recoucher. J'appellerai bientôt maman.

Il mit fin à la communication et balança le téléphone sur le lit. Il était toujours furieux contre son père. Il ne comprenait pas qu'un homme aussi gâté par la vie soit prêt à tout risquer.

Il essaya de se rendormir, mais le frais parfum d'été imprégnait toujours son oreiller, et pour une fois son père avait raison. Il n'y avait pas que le travail dans la vie. Il ramassa son téléphone et appela Pippa. Il avait envie d'un bon repas et de sexe, peut-être pas dans cet ordre...

— Salut, fit-il quand elle décrocha. Je viens juste de me réveiller. (Il jeta un coup d'œil à sa montre et vit qu'il était presque 9 heures.) Je sais qu'il est un peu tard.

— C'est bon, répondit-elle. Qu'est-ce que tu veux ?

— Toi, dit-il, habitué à aller droit au but. Et dîner.

— Dans ce cas, tu ferais mieux de t'habiller.

Alors seulement, il entendit la musique à l'arrière-plan.

— Où es-tu ? demanda-t-il.

— Merci, Rohan, dit Pippa, prenant les deux assiettes de dal parfumé et de pain et en tendant une à son invité tardif.

C'était bien, la spontanéité, mais des limites devaient être posées de toute urgence si elle voulait se protéger.

Décidée à ne pas être chez elle si Luke l'appelait, elle s'était forcée à sortir. Comme l'avait dit Rohan, il régnait une ambiance de folie à la fête indienne de Diwali, et, avec ou sans Luke, elle ne regrettait pas d'être venue.

— Vous vous connaissez, tous les deux ? demanda Luke comme ils se dirigeaient vers le bord de la rivière après avoir contourné la file d'attente pour être servis.

— Rohan travaille au bar où je prends mon café chaque matin. Ce soir, il tient le *food-truck* de son père.

Ils contemplèrent le London Eye, la grande roue illuminée aux couleurs de l'arc-en-ciel pour apporter chance et prospérité, d'après la tradition indienne. Ils trempaient leur pain chaud dans le dal, et Luke arriva bientôt au bout du sien. Il lorgna celui de Pippa d'un air affamé.

— Je meurs de faim, Pippa…

— Alors, va faire la queue, répondit-elle avant d'enfourner son dernier morceau de pain.

Après avoir jeté les assiettes en carton dans une poubelle, ils écoutèrent la musique en admirant les illuminations.

— Tu as des touches pour ton appartement ? demanda-t-elle.

— Aucune idée. Comme j'espérais être au lit, j'ai dit à l'agent immobilier d'éviter les visites aujourd'hui. Comment s'est passée ta journée ?

— Bien, dit-elle, préférant ne pas entrer dans les détails.

Le bras de Luke l'enlaçait, et en observant les lanternes qui dansaient dans la nuit et se reflétaient sur la Tamise, elle se sentait la plus heureuse du monde. Elle en avait allumé une pour Julia avant l'arrivée de Luke.

— Tu es gelée, remarqua-t-il, la tournant vers lui.

— Je suis là depuis le coucher du soleil... À propos de ce que tu as dit l'autre jour, Luke, je ne veux pas qu'à l'hôpital on soit au courant de... ça.

— Je ne dirai rien.

— Bon.

— Tu ne veux pas qu'on connaisse ton côté sauvage ?

— Quelque chose comme ça... Mais ne t'imagine pas que je suis disponible pour toi, Luke. Je n'attendrai pas tes appels près du téléphone et ne serai pas à ta disposition.

Luke leva le visage de Pippa vers lui et le scruta. Elle n'avait vraiment rien d'une sauvageonne.

Son bonnet de laine grise laissait échapper une masse de boucles souples. Elle avait entortillé son écharpe autour de son col, et il avait envie de la dénouer pour contempler son long cou pâle. Mais il aurait le temps plus tard. Pour l'instant, il aimait goûter le charme de la nuit et de cette femme qui l'avait arraché à son lit pour le ramener à la civilisation.

Les lumières qui dansaient sur l'eau et au-dessus de leurs têtes se reflétaient sur sa peau pâle et dans ses yeux. Et au lieu de la faire taire d'un baiser, il prit ses mains glacées, les glissa sous son manteau, et l'attira à lui.

— Tu as raison, murmura-t-il. Et je ne m'attends aucunement à ce que tu sois à ma disposition.

Étonnamment, il avait pris plaisir à sortir ce soir, et il se dit que c'était bon d'être de retour à Londres...

Pippa savourait sa chaleur. Ouvrant les yeux, elle vit la multitude de lanternes au-dessus d'eux et sourit. Elle ne se reconnaissait pas dans cette femme heureuse, abandonnée...

La tête contre sa poitrine, elle entendait battre son cœur. Elle refoula ses larmes en regardant les lanternes s'éloigner dans la nuit. Elle ne pleurait jamais. Elle n'allait pas commencer maintenant.

— Mon chauffage est allumé, lui glissa-t-il à l'oreille, lui arrachant un sourire. Viens...

Il lui prit la main et l'entraînait parmi la foule bruyante et joyeuse quand elle l'arrêta net.

— Tu as du lait ?

— On en achètera en route.

D'accord. Il ne se sentait pas chez lui ici. Pas encore. Mais Londres arriverait sûrement à le faire changer d'avis...

7

Ils allaient être en retard.

— File ! dit Pippa, sortant de la douche, en voyant Luke tirer sur les draps défaits. Je ferai le lit. Tu commences à 7 heures.

Il choisit une cravate et releva son col de chemise.

— En effet. Dépêche-toi de t'habiller.

— J'irai en métro. Je prends ma garde à 7 h 30.

— Tu ne veux pas qu'on nous voie arriver ensemble ?

— Aussi, admit-elle en le voyant approcher.

Une semaine s'était écoulée depuis la soirée au Avery. Et même sans ses lentilles de contact, Luke était décidément très agréable à regarder le matin...

— Tu ne t'es pas rasé, dit-elle au contact de sa joue rêche.

— Quand aurais-je eu le temps ? Tu as une mauvaise influence sur moi, déclara-t-il, la lâchant à regret.

Elle le regarda sortir en souriant. Il lui faisait tant de bien, songea-t-elle en entendant ses pas décroître dans l'escalier.

Cette semaine avec lui avait été la plus belle de sa vie. Ils faisaient souvent l'amour malgré leurs emplois du temps chargés, mais il n'y avait pas que ça. Après la fête de Diwali, ils avaient assisté à un concert aux chandelles dans une cathédrale, et la veille, bien qu'elle fût de garde tard, ils étaient allés promener le petit chien de sa voisine.

— Comment on a pu se faire embarquer là-dedans ? avait

grommelé Luke quand le chiot s'était assis et avait refusé tout net de faire ses besoins et d'avancer. C'est ta faute !

Pippa avait caressé Saucisse un jour dans le couloir, et le lendemain Luke était chargé de le sortir. Le chiot avait quand même fini par faire pipi, et Luke l'avait pris dans ses bras pour le ramener chez sa maîtresse.

— C'est juste pour une fois, avait dit Pippa, imitant la femme, quand ils avaient couché Saucisse dans son panier.

— Et ça va s'arrêter là, avait répliqué Luke en glissant les clés de sa voisine dans sa boîte aux lettres.

Il avait dit qu'il n'aimait pas s'impliquer, et c'était clair.

Au lieu de faire le lit, Pippa s'assit dessus pour mettre ses lentilles de contact. La chambre lui parut soudain plus nette, et ses yeux se posèrent sur des cartons empilés dans le coin, sous le hideux tableau destiné à cacher les défauts du mur.

La pièce était silencieuse sans leurs bavardages futiles. Car ils n'abordaient jamais de sujets graves. Luke refusait de parler travail, et ils évoquaient peu leur famille. Ils discutaient parfois du passé – d'un professeur qu'ils avaient eu, d'une personne qu'ils avaient connue – mais jamais sérieusement.

Comme ils ne se projetaient pas dans l'avenir, elle ne lui dit rien du second entretien auquel elle était convoquée, et il ne mentionna pas le poste qu'on lui avait proposé en Écosse. Ils étaient comme suspendus dans le présent.

Mais dans le silence paisible du petit matin les pensées que Pippa s'efforçait d'ignorer revenaient la hanter. Dans deux semaines, Luke serait parti.

Tu as déjà surmonté ça, se rappela-t-elle. Mais elle avait alors seize ans, et n'avait pas encore goûté à ses baisers. Aujourd'hui, elle connaissait le contact de sa peau, la sensation de le sentir sur elle, en elle... Elle savait que derrière son comportement abrupt il était toujours le garçon qu'elle avait rencontré à la bibliothèque quinze ans plus tôt...

Il possédait encore une part de son cœur, et elle faisait tout pour le cacher.

— On attend une admission des soins intensifs, annonça l'infirmière cheffe de nuit à l'équipe de jour. Darcy, cinq ans.

— De l'unité de trauma ? demanda Pippa.

— Oui. Splénectomie, contusion au rein gauche, intestin perforé, et commotion. Il n'est plus sous respirateur depuis deux jours. Son score de Glasgow est entre treize et quinze.

Ce score évaluait la gravité d'une lésion cérébrale et quinze était le meilleur score, Darcy Williams allait donc mieux.

— Il ouvre les yeux, mais parle peu. Sa mère a été admise ici et sort aujourd'hui. Le jumeau de Darcy a été transféré dans un autre centre de traumatologie.

— Et le père ?

— Il court d'un hôpital à l'autre.

— Quand Darcy doit-il arriver ?

— Je leur ai dit qu'on n'avait pas de place libre avant midi.

— Dites-leur qu'on n'est pas prêts, maugréa Jenny.

— Pippa, intervint Nola, vois ce qu'on peut faire en fonction des sorties programmées.

Il fallut jongler avec les chambres, car Mme Williams était encore handicapée, et la chambre de Darcy devait être assez spacieuse pour l'accueillir quand elle irait le voir. Finalement la chambre 7 fut prête à recevoir Darcy.

Les médicaments et les petits déjeuners avaient été distribués, et Jenny donnait son biberon à Toby.

— Bonjour, Luke, dit Nola en le voyant arriver.

— Darcy Williams est là ?

— Pas encore… Pippa, prends ta pause avant son arrivée.

Pippa se prépara un café instantané et alla en salle de repos où Fiona faisait un break.

— Darcy a été admis ? interrogea la jeune interne.

— Pas encore, répondit Pippa. Ils nous biperont à son arrivée. J'en profite pour faire une pause.

Elle préférait ne pas être là quand Luke se trouvait dans les parages. Elle rougissait en sa présence, et il était encore moins discret qu'elle, l'attirant souvent à l'écart pour bavarder.

— Vous savez comment va l'autre jumeau ? demanda-t-elle.

— Bien. On parle de l'envoyer en neurologie. J'ai demandé à Luke de le transférer ici, et il a dit que la décision ne m'appartenait pas, répondit Fiona avec aigreur. C'est facile de dire ça, ce n'est pas lui qui a affaire aux parents...

Pippa garda le silence.

— Il est brillant au bloc, reprit Fiona. Et il faut s'endurcir pour faire son travail. Mais, en dehors de la salle d'opération, un peu de sensibilité ne serait pas superflue.

Pippa ne répondit pas. Luke n'était pas un plaisantin ni un bavard, et il était strict avec ses collègues, mais l'intérêt des patients était toujours une priorité pour lui.

Pippa regagna son service avant la fin de sa pause. Darcy n'était toujours pas là, et Luke examinait des radios, le téléphone coincé contre l'épaule, l'air contrarié.

— Sérieux ? grogna-t-il, agacé. Je vous recontacte...

— Des ennuis ? demanda Nola.

— On dirait, répliqua-t-il avec un soupir en rangeant son téléphone dans sa poche, au moment où Pippa entrait. Vous faites votre lit le matin, Nola ?

— Bien sûr...

— Jenny ?

— J'ai été dans l'armée, alors oui.

— Et vous rangez la salle de bains ? Vous essuyez la douche ?

Jenny hocha la tête.

Il se tourna vers Pippa, qui avait le visage en feu.

— Vous faites votre lit le matin, Pippa ?

— Évidemment, dit-elle d'une voix rauque, consciente qu'elle n'avait pas fait le lit et s'était habillée en hâte, laissant la salle de bains en désordre.

— *Tous* les matins ? Même si vous travaillez tôt ?

— Ça dépend..., dit-elle, soutenant son regard narquois.

— Eh bien, mon agent immobilier vient de me dire que si je veux qu'il fasse visiter mon appartement quand je suis au travail, je dois le laisser dans un état impeccable.

— C'est évident, approuva Jenny.

— J'ai pris le contrat le plus cher. Il pourrait au moins...

— Vous voudriez qu'il accoure pour ranger derrière vous ? grommela Jenny en sortant. Non mais, franchement...

Pippa alla dans la réserve préparer les médicaments des patients, et Luke ne tarda pas à la rejoindre.

— *Je ferai le lit,* hein ? se moqua-t-il en l'imitant.

— J'ai perdu la notion du temps. Je regardais tes murs. Si tu n'as pas le temps de poser du papier peint, tu devrais habiller les cheminées au lieu de mettre des affiches moches.

— Dit l'ex-future décoratrice d'intérieur ? Je laisserai plutôt faire les experts, merci.

— Du calme, Luke, dit-elle avec un sourire en coin. Je n'ai aucune envie de t'accompagner chez Ikea pour acheter des couvre-lits. C'est juste que j'adore les vieilles bâtisses.

— Luke ! cria Jenny. Le transfert des soins intensifs est là !

— Merci. J'arrive.

Pippa suivit Luke car on lui avait confié les soins de Darcy. L'enfant était accompagné de son père, que Luke salua.

— Bonjour, Evan. Salut, Darcy. Tu as meilleure mine.

Darcy posa sur lui son regard grave et détourna les yeux.

Il récupérait bien de ses terribles blessures, d'après l'infirmière des soins intensifs qui passait le relais à Pippa.

— Luke dit qu'il peut boire un peu d'eau, mais il refuse. Il est anormalement silencieux. Il a juste demandé sa mère.

— Elle a quitté l'hôpital ce matin, c'est ça ?

— Oui. Vous saviez qu'il avait un frère jumeau ?

— Oui, acquiesça Pippa.

— Un transport est prévu pour que la mère aille voir Hamish, puis elle viendra ici. Darcy n'a pas demandé son frère, ce qui est inhabituel d'après son père. Il est replié sur lui-même.

Evan remercia l'infirmière, qui regagna son service.

— Ma femme et moi allons veiller Darcy à tour de rôle, mais Amber a eu la jambe fracturée..., dit-il à Pippa.

— Oui, nous avons mis Darcy dans la plus grande chambre, afin de pouvoir lui installer un fauteuil et un lit, répondit-elle.

Un coup d'œil dans la pièce lui apprit que l'anesthésiste était arrivé, et qu'il y avait du monde autour de l'enfant.

— Je vais vous montrer les installations... Comment va Hamish ? demanda-t-elle en lui faisant visiter les pièces réservées aux parents.

— Mieux que Darcy. Il n'est plus sous respirateur et il s'exprime. Il est juste un peu confus... Je croise les doigts pour qu'on le transfère ici. J'ai demandé à M. Harris s'il pouvait intervenir, mais j'ignore si c'est possible...

Darcy était apathique, et l'après-midi ses yeux suivirent à peine Pippa pendant qu'elle prenait ses constantes, mais il leva la tête quand Luke entra dans la chambre.

— Comment tu te sens, Darcy ?

Sans répondre, le garçonnet détourna la tête. Pippa gratouilla le nounours usé par les câlins coincé sous son bras.

— Qui c'est ? demanda-t-elle.

— C'est Moustache, dit Evan devant le silence de Darcy.

— Hamish a aussi un ours en peluche ? demanda-t-elle tout en réglant le débit des différentes perfusions.

— Il s'appelle Coco, chuchota le petit garçon.

— Et Coco est avec Hamish en ce moment ?

— Oui, répondit Evan. Amber m'a chargé d'apporter leurs

doudous le lendemain de l'accident. Les jumeaux les cachent quand leurs copains viennent jouer à la maison.

— C'est vrai ? dit Pippa, souriant au garçonnet. Moi aussi je cache mon nounours. Et je suis beaucoup plus vieille que toi.

Mais Darcy s'était refermé. Les yeux clos, il s'agrippa à son doudou et resta léthargique pendant qu'on l'auscultait.

— Essayez de lui faire boire un peu d'eau, dit Luke à Evan, l'examen terminé.

— Il n'en a pas envie.

— Le goutte-à-goutte entretient l'hydratation, mais boire l'aidera à récupérer plus vite.

Mais, contrairement à la petite Chloe, Darcy refusait obstinément de s'alimenter.

— Il veut son frère, confia Nola à Luke le lendemain en fin d'après-midi. Vous ne pouvez pas intervenir ?

— Ce n'est pas souhaitable, répliqua Luke avec aigreur. Hamish est dans le meilleur service neuro, et la traversée de la ville en ambulance lui serait préjudiciable... Oui, Jenny ?

— Martha veut vous parler, dit-elle.

Avant qu'il sorte, Evan revint à la charge pour lui demander une nouvelle fois de faire transférer Hamish au Primary.

— Ça faciliterait les choses pour tout le monde, insista le père épuisé. Et je sais que ça remonterait le moral de Darcy...

Occupée à donner le biberon à un bébé, Pippa entendit Luke exposer la situation au père en l'exhortant à la patience.

— Hamish se remet bien, mais il a eu une grave hémorragie cérébrale, et il doit être étroitement surveillé. Je ne crois pas qu'un transfert serait dans son intérêt en l'état actuel des choses. Il se trouve là où il doit être.

— Je sais, admit Evan d'un air las. Darcy veut que j'apporte son ours à Hamish. Mais il en a besoin, et Hamish a déjà Coco.

Luke acquiesça. Pippa brûlait d'intervenir. Si Darcy voulait que Hamish ait Moustache, il fallait respecter son désir.

Mais Nola partageait l'avis des deux hommes. De plus, l'assistante sociale était arrivée, ainsi que Martha, la pédiatre. Pippa ne pouvait pas se permettre d'exprimer son désaccord, surtout devant Evan.

En regardant le petit groupe gagner le bureau infirmier pour discuter, Pippa songea qu'elle n'avait jamais autant souhaité intégrer la nouvelle unité pédiatrique. Elle savait qu'elle était faite pour ça, et voulait faire entendre sa voix.

— Luke ? dit-elle quand il sortit de la réunion.

— Quoi ? interrogea-t-il, tendu. J'attends un appel de M. Benson. Pouvez-vous venir me chercher quand il appellera ?

— Bien sûr, répondit-elle.

— Demandez aux parents de Toby de venir au bureau infirmier, je vous prie.

Pippa acquiesça, surprise, Toby n'étant pas un de ses patients. Près du berceau du bébé, Jenny bavardait avec ses parents, sans lâcher le nourrisson des yeux.

À cet instant, Nola sortit du bureau et rejoignit Pippa pour la mettre au courant : des informations inquiétantes venaient d'être révélées concernant Toby.

Pippa comprit que l'assistante sociale n'était pas là pour les jumeaux.

8

Avant même que l'aube commence à poindre, c'était déjà le plus bel anniversaire de toute la vie de Pippa. Luke ignorait qu'il venait de faire l'amour avec une trentenaire !

Elle sentait son corps chaud épouser le sien tandis qu'ils émergeaient lentement de leurs ébats passionnés. Le réveil n'avait pas encore sonné.

— Pardon de t'avoir réveillée, murmura-t-il.

— Tu peux me réveiller comme ça quand tu veux !

Le sourire de Pippa s'effaça quand elle réalisa qu'ils n'auraient plus beaucoup de matins comme celui-ci.

Mais quelle joie d'avoir trente ans dans ces conditions. Elle n'avait pas dit à Luke que c'était son anniversaire. Du reste, elle n'avait jamais fait grand cas de cette fête. Ni ses parents. Une enveloppe l'attendrait la prochaine fois qu'elle irait leur rendre visite. Mais comme il s'agissait d'un anniversaire marquant, peut-être l'inviteraient-ils à le fêter avec eux, la surprenant avec un gâteau... Ces fêtes étaient toujours très douloureuses pour eux. Et le jour où Julia aurait dû avoir trente ans, sa mère avait été dévastée.

Pippa ferma les yeux pour chasser le malheur et retrouver la douceur des bras de Luke qui lui procuraient une sensation de sécurité et de chaleur en cette froide matinée de novembre.

Même la sonnerie de l'alarme ne gâcha pas leur plaisir. Luke l'éteignit et, au lieu de se lever, il alluma la couverture électrique qu'il remonta sur eux, et la reprit dans ses bras.

— Il y a un avantage à être chez toi..., fit-il remarquer.

— On n'est pas forcés de faire le lit, ni de ranger ?

— Ça, et ton appartement est plus proche de l'hôpital. On n'est pas obligés de courir.

Ils avaient même le temps de boire un thé avec des toasts tartinés de marmelade de gingembre piquante et épicée, parfaite pour un petit déjeuner hivernal.

La première fois qu'ils avaient dormi chez elle, Pippa lui avait déniché une brosse à dents rose fluo qu'il s'était appropriée. Et quand elle couchait chez lui, elle avait droit à la brosse à dents de la trousse-cadeau d'une compagnie aérienne.

Étant chez elle aujourd'hui, Luke allait sentir le talc pour bébé toute la journée. Et chez lui, elle utilisait une mixture masculine pour « hommes actifs » en guise de déodorant, qui noyait le parfum frais qu'il aimait tant.

Quelques-unes de ses chemises étaient même pendues dans l'armoire de Pippa, dans leur housse du pressing. Il en sortit une en songeant qu'avant il aurait prétexté ne pas avoir d'affaires de rechange pour s'éclipser avant l'aube, ou même partir en pleine nuit.

Plus maintenant. C'était plus simple ainsi. Ou plus compliqué... Mais, leur histoire étant éphémère, peu importait. C'était bon de passer un maximum de temps ensemble au lieu d'en perdre en allées et venues.

Dans le lit, Pippa le regardait avec un sourire endormi.

— La couverture se réchauffe, dit-elle d'une voix rauque.

— Ce n'est pas juste, protesta-t-il, envisageant pour une fois d'arriver en retard au travail. Tu as tes lentilles sur toi ?

— Non, répondit-elle, mutine.

— Dommage...

— Je ne suis pas aveugle ! répondit-elle en riant devant son excitation évidente. Je sais que tu en as envie…

Il résista à la tentation.

— Je devrais pouvoir me libérer à une heure raisonnable ce soir. On pourrait peut-être…

— Je ne suis pas sûre de pouvoir. Je te préviendrai.

— Je suis de garde demain soir, déclara-t-il.

Ce n'était pas son genre d'insister, mais il arrivait à la fin de son contrat, et le temps passait vite. Il devait aussi verser une caution pour la maison qu'il avait trouvée…

— J'ai déniché un logis sympa en Écosse, à Skye. Un cottage en pierre, où on pourra faire des feux de tourbe.

— Il y a l'eau chaude ?

— Tu pourras voir ça ce soir…

Il envisageait de l'inviter à venir le rejoindre quelques semaines quand il serait en Écosse. Il ne l'avait jamais fait avec personne.

— Ou à un autre moment, dit-il en enfilant sa veste de costume. Tu pourras t'assurer que je n'aurai pas à aller chercher l'eau à un puits…

Pippa eut un sourire crispé. Pas question qu'elle l'aide à choisir le logement dont profiterait sa prochaine maîtresse…

Quand il fut parti, elle consulta son téléphone, espérant avoir un message pour son anniversaire, avant de se rappeler qu'il n'était pas encore 7 heures.

Quand elle vérifia son téléphone pendant sa pause matinale, elle n'avait toujours aucun message de ses parents.

Elle déjeuna tardivement car Darcy fut pris de vomissements. Son père était parti voir Hamish avec sa mère, et Darcy était en larmes. Pippa changea ses draps pendant que Laura bipait Fiona pour qu'elle vienne l'ausculter.

— Ce n'est rien, Darcy, lui dit-elle quand il eut regagné son lit propre avec son nounours. Ta maman va bientôt revenir.

— Je reste avec lui, dit Laura. Fiona vient dès que possible.

Pippa consulta ses messages en grignotant un sandwich. Elle avait des SMS dont un de sa tante, mais rien de ses parents. Elle se sentait plus furieuse que peinée. Ou était-ce l'inverse ? Elle l'ignorait encore en regagnant son service.

Evan était revenu de St. Bede où Amber était restée avec Hamish. Fiona était arrivée et auscultait Darcy.

— Comment va ce ventre ? demanda-t-elle en palpant délicatement l'abdomen du jeune garçon.

Sans répondre, l'enfant regarda Pippa.

— Hamish est où ?

— On le soigne dans un autre hôpital, lui répéta Pippa. La doctoresse veut savoir si tu as mal au ventre, Darcy.

Il tourna la tête et regarda par la fenêtre.

— Est-ce qu'il boit ? demanda Fiona.

— Juste de petites gorgées, et on doit insister.

— Il n'a vomi qu'une fois ? Je vais en parler à David.

L'après-midi, Luke vint examiner Darcy et ne décela aucun changement clinique.

— Je vais appeler l'anesthésiste pour lui demander de faire un bilan de la douleur, dit-il. Et on va augmenter ses perfusions de liquide. Il est très apathique.

Luke avait conscience d'avoir le mauvais rôle. D'autant qu'une chambre à deux lits venait de se libérer en pédiatrie.

Darcy voulait son jumeau.

Nola lui en reparla pendant qu'il étudiait des résultats d'analyse, et il la rabroua. Tout le monde lui rebattait les oreilles avec ça, même Evan qui avait ramené sa femme auprès de Darcy et était allé visiter la chambre à deux lits...

Luke avait conscience de la souffrance de la famille, et il avait même envisagé un transfert avec Horace. Mais ils préféraient être prudents, et ils étaient convenus que dans l'état actuel des choses, les jumeaux devaient rester où ils étaient.

— Une livraison pour Pippa Westford.

Luke leva les yeux et vit un livreur déposer une énorme plante en pot devant le poste des infirmières.

— Doux Seigneur, murmura Nola. C'est pour qui ?

— Pippa, répondit Jenny en détachant la petite enveloppe.

— Jenny ! protesta Nola.

Avec un soupir, Jenny remettait la carte en place quand Pippa sortit du bureau.

— Ça vient d'arriver pour toi...

Pippa prit la carte et la glissa dans sa poche.

— C'est de qui ? demanda Jenny.

— Je verrai une fois chez moi, répliqua Pippa en jetant un coup d'œil à la plante. Regardez-moi ça, elle est énorme !

Elle la poussa temporairement dans un coin du bureau, puis se rendit à la pharmacie avant la fin de son service

Luke mourait d'envie de savoir ce qu'il y avait dans l'enveloppe. Il était habitué aux petits jeux auxquels se livraient les femmes. Une de ses maîtresses s'était même envoyé des fleurs en prétendant qu'elles venaient d'un ex, pour le rendre jaloux et l'inciter à s'engager. En pure perte.

Compte tenu du peu de temps qu'il leur restait, cela le tracassait que Pippa ait été aussi vague au sujet de ses plans pour la soirée. Il la rejoignit à la pharmacie.

— Ton amoureux secret a un goût affreux, observa-t-il.

— Ma tante m'envoie une plante chaque année, répondit-elle en riant. J'ignore pourquoi elle ne l'envoie pas chez moi. Ne dis pas à Jenny de qui elle vient.

— Une minute... c'est ton anniversaire ? demanda-t-il avant de faire un rapide calcul. Tu as trente ans, c'est ça ?

— Ne m'en parle pas...

— Mais pourquoi n'avoir rien dit ? Et que fais-tu ce soir ?

— Je ne fais pas grand cas de mes anniversaires.

— Mais peut-être que *moi*, j'ai envie de le faire.

Il se rapprocha et lui chuchota à l'oreille le nom d'un restaurant français proche de chez lui.

Pippa regarda son téléphone. Toujours pas de message de ses parents. Bon sang, elle voulait fêter son anniversaire, et pour une fois quelqu'un avait envie de le faire avec elle.

— Ça me plairait beaucoup, fit-elle.

— Et tes projets pour ce soir ?

— Ils ont changé, dit-elle en souriant.

— Génial. Je réserve pour 7 heures ? Je devrais avoir fini ici dans une heure ou deux. Il vaut mieux se retrouver là-bas...

C'était le premier anniversaire qu'elle osait célébrer, et elle courut au vestiaire se changer en se demandant ce qu'elle allait porter, et si elle avait le temps de faire les boutiques...

— Un vrai vaudeville ! s'écria Jenny en entrant dans le vestiaire. Shona vient d'appeler, elle voulait parler à Luke !

— Qui ça ?

— L'infirmière des soins intensifs de St. Bede avec qui il a eu une liaison.

— Ce sont juste des ragots.

— Pas du tout, protesta Jenny en enfilant son grand pull. Fiona m'a tout raconté. Elle les a surpris en salle de repos. Shona a dû apprendre qu'il était de retour à Londres. Si tu avais vu la tête de Luke quand je lui ai dit qu'elle voulait lui parler en privé...

En privé ? Le cœur de Pippa sombra. Puis elle se rappela qu'elle détestait les commérages. Et Luke n'avait-il pas dit lui-même que ces rumeurs étaient infondées ?

— Il a pris l'appel dans le bureau de Nola. Il avait l'air furax.

Pippa apercevait Luke dans la pièce dont les stores étaient

levés, elle devinait sa tension dans la main qu'il passait dans ses cheveux.

— Je te l'avais dit ! remarqua Jenny d'un air triomphant. Va chercher ta plante, tu entendras peut-être...

— Je dois filer, coupa Pippa, voulant juste fêter son anniversaire avec celui qui lui plaisait depuis si longtemps.

Elle laissa l'énorme plante où elle était, et alla faire les magasins. Elle eut un coup de cœur pour une jolie robe en soie lavande, hélas nettement au-dessus de ses moyens.

Mais Luke n'était-il pas trop bien pour elle, lui aussi ?

Il lui avait peut-être menti sur son passé, mais elle aussi l'avait trompé en jouant les maîtresses libres et détachées.

— Essayez-la, suggéra la vendeuse.

Peut-être aurait-elle dû tout laisser tomber maintenant, mais elle s'enferma dans la cabine et se déshabilla. Malheureusement pour son compte en banque, la robe était superbe sur elle. Elle se regarda sous tous les angles, mais il n'y avait rien à redire, elle lui allait à la perfection.

Elle lui fit penser à Julia dans sa robe du soir argentée partant à la soirée de ses rêves...

Eh bien, Pippa, elle, aurait un anniversaire de rêve !

De retour chez elle, elle gorgea ses boucles de soins capillaires avant de les sécher au diffuseur. Puis elle se maquilla et revêtit la jolie lingerie qu'elle venait de s'offrir, enfila même des bas, et compléta la tenue avec des escarpins à talons et des pendants d'oreilles...

En se scrutant dans le miroir, elle se demanda si elle n'en avait pas trop fait. Car cette soirée était certainement la plus importante de sa vie...

— *Madame...*, dit le maître d'hôtel en l'accueillant poliment.

Il lui parla en français, et elle comprit qu'il voulait la débarrasser de son manteau. Elle le lui confia et le suivit à la table qu'ils avaient réservée. Intimidée, elle commanda un verre de vin rouge, mais il la regarda fixement, et elle chercha dans son français scolaire pour se faire comprendre.

Son vin lui fut servi avec une assiette d'amuse-bouches dont l'appétissante odeur d'ail et fines herbes lui donna faim.

Elle refusa poliment la bouteille de vin que lui proposait le serveur dans un français approximatif. Alors seulement, il lui vint à l'esprit que Luke ne viendrait peut-être pas.

Il n'allait pas la lâcher le jour de son anniversaire, quand même ? À moins qu'il se soit passé quelque chose à l'hôpital ? Mais alors, il lui aurait envoyé un texto, non ?

Non, il était chirurgien, et elle le voyait mal charger un membre de son équipe de lui envoyer un message. D'autant qu'elle tenait à ce que leur relation reste discrète.

Les pensées se télescopaient dans sa tête. Elle voulait lui faire confiance, croire qu'il était retardé par son travail. Mais une petite voix perfide parlait encore plus fort. L'appel de son ex lui avait-il fait changer ses plans pour la soirée ?

Un texto arriva enfin, et elle eut l'impression que tout le monde la regardait en le lisant :

Désolé. On se parle plus tard.

Des excuses, sans explications.

Elle fit signe au serveur.

— Je peux avoir l'addition, s'il vous plaît ?... Vous avez très bien compris, dit-elle sèchement devant sa mine perplexe.

Avec un sourire en coin, l'employé lui apporta la note dans une pochette de velours. Pippa régla son verre de vin d'un prix exorbitant, ajoutant même un pourboire pour masquer son embarras. Non, ce n'était pas de l'embarras. Mais son espoir de fêter le seul et unique anniversaire de sa vie s'était envolé.

Le retour en taxi lui parut interminable. De retour chez elle, elle se déshabilla et se débarbouilla avant d'enfiler un grand T-shirt. Elle se servit un verre de vin meilleur marché que celui du restaurant et, allant chercher sa couverture chauffante, elle s'en enveloppa et se pelotonna sur le canapé.

Elle comptait s'amuser ce soir, et maintenant elle souffrait.

Il était près de 10 heures quand on frappa à la porte. Elle fut tentée de ne pas aller ouvrir mais ne voulait pas être mesquine.

— Salut, dit-elle à Luke d'un ton désinvolte.

— Je suis navré de t'avoir lâchée le jour de ton anniversaire, Pippa.

— On m'a posé des lapins dans des endroits pires, répondit-elle en le faisant entrer.

Puis elle vit son expression tendue quand il s'assit sur le canapé, prit son verre, et but une gorgée de vin.

— J'ai reçu un appel de St. Bede...

— De Shona ? Jenny me l'a dit.

— Elle travaille aux soins intensifs, maintenant... Hamish a fait un très grave malaise.

— Hamish ? répéta-t-elle, affolée. Le jumeau de Darcy ?

— Oui. Evan était en route pour le voir, et j'ai dû aller prévenir Ambre que l'état de Hamish s'était soudain aggravé.

— Oh ! mon Dieu.

— Amber était affolée. Et comme ce sont de vrais jumeaux, elle m'a demandé de faire des examens complets à Darcy, numération globulaire, infection...

Pippa hocha la tête. L'accident avait eu lieu des jours plus tôt, et les jumeaux avaient pu couver une infection, ou partager une affection non diagnostiquée. Il était évidemment vital de le vérifier, et se préoccuper du jumeau en meilleure santé.

— Vous avez trouvé quelque chose ?

— Non. Il semblerait que l'hémorragie cérébrale de Hamish se soit étendue. Il est mort il y a une heure.

Assommée, elle le regarda prendre sa tête dans ses mains et fut prise de tremblements, plantée devant lui dans son grand T-shirt. Impuissante, elle attendait que Luke démente la nouvelle, qu'il dise qu'il s'agissait d'une erreur, pour que le monde se remette à tourner sur son axe.

Luke leva la tête.

— Ça va ? demanda-t-il, frappé par son manque de réaction.

— Je ne sais pas, avoua-t-elle, choquée de le voir pleurer.

Elle alla s'asseoir à côté de lui.

— Qui est avec Darcy ?

— Un oncle ou un cousin est arrivé au moment où je partais, mais Darcy dormait.

— Il savait, murmura-t-elle, les lèvres blanches. Darcy savait que quelque chose n'allait pas…

— Pippa…

— J'en suis sûre… Quand l'état de Julia s'est envenimé, j'ai été malade toute la journée à l'école. Personne n'a pensé à m'appeler pour me dire de rentrer lui dire adieu. Je l'ai découvert en rentrant du collège… Il faut que ce soit ses parents qui le lui disent, Luke, pas son oncle. C'est ma tante qui me l'a appris et…

— Pippa, je suis sûr qu'Evan et Amber lui parleront ensemble. Mais ils ne veulent pas qu'il soit seul ce soir… Je regrette de t'apporter ces mauvaises nouvelles.

Il lui prit la main, et elle voulait s'accrocher à lui, mais elle était effrayée par son propre désespoir et les horribles souvenirs qu'il faisait remonter. Elle n'avait pas l'habitude de partager sa peine, et Luke, déjà très affecté, n'avait pas besoin qu'elle craque.

— Comment était Amber ? demanda-t-elle.

— Je lui ai appris la nouvelle à l'écart de Darcy. Nola l'a amenée dans le bureau. J'ai eu à annoncer de mauvaises nouvelles à bon nombre de parents, mais ça n'a jamais été aussi dur, avoua-t-il en essuyant ses joues humides de larmes. On dirait que je ressemble à mon père, finalement…

— Que veux-tu dire ?

— Plusieurs fois, il est rentré complètement bouleversé à la maison. Au travail, il avait un sang-froid à toute épreuve. Mais je l'ai vu pleurer ces jours-là, et ça m'a terrifié.

— Qu'est-ce que tu as fait ?

— J'ai proposé d'aller chercher ma mère dans son atelier… elle peint, elle aussi.

C'était étrange pour Luke d'être assis avec la femme dont il avait besoin ce soir, il s'en rendait compte.

Même si Pippa n'était pas expansive, elle ne s'enfermait pas dans son atelier, comme sa mère. Elle était près de lui…

C'était vraiment un piètre anniversaire pour elle.

Elle s'allongea sur le canapé, la tête sur ses genoux, pendant qu'il finissait son vin.

Ils étaient plongés dans leurs pensées.

Mais ils étaient ensemble.

Et ce soir, cela comptait énormément.

Pippa aurait détesté apprendre la triste nouvelle en prenant son service le lendemain. L'effroi qui lui comprimait la poitrine lui rappelait ce qu'elle avait ressenti quand on lui avait appris la mort de Julia.

Elle sentait la main de Luke caresser ses cheveux.

— J'aurais dû transférer Hamish au Primary, murmura-t-il d'une voix rauque. Au moins Darcy aurait été avec son frère.

— Pour qu'il assiste à son agonie ? Qu'il entende les tentatives de réanimation ? Qu'il le voie mourir ?

Elle tourna la tête pour le regarder.

— Ça aurait été épouvantable pour Darcy. De plus, St. Bede a un des meilleurs services de neurologie. Tu as bien fait d'y laisser Hamish. Imagine qu'il soit décédé dans l'ambulance ? En refusant son transfert, tu lui as donné la meilleure chance.

— Merci de me dire ça, répondit-il, fermant les yeux.

— C'est la vérité, dit-elle en se redressant contre lui. Mais la vie ne joue pas toujours franc-jeu.

Luke contempla la femme à qui il avait posé un lapin ce soir. Elle ne lui avait pas envoyé un seul message pour savoir où il était, n'avait pas montré la moindre colère.

— Je regrette d'avoir gâché ton anniversaire.

— Tu n'as rien fait de tel. Je déteste les anniversaires.

— Depuis que tu as perdu… ?

— Depuis toujours. Je n'allais jamais à ceux de mes amies.

— Pourquoi ? demanda-t-il, soutenant son regard vert.

— Julia ne pouvait pas y aller, et maman trouvait injuste que j'y aille.

— Et tes anniversaires à *toi* ?

— J'en ai eu quelques-uns… même si mes parents ont oublié le septième. Et ils avaient une bonne raison, répondit-elle.

Elle lui raconta l'hospitalisation en urgence de Julia et le gâteau d'anniversaire surprise apporté par l'infirmière.

— Julia avait dû en parler. J'ignore d'où venait ce gâteau.

Luke s'absorba dans ses pensées. Malgré ses défauts, son père n'avait jamais manqué un anniversaire. Ils se parlaient peu, mais il l'avait appelé l'autre soir pour avoir des nouvelles.

— Alors ils ne te le fêtent pas, même maintenant ?

— J'aurai une enveloppe avec de l'argent la prochaine fois que j'irai chez eux.

— Ils t'appellent ce jour-là, au moins ?

— Les anniversaires les bouleversent, Luke. On ne peut pas savoir ce qu'ils ressentent si on n'a pas perdu un enfant.

Luke ravala un commentaire caustique. Il pensa à Amber, qui s'était précipitée au chevet de Hamish sans pour autant oublier Darcy, qu'elle lui avait confié…

— Quoi qu'il en soit, je n'en fais pas tout un plat, dit Pippa.

Luke l'embrassa, et elle lui rendit son baiser pour chasser les horreurs de la journée.

En se déshabillant, il la vit prendre un préservatif dans la poche de sa veste. Ils avaient besoin d'échapper au malheur, et l'impatience les tenaillait.

Ils firent l'amour sur le canapé, et leurs ébats furent violents, passionnés, pour dissiper les sombres pensées qu'ils avaient dans la tête.

Mais le danger les guettait aux premières heures du jour...

9

Pippa s'éveilla avant l'aube. Contre elle, Luke ne bougeait pas, mais elle sentit qu'il était réveillé.

— Tu ne dors pas ?

— Non... tu croyais que j'étais avec Shona hier soir ?

— Je ne savais pas quoi penser. Je ne *sais pas* quoi penser...

Elle se demanda de quel droit elle jugeait son passé. Mais certains sujets devaient être abordés.

— Elle était *mariée,* Luke...

— Mon père aussi.

— Quoi ? s'écria-t-elle, se tournant vivement vers lui.

— C'était mon père qui avait une liaison avec Shona.

— Mais pourquoi avoir quitté St. Bede et plonger à sa place ?

— Je ne voulais plus rester. J'avais perdu tout respect pour mon père. Et l'époux de Shona travaillait à l'hôpital. J'envisageais d'aller étudier en Amérique et ça m'a donné le coup de pouce nécessaire. En fait, je n'ai jamais été très sûr de vouloir travailler à St. Bede... saleté d'examen de chimie !

— La fragmentation, hum ? dit-elle en riant.

Il lui donna une tape sur le bras et y laissa sa main. Elle voyait briller ses yeux sombres. Jamais elle ne s'était sentie aussi proche de quelqu'un. C'était différent de ses conversations nocturnes avec Julia. Ils étaient deux adultes vulnérables qui se confiaient, se touchaient, se soutenaient...

— Comment as-tu découvert leur liaison ?

— Un coup de chance, car ils étaient très discrets. Quand j'ai commencé mon internat, mon père travaillait au Moyen-Orient et ma mère l'avait suivi. Ils sont rentrés en Angleterre deux ans avant mon départ de St. Bede.

— C'était comment, de travailler avec lui ?

— On ne se croisait guère, même si nous opérions dans le même secteur. Mais tu sais comme on est soudés dans un bloc.

Elle acquiesça en se remémorant sa formation. Le bloc opératoire était un monde à part, assez fermé.

— Mon père est différent à l'hôpital, pas comme à la maison où il est plus détendu. Mais soudain, il est devenu plus gai au travail. Comme toi ces temps-ci, dit-il, caressant sa taille.

— J'espère être plus discrète ! protesta-t-elle en riant.

— Ils ont dû l'être aussi. Et si je n'avais pas été son fils, je ne l'aurais jamais su.

— Comment l'as-tu appris ?

Même si leur histoire n'avait pas d'avenir, elle voulait en savoir plus pour se rapprocher de lui, et ce constat la troubla. Elle croyait pouvoir profiter sans état d'âme de leur brève aventure, mais ils étaient enlacés au cœur de la nuit à échanger des confidences...

— Tu n'es pas obligé de me le dire...

— Je n'en ai jamais parlé, dit Luke. Mais je veux te le dire.

Il était venu ici ce soir pour s'excuser d'avoir gâché sa soirée d'anniversaire, mais aussi parce qu'il avait *besoin* de la voir, un sentiment nouveau pour lui, qu'il assumait.

— À Noël, j'offrais toujours des billets de spectacle à mes parents. Cette fois-là, je leur avais pris des billets pour *Hamilton*. Un matin, au vestiaire, j'ai entendu mon père fredonner une chanson de cette comédie musicale alors que je me préparais pour une opération.

— Leurs billets étaient pour quand ?

— Mars. En l'entendant chanter, j'ai voulu lui demander si le spectacle leur avait plu. Puis je me suis rappelé que ma mère était en voyage ce week-end-là, et j'ai supposé qu'ils avaient échangé les billets. Shona m'assistait au bloc ce matin-là, et comme je ne l'avais pas vue récemment, je lui ai demandé en plaisantant si elle m'évitait. Et elle est devenue écarlate.

Pippa l'écoutait avec attention, et il aimait leur intimité.

— Pendant l'intervention, quelqu'un lui a demandé si elle avait aimé *Hamilton* le samedi, et soudain j'ai compris pourquoi mon père était d'aussi bonne humeur. Shona s'est figée en me passant une pince, et elle a rougi. Elle n'arrivait pas à me regarder. J'ai terminé l'opération, mais elle a prétexté un malaise et a quitté la salle d'opération.

— Quelle histoire...

— En salle de repos, elle a fondu en larmes en me suppliant de ne rien dire pour épargner son mari... Tu connais Fiona, mon interne ? Elle était étudiante à l'époque. Elle est entrée pendant notre altercation, et je suis parti. En voyant Shona pleurer, elle a dû croire qu'on était en pleine rupture.

— Pourquoi n'as-tu pas... ?

— J'ai dit à mon père ce que je pensais de lui. J'ai quitté St. Bede car je ne supportais plus de travailler près de lui et Shona. Je n'ai plus reparlé à Shona, sauf pour le travail.

— Tu l'as dit à ta mère ?

— Non. J'avais déjà essayé, car il n'en était pas à sa première trahison. Cette fois, j'ai renoncé... Je te le répète, Pippa, jamais je ne suis sorti avec la femme d'un autre. Pourquoi crois-tu que je refuse de m'engager ? Je ne veux ni souffrance, ni mensonge, ni faux-semblant. Et je me suis juré de fuir les relations sérieuses et de ne jamais convoler.

— C'est pour ça que tu veux partir de Londres ?

— En tout cas, ça joue dans ma décision de ne pas retourner à St. Bede, répondit Luke.

À son retour des États-Unis, il avait décidé de vendre son appartement et de quitter Londres. Mais après s'être livré à Pippa, il se rendait compte qu'il se plaisait au Primary. Londres ne lui apparaissait plus comme le monde fermé et hypocrite qu'il avait tant voulu fuir.

— Tu seras bientôt en Écosse. Loin de tout ça...

— Si tu venais ? Pour me rendre visite ?

— Parce que tu auras faim de sexe dans ton petit cottage en pierre ? dit-elle, taquine. Ou pour me poser encore un lapin ?

— Tu ne me laisseras pas l'oublier, hein ? murmura-t-il en écartant une mèche bouclée de son visage. Combien de temps m'as-tu attendu au restaurant ?

— Trois quarts d'heure, peut-être ? C'était affreux.

— Pourquoi ? dit-il, l'attirant à lui. J'y mange souvent seul.

— Dans une nouvelle robe et avec de jolis pendants d'oreilles, à une table dressée pour deux ?

— À l'occasion, répondit-il avec malice.

— Tu as vraiment acheté une nouvelle robe ?

— Oui. Et des sous-vêtements.

Il glissa la main sur la peau douce de ses hanches.

— Et de la lotion pour le corps...

— Je me suis même maquillée.

— Je me rachèterai. Dès qu'on pourra, je réserverai là-bas.

— Jamais de la vie. La honte ! dit-elle en riant. Franchement, ça n'a pas d'importance.

— Franchement, si.

Elle avait parfois l'impression que ses baisers étaient la réalisation d'un fantasme, un délicieux aperçu du paradis. Mais pas maintenant, alors que l'aube allait poindre et qu'ils étaient dans un monde bien réel, qu'ils s'étaient bâti.

Ses baisers étaient différents. Plus lents, plus profonds.

Elle ouvrit les yeux. Il la regardait comme s'il lisait au fond de son âme. Elle n'avait aucun endroit où se cacher dans ce lit où ils partageaient l'intimité la plus totale.

Il glissa la main sur sa nuque et elle posa la main sur la douce toison de sa poitrine. Elle caressa ses flancs jusqu'à sa taille, savourant la lente exploration de son corps pendant que leurs langues se mêlaient.

Elle roula sur le dos et il lui écarta doucement les cuisses. Elle s'entendit gémir quand il entra en elle. Il se dressait au-dessus d'elle, et son corps magnifique la clouait sur le lit. Il remua, lentement mais profondément, et elle sentit son ventre se contracter.

— Pip...

Elle ne réagit pas, ce n'était plus de mise. À chaque pénétration, elle avait l'impression de se désagréger. Elle voulut tourner la tête pour souffler, mais il l'obligea à le regarder. Lui tenant les bras au-dessus de la tête, il la contempla en s'enfonçant en elle.

— Pippa...

Il voulait qu'elle le regarde pendant qu'il s'invitait dans cette bulle hors du temps, cet univers qui n'était qu'à eux.

Sentant venir l'orgasme, elle se mit à pleurer et articula son nom entre deux sanglots, mais il plongea en elle, encore et encore. Son souffle frôla sa joue quand il accéléra l'allure, et elle souleva les hanches pour mieux l'accueillir. Il gémit, et comme elle tremblait sous les assauts du plaisir, il s'enfonça en elle une ultime fois, et ils jouirent dans le même cri.

Il s'effondra sur elle, couvert de sueur, et elle sentit la fraîcheur de ses propres larmes sur ses joues. Jamais elle n'aurait cru qu'elle pouvait capituler ainsi, qu'ils pouvaient lâcher prise ensemble.

Reprenant ses esprits, elle entendit biper le téléphone de Luke, et quand il se détacha d'elle, elle prit conscience qu'elle venait de faire l'amour pour la toute première fois...

Luke coupa l'alarme.

— Pippa ? murmura-t-il, comme s'il était ailleurs.

— Quoi ? demanda-t-elle avec brusquerie, effrayée par ce qui venait de se passer entre eux.

Il allait lui dire qu'ils étaient allés trop loin. Avait-il lu dans ses yeux, senti dans son corps l'amour qu'elle s'efforçait de lui cacher ? Après avoir promis de ne pas l'aimer ?

— Pippa, dit-il, on n'a pas utilisé de préservatif…

Ah, c'était tout ?

— Tout va bien, répondit-elle. Je prends la pilule. Luke, tu es de garde. Il faut te préparer.

Il acquiesça et, en bon petit soldat obéissant, il se leva, alluma la couverture électrique, et alla se doucher.

Pippa reprit le cours de ses pensées. Ça ne pouvait pas être de l'amour, il fallait être deux pour ça. Mais leurs ébats avaient été d'une intensité qu'elle n'avait jamais connue.

Pendant qu'il utilisait sa minuscule douche, elle sentit revenir sa tension familière. Elle commençait à tenir profondément à lui, après avoir espéré que ce mois ensemble briserait définitivement le charme. Elle qui avait toujours pris ses distances avant de s'attacher… Elle plaidait coupable.

Il sortit du cabinet de toilette et commença à s'habiller.

— Il faut qu'on parle, dit-il en nouant sa cravate. Écoute, je suis désolé de ne pas avoir fait plus attention ce matin. Ça ne m'est jamais arrivé, je porte toujours une protection, mais je me ferai volontiers examiner, si ça peut te rassurer.

— Examiner ? répéta-t-elle, les sourcils froncés.

Elle fut prise de panique. Était-il en train de lui demander si elle portait le gène de la mucoviscidose ? Et comment réagirait-il si elle répondait par l'affirmative ?

Mais ce n'était pas ce qu'il voulait savoir.

— Si tu as peur que j'aie quelque chose… même si je suis sûr qu'il n'y a aucun problème.

Aucun problème ? Ce n'était pas le sexe non protégé, le problème…

Elle ne pouvait plus faire l'autruche.

Luke Harris avait repris sa place dans sa vie, et il s'était encore emparé de son cœur.

10

Certains jours, les soins pédiatriques étaient le plus beau métier du monde. Mais d'autres...

Evan s'occupait des démarches suivant le décès pendant qu'Amber s'entretenait avec un pédopsychiatre pour savoir comment annoncer à Darcy la mort de son jumeau.

— Hamish est où ? dit l'enfant, prenant Pippa de court.

Elle s'apprêtait à aller chercher Amber quand celle-ci entra.

— Darcy veut savoir où est Hamish...

Amber boitilla jusqu'au lit, où elle s'assit avec difficulté.

— Vous voulez que je vous laisse ? demanda Pippa.

— Non, restez, répondit Amber, avant de prendre une grande inspiration. Hamish est mort, chéri.

— Il va revenir quand ?

Pippa posa la main sur l'épaule de la jeune mère.

— Il ne reviendra pas.

— Jamais ?

— Jamais.

— Comme quand Yoyo est mort ?

— Oui, murmura doucement sa mère en lui caressant les cheveux. Comme votre perruche.

— Hamish ira aussi dans le jardin, dans une boîte ?

— Non. Il y a un jardin spécial pour les gens, expliqua Amber d'une voix tremblante pleine de tendresse. Et quand tu te porteras mieux, nous irons ensemble.

— Il est là-bas maintenant ?

— Non, il ira vendredi. Avec papa, on va aller lui dire au revoir, et quand tu auras repris des forces, on t'y emmènera.

Darcy posa sa petite main sur la joue de sa mère.

— Tu pleures, maman.

— Parce que je suis triste. Toi aussi, tu seras triste parfois, mais c'est normal. On veillera les uns sur les autres, et on se fera des câlins… Je peux en avoir un maintenant ?

Darcy noua ses petits bras autour du cou de sa mère et elle l'étreignit farouchement.

— Merci, Pippa. Je crois que ça va aller maintenant.

Pippa pleurait rarement. Mais la scène l'avait bouleversée. Refoulant son émotion, elle alla prévenir Nola et Luke qu'Amber avait parlé à son fils. En leur rapportant les paroles de Darcy et sa conception de la mort, elle dut s'interrompre pour réprimer des sanglots.

— Tu vas bien ? demanda Luke quand il la trouva en train de se préparer un thé en salle de repos.

— Oui.

— C'est dur.

Elle acquiesça. Elle mit du sucre dans la tasse, sortit le sachet de thé et ajouta du lait, beaucoup de lait.

— C'est normal d'être bouleversée, Pippa.

Elle voulut sortir pour échapper à son regard.

— Attends, Pippa ! On peut parler d'hier soir ?

Elle se raidit. La veille, c'était un peu comme si elle lui avait ouvert son âme, et elle le regrettait maintenant.

— S'il y a des retombées… Je sais que tu prends la p…

— Luke ! l'interrompit-elle. On est au travail.

— On ne peut pas nous entendre, dit-il, fermant la porte.

— Quelqu'un pourrait entrer !

— Et nous surprendre en train de parler ? fit-il, prenant un biscuit sur la table. Donnons-leur matière à jaser. *Luke mangeait un biscuit et Pippa buvait du thé...*

Elle rit. Elle ne craignait pas que ses collègues les surprennent, elle avait peur que Luke lise au fond de son cœur.

— Tu étais contrariée quand j'ai parlé de me faire examiner. Tu croyais que je pensais à la mucoviscidose ? demanda-t-il, abordant la question de front. Ça t'inquiète ?

Elle comprit qu'il voulait savoir si elle était porteuse du gène.

— Je te l'ai dit, Luke, il n'y a pas lieu de s'inquiéter. Ma sœur est morte d'une maladie congénitale. Et je ne me fie pas à un type pour ma contraception, je gère ça toute seule...

— Tu as été testée ?

— Je n'ai pas envie d'avoir cette conversation, surtout pas au travail. Pourquoi me confierais-je à quelqu'un qui ne sera même plus là dans une semaine ?

— Pippa, j'ai toujours dit que je partirais...

— C'est exact.

— Mon contrat se termine samedi prochain. Je ne prendrai pas le premier avion, mais autant aborder le sujet maintenant.

Elle n'avait pas envie de s'épancher devant un homme qui s'en allait. Leur histoire n'avait pas d'avenir. Elle prenait la pilule parce qu'elle portait le gène, et cela ne concernait qu'elle.

— Il n'y a rien à dire, murmura-t-elle.

— Bon.

Se détournant pour sortir, il s'immobilisa devant la porte.

— Pour info, tu ne t'es pas confiée du tout...

— De toute façon, tu ne t'en souviendrais même pas.

— Tu m'en veux parce que je ne me rappelle pas une conversation qu'on a eue il y a quatorze ans ?

— Bien sûr que non ! protesta-t-elle, mais elle savait que cette fois, il ne la lâcherait pas.

— Tu me punis parce que je ne craquais pas pour toi quand tu avais seize ans ? On est loin de MeToo, là…

— Arrête ! s'écria-t-elle en riant.

Comment arrivait-il à la faire rire en cette triste journée ? Mais quelque part, cela adoucissait un peu l'indicible cruauté du monde. Pour tous les deux.

Luke savait qu'elle avait passé la matinée avec Darcy, et cela avait dû être très dur pour elle.

— Je regrette de ne pas me souvenir, admit-il.

— Ce jour-là, tu m'as dit que tu voulais être batteur…

— Tu dois me confondre avec quelqu'un d'autre.

— C'était bien toi, pourtant. Tu avais pleuré. Tes yeux étaient tout rouges.

— J'avais dû aller à la piscine.

— Non. Tu avais deux heures de sport en fin d'après-midi.

— Tu as une super-mémoire ou quoi ?

Seulement pour ce qui te concerne, pensa-t-elle tristement.

— Je ne sais pas. Je confonds peut-être…

Elle se força à sourire en se rappelant que leur histoire ne devait être qu'amusement, et rien d'autre. Elle croyait être capable de gérer…

Elle aurait juste aimé que son cœur soit d'accord.

11

Ils essayèrent de retrouver la légèreté du début de leur relation.

— Tiens ! s'écria-t-elle en arrivant chez lui le lendemain soir avec la volumineuse plante en pot. J'ai un cadeau pour toi.

— Non...

— Tu m'as dit de venir directement ici après ma garde. La plante est trop grande pour mon minuscule appartement... Ma tante m'en offre une chaque année, et chaque fois, je dois la faire adopter, dit-elle, installant l'arbuste dans une alcôve près de la cheminée du séjour. Elle sera bien ici.

— Elle va crever avec moi, objecta-t-il.

Son sourire s'effaça quand il réalisa que le cadeau de la tante était probablement destiné à pousser la discrète Pippa à révéler au grand jour que c'était son anniversaire. Il la regarda, le cœur serré, mais elle était tout sourires.

— Tu as dit qu'on devait sortir Saucisse ?

— En effet.

Il faisait froid dehors, un temps de neige pour Pippa, mais Luke trouvait qu'il était trop tôt pour ça.

Le chiot frissonnait, et il s'accrochait à la jambe de Luke chaque fois qu'il voulait le poser par terre. Il finit par renoncer et le prit dans ses bras. Ils marchèrent jusqu'à un petit parc où ils s'assirent sur un banc dans l'espoir que Saucisse se soulagerait dans l'herbe, mais il préférait rester dans les bras.

— Comment allait Darcy ? demanda Luke.

— Il boit un petit peu, mais ne mange toujours rien.

— Il parle ?

— Pas vraiment. Je crois que… il souffre, simplement.

— Tu lui as parlé de la perte de ta sœur ?

— Je ne vais pas me confier à un enfant de cinq ans…

— Pippa, on sait tous les deux qu'il ne s'agit pas de t'épancher. Lui as-tu parlé ?

— Non, répondit-elle en contemplant la nuit.

— Tout va bien entre nous, n'est-ce pas ?

— Bien sûr.

— Je t'ai fait peur, en t'invitant à venir en Écosse ?

Comment pouvait-il croire que c'était *ça* qui la tourmentait ?

— Non, répondit-elle. C'est gentil de ta part, mais je…

Comment s'expliquer sans lui avouer que leurs adieux la semaine suivante seraient déjà assez pénibles ?

— Bravo, mon gars ! s'exclama Luke en voyant le chiot faire enfin pipi. Tu as vu, il s'accroupit comme une fille…

— Les chiens lèvent la patte quand ils sont plus grands.

— Tu en sais, des choses…

Et ils retrouvèrent leur routine, le sexe protégé, leurs fous rires…

Jenny avait procuré à Pippa des billets pour une production théâtrale interactive dont elle avoua ignorer tout. Il s'agissait d'une création d'avant-garde, où les spectateurs passaient de salle en salle assister à des scènes torrides, et Luke se promit en riant de ne pas acheter de billets pour ses parents.

— Bonté divine ! s'écria-t-il quand ils retrouvèrent la fraîcheur de la nuit après le spectacle. Essaierais-tu de me corrompre, Pippa Westford ?

— Tu n'as qu'à t'en prendre à Jenny, répliqua-t-elle, nouant les bras autour de son cou.

— C'était drôle, admit-il. Même si je n'ai pas trop saisi le sens de tout ça.

— Tu devrais peut-être prendre des billets pour tes parents…

— Peut-être, dit-il avec un sourire en coin. Je t'ai dit que mon père m'avait appelé ? Il veut qu'on aille boire un verre.

— Tu comptes y aller ?

— Je ne sais pas, répondit-il en haussant les épaules.

Malgré ses efforts, Pippa n'arrivait pas à retrouver leur relation badine et enjouée du début. Et il lui arrivait d'oublier que les sujets graves étaient à proscrire.

— Je tuerais pour que ma mère m'invite à aller boire un verre avec elle, avoua-t-elle impulsivement. Ton père tient visiblement à toi, Luke.

Luke aussi oubliait parfois de se limiter à des sujets futiles, sans danger. Et, au lieu d'embrasser Pippa ou de héler un taxi, il posa la question qui le tourmentait depuis des années.

— Alors, pourquoi joue-t-il à la roulette russe avec son mariage ?

— C'est avec *son* mariage qu'il joue, répondit-elle. Tu seras toujours son fils. Parle-lui.

— On verra… Tu as déjà dit à tes parents ce que tu ressentais ? demanda-t-il, la regardant dans les yeux.

— Non, admit-elle.

— Ce n'est pas un peu hypocrite ?

— Si, sans doute.

Elle éclata de rire, et il joignit son rire au sien.

Ils avaient retrouvé la voie de la sécurité…

À destination de nulle part.

12

Kim faisait son rapport en passant la relève à l'équipe de jour.

— Pour faire manger Darcy, Luke a demandé à ses parents de lui apporter son hamburger préféré.

— Et ça a marché ? commenta Pippa avec étonnement.

— Non, répondit Kim avec un soupir. Il a juste grignoté une frite. Ses parents doivent se rendre aux pompes funèbres ce matin, mais ils redoutent de le laisser.

Nola s'adressa à Pippa.

— Tu peux t'occuper spécialement de Darcy aujourd'hui ? La petite du lit 4 sort bientôt, elle ne t'accaparera pas.

Darcy avait boudé son petit déjeuner, et il ne réagit pas quand Amber l'embrassa avant de rejoindre son mari.

— Je pourrai l'aider au repas de midi, si vous avez besoin d'un peu plus de temps, proposa Pippa en versant de l'eau chaude dans une bassine pour la toilette de l'enfant.

— Merci, dit Amber, embrassant une dernière fois Darcy.

Pippa l'accompagna dans le couloir.

— Je vous appellerai en cas de besoin. Prenez votre temps.

— Vous finissez votre service à quelle heure ?

— 4 heures, mais je peux rester jusqu'à 5 heures.

— On doit apporter des vêtements de Hamish aux pompes funèbres, dit Amber dans un sanglot. C'est insupportable...

L'entraînant à l'écart, Pippa l'enlaça pendant qu'elle pleurait tout son soûl.

— J'ai aussi perdu Darcy... il ouvre à peine la bouche...

— C'est encore trop récent, murmura Pippa, apaisante.

Puis elle songea aux paroles de Luke, et se dit que c'était le moment de parler de sa propre expérience. Elle pouvait évoquer son passé intime dans le cadre de son travail.

— J'ai perdu ma sœur, confia-t-elle à Amber. J'étais plus âgée que Darcy et nous n'étions pas jumelles, mais un lien très fort nous unissait...

— Elle est morte subitement ?

— Non. Mais je me rappelle avoir failli la perdre quand j'avais sept ans... Voulez-vous que j'essaie de parler à Darcy, Amber ? Il craint peut-être de vous bouleverser.

— Oui, s'il vous plaît, mais...

— J'irai doucement, rassurez-vous. Allez retrouver Hamish.

Pippa faisait sa toilette à Darcy.

— Tes ecchymoses jaunissent, observa-t-elle en lui rinçant le dos. On dirait que tu as participé à une partie de paintball !

Elle le retourna sur le dos, consciente que son bavardage enjoué ne servait à rien. Elle ne se rappelait pas ses cinq ans. Mais elle avait adoré la crèche. Elle se souvenait d'être rentrée un jour à la maison et d'avoir trouvé sa mère en pleurs dans sa chambre, et elle avait égoïstement prié pour pouvoir participer à la crèche vivante ce soir-là. Ainsi, pensait-elle, sa mère cesserait de pleurer et tout redeviendrait... normal.

Au déjeuner, Darcy vomit après avoir avalé une bouchée de purée, et Pippa reposa la cuillère.

— Je suis désolée que tu souffres, Darcy. Là..., dit-elle, le doigt sur sa poitrine menue. Ton cœur a mal. J'ai ressenti la même chose quand ma sœur est morte.

Il ne répondit pas, mais ses grands yeux gris rencontrèrent les siens pour la première fois.

— Ça ira, tu verras, lui dit-elle avec douceur. Et pour papa et maman aussi. Ils sont très tristes, mais ils s'en sortiront. Ils t'aiment de tout leur cœur.

Alors, il eut des mots qui lui brisèrent le cœur.

— Je veux Hamish.

— Je sais, mon petit chat. Moi aussi je voulais ma sœur. Elle était la seule à qui je pouvais parler. C'était ma meilleure amie.

Darcy hocha la tête, comme s'il comprenait.

— J'étais triste et j'avais besoin d'elle, et elle n'était plus là.

Il fondit en larmes. Pippa le prit dans ses bras et le berça tendrement contre elle.

— Tu pourras toujours dire à ton papa et ta maman quand tu auras de la peine.

— Mais ils pleureront…

— Ça ne fait rien. Vous pourrez partager votre chagrin ensemble, mais je te promets que vous sourirez encore, que vous rirez aussi, même si ça semble impossible aujourd'hui.

Le petit garçon s'écarta et prit son ours en peluche.

— Je veux donner Moustache à Hamish.

— Il a déjà Coco, non ?

— Comme ça, il aura les deux.

Pippa se dit qu'Amber et Evan devraient gérer ça.

— Si tu faisais un gros câlin à Moustache ? suggéra-t-elle, remarquant que sa crise de larmes avait épuisé l'enfant.

— Et Hamish pourra l'avoir après ?

— Non ! s'écria Amber, atterrée.

Elle était revenue des pompes funèbres avec Coco, la peluche de Hamish. Nola était là, et Luke rédigeait un compte rendu au bureau quand le cri avait attiré son attention.

— J'ai rapporté le doudou de Hamish pour le donner à Darcy.

Pour qu'ils soient ensemble. Qu'est-ce que vous lui avez raconté ? demanda Amber à Pippa d'un ton accusateur.

— Ce que j'ai ressenti au décès de ma sœur, dit-elle calmement. C'est Darcy qui a voulu offrir son ours à Hamish.

Evan prit la main de sa femme.

— Darcy voulait déjà le lui donner avant que Hamish...

— Mais s'il change d'avis, qu'est-ce que je lui dirai ?

— Il tient à lui faire ce cadeau, répéta Pippa. De toute façon, il sera malheureux. Son frère lui manquera toujours.

— Je ne sais pas quoi faire, sanglota Amber, le visage enfoui dans la peluche de Hamish.

— Pippa a raison, dit Evan.

— Personne n'a raison ni tort, observa Pippa. Darcy veut juste faire un geste pour son frère. Si vous alliez le voir avec les deux peluches pour en parler avec lui ?

Nola aida Amber à se lever et Evan s'essuya les yeux avant d'enlacer sa femme, puis ils allèrent voir leur fils.

— Je n'aurais pas su quoi dire, reconnut Luke, troublé.

— Ils sont formidables avec Darcy. Malgré leur peine, ils ne pensent qu'à lui.

— Nola est allée pleurer dans les toilettes, annonça Jenny, et, devant leurs yeux interdits, la redoutable infirmière se laissa choir dans un fauteuil et éclata en sanglots.

Pippa alla s'asseoir sur l'accoudoir de son siège et l'enlaça.

Luke n'arrivait toujours pas à la cerner. Après avoir perdu sa sœur, elle avait dû renouer avec sa souffrance pour consoler Darcy et elle devait être au plus mal, pourtant elle consolait Jenny au lieu de craquer, comme ses consœurs.

— Rentre chez toi, lui dit Jenny en reniflant. Tu es censée avoir fini ton service. Tu es de repos demain ?

— Oui, répondit Pippa. À bientôt.

Elle sourit à Luke, qui inclina la tête. Quand elle fut partie, il adressa un sourire à Jenny avant de sortir pour lui laisser un peu d'intimité. Il rattrapa Pippa devant les ascenseurs.

— Ça va ? Amber ne voulait pas...

— Je sais à quoi m'attendre avec les parents éplorés, Luke.

Il comprit qu'elle ne tenait pas à en parler.

— J'ai réservé une table au restaurant pour samedi.

— Quel restaurant ?

— Le français.

— Pas question ! s'écria-t-elle, pouffant malgré elle.

— J'aurai peut-être une chose à fêter. Ta plante m'a porté chance. Un couple veut revoir l'appartement vendredi.

— Croisons les doigts, dit-elle.

Elle n'avait pas envie de flirter ni de s'amuser. Elle avait son cours d'arts plastiques ce soir, et n'était pas d'humeur.

— Qu'est-ce que tu fais, ce soir ? demanda-t-elle.

— J'irai peut-être boire ce verre avec mon père.

— J'espère que ça se passera bien. Il fait des efforts et...

Elle s'interrompit, consciente que le sujet dépassait les limites de leur aventure éphémère et badine.

— Bonne chance, alors.

— Merci. Amuse-toi bien à ton cours.

Ce soir-là, la professeure d'art guida les élèves pour leur faire peindre une vue de Santorin. Mais les lumineuses îles grecques s'accordaient mal avec l'humeur morose de Pippa.

L'odeur de la peinture et de la térébenthine lui rappelait ses cours d'art au collège, quand elle pleurait Julia, mais aussi Luke. Et la perspective du chagrin qu'elle connaîtrait bientôt teintait l'étincelante mer Égée d'un gris lugubre, assombrissant les nuages duveteux qui filaient au-dessus des petites maisons blanches aux toits arrondis.

— Un orage menace Santorin ! s'exclama Cassie devant son travail.

En rentrant chez elle avec la toile, Pippa fut tentée de s'arrêter chez Luke. Elle pensait faire une plaisanterie débile en lui tendant le tableau… mais elle se sentait incapable de jouer la comédie alors qu'elle se disloquait de l'intérieur.

Elle voulait lui avouer ses peurs concernant son entretien du lendemain. Sangloter éperdument en songeant à Darcy. Être dans ses bras quand elle lui confierait sa souffrance en revivant l'horreur de la mort de sa sœur.

Mais il allait bientôt partir. Et, non, elle n'avait pas envie de séjourner chez lui à Skye, prolongeant ainsi son agonie.

Il voulait peut-être se rapprocher d'elle, mais s'il avait connu ses sentiments, il se serait enfui à toutes jambes.

Pippa l'aimait.

Elle n'était plus une adolescente, seule et perdue.

Elle était une trentenaire à la dérive… horriblement, désespérément amoureuse de Luke.

13

— Pippa ! s'écria Luke, peinant à la reconnaître avec ses cheveux lissés soigneusement attachés. Tu es très chic. Tu vas aux Ressources humaines négocier ton salaire ?

— Non. Il faut que je te laisse...

— Bonne chance. Pour ton entretien, ajouta-t-il.

— Nola aurait-elle encore trop parlé ?

— J'ai deviné. Je sais que des entretiens ont lieu en ce moment, pour la nouvelle aile de l'hôpital.

Elle portait la même robe grise qu'à leur premier rendez-vous, en plus stylée avec des escarpins et des accessoires.

— Je suis surpris que tu ne m'aies rien dit.

— Je n'ai pas encore le poste. J'ai raté le premier entretien.

— C'est le second ? Et tu n'en as jamais parlé ?

Elle sentit qu'il était offensé, peut-être même blessé.

— Nous ne sommes pas en couple. Tu l'as dit au début...

— C'était le début, Pippa ! La situation a changé, du moins je le croyais. Nous envisagions ce séjour en Écosse... moi, en tout cas. Bon sang, je t'ai raconté des choses que je n'ai confiées à personne. Et tu m'as dit... (il parut réfléchir à leurs conversations) rien, en fait. Tu ne m'as rien dit.

— Ce n'est pas vrai.

— Presque. Si je n'avais pas déjà su pour Julia, tu n'aurais rien dit. Mais ce n'est pas le moment d'avoir cette discussion maintenant, avec ton entretien. C'est pour remplacer Nola ?

— Non. Pour intégrer l'unité PEC en pédiatrie...

— Je sais ce que c'est... Tu n'as pas dû être si mauvaise la première fois, s'ils veulent te revoir.

— Le premier entretien a été un désastre. Je me suis fermée comme une huître, et j'ai donné des réponses insipides.

— Bien entendu, répondit-il avec un sourire ironique.

— Comment ça ? s'écria-t-elle, sur la défensive, avant de réaliser qu'il disait vrai. Je l'avoue, j'ai peur de dire une bêtise. On m'a questionnée sur le conflit, et je ne sais pas le gérer.

— Parfait ! s'écria-t-il. Tu crois vraiment qu'on a envie d'engager quelqu'un qui se prétend calé en discorde ?

Elle eut un sourire réticent. Il marquait un point.

— Et tu es douée, reprit-il. Tu as tenu tête à Jenny quand elle était désagréable avec cette maman...

— Il n'y avait pas de litige.

— On ne s'affronte pas forcément avec des gants de boxe !

Elle se sentait mieux. Au point d'avouer ses pires craintes.

— Je redoute d'être trop émotive si je...

— Pippa, quand a lieu ton entretien ?

— Dans un quart d'heure, dit-elle, consultant son téléphone.

— Pour une fois, tu es en avance. Tu dois vraiment tenir à ce poste. Alors, essaie de t'ouvrir un peu.

— Je ne sais pas faire ça... Je ne peux pas.

— Si, tu peux.

Il l'entraîna à l'écart de la cohue du couloir et ils s'arrêtèrent devant un grand tableau affichant les plans de la nouvelle aile de l'hôpital.

Sans trop savoir pourquoi, elle se dit qu'elle pouvait peut-être partager un peu de sa peur. Mais c'était terrifiant d'être sur le point d'admettre une vérité si profonde et douloureuse.

— Tout me ramène à Julia...

— Bien sûr.

Elle secoua la tête.

— Je ne veux pas aller à un entretien et être ébranlée...

— Tu n'aimes pas te montrer telle que tu es ?

— Je n'ai pas dit ça.

— C'est *moi* qui l'ai dit. Tu ne le fais pas qu'aux entretiens, Pippa. Tu restes constamment sur la réserve.

Luke se demandait si le moment était bien choisi pour avoir cette conversation. À vrai dire, la réticence de Pippa à s'impliquer émotionnellement avec les autres lui avait d'abord plu. N'était-ce pas l'idéal pour une relation passagère ?

Mais il se révélait plus impliqué affectivement qu'il n'avait souhaité, plus qu'elle ne le voulait. Il avait vu celle qu'elle était derrière les barrières qu'elle dressait pour se protéger, du moins il l'avait *aperçue*. Pas juste au lit, mais dans les petites choses du quotidien, quand elle souriait, ou qu'ils attendaient qu'un chiot fasse ses besoins... La vraie Pippa, quand elle ne se cachait pas, était directe, éblouissante, et l'avait bluffé.

— Je sais pourquoi ils t'ont rappelée, dit-il.

— Pourquoi ?

— Ils ont vu qu'il y avait plus que ce que tu montrais... Bien sûr que tout te ramène à Julia. Tout ce qui nous arrive...

— Nous définit ? Nous façonne ? ajouta-t-elle, moqueuse.

— Non. Nous apprenons de nos expériences. Pourquoi crois-tu que je refuse d'avoir des relations durables et de dépendre des autres ?

— Le mariage de tes parents t'a fait réagir ainsi, mais ce n'est pas ça apprendre, Luke...

— J'essaie juste de dire...

Il ferma les yeux, frustré. Elle avait raison, mais elle avait aussi tort ! Dernièrement, grâce à elle, il *apprenait* que les choses n'étaient pas toutes noires ou toutes blanches.

— D'accord, ce n'est pas le meilleur exemple, mais tu as appris des leçons de ta famille...

— J'ai peur de craquer, admit-elle avec franchise. Je ne pleure jamais. Pas depuis... mes quatre ou cinq ans, peut-être. Je ne veux pas que ça m'arrive au travail, surtout pas là...

Il la savait réservée, mais n'avait pas réalisé à quel point. *Elle n'avait pas pleuré depuis l'âge de cinq ans ?*

— Tu pourrais reporter l'entretien. Je te ferais un certificat médical !

— Je ne veux pas, non.

— D'accord. Tu t'es bien débrouillée avec Amber et Darcy.

— Parce que je m'inquiétais pour eux, pas pour moi.

— Dans le pire des cas, tu pleureras peut-être un peu si tu parles de Julia. Évite juste les grandes eaux.

— Merci pour ce sage conseil...

— Écoute-moi, Pippa. Tu peux parler de ta sœur si tu t'en sens capable, mais dès que tu en as assez, tu arrêtes.

— Comment ?

— Tu peux prétendre ne pas vouloir t'appesantir là-dessus. Regarde comme tu as aidé Darcy et ses parents avec l'histoire des nounours, dit-il avec un doux sourire.

Elle hocha la tête.

— Moi, je n'aurais pas su quoi leur dire, reprit-il en l'entraînant vers la salle d'examen. Et je ne suis pas le seul.

— Il n'y a pas de bonne ou de mauvaise réponse...

— Quelquefois, si. Toi, tu sais ce qu'il faut dire.

Ils arrivaient au banc où elle allait attendre son tour.

— Je n'ai pas perdu un enfant...

— Tu as parlé au nom de Darcy, et tu l'as très bien fait.

— Et si je perds mes moyens ?

— Si tu sens que tu vas craquer, prétends avoir perdu une lentille de contact et excuse-toi. Mais on n'en arrivera pas là. Va leur montrer qui est la vraie Pippa...

— Ils persistent à m'appeler Philippa. Ça me déplaît.

— Dis que tu préfères Pippa. Je te souhaite le meilleur, Pip.

— Pas de bonne chance ?

— Tu n'en as pas besoin. Contente-toi d'être toi-même.

— Et si ce n'est pas ce qu'ils veulent ?

— Alors, ce sera dommage pour eux.

— Entrez, Philippa.

Avant de s'installer devant les membres de la commission, elle prit une inspiration.

— La plupart des gens m'appellent Pippa, déclara-t-elle en s'asseyant. Sauf mes parents quand ils sont fâchés.

Elle s'était préparée à toutes leurs questions, et elle parla de son expérience de soignante avant de leur faire part de son désir de participer au nouveau projet de l'hôpital.

— Pourtant, vous n'avez postulé que récemment, remarqua un directeur. L'annonce est parue depuis un moment.

— Je tenais à être sûre de mon choix. Je ne voulais pas postuler pour un rôle de surveillance. Si je dois devenir cheffe de secteur, j'aimerais m'approprier vraiment le poste.

— Ce sera une position exigeante, observa le directeur, avant de l'interroger sur ses réalisations à ses postes précédents.

Elle se fonda sur son expérience et répondit sans difficulté. Puis vint la question tant redoutée des conflits.

— Comment les affrontez-vous ?

— J'essaie de les éviter, dit-elle avec humour, notant quelques sourires au passage. J'ai peut-être cette faiblesse, mais il est parfois impossible d'y échapper dans le travail.

— Les parents en colère ?

— Le plus souvent, ils sont plus bouleversés que furieux. Frustrés. Effrayés. Les éloigner de leur enfant...

— Ça peut être difficile.

— Pas forcément. Si on leur dit qu'il vaut mieux avoir une

conversation loin des oreilles de l'enfant, la plupart l'acceptent, et on peut aborder le problème qui les concerne.

— D'accord, commenta Mlle Brett. Qu'aimeriez-vous réaliser dans l'unité PEC ? Si on vous donnait carte blanche et que vous pouviez faire ce que vous vouliez ?

Pippa songea à Luke la poussant à être elle-même, et elle trouva le courage de répondre avec son cœur.

— Je créerais un espace dédié aux frères et sœurs des malades. Et peut-être un salon, où ils pourraient charger leurs téléphones, faire une pause, s'isoler sans être loin...

— Un espace dédié aux frères et sœurs ? répéta Mlle Brett, l'air intéressé. Pourquoi cette suggestion ?

— J'avais une sœur très malade, qui est décédée quand j'avais seize ans.

— Je suis navrée, murmura Mlle Brett.

Dans le silence qui suivit, elle proposa un verre d'eau à Pippa qui accepta poliment.

— Peut-on savoir quel âge elle avait à sa mort ?

— Dix-huit ans, répliqua Pippa d'une voix tremblante, décidée à parler un peu de Julia. Elle venait d'être acceptée à St. Andrews pour y étudier l'histoire.

Les tendres souvenirs de sa sœur étaient empreints de sa propre souffrance, farouchement dissimulée pendant si longtemps. Elle pensa à Luke l'encourageant à montrer sa vraie personnalité, à s'exprimer librement...

Elle sentit les larmes lui monter aux yeux.

— Excusez-moi, dit-elle, sortant un Kleenex pour se moucher avant de continuer. Je ne travaillais pas très bien en classe, du moins pas aussi bien que j'aurais voulu. Je rendais toujours mes devoirs en retard et devais me rattraper. La maladie de ma sœur l'emportait sur le reste, et c'était normal.

— Comment étaient vos parents ?

— Julia était tout pour eux. Elle l'est toujours...

— Ils ne s'en sont pas remis ? demanda Mlle Brett, la fixant longuement.

— Non. On leur a proposé un soutien aux personnes endeuillées, mais ils n'ont jamais... Je n'ai pas vraiment envie d'en parler, pardon... J'ignore si le personnel hospitalier aurait pu faire quelque chose pour changer le comportement de mes parents, mais la bienveillance et la gentillesse des soignants à mon égard ont énormément compté pour moi.

— Le frère ou la sœur en bonne santé peuvent se sentir perdus, négligés, acquiesça Mlle Brett avant de s'abîmer dans ses pensées. Un espace qui leur serait consacré...

Se tournant vers un de ses collègues, elle demanda à voir les plans de l'unité médicale, puis revint à Pippa.

— Avec leurs propres casiers, peut-être ? Et au moins quelques fournitures de papeterie.

— Et une imprimante, dit Pippa, enhardie de voir qu'on prenait sa proposition au sérieux.

Ils discutèrent ensuite des patients aux âges différents et aux pathologies variées. Des adolescents aux os fragiles hospitalisés après s'être battus. Du cancer pédiatrique qui ne protégeait pas d'autres maladies. L'entretien était devenu un échange d'idées, et en quittant la salle Pippa se sentait mieux, consciente que même si elle n'obtenait pas le poste, il y aurait peut-être un espace dédié aux frères et sœurs des jeunes malades dans la future unité PEC.

— Ça s'est bien passé ? demanda Luke qui l'attendait dans le couloir.

— Je crois... Mais je réalise que j'ai oublié de te demander comment c'était avec ton père, hier soir ?

— On ne s'est pas vus. Je ne l'ai pas appelé.

— Mais...

Luke leva la main pour indiquer que le sujet était clos.

— Allons au Avery, dit-il.

Cette fois, ils délaissèrent le restaurant pour le bar.

— Que veux-tu boire ? interrogea-t-il.

— Du champagne.

— On fête un truc ?

— Non, je dépense juste ton argent pendant que tu es encore là, répliqua-t-elle, pince-sans-rire.

— Pardon ?

— C'était une plaisanterie !

— Je n'ai pas entendu...

Elle se hissa sur la pointe des pieds.

— Je dépense juste ton argent, lui chuchota-t-elle à l'oreille.

— Profites-en ! Ta robe me donne des idées pas catholiques, dit-il en tortillant une de ses mèches qui recommençait à boucler. On pourrait emporter une bouteille chez toi...

— On est bien, ici.

Bonne musique, si forte qu'il fallait crier pour se parler. Si forte que, si elle lui hurlait qu'elle l'aimait ou le suppliait de ne pas partir, il n'entendrait rien.

Elle était en sécurité.

14

— Ça ne peut pas être Santorin !

Prêt à partir travailler, Luke enfilait sa veste en détaillant le tableau que Pippa avait peint de l'île grecque.

— On dirait le décor glauque d'un Goya. Heureusement que je ne t'ai pas donné carte blanche pour décorer mon appartement… On se voit ce soir au travail ?

Écartant les rideaux, il regarda tomber la neige fondue et frissonna devant ce spectacle lugubre.

— Quel jour affreux pour un enterrement…

Y avait-il un bon jour pour ça ? Pippa en doutait.

Après son départ, elle régla la couverture chauffante au maximum, mit son réveil sur 6 heures, et se rendormit.

C'était épuisant de jouer la comédie de la maîtresse de passage, insouciante et enjouée…

L'atmosphère du service était lourde quand Pippa arriva à l'hôpital pour sa garde de nuit.

Les funérailles de Hamish s'étaient tenues aujourd'hui, et la tristesse régnait au sein du personnel. Elle le sentit en entrant dans le bureau infirmier pour le rituel des transmissions.

Elle alla jeter un coup d'œil dans la chambre de Darcy. Il

dormait, et un dinosaure un peu défraîchi avait remplacé son cher nounours. Assise dans son fauteuil, Amber avait le regard vide.

— Bonsoir, Amber, dit Pippa en s'essayant près d'elle. Je peux vous apporter quelque chose ?

La mère de Darcy secoua la tête.

— Je vous ai préparé un lit dans un bureau. Si vous avez besoin d'une pause...

— Je veux être là quand il se réveillera.

— Je sais, mais si vous ou votre époux souhaitez prendre un peu de repos, vous serez tranquilles. Je vous montre où c'est ?

Avec effort, Amber se leva et la suivit le long des couloirs.

— La pièce est à l'écart, dit Pippa en ouvrant une porte.

— Je vais m'étendre une demi-heure. J'ai une migraine atroce... Evan viendra un peu plus tard. Il est avec la famille.

Dans un état second, elle était si apathique que Pippa l'aida à s'allonger sur le lit.

— Moustache et Coco sont avec Hamish, murmura-t-elle. Je crois que c'était ce qu'il fallait faire.

— Moi aussi, répondit Pippa en s'asseyant au bord du petit lit. Vous avez écouté Darcy, c'est l'essentiel.

— Je suis désolée pour votre sœur.

Pippa lui pressa la main.

— Je viendrai vous chercher si Darcy se réveille.

Elle éteignit la lumière, et elle avait à peine refermé la porte qu'elle entendit Amber éclater en sanglots déchirants.

Pippa refoula ses larmes. Elle voulait se recroqueviller et pleurer tout son soûl. Pour Hamish et les siens, pour Julia, parce que Luke allait partir après sa dernière garde.

Il descendit dans le service vers 11 heures.

— Alors, comment ils vont tous ?

— Amber dort dans un bureau, et Evan va bientôt arriver.

— Et Darcy ?

— Il est épuisé. Mais il a un peu dîné.

Luke vérifia des résultats d'analyses avant de revenir au poste infirmier et, accoudé au bureau, il scruta Pippa.

— Tu veux un petit chien ?

— Sérieusement ?

— Ma voisine a décidé que Saucisse était une trop lourde responsabilité. Elle veut le ramener chez l'éleveur. On est peut-être des âmes sœurs, dit-il en souriant.

Le sourire de Pippa se figea à la pensée qu'il parlait peut-être de lui et son irresponsable voisine.

— Tu viens demain matin ? proposa-t-il.

— Je serai fatiguée.

— Plus tard alors ? Je te dois un dîner...

— Champagne français pour fêter ta dernière garde ici ?

— C'est dans mes cordes. Nous pourrons ensuite rentrer chez moi pour une célébration digne de ce nom... sans avoir à nous lever à l'aube pour faire le lit !

— Tu as vendu ton appartement ?

— J'ai une promesse d'achat.

Il lui adressa un sourire, qu'elle ne put lui rendre. Il partirait bientôt. Comment pouvait-elle fêter cela ? Pourrait-elle simuler l'indifférence jusqu'à son départ ?

Elle devait rester forte.

— Je ne sais pas. J'ai promis à mes parents de passer...

— Pip, coupa-t-il, pardon, Pippa, corrigea-t-il devant sa moue. Je t'ai déjà entendue mentir pour les éviter. Ne le fais pas avec moi. Qu'est-ce qui se passe ?

Pippa ferma les yeux, inspira, et les rouvrit.

— Bon, d'accord. Je n'aime pas les adieux. Je ne sais pas si je pourrai lever mon verre... On a passé un mois génial...

Luke remarqua qu'elle évitait son regard. Il contourna le bureau et vint s'asseoir à côté d'elle.

— Je ne vais pas sauter dans le premier avion. Et je t'ai demandé de prendre quelques jours pour venir me rejoindre. Mais tu n'as toujours pas répondu.

— À quoi bon, Luke ?

— Prendre des vacances loin d'ici ?

— Et ensuite, quoi ?

— Pippa...

— Si ça ne marche pas entre nous ?

— Je te demande un congé, pas un engagement pour la vie !

— Je sais, répliqua-t-elle sèchement. Je te l'ai dit dès le début, je ne suis pas douée pour les relations à long terme.

— Il s'agit juste de deux semaines en Écosse.

— Pour toi, peut-être ! s'écria-t-elle en se levant d'un bond. Je vais préparer les médications des patients.

Luke était d'humeur morose en remontant les couloirs. Il savait qu'il modifiait les règles en proposant des vacances à Pippa, mais lui aussi changeait. Il voulait plus, et c'était nouveau pour lui, songea-t-il en voyant Evan assis dans la cafétéria presque vide. Oui, il était en train de changer, car au lieu de passer son chemin il s'obligea à entrer dans la cantine.

— Bonsoir, dit-il en s'approchant. Vous faites une pause ?

— Oui, je... je me demande s'il faut montrer à Darcy l'enregistrement des obsèques, ou juste lui en parler...

Où était Pippa quand il avait besoin d'elle ? Il avait voulu présenter ses condoléances à Evan, même répondre à quelques questions médicales, mais là, c'était beaucoup trop dur.

— Je ne doute pas que vous ferez les bons choix avec Darcy.

Evan hocha la tête, mais une souffrance déchirante déforma ses traits et il se plia en deux, comme s'il avait reçu un coup. Sans doute pensait-il aux choix qu'il avait faits le matin fatal.

Luke était un bon chirurgien, mais il ne savait pas gérer les problèmes affectifs. Puis il pensa à Pippa, dont les paroles l'avaient réconforté le soir où il se reprochait de ne pas avoir transféré Hamish auprès de son jumeau.

— Evan, dit-il, la main sur son épaule. Je me doute que vous regrettez de ne pas avoir laissé les jumeaux à la maison le matin de l'accident, mais vous avez tort...

Evan se mit à pleurer.

— J'ai vu beaucoup de parents qui avaient fait les mauvais choix, et je vous le dis franchement, vous avez agi comme il fallait... J'ajoute que je vous admire, Amber et vous, pour la façon dont vous avez géré les choses avec Darcy.

Après avoir réconforté comme il pouvait le malheureux père, Luke regagna le service de pédiatrie.

Pour revoir Pippa ? Mais pour lui dire quoi ? Il l'ignorait. Il savait juste qu'il ne pouvait pas laisser la situation en l'état.

Il avait l'habitude des inévitables bouderies après une rupture, mais il lui avait demandé de le rejoindre en Écosse et ne comprenait pas sa réaction. Il ne lui avait quand même pas proposé le mariage !

Elle était assise au bureau, dans le halo de la lampe. Elle portait un cardigan pour se protéger de la fraîcheur du soir, et avait troqué ses lentilles de contact contre des lunettes.

Et soudain, il se retrouva projeté des années en arrière... Philippa. Qui aimait le français et les arts plastiques... Tout lui revenait. Le gâteau... Philippa qui n'aimait pas qu'on l'appelle ainsi. Philippa, la sœur de Julia.

Maintenant qu'il la connaissait mieux, il comprenait pourquoi elle lui avait caché son lien avec sa sœur ce jour-là.

Il la regarda prendre un Kleenex et se moucher. Il n'avait pas la vanité de croire que c'était à cause de son départ. Mais il y était peut-être quand même pour quelque chose...

Pippa était-elle amoureuse de lui ? Et, dans l'affirmative, comment le prenait-il ?

— Salut, fit-il en s'approchant. Tu as une sacrée mémoire.

— Vraiment ?

— C'était bien moi, à la bibliothèque du lycée...

— Je te l'avais dit, lâcha-t-elle en souriant.

— Tu avais raison... j'avais pleuré ce jour-là.

— Alors, tu t'en souviens ?

— En rentrant chez moi chercher mes affaires de natation, j'avais surpris mon père en train de tromper ma mère, dit-il, venant s'asseoir près d'elle. J'ai insisté pour qu'il lui avoue son infidélité. Je croyais bien faire...

Pippa le dévisagea en silence.

— Elle ne l'a pas bien pris, c'est un euphémisme, reprit-il avec un soupir. Elle a fait une dépression nerveuse et a été hospitalisée plusieurs semaines. J'ai cru l'avoir tuée...

— Je suis vraiment désolée. Pas étonnant que tu aies raté ton examen de chimie.

— C'est pour ça que j'évite de me mêler de la vie privée des autres et d'avoir des relations de longue durée... Et toi ?

— Oh ! j'adorerais avoir une relation durable... un jour.

— Mouais...

— Merci de t'être rappelé cet épisode. C'est ridicule, mais il a beaucoup compté pour moi à l'époque. Je détestais que tu...

— Que je l'aie oublié ?

— Ça n'a plus d'importance maintenant.

Ils se turent à l'arrivée d'Evan, qui cherchait sa femme.

— Elle dort, dit Pippa. Je vous montre où elle est ?

— Laissez-la dormir. Je vais aller m'étendre près de Darcy.

— Alors, fit Luke quand Evan se fut éloigné, je nous réserve une table au restaurant français ? On va finir par m'interdire l'entrée, si j'annule tout le temps...

— Je ne préfère pas.

Luke s'assura qu'ils étaient seuls et se pencha vers elle.

— Tu ne veux pas de champagne ni d'ébats torrides ? murmura-t-il, la faisant rougir. Pas d'autre nuit de folie... ?

— J'aime mieux m'abstenir, merci.

Il était consterné, mais le sourire forcé de Pippa ne lui échappa pas. *Menteuse !* Il s'abstint de tout commentaire.

En traversant le service peu après, il jeta un coup d'œil à travers la vitre de la chambre de Darcy et vit Evan en train de le faire boire à la paille, avec force grimaces pour le faire rire.

Son père avait fait la même chose après son opération des amygdales, quittant le bloc opératoire pour venir le voir dans sa chambre et le persuader de boire un peu.

Tant pis s'il était 3 heures du matin. Luke sortit son portable et envoya un court texto à son père avant de changer d'avis.

Tu veux qu'on se retrouve pour déjeuner ?

Matthew Harris ne parut pas gêné par l'heure indue.

Midi, ça te va ?

Ça lui allait.

Luke tourna la tête vers Pip, qui s'asseyait au bureau, un bébé agité dans les bras. *Pippa,* rectifia-t-il. Mais c'était Philippa qu'il voyait. Il souffrait pour tout ce qu'elle avait enduré. Elle n'avait pas juste été oubliée par ses parents. Elle n'avait jamais été vraiment aimée. Ce n'était pas Julia, le fantôme de la famille. C'était Pippa.

Entendant frapper à la vitre, il se retourna et vit Darcy qui lui souriait, blotti dans les bras de son papa. Par amour pour son fils, Evan souriait aussi.

Ils lui firent signe, et il leur rendit leur salut, avant de lever le pouce à l'adresse d'Evan. *Quel homme courageux,* songea-t-il, conscient que la famille Williams allait s'en sortir.

Ils surmonteraient leur grand malheur.

15

Pippa s'éveilla à 14 heures, complètement chamboulée. Elle avait très envie de voir Luke, mais n'était pas sûre de supporter un dîner romantique sans s'effondrer. Sans parler du sexe. Pourtant, elle le désirait follement.

Le retour de Luke dans sa vie avait tout bouleversé, et elle n'avait personne à qui se confier. À moins que...

Pippa n'avait jamais trouvé le réconfort au cimetière.

La tombe de Julia était très bien entretenue car sa mère venait s'y recueillir presque chaque jour. Aujourd'hui, Pippa l'avait pour elle seule. Elle retira son manteau qu'elle posa par terre, s'assit dessus, et détailla les petits ornements apportés par sa mère, arrangés avec soin.

— J'aimerais te parler, dit-elle soudain, surprise par sa propre voix. On pouvait discuter de tout ensemble.

C'était vrai. Les deux sœurs avaient essayé de ménager leur mère, mais elles étaient plus honnêtes entre elles.

— Luke travaille au Primary, reprit-elle en se sentant coupable, comme si elle volait les rêves de sa sœur, alors qu'il n'y avait rien eu entre Julia et Luke. On sort ensemble. Il m'a demandé de venir le voir quand il sera en Écosse, mais je n'en vois pas l'utilité. Tu imagines la tête de maman si elle savait ?

En tentant de protéger sa mère, elle n'avait réussi qu'à étouffer ses sentiments, nier jusqu'à sa propre existence...

— Pippa !

Elle se retourna et vit approcher sa mère, un panier au bras.

— Je ne m'attendais pas à te trouver ici !

— Bonjour, maman.

Elle se leva pour l'embrasser, et le baiser manqua sa cible, car sa mère enfilait en même temps ses gants de jardinage et posait un coussin sur l'herbe où elle s'agenouilla.

— Je... j'ai trouvé un moment pour venir, bredouilla Pippa.

— Bien.

— Je disais à Julia... que Luke Harris travaille au Primary depuis un mois.

— Oh !

— Nous sortons ensemble...

— Pippa ! Pas ici !

— Où, alors ? Julia ne peut pas entendre, maman, et si elle peut... (Pippa inspira profondément) eh bien, c'est agréable pour moi d'avoir quelqu'un à qui confier ce que je ressens...

Sa mère se releva et ôta ses gants d'un geste sec.

— L'unique petite relation qu'ait jamais eue Julia ! s'écria-t-elle, grinçante. Parmi tous les hommes du monde, il a fallu que tu choisisses celui auquel elle tenait le plus !

— Il était celui auquel *je* tenais le plus ! répliqua Pippa.

Elle inspira et sentit les larmes lui piquer les yeux en admettant à haute voix la vérité qu'elle avait toujours refoulée.

— Il était le seul, même alors, dit-elle, s'éloignant, furieuse.

— Pippa ! Je n'avais aucune idée que tu...

— Comment aurais-tu pu ? On ne parlait que de Julia ! C'était mon anniversaire la semaine dernière, maman. Mon trentième anniversaire !

— Je sais. Il y a une carte...

— Je ne veux pas de carte ! Ni d'argent. J'aurais voulu que tu penses vraiment à moi… que tu me le fêtes. Que, pour une fois, tu ne me fasses pas culpabiliser d'exister.

— Pippa !

— Il n'y a aucune place pour moi dans ton cœur.

Elle sentait les larmes couler sur ses joues et ne savait pas si elle pleurait sur Julia, sa relation perdue avec sa mère, ou Luke, qui ne voulait pas non plus de son amour.

— C'est vrai, maman…

— Pippa ! cria sa mère, choquée. J'ai fait de mon mieux…

— Eh bien, ce n'était pas assez.

Elle s'enfuit du cimetière et ravala ses sanglots en s'engouffrant dans le métro, impatiente de rentrer chez elle.

Là, elle pleura comme elle n'avait jamais pleuré de sa vie. Elle avait caché ses larmes à Julia, puis à ses parents, et à elle-même. Pelotonnée sur son lit, elle se laissait aller à son désespoir, comme Amber, et ses larmes redoublèrent à la pensée de la petite famille meurtrie.

Elle voulait être dans les bras de Luke. Elle aspirait à la seule chose qu'il ne donnerait jamais, et ne le supportait plus.

Julia avait pu rire et absorber chaque parcelle de vie, mais elle n'était plus là. Ses conseils non plus. Pippa était vraiment seule. Elle déglutit en se l'avouant : elle avait peur. Peur d'être amoureuse. Peur d'être abandonnée. Peur d'être oubliée.

Comme ses sanglots s'espaçaient, elle eut l'impression que sa sœur était là, près d'elle. Elle croyait entendre sa voix haletante… la sentir caresser ses cheveux.

« *Il arrive à tout le monde d'avoir peur, Pip. Je me dis que je m'autoriserai à avoir peur demain…* »

Elle n'avait pas tout saisi sur le moment, mais elle comprenait maintenant !

Elle appela un taxi avant de changer d'avis. Elle avait quinze minutes pour rendre présentable son visage ravagé par les larmes et être digne d'un restaurant français.

Elle se maquilla légèrement et mit la robe lavande qu'elle portait le jour où Luke lui avait posé un lapin. Puis elle chaussa ses escarpins à talons et prit sa toile de Santorin.

Elle était prête. Prête pour une dernière nuit avec Luke. Après quoi, elle lui dirait ce qu'il pouvait faire de ses relations dénuées d'implication affective, et elle sortirait de sa vie. Quoi que lui réserve la nuit, elle l'affronterait en se disant qu'elle aurait peur demain. Comme Julia.

Luke l'attendait devant sa porte, en pantalon et torse nu, un verre de vin à la main. De la musique venait de l'appartement.

— Je te dérange, bredouilla-t-elle, craignant qu'il l'ait déjà remplacée. J'aurais dû t'appeler avant de venir...

— Bien sûr que non. Qu'est-ce que tu tiens sous le bras ?

— Le tableau de Santorin qui te plaît tant, répondit-elle avec malice. Ça pourrait aider à conclure ta vente.

— Ou faire fuir les acheteurs... Ça va, toi ?

— Mes lentilles de contact me provoquent une allergie...

— J'espère que tu n'es pas allergique à ça, dit-il en lui servant un verre de vin.

— Non, répondit-elle en en buvant une grande gorgée. Je me suis disputée avec ma mère.

— C'était méchant ?

— Horrible. Je crois que j'en ai trop dit.

— Ce n'est pas ton genre, mais tu as connu bien des souffrances et des traumas, et certaines vérités devaient être dites. Si ça peut te consoler, j'ai eu une altercation avec mon père. Suivant ton conseil, je suis allé déjeuner avec lui, et nous avons commencé à nous disputer sur le parking du restaurant.

— Oh !

— Mais nous avons réussi à déjeuner. Et on a fait une trêve.

— C'est formidable.

— Grâce à toi. Je ne voudrais de leur mariage pour rien au monde, mais je n'ai pas à le vivre... Je lui ai dit qu'à Noël je leur offrirai des billets pour cette pièce interactive et que, cette fois, il devrait emmener ma mère.

Pippa pouffa. Même les jours sombres, il arrivait à la faire sourire. Jamais elle ne regretterait ce mois de folie avec lui.

— Il est trop tard pour réserver une table au restaurant ?

— Un samedi soir, je le crains. Désolé.

— Contentons-nous du sexe, alors...

Il la regarda fixement.

— Écoute, je sais que j'ai été un peu difficile, dit-elle. Mais je t'avais prévenu que le relationnel n'était pas mon fort.

— Tu n'es pas de tout repos, pour une passade. Mais tu en vaux sacrément la peine.

Il posa son verre, lui prit le sien, et l'attira dans ses bras.

— Où en es-tu avec ta mère ?

— Je ne sais pas, admit-elle, savourant le délicieux contact de son torse nu contre sa joue. Tu sens le talc pour bébé...

— J'aime ça. J'en ai même acheté un flacon...

— Non !

— Non, j'ai piqué un des tiens au travail, dit-il en lui donnant un doux baiser. Je suis si content que tu sois venue...

Dire qu'elle avait failli manquer ça... Elle pouvait se perdre dans ses baisers, et elle se laissa faire quand il lui enleva sa robe. Il lui prit la main et l'entraîna dans la chambre.

— Excuse le désordre.

Elle se moquait que son lit soit défait quand il l'allongea dessus. Elle s'abandonna pendant qu'il lui retirait son slip et promenait sa bouche caressante sur son corps. Il la lâcha un instant pour ôter son pantalon et, tendresse et patience oubliées, il entra en elle d'un coup de reins.

Fébrile, elle noua les jambes autour de sa taille. Luke avait fait un retour tonitruant dans sa vie, et maintenant ils se donnaient l'un à l'autre en se dévorant des yeux...

Elle ferma les paupières au plus fort du plaisir, et ils jouirent en même temps, unis dans le même cri de volupté.

— Bon sang, Pip, grogna-t-il. Tu as ruiné mes plans...

Cela avait été l'étreinte la plus rapide, la plus intense de toute la vie de Pippa. Elle reprit lentement ses esprits, un peu désorientée, pas seulement par les paroles de Luke, mais parce que tous les repères familiers avaient disparu autour d'elle. Plus de coussin. Plus de tapis. Plus de hideux tableau.

— C'était inattendu, s'écria-t-il. J'espère que l'agent immobilier ne va pas nous envoyer un visiteur...

— Une minute ! s'écria-t-elle, frappée par une pensée. Je croyais que tu avais une offre d'achat pour l'appartement ?

— Plus maintenant.

— Elle a été retirée ?

— Ne parle pas de retrait, dit-il, la main entre ses cuisses.

— Je te le répète, je prends la pilule. Mais j'ai... je suis porteuse du gène de la mucoviscidose, lâcha-t-elle dans un souffle.

— Grâce à Dieu, pas moi.

— Comment le sais-tu ? demanda-t-elle, les sourcils froncés.

— J'ai fait le test. C'est ce que j'essayais de te dire.

— Pourquoi vouloir te faire tester ?

— Parce que je m'en voulais de mon imprudence ce matin-là, et je me doutais que tu pouvais avoir le gène. S'il devait y avoir des conséquences... eh bien, il fallait qu'on sache.

— Tu es allé te faire tester ? murmura-t-elle, incrédule.

— On ne m'a pas relié à des moniteurs pour me faire courir avec un casque sur la tête. J'ai juste eu un frottis buccal.

— Mais... pourquoi ?

— Parce que je tiens à toi, Pippa. Parce qu'il aurait fallu qu'on sache...

Il en parlait calmement, de façon détachée, alors qu'elle avait toujours été prise de panique quand on abordait le sujet.

— Habille-toi. Il faut qu'on mange. Le poulet à la provençale nous attend.

— Mais tu n'as pas pu avoir de réservation…

— J'ai pu me faire livrer à domicile. Il n'y a qu'à le réchauffer. On ne va pas dîner tout nus.

— Pourquoi pas ?

— J'ai des principes.

Il sortit une chemise, ramassa son pantalon par terre, et alla choisir une cravate.

— Tu veux vraiment qu'on se mette sur notre trente et un ?

— Oui. On fête quelque chose.

Forte de sa décision de tout affronter aujourd'hui et d'avoir peur après, elle rassembla ses habits et gagna la salle de bains.

Il l'avait complètement manipulée. Mais elle serait courageuse et n'aurait pas peur…

— Le dîner est prêt !

Il avait dressé la table dans la salle à manger et avait même glissé une bougie dans une bouteille.

— Ça a l'air exquis, fit-elle quand il apporta les assiettes.

— Ne dis jamais à Anton que je l'ai réchauffé au four à micro-ondes. Ni qu'on a bu du rouge avec…

— Promis.

Elle n'en aurait plus l'occasion maintenant. Mais elle était décidée à savourer sans arrière-pensée le délicieux plat et le bon vin, et sa compagnie, bien sûr.

— Pip, je n'ai pas été complètement honnête avec toi…

Elle non plus. Il se serait enfui en courant s'il avait su ce qu'elle éprouvait pour lui…

— J'ai besoin de faire une pause, dit-il.

— Je comprends. Ça a été fantastique entre nous, vraiment…

— Pip ! Je parle de mon job. Je ne vais pas en Écosse pour travailler. Mon mentor a toujours insisté sur l'importance de prendre du repos, du recul. Il va à la pêche…

— Tu veux pêcher ?

— Non, répondit-il gravement. J'ai besoin d'un mois ou deux loin des corps brisés. J'adore mon métier et ne le lâcherai jamais, mais je prendrai mes congés au sérieux désormais.

— Tu ne feras plus de remplacement le temps de vendre ton appartement ? dit-elle en levant son verre. Je bois à ça !

— Viens avec moi en Écosse. Je sais que tu vas peut-être avoir un nouveau poste, mais...

— J'adorerais y aller, répondit-elle, décidée à suivre son cœur sans se soucier du reste. Je ne peux décemment pas te laisser manquer de sexe dans ton petit cottage en pierre...

— Je vais chercher le dessert... pourquoi tu souris ?

— J'adore ta façon de conclure une conversation sérieuse, dit-elle avec un petit rire. Tu me feras tes adieux demain ?

— J'espère que non, répondit-il en fonçant dans la cuisine.

Il revint avec un gâteau orné d'une longue bougie.

— Tu n'étais pas obligé de faire ça, protesta-t-elle en riant, la gorge nouée. Je te l'ai dit, ça n'a pas d'importance...

— Ça en a beaucoup, et tu le mérites. Car en plus de t'inviter en Écosse, je voudrais un engagement à vie, déclara-t-il en posant le splendide gâteau. Je regrette tant d'avoir gâché ton dernier anniversaire. Je voulais faire le gâteau moi-même, mais j'ai préféré m'adresser à de vrais pâtissiers, expliqua-t-il à Pippa abasourdie. Il est au chocolat et aux pralines.

Mais Pippa n'était pas intéressée par les ingrédients. Ni par la fine bougie blanche dont la flamme vacillait doucement. Elle regardait fixement la maladroite inscription faite à la poche à douille sur le glaçage, en décalage total avec la délicate pâtisserie si raffinée...

On avait dû leur livrer le mauvais gâteau. Car au lieu de « Joyeux Anniversaire », il était écrit : « Épouse-moi ».

— Je n'ai pas eu la place de mettre le point d'interrogation.

— J'ai cru qu'ils s'étaient trompés de gâteau...

— C'est le bon. En tout cas, c'est celui que j'ai décoré, sous le regard moqueur d'Anton.

— Pourquoi ?

— Ce sont les petites choses qui nous touchent. Et avant que tu dises oui ou non, et pour ne plus rien te cacher...

— Tu as une ex-femme ?

Il secoua la tête.

— Des enfants ?

— Presque. J'ai un chiot avec un problème de vessie.

— Tu vas adopter Saucisse ?

Il leva les yeux au ciel en hochant la tête.

— Je dois le sortir dans une heure, puis je ramènerai ses affaires ici. Oh ! et l'appartement n'est plus à vendre.

— Pourquoi ?

Il lui prit les mains.

— J'ai envie de voir tes œuvres lugubres orner mes murs. Je ne veux pas être un loup solitaire. Je refuse que les erreurs de mes parents me servent de leçons de vie. Je t'aime, et je crois que tu as un peu plus qu'un faible pour moi...

Il savait donc !

— Je t'aime de tout mon être, répondit-elle en le regardant dans les yeux. J'ai fait un cœur en terre cuite après notre tête-à-tête à la bibliothèque ce jour-là, et je l'ai recouvert d'un émail aussi proche que possible de la couleur de tes yeux...

Il médita un moment en silence.

— Tu l'as toujours ?

— Oui... Et j'ai souvent fantasmé sur toi quand j'étais avec un autre, avoua-t-elle en rougissant.

— Ravi d'avoir pu t'aider ! déclara-t-il en riant.

— Luke, je t'aime. Et je crois que je t'ai toujours aimé.

— Et j'ai besoin de ton amour. Je veux me cacher avec toi en Écosse. Et je parlerai à tes parents.

— Ta photo avec Julia est toujours sur leur cheminée, Luke.

— Je comprends. Et je ne tiens pas spécialement à ce que nos parents assistent à notre mariage...

Elle contourna la table pour aller s'asseoir sur ses genoux.

— Juste nous deux, alors, murmura-t-elle.

— Ça veut dire oui ?

— Tu n'avais pas besoin de point d'interrogation, Luke. Ça a toujours été oui, dit-elle, consciente qu'il possédait son cœur depuis ses seize ans.

16

Elle prendrait ses nouvelles fonctions en février, et Luke avait décroché un poste de consultant en or dans un grand hôpital universitaire, loin de l'ombre de son père.

— Six semaines de congé consécutives par an…

C'était stipulé dans le contrat de Luke, et Pippa avait prévenu Mlle Brett qu'elle partirait en vacances en même temps. Elle avait avoué à ses parents que sa relation avec Luke était sérieuse. Au moins, ils se parlaient maintenant. Et sur leur cheminée, la photo de Luke et Julia avait disparu.

Mais aujourd'hui, ils allaient se marier.

Pippa n'était même pas nerveuse. Cette journée était gravée dans sa vie depuis le début, comme s'ils étaient de tout temps destinés l'un à l'autre.

Pour le moment, elle essayait de la nouvelle lingerie, sous le regard fort intéressé de Luke.

— Plus de sexe tant qu'on ne sera pas mariés, grogna-t-il.

— Alors dépêche-toi de faire de moi ta femme ! dit-elle en enfilant une ravissante robe vert jade, sa couleur préférée.

Elle contempla sa bague de fiançailles, une magnifique émeraude aux différentes nuances de vert dont elle était folle.

Il lui tendit la boîte contenant son bouquet de mariée. De la bruyère et des chardons. Doux et piquants à la fois. Un peu comme la vie. Et magnifiques, comme l'existence.

Luke se pencha pour prendre Saucisse qui arborait pour l'occasion un nœud papillon écossais, et ils se mirent en route.

Ils avaient choisi de s'unir dans la plus petite salle de mariage de l'Hôtel de ville d'Édimbourg, idéale à leurs yeux pour ce jour spécial. Avec leurs deux témoins, ils furent accueillis par le célébrant, puis on lia leurs mains ensemble avec des rubans de soie, et ils échangèrent les vœux du traditionnel rituel.

— Luke, voulez-vous prendre Philippa pour épouse ? Pour être son fidèle ami, son partenaire de vie, et son unique amour ? Pour l'aimer sans réserve, l'honorer et la respecter, la protéger du mal, la réconforter dans la détresse, et grandir avec elle en pensée et en esprit ?

— Je le veux, répondit Luke d'une voix claire et assurée.

Cet engagement était tout pour Pippa. Elle inspira pendant que l'officiant s'adressait à elle :

— Philippa, voulez-vous prendre Luke pour époux… ?

Pippa avait tout fait pour contenir son émotion, et elle n'aurait jamais cru voir Luke pleurer. Elle savait qu'il l'aimait, mais à cet instant elle comprit à quel point.

— Je le veux, murmura-t-elle, levant les yeux vers l'homme qu'elle aimait de tout son être. Je le veux vraiment.

On dénoua les rubans, et il la prit dans ses bras et l'étreignit.

— Nous sommes une famille, maintenant, murmura-t-elle avec une sensation d'émerveillement.

Il regarda l'alliance en or blanc qu'elle avait glissée à son doigt, puis contempla tendrement sa nouvelle épouse.

— Oui. Tu m'as, maintenant, répondit-il, comme une promesse tacite de son amour éternel.

Les papiers furent signés. Ils avaient encore une visite à faire avant d'aller au bel hôtel où ils passeraient leur nuit de noces. Puis ils s'envoleraient pour l'île de Skye…

Luke ne lâcha pas sa main pendant le trajet d'une heure et demie jusqu'à St. Andrews. Une neige légère tombait, et Pippa scruta la mer du Nord, grise et tourmentée, puis les nobles édifices poudrés de blanc, émerveillée par la splendeur de la vénérable université.

Comme elle descendait de voiture, elle entendit la musique d'une cornemuse, puis le joueur s'avança, se plaça devant eux, et les précéda jusqu'à la chapelle.

On avait joué *Amazing Grace* aux obsèques de Julia, mais la musique lui semblait plus douce aujourd'hui, et cette fois elle était libre de pleurer, même le plus beau jour de sa vie.

— Je suis venue, comme tu me l'as demandé, murmura-t-elle en se rappelant sa conversation avec sa sœur. Merci, Julia.

Et elle déposa son petit bouquet sur les marches, car, sans l'esprit vaillant de sa sœur pour la pousser, elle n'aurait peut-être jamais eu le courage de mettre son cœur en danger et de dire oui à Luke. Même si leur histoire n'avait duré qu'un mois, cela en aurait valu la peine.

— Je t'aime, Julia.

Puis elle se tourna vers Luke qui portait le chiot, prit sa main, et ils regagnèrent la voiture.

— J'aurais aimé qu'elle soit là aujourd'hui.

— Vous vous seriez disputé mes faveurs comme deux tigresses, fit-il remarquer, pince-sans-rire.

Elle lui donna un coup de coude, et éclata de rire à travers ses larmes. Et c'était si bon de rire en parlant de sa sœur.

— Tu es bien sûr de toi !

— Aujourd'hui, oui, répondit-il, sûr de leur amour.

FIONA McARTHUR

Délicieuse imprudence

Traduction française de
ANOUK

BLANCHE

HARLEQUIN

Titre original :
HEALING THE BABY DOC'S HEART

Prologue

Vietnam, le 1er mai

Isabella Hargraves écarta les rideaux et regarda la rue de Hanoï qui s'éveillait, sept étages plus bas. Elle ouvrit alors la fenêtre, et sentit l'air chaud sur sa main. Au loin, le ciel était encore nimbé des lueurs roses de l'aube. Son heure préférée.

Une autre journée chaude s'annonçait.

Elle suivit du regard un vieil homme qui pédalait sur un cyclo-pousse chargé de chapeaux de paille de différentes tailles. Il vendait ces coiffes coniques aux touristes comme aux travailleurs qui se rendaient dans les champs. À cet instant, il se dirigeait vers le vieux quartier de la ville qui, déjà, semblait en effervescence. Hanoï comptait neuf millions d'habitants et trois millions de motos. Un endroit hors du commun, impressionnant, parfois perturbant, pour vivre et travailler. Traverser une route à pied était toujours un défi. On risquait de se faire écraser... Mais Isabella respectait toujours le conseil des autochtones : marcher lentement, main tendue, yeux ouverts... Et, miraculeusement, le trafic vous évitait.

De sa fenêtre, elle voyait le ciel rosé éclairer Hoen Kiem, le « lac de l'Épée restituée », où un empereur aurait utilisé une épée magique pour vaincre la dynastie chinoise des Ming. Les légendes du pays la fascinaient.

Après s'être immergée encore quelques instants dans le spectacle des alentours, Isabella se détourna, referma la fenêtre et enfila ses baskets. Comme chaque matin, elle irait courir autour du lac avant de se rendre à la maternité de l'hôpital de la vieille ville. Grâce à ce rituel sportif quotidien, elle puisait la force et le calme nécessaires à sa journée.

Elle resterait encore un mois au Vietnam. Elle s'y trouvait avec Conlon, son compagnon, et entre eux tout se passait si bien qu'elle commençait à croire à un avenir possible. Leurs relations s'annonçaient plus sérieuses qu'elle ne l'avait d'abord imaginé. Après la longue traversée en solitaire qu'elle avait connue auparavant, elle retrouvait de l'espoir…

Récemment, Conlon lui avait suggéré qu'elle devienne chercheuse universitaire à plein temps au lieu de continuer à travailler comme infirmière spécialisée en soins intensifs.

Pourquoi pas ?

Ici, à Hanoï, Isabella se partageait en effet entre ses missions de soignante et les recherches qu'elle réalisait pour rédiger un volumineux article. Conlon, professeur à l'université de Sydney, avait souhaité collaborer à ce travail, et même en devenir coauteur. Elle avait accepté qu'il la rejoigne au Vietnam. Leurs relations avaient peu à peu débordé de la sphère professionnelle, et Conlon partageait désormais l'appartement qu'elle avait loué.

Son téléphone sonna. Jetant un coup d'œil à l'écran, Isabella vit que c'était son père qui l'appelait. Si tôt ? Il devait être 9 heures du matin en Australie.

Une sourde angoisse l'envahit, comme si elle était encore une fillette âgée de sept ans orpheline de mère, et non une femme de vingt-sept ans.

Elle pouvait compter sur les doigts d'une main le nombre de fois où son père l'avait personnellement appelée au cours de cette année. Habituellement, il lui faisait transmettre ses messages par sa secrétaire du service de neurologie de l'hôpital général de Sydney.

La dernière fois qu'il lui avait téléphoné, il lui avait annoncé que Nadia, la sœur d'Isabella, venait de perdre son mari dans un accident de voiture.

— Papa ?

— Isabella. J'ai une mauvaise nouvelle.

Évidemment.

Pas un seul mot gentil. Même pas un « Comment vas-tu ? » Ce n'était pas le genre de M. Hargraves.

Isabella sentit son estomac se contracter. Elle pensa aussitôt à Nadia, qui avait appris la mort de son mari alors qu'elle était enceinte. Y avait-il un problème avec sa grossesse ?

Son père reprit la parole :

— Ta grand-mère, Isabella, a eu un grave accident.

Mamie !

Choquée, Isabella resta sans voix. Elle adorait sa grand-mère. Cette dernière avait tout fait pour aider Isabella et Nadia après le décès de leur mère, compensant même l'absence d'affection de leur père obsédé par sa profession.

Elle s'éclaircit la gorge.

— Qu'est-ce qui s'est passé ?

— Elle a été renversée par une voiture à Coolangatta. Le coupable s'est enfui. Elle est dans le coma. Je doute qu'elle s'en sorte.

Isabella ferma brièvement les yeux, assaillie par une vive souffrance.

— Tu es toujours là ?

Le timbre impatient de son père la fit tressaillir.

— Oui, mais j'essaie de digérer la nouvelle. Je… je reviens à la maison le plus vite possible.

— Pourquoi donc ? Tu ne pourras rien faire, ici. Ta grand-mère est inconsciente, et toi, tu dois terminer ton travail.

— Mon travail ? Mais mon travail est mille fois moins important que mamie ! affirma Isabella avec indignation. Je veux être auprès d'elle… Et auprès de Nadia !

Un court silence s'établit au bout de la ligne.

— Voyons, Isabella, ta grand-mère ne saura même pas que tu es là, répliqua son père d'un ton légèrement agacé. Quel intérêt as-tu à revenir ? Franchement ? C'est une triste situation, en effet, mais comme je viens de te le dire, il est peu probable qu'elle se réveille.

Isabella lutta contre un profond sentiment d'impuissance mêlée de colère.

— Eh bien, moi, je rentre à la maison. Et ne t'inquiète pas, je n'irai pas chez toi…

Surtout pas. Son père vivait dans une grande bâtisse vide et froide.

— Je vais aller sur la Gold Coast. Comme ça, je serai proche de Nadia et de mamie. D'ailleurs, dans un premier temps, j'habiterai dans l'appartement de mamie, décida-t-elle.

Et je parlerai à mamie même si elle est inconsciente ! Elle m'entendra… Et je serai là, près d'elle, quand elle se réveillera !

Son père poussa un soupir résigné.

— Comme tu veux. Mais je parie que Conlon n'appréciera pas que tu repartes de Hanoï si vite.

— Conlon viendra avec moi. Il sera avec moi. Il me soutiendra, affirma Isabella, le cœur serré.

— Tu oublies que vous êtes au Vietnam pour votre travail en commun. Vos recherches ne sont pas finies. Vous devriez rester, tous les deux. Ensemble.

— On reviendra au Vietnam plus tard. Ma famille passe avant tout, rétorqua Isabella, regrettant que Conlon ne soit pas auprès d'elle à cet instant.

Là, elle aurait aimé qu'il l'enlace fort, très fort… Mais il était déjà parti faire son jogging autour du lac.

— C'est une belle pensée, Isabella, une belle intention,

vraiment. Sauf que ta sœur Nadia est déjà sur place. Elle pourrait te tenir informée.

Isabella garda le silence, stupéfaite. Elle imaginait son père consultant sa montre, pressé d'en finir. Il avait sûrement déjà perdu assez de temps pour cet appel !

Merci de m'avoir téléphoné… Et merci de ne pas avoir demandé à ta secrétaire de le faire à ta place…

Elle se rendit compte que ses doigts étaient crispés et engourdis autour du téléphone.

— Nadia n'aura pas à me tenir informée parce que je serai là. Et Nadia attend un bébé, je te signale, et elle est seule…

Isabella s'apprêta à couper la communication, mais un soudain élan d'empathie l'envahit.

— Et toi, papa, comment vas-tu ? Après tout, mamie est ta mère…

— Oui, eh bien…

Il resta silencieux un instant. Comme s'il allait exprimer de l'émotion.

— C'est une situation désolante, mais on ne peut rien faire. Je ne peux rien faire. Ta grand-mère a quatre-vingts ans. Elle a eu une belle vie.

Puis il raccrocha sans même dire au revoir.

Isabella posa son portable et marcha de long en large. Le sang martelait ses tempes. La dureté de son père était vraiment sidérante… Incompréhensible.

Elle pensa à sa grand-mère allongée dans un hôpital à des milliers de kilomètres de là. Sans personne pour la soutenir. Peut-être en train de mourir.

Elle pensa à tout l'amour et à la tendresse que Catherine Hargraves leur avait transmis, à Nadia et elle.

Il fallait entourer et cajoler leur grand-mère… Prier qu'elle se réveille et soit encore de ce monde lorsque naîtrait le bébé de Nadia !

Déterminée, Isabella consulta le site Internet de l'aéroport. Le prochain avion pour Sydney ne décollerait qu'à 18 heures de Hanoï. Destination Singapour. Quelques heures plus tard, un autre vol rallierait Singapour à Sydney. Ensuite, Conlon et elle devraient prendre un vol intérieur de Sydney à Brisbane et louer un véhicule afin de se rendre sur la Gold Coast. Isabella s'arrangerait pour que sa propre voiture soit expédiée par la suite.

Puis elle songea à sa sœur. Seule dans cette situation. Pauvre Nadia... Enceinte de six mois, elle avait déjà perdu son mari, et maintenant leur grand-mère risquait de mourir.

Nadia a aussi besoin de moi. Je l'appellerai dès que j'aurai parlé à Conlon...

À ce moment-là, la porte s'ouvrit et Conlon s'engouffra dans l'appartement. Ses cheveux noirs étaient collés sur son front en sueur. Il regarda Isabella et fronça les sourcils.

— Il y a un problème ? demanda-t-il en s'épongeant avec une serviette.

Elle le contempla, heureuse qu'il soit enfin de retour et auprès d'elle. Elle n'était pas seule. Trop souvent dans leur enfance, sa sœur et elle avaient été livrées à elles-mêmes... jusqu'à ce que leur grand-mère vienne à leur rescousse. Oui, quelle chance que Conlon soit là.

— Ma grand-mère vient d'avoir un accident. Elle a été renversée par une voiture à Coolangatta. Elle est dans le coma. Il faut qu'on rentre en Australie au plus vite. Aujourd'hui.

— Pardon ?

Conlon la contempla comme s'il n'avait pas compris.

Isabella réprima un mouvement d'impatience.

— Ma grand-mère a eu un accident. Je dois me rendre à son chevet. Retourner à la maison. Je finirai mon article plus tard.

Conlon hocha la tête, l'air perplexe.

— Toi, tu peux rentrer. Je sais que tu aimes bien ta mamie. Mais moi, je ne pars pas. On doit terminer notre étude.

— Bien sûr, mais...

Stupéfaite par la soudaine distance qu'il affichait, Isabella buta sur les mots.

— Conlon, je ne peux pas rester ici, les bras croisés. Ma grand-mère représente tout, pour moi. Ce n'est pas juste une personne que j'aime bien !

— J'en suis conscient, mais moi, je ne t'accompagne pas, énonça tranquillement Conlon. Désolé. Le travail avant tout.

Le travail avant tout...

Soudain, Isabella crut entendre son propre père. La gorge nouée, elle contempla Conlon, et ce qu'elle perçut subitement la glaça. Ainsi, voilà ce qu'il était. Égoïste. Carriériste.

— Je pensais pouvoir compter sur toi, dit-elle sèchement.

— Mais tu peux compter sur moi ! Fais ce que tu as à faire dans ta famille. De mon côté, je continue ce qu'on a commencé. Je me débrouillerai pour rendre le document à temps. Et ne t'inquiète pas, j'indiquerai aussi ton nom.

Isabella garda le silence, encore plus abasourdie. C'était son projet de recherches en néonatalogie. Son article. Il s'était joint à elle par intérêt... Mais elle avait accompli 80 % du travail en interviewant des infirmières, des sages-femmes, des médecins... Un travail qu'il signerait, lui aussi.

Tu exagères, Conlon. Tu consentiras à mettre mon nom alors que tu es venu te greffer sur mon étude. Je t'ai accepté comme collaborateur. Je t'ai accueilli. Et je constate que ce que je vis là, maintenant, cette urgence familiale, te laisse parfaitement indifférent.

Isabella esquissa une grimace dégoûtée.

— Franchement, je ne t'imaginais pas ainsi. Je pensais que tu étais un ami et même plus qu'un ami. Mais je vois que je me suis trompée sur toute la ligne.

— Et moi, je vois que tu as perdu ta lucidité, répliqua Conlon. Tu mélanges les priorités !

Une colère brûlante envahit Isabella. Elle pouvait presque visualiser son sang bouillir comme de la lave.

Priorité...

Le mot préféré de son père pendant toute son enfance. Lors des événements scolaires et des soirées de remise de prix, il n'avait pratiquement jamais pu venir à cause de ses « priorités ».

Conlon haussa les épaules.

— Sincèrement, Isabella, ce serait absurde que je vienne avec toi. On a presque terminé notre travail. Ce sera un document révolutionnaire, mais pour qu'il ait un réel impact on doit être crédibles. Et cette crédibilité passe par le respect du planning.

— Mais ma grand-mère est en train de mourir, murmura Isabella, profondément désorientée.

Tout à coup, la vérité la frappa de plein fouet.

Pourquoi était-elle attirée par des hommes qui faisaient passer le travail avant tout le reste ?

Des hommes à l'image de son propre père...

Elle avait naïvement cru que Conlon serait différent. Il était chercheur et universitaire, donc il vivait en dehors du monde des urgences médicales à toute heure de la journée ou de la nuit. C'est pourquoi elle avait pensé qu'il serait là pour elle, et qu'il la soutiendrait si nécessaire. Elle avait espéré qu'elle pourrait faire sa vie avec Conlon, qu'ils auraient des buts similaires, et qu'ils fonderaient peut-être une famille...

Elle s'était totalement trompée.

— Va prendre ta douche. Tu dégoulines de sueur après ton jogging. Je vais préparer ma valise.

— Mais enfin, Isabella, tu fais fausse route ! Réfléchis cinq minutes, quand même ! Notre travail est...

Ignorant Conlon, elle se détourna et se dirigea vers la chambre.

Elle avait adoré son séjour au Vietnam, touchée par l'ouverture d'esprit des sages-femmes et des infirmières en néonatalogie qu'elle avait interrogées pour son article. Leurs récits et témoignages l'avaient émue à plusieurs reprises, et elle avait vraiment aimé découvrir une culture si différente de la sienne. Mais tout ce qu'elle avait partagé avec Conlon s'effondrait à cet instant. Certes, ils publieraient un article ensemble, puis leurs relations s'arrêteraient là. Définitivement.

Mamie, j'arrive… Et je serai à ton chevet quand tu te réveilleras ! Nadia, je serai aussi avec toi jusqu'à la fin de ta grossesse, et même après s'il le faut !

Elle trouverait un poste en maternité, dans l'hôpital le plus proche de la résidence où Nadia et leur grand-mère vivaient. Ainsi, elle serait présente pour les personnes chères à son cœur. Elle laisserait derrière elle le Vietnam, cette incursion dans le monde universitaire… Et Conlon. Elle oublierait ses fantasmes stupides de jeune femme encore trop naïve qui croyait qu'on pouvait compter sur les hommes.

Elle avait compris la leçon.

1

Gold Coast, Australie

Trois semaines plus tard

En temps normal, le Dr Simon Purdy, pédiatre à l'hôpital de Coolangatta, n'aurait pas remarqué une nouvelle infirmière dans l'unité de soins intensifs du service de néonatalogie.

Mais là, il ne pouvait pas s'empêcher de la regarder. Il se sentait comme… hypnotisé par cette mystérieuse jeune femme qui était en train de contempler un nouveau-né dans son petit berceau, lui parlant comme si le bébé s'apprêtait à lui répondre.

Elle dégageait une énergie très particulière, vibrante, rayonnante… Et quelle beauté !

L'espace d'un instant, Simon fut alors la proie d'une étrange sensation…

Comme s'il se réveillait subitement.

Comme s'il se souvenait qu'il était vivant. Brisé mais toujours en vie, oui.

Comme s'il n'avait jamais été fautif, coupable d'être préoccupé par d'autres choses que le bien-être de celle à laquelle il avait tant tenu, qu'il avait tellement aimée, et qui n'était hélas plus de ce monde.

Simon observa encore l'inconnue. Cette infirmière lui faisait l'effet miraculeux d'un ange blond. Une personne douce, bienveillante. Fragile ?

Lorsqu'elle se tourna sur le côté, il s'aperçut alors qu'elle était plutôt grande, musclée. Sportive ? Sûrement. Une déesse de la féminité qu'il n'avait pas le droit de convoiter. Son désir ne serait pas bienvenu. Plus jamais.

Malgré lui, Simon garda le regard fixé sur l'épaisse tresse de cheveux couleur soleil et sable qui ondulait dans le dos de la jeune femme tandis qu'elle se penchait au-dessus du berceau d'un autre bébé.

— Tout va bien, docteur Purdy ?

Arraché à sa rêverie, Simon fit face à Carla, l'infirmière en chef du service de néonatalogie. C'était Carla qui avait tout fait pour qu'il reprenne sa vie en main. Au fil du temps, tous deux étaient devenus bons amis.

Ce jour-là, comme d'habitude, elle lui avait préparé une liste de petits patients à examiner, par ordre d'urgence. Mais à cet instant elle le contemplait d'un air malicieux.

— Désolé, je suis dans la lune, lâcha-t-il, soudain gêné.

Pourquoi mentait-il ? Il ne mentait jamais. Apparemment, il n'était pas très doué pour cela non plus, parce que Carla ébaucha une moue taquine.

— Oui, oui… La nouvelle venue s'appelle Isabella Hargraves. Infirmière en néonatalogie très expérimentée. Son père est le professeur Piers Hargraves, le neurologue.

— Le chef du service de neurologie à l'hôpital général de Sydney ? Le président de l'Association nationale de neurologie ?

— Exactement. Isabella a également travaillé en réanimation, rédigé cinq articles scientifiques et possède une grande expérience dans diverses unités. Elle était en mission au Vietnam jusqu'à il y a quelques semaines, et elle est revenue ici pour être auprès de sa grand-mère et de sa sœur enceinte. D'après ce que j'ai compris, sa grand-mère a été victime d'un grave accident, et elle est hospitalisée, précisa Carla.

Simon oublia aussitôt tous ses fantasmes à propos de la belle Isabella. Si cette dernière était proche de sa famille, lui était un solitaire. Il aimait surfer seul, travailler dur et être occupé, suffisamment occupé par les bébés des autres pour penser à être lui-même père un jour.

— Parfait. Tu me montres ta liste ?

Carla obtempéra d'un air un peu surpris.

— Au fait, Simon, j'ai vu ton ami Malachi Madden l'autre jour. Il a drôlement changé. Il rit, plaisante... Un autre homme, je te dis. La vie de famille semble lui convenir à merveille.

Simon parcourut les noms inscrits sur le document que Carla venait de lui remettre.

— Oui et alors ?

Carla haussa les épaules en lui adressant un clin d'œil.

— Alors, c'est bien de s'intéresser à autre chose qu'au travail, ne serait-ce que de temps en temps...

Isabella avait l'habitude que les hommes la regardent, aussi ne fut-elle pas franchement étonnée que le médecin en blouse blanche à l'autre bout de la pièce la contemple ainsi. Un bel homme grand, blond, aux larges épaules, aux traits réguliers. Il devait être âgé d'une trentaine d'années. Qui était-il donc ?

Chassant ses interrogations, elle reporta vite son attention sur le minuscule nouveau-né.

Lorsque l'alerte d'apnée avait retenti pour bébé Jones, elle s'est rendue auprès de lui en un éclair. Elle avait noté l'heure, vérifié le moniteur, et contrôlé les respirations. Le rythme cardiaque avait ralenti avec un bref passage en bradycardie avant de retrouver son équilibre dès que l'enfant avait enfin respiré normalement.

— C'est bien, murmura-t-elle, soulagée.

Elle coupa l'alarme et, alors qu'elle consignait toutes les données sur le compte rendu, Carla et le médecin au regard insistant la rejoignirent.

— Isabella, je te présente le Dr Simon Purdy. Simon, voici notre nouvelle infirmière, Isabella Hargraves.

Le Dr Purdy… Isabella avait remarqué ce nom sur presque tous les dossiers. De toute évidence, il s'agissait du pédiatre principal du service. Depuis son arrivée, elle avait entendu tout le monde vanter la rigueur, le dévouement et les capacités de diagnostic du Dr Purdy. Sans parler de son pouvoir de séduction. Ses yeux étaient bleus comme la mer qui ourlait la côte de Coolangatta, de l'autre côté de la route menant à l'hôpital… Il avait un teint bronzé, des cheveux dorés légèrement ondulés, une bouche sensuelle, un menton volontaire.

Vraiment trop beau…

Isabella se ressaisit.

— Enchantée, docteur Purdy.

— Infirmière Hargraves, ravi que vous soyez parmi nous, dit-il froidement.

Isabella cacha son étonnement. *Infirmière ?* En principe, on l'appelait par son prénom ! Au-delà de cette manière un peu démodée et surtout très distante de lui parler, elle aurait pu rétorquer qu'elle n'était pas seulement infirmière, mais aussi sage-femme. Mais, au fond, peu lui importait.

— Apnée du sommeil ? demanda le Dr Purdy.

Une question courte et concise. Froide. Dénuée de courtoisie.

— Oui. Autostimulation. Durée de seize secondes. Le rythme cardiaque est descendu à soixante-dix battements par minute.

Après s'être adressée à lui sur le même ton, Isabella lui tendit le compte rendu.

Le petit Jack Jones, dont les parents n'avaient choisi le nom que la veille, avait dix jours et était né six semaines avant la date prévue. Le teint rose, il dormait tranquillement dans le berceau devant eux. Son moniteur de fréquence cardiaque indiquait maintenant cent vingt battements par minute.

— Quand a-t-il été nourri pour la dernière fois ? demanda le médecin.

Le rythme cardiaque d'un bébé après la tétée chutait souvent. Ce n'était donc pas forcément inquiétant. Malgré tout, Isabella trouva le Dr Purdy bien détaché. Comme s'il ne se sentait pas concerné.

— Il y a une demi-heure.

— Pas de problème particulier ?

— Non.

Isabella remarqua le regard surpris que Carla adressait au Dr Purdy. Réagissait-il façon inhabituelle ? Et si oui, pourquoi ?

De toute évidence, le Dr Purdy n'appréciait pas Isabella alors qu'ils ne s'étaient jamais rencontrés auparavant.

Peu m'importe son opinion…

Isabella jeta un coup d'œil à la grande horloge du service. Ce serait bientôt l'heure de la mise en place d'une sonde pour la minuscule Cosette Timms, le plus petit bébé de l'unité en ce moment : sept cent trente grammes à peine. Cosette était née prématurément à vingt-neuf semaines, à cause de l'éclampsie dont sa mère avait souffert.

Il faudrait réchauffer du lait maternel conservé au réfrigérateur et préparer des seringues pour nourrir Cosette.

Ellen Timms, la mère de Cosette, téléphonait matin et soir pour prendre des nouvelles de sa fille. Aujourd'hui, Isabella avait toutefois appris que la maman ne pourrait pas venir. Elle habitait à cent cinquante kilomètres, dans une ferme, son mari était handicapé et elle avait d'autres enfants. Malgré tout, elle faisait l'aller-retour deux fois par semaine. Heureusement, anticipant un tel problème, Ellen avait laissé du lait qui avait pu être congelé.

Lors de la prochaine tétée, ce serait l'heure de la pesée de

Cosette, et le bébé devrait être déshabillé puis rhabillé pour cette pesée. Le fait d'être manipulés trop souvent fatiguait les prématurés, cela coïnciderait donc avec le jour du bain. Isabella avait prévu d'envoyer à Ellen de jolies photos de ces moments à partir du téléphone portable du service. Ce serait agréable... Un lien rassurant qu'elle se réjouissait de mettre en place avec la maman.

— Je vais prendre le relais pour Cosette, annonça alors Carla. Le Dr Purdy et moi-même souhaitons que tu sois là pour la prochaine intervention sur le petit Jack.

— Pas de problème, dit Isabella en posant les seringues et la bouteille de lait.

Elle alla se laver les mains en s'efforçant de dissimuler sa déception. Avec un peu de chance, elle pourrait quand même donner un bain à Cosette plus tard.

— Qu'est-ce que vous voulez que je fasse ? demanda-t-elle en rejoignant de nouveau Carla et le Dr Purdy.

Elle évita de croiser le regard du médecin qui, décidément, lui paraissait bien antipathique.

— Le Dr Purdy veut repositionner la canule de l'intraveineuse du petit Jack. Comme l'état de ce nourrisson est encore instable, je préférerais que tu sois présente pour agir au cas où.

— Entendu.

Isabella chercha des yeux le chariot utilisé pour ce genre d'opération. Il fallait qu'ils aient sous la main tout ce dont ils risquaient d'avoir besoin. Quant au dossier du nouveau-né, il était à sa place.

Le Dr Purdy jeta un coup d'œil à sa montre - une coûteuse montre de plongée. Était-il pressé ?

— Laissez-moi juste le temps de tout mettre en place, dit Isabella.

— Naturellement, fit Simon Purdy.

Et, sans la regarder, il se détourna pour aller examiner un autre bébé.

Au moins ne resterait-il pas planté devant elle à l'observer avec méfiance ou inquiétude ! Mais même s'il avait agi ainsi, Isabella ne s'en serait pas réellement souciée. Elle connaissait le monde des médecins. Elle en avait fréquenté plus d'un avant de tomber amoureuse de Conlon… La plupart semblaient essentiellement préoccupés par leur ego et leur importance.

Freud aurait sans doute pu lui expliquer pourquoi elle avait choisi ce genre d'hommes auparavant. *Le syndrome du père*, songea-t-elle dans un élan d'humour ironique. Accompagnant son père, elle avait assisté à de nombreux dîners ennuyeux organisés pour collecter des fonds destinés à la recherche. Elle avait également joué les hôtesses d'accueil dans la demeure paternelle, et rencontré beaucoup de médecins impatients et imbus d'eux-mêmes, comme Simon Purdy.

Concentrée, Isabella termina habilement de préparer l'intervention sur le petit Jack. Elle gardait à portée de main deux différentes sortes de solutés intraveineux, au cas où le Dr Purdy voudrait modifier les concentrations.

Du coin de l'œil, elle sentit que subitement il la contemplait. Curieux de voir comment elle se débrouillait ou dubitatif ? Elle décida de ne pas y prêter attention et lui sourit simplement.

— Tout est prêt, docteur Purdy…

2

Simon regardait l'infirmière Hargraves en espérant qu'elle ne remarquerait pas trop l'intérêt qu'il lui portait. Il refusait de penser à elle comme étant « Isabella ». Un bien joli prénom, pourtant.

Il se sentait étrangement fasciné et même impressionné par elle. Elle se déplaçait avec légèreté, sans hésitation, alors qu'elle rassemblait et préparait le matériel. Son expérience était évidente, en contradiction avec son apparente jeunesse.

D'ailleurs, elle n'était peut-être pas aussi jeune qu'elle en avait l'air, bien que certainement davantage que lui. Ses yeux brillaient, et elle souriait, emplie de cette énergie optimiste qu'il avait déjà perçue en elle. En comparaison, il se sentait éteint. Vieux.

En réalité, il n'était pas réellement âgé, seulement anesthésié par la souffrance qui restait logée en lui, sourde et lancinante. Pendant longtemps, il avait eu la sensation d'évoluer dans un monde parallèle, presque tel un somnambule…

Jusqu'à cet instant précis.

Quelles mystérieuses qualités possédait donc Isabella Hargraves pour qu'il éprouve soudain cet extraordinaire sursaut de vie ?

De façon objective, il aurait pu dire qu'elle avait des yeux trop grands, d'un vert pétillant constellé d'or. Une expression farouche s'y reflétait par moments. Son nez était trop droit. Non, pas droit… Raffiné. Quant à sa bouche… *Ses lèvres ne sont pas trop charnues, non, elles appellent les baisers…*

— Tout est prêt, docteur Purdy.

Pour couronner le tout, elle avait une voix un peu basse, douce. Envoûtante.

— Merci.

D'un rapide coup d'œil, Simon examina ce qu'elle avait préparé sur le chariot. C'était parfait. Il se concentra alors sur ce qu'il devait faire, souleva la petite main de Jack et étudia la peau translucide ainsi que les délicates veines filiformes qu'on apercevait sous l'épiderme du nourrisson.

Silencieuse et attentive, l'infirmière Hargraves posa le bout de ses doigts sur le petit pied, comme pour rassurer le bébé. Simon réprima un sourire. Rien que pour cette manifestation d'empathie spontanée, il pardonna à la jeune femme de le troubler, lui, à ce point.

— Merci, tout est impeccable.

Ils commencèrent à travailler ensemble. Étonnamment, elle semblait anticiper toutes les demandes de Simon. Ils ne parlèrent pas et, bien qu'ils ne se soient pas pressés, l'intervention se déroula en douceur et avec succès en l'espace de quelques minutes.

— Où avez-vous appris ces gestes ? demanda-t-il alors qu'elle fixait de manière originale, mais très habilement, la nouvelle perfusion.

— Au Vietnam.

— Ah oui... Quand étiez-vous là-bas ?

— Le mois dernier. Je donnais un coup de main dans une unité de néonatalogie à Hanoï. C'était une mission dans le cadre d'un échange organisé par l'université de Sydney pour un travail de recherche que j'étais en train d'écrire.

Simon commença à envelopper Jack, qui s'était endormi. Il le remit dans son berceau et s'assura que toutes les alarmes des moniteurs étaient activées.

— Un article sur quel sujet ?

— La situation des pouponnières du Vietnam et la manière

de sensibiliser la communauté vietnamienne au dépistage de maladies congénitales et aux prises en charge néonatales.

Elle avait énuméré tout cela en continuant à s'activer. Elle semblait déjà savoir où tout était rangé car elle remettait à sa place du matériel qu'ils n'avaient pas utilisé. Et elle ne travaillait dans le service que depuis à peine vingt-quatre heures. Carla ne lui avait pas précisé exactement quand elle avait embauché cette infirmière, mais Simon l'aurait déjà remarquée si elle avait été là depuis plus longtemps.

Il apprécia qu'elle se soit déjà familiarisée avec les lieux, prête à assurer en cas d'urgence. Elle était impressionnante.

Oui, de fait, beaucoup de choses chez elle l'impressionnaient.

Arrête.

— Je ne suis jamais allé à Hanoï. Comment était cette unité où vous êtes intervenue ? Le personnel ?

Isabella lui lança un bref coup d'œil.

— Ce n'était pas moderne. Pas autant qu'ici, évidemment ! Mais l'équipe est formidable. L'objectif de mon étude était d'encourager une plus grande fréquentation des consultations prénatales, pour permettre le dépistage de problèmes potentiels avant qu'ils ne surviennent.

— Intéressant.

— Très intéressant, oui.

Quelque chose dans la voix de la jeune femme indiquait cependant qu'elle n'était pas satisfaite de la façon dont sa mission s'était terminée.

Une nouvelle alarme se mit soudain à sonner. Isabella se détourna, traversa calmement la pièce pour observer ce qui se passait et enregistrer l'événement. L'alerte s'arrêta.

Simon jeta un regard autour de lui. L'état de tous les petits patients était stable pour le moment. Il devait se rendre dans sa salle de consultation en pédiatrie pour ses rendez-vous de la matinée, mais, curieusement, il n'avait pas envie de partir.

Comme si tu pouvais te permettre de tisser des liens avec cette nouvelle infirmière...

Il n'avait déjà que trop échangé avec elle.

— Je serai dans mon bureau si Carla ou vous-même aviez besoin de moi, annonça-t-il d'un ton sec plus sec qu'il ne l'aurait souhaité.

Isabella esquissa un geste de la main mais ne se retourna pas. Comme si elle le congédiait.

Simon tourna les talons et s'éloigna, conscient que le visage de la jeune femme demeurait gravé dans son esprit.

3

Le lendemain matin, en prenant son petit déjeuner sur la terrasse de l'appartement de sa grand-mère, Isabella reçut un message de Conlon, qu'elle effaça aussitôt sans même le lire.

À l'horizon, le ciel, d'un rose goyave, prenait peu à peu des teintes plus orangées tandis que le soleil se levait au-dessus de l'océan. Mais à l'est, l'astre solaire dardait des rayons rougeoyants.

— Rouge comme une menace..., murmura Isabella.

Et ça n'a aucun rapport avec mon nouveau travail, ni avec le maussade Simon Purdy !

Mais quelle menace ? Sans doute l'épée de Damoclès qu'elle visualisait au-dessus de la tête de sa grand-mère bien-aimée...

Après Hanoï et la vive déception causée par son ex-compagnon, elle était soulagée d'être de retour auprès des siens. Elle pouvait enfin veiller sur sa mamie qui comptait tant pour elle. Isabella avait fondu en larmes lorsqu'elle était passée la voir. L'état comateux perdurait. Aucun signe n'évoquait un éventuel réveil. Il faudrait s'armer de patience, être résiliente... Forte et optimiste, comme bien souvent.

Isabella avait aussi rendu visite à Nadia, qu'elle avait trouvée plutôt en forme. La grossesse de sa sœur, presque à terme, se déroulait sans anomalie, et cela remontait le moral à Nadia, esseulée et triste depuis la disparition de son mari.

Admirant le paysage marin, l'océan, le ciel dégagé, Isabella sourit, rêveuse. Ici, elle pourrait aller faire du surf sans devoir prendre sa voiture. *Fantastique, non ?* Il lui suffirait de traverser la rue et elle serait à la plage. La résidence était magnifiquement placée, sur le littoral de Rainbow Bay - la baie des Arcs-en-ciel –, qui lui paraissait soudain comme un paradis possible. Au-delà d'une digue de pierres, l'océan à perte de vue lui semblait si accueillant...

Je n'aurais pas pu être ailleurs, se répéta-t-elle.

Ici, pas d'embouteillages. Pas de petit ami décevant. Pas d'irritation douloureuse causée par le manque de soutien paternel. Son père vivait à Sydney, donc loin, et de toute façon il était toujours occupé.

L'appartement de la grand-mère d'Isabella, à l'avant-dernier étage d'un immeuble moderne, offrait une vue imprenable sur la baie. Plus loin, on apercevait les gratte-ciel qui bordaient la célèbre plage appelée Surfer Paradise, adorée des surfeurs. Ces mêmes gratte-ciel qui, à cet instant, se transformaient en immenses miroirs reflétant le lever du soleil sur les vagues.

Soudain, Isabella se sentit assaillie de questions. Pourquoi n'était-elle pas venue plus tôt sur la Gold Coast, au lieu de travailler à Sydney ? Pourquoi n'était-elle pas restée près de sa grand-mère, la femme la plus importante de sa vie ? Car maintenant, il était peut-être trop tard.

J'aurais vraiment dû passer plus de temps avec mamie...

Sa sœur avait acheté un petit appartement au rez-de-chaussée de la même résidence. *Il aurait fallu que je fasse comme Nadia, et toute la famille aurait été déjà réunie...*

Avant l'accident dont leur grand-mère avait été victime.

Pour le moment, Isabella s'était installée dans la chambre d'amis. Un arrangement temporaire, pratique bien que triste. À deux kilomètres de là, sa mamie était inconsciente, dans une unité de soins intensifs...

Elle songea alors que les deux dernières journées étaient

passées à la vitesse de l'éclair. Elle avait commencé son nouveau travail, et tout se déroulait bien…

Enfin, presque bien, se dit-elle en buvant un thé vert au jasmin.

Elle s'efforça de ne pas penser à l'irritant Dr Purdy, qui s'était muré, glacial, après leur brève collaboration pour soigner le petit Jack.

Elle aurait voulu pouvoir effacer de son esprit le visage séduisant de cet homme, à l'expression ô combien agaçante, mais malgré elle son souvenir lui revenait et l'exaspérait comme une écharde plantée dans son doigt.

Réprimant un soupir, Isabella laissa son regard errer sur l'océan et les premiers surfeurs qui s'élançaient avec enthousiasme. Depuis son balcon, elle pouvait vraiment jouir d'une vue extraordinaire.

Je vais y aller, moi aussi… J'ai hâte !

Elle avait toujours aimé la mer et les sports nautiques. Le surf en particulier. Oui, dès qu'elle aurait fini son petit déjeuner, elle prendrait sa planche et irait danser sur les vagues.

— Alors, mamie, aujourd'hui, c'était mon deuxième jour à l'hôpital… Je pense que je vais vraiment aimer travailler dans cette unité de néonatalogie…

La poitrine de sa grand-mère se soulevait et s'abaissait régulièrement. Les yeux clos, le teint pâle, la vieille femme était plongée dans ce sommeil profond, insondable, qu'était le coma. Pour combien de temps ?

— Carla, la responsable du service, est une super cheffe. Calme et raisonnable, avec un visage franc qui me plaît ! On se tutoie, et entre nous, le courant passe bien.

Isabella contempla la figure ridée qui lui était si chère. Sa grand-mère les avait toujours choyées, Nadia et elle, leur prodiguant un amour sans limites sans pour autant les étouffer.

Mais les yeux de la vieille femme restaient obstinément fermés, figés sans même un frémissement. Ses paupières flétries cachaient ses iris d'un vert pâle - la même teinte qu'auraient probablement les prunelles d'Isabella cinquante ans plus tard.

Au moins tu respires naturellement, et non grâce à une machine...

Elle s'obligea à reprendre d'un ton aussi enjoué que possible :

— Si tu voyais, mamie, l'unité où je travaille est à la pointe de la technologie ! J'adore déjà tous les bébés qui s'y trouvent. Il y a cette petite fille, Cosette... Sa mère vit à une heure et demie d'ici. Elle s'occupe d'une ferme, mais vient quand même rendre visite à sa fille et déposer du lait maternel trois fois par semaine. Son mari a été victime d'un accident du travail, et il est maintenant handicapé. Elle a trois autres enfants. J'ai hâte de la rencontrer. Elle a l'air d'une vraie battante.

Sur le moniteur au-dessus du lit, Isabella examina le tracé électronique rouge des battements de cœur de sa grand-mère. Aucune variation n'apparaissait. Rien qui pourrait trahir un quelconque signe que sa grand-mère l'entendait ou qu'elle se réveillerait.

Le père d'Isabella - neurologue expert - avait rappelé à Isabella que plus le coma se prolongeait, moins il y avait de chances que la vieille dame s'éveille de nouveau. Ses paroles avaient été sans affect, froidement cliniques, alors qu'il évoquait sa propre mère... Isabella avait serré les poings. Et elle avait failli hurler de colère et désespoir quand il avait ajouté que si la grand-mère d'Isabella et Nadia sortait de son coma, elle demeurerait probablement dans un état végétatif.

Trois semaines et trois jours s'étaient écoulés depuis l'accident et son père avait déjà perdu tout espoir. Ces derniers temps, même Nadia semblait accepter le fait que leur mamie ne serait plus jamais présente. Mais Isabella, elle, ne parvenait pas à se résigner.

C'était elle qui avait supplié son père pour qu'il fasse admettre sa grand-mère dans l'unité de soins intensifs de l'hôpital où elle-même travaillait, et où Nadia était suivie pour sa grossesse. Ce n'était pas un service aussi important que celui de la grande structure hospitalière où Catherine Hargraves avait d'abord été hospitalisée, mais la surveillance y était continue et de qualité. De plus, l'établissement était proche de la résidence où Isabella et Nadia habitaient. On pouvait s'y rendre à pied.

Isabella avait décidé d'aller au chevet de sa grand-mère aussi souvent et longtemps qu'il le faudrait. Elle savait qu'une personne plongée dans le coma gardait le sens de l'ouïe très longtemps. Cet organe sensoriel était même le dernier à cesser de fonctionner. Elle irait donc auprès de sa mamie tous les jours pendant au moins une demi-heure, avant ou après le travail, et elle lui raconterait les événements de sa journée. Comme elle le faisait maintenant.

— Il y a ce pédiatre, Simon Purdy… Je le déteste ! Il est vraiment désagréable. Mais c'est un excellent médecin, paraît-il. Et il est super beau. Grand, blond, les yeux bleus… Dommage qu'il soit aussi antipathique. À part ça, mamie, bonne nouvelle, je suis allée surfer ce matin. C'était la première fois depuis mon arrivée. Ça m'a fait un bien fou.

Le souvenir de sa grand-mère, alors jeune, lui apprenant à se tenir sur une planche lui revint brusquement à l'esprit. La voix tremblante d'émotion, Isabella poursuivit :

— Si tu avais vu la grosse vague que j'ai prise ! Tu aurais été fière de moi ! Comme tu nageais bien à l'époque… Tu étais une vraie championne sur une planche ! Sans toi, que serais-je devenue, mamie ? Je t'aime…

Quand Isabella gagna son service plus tard dans la matinée, le regard noir que lui adressa Simon Purdy aurait pu la foudroyer sur place. Heureusement qu'elle avait pu s'emplir de bonnes énergies avant.

Elle se figea et le regarda fixement. Le calme et la tranquillité procurés par sa séance de surf matinale menaçaient de s'évanouir à cause de lui.

Ça ne peut pas durer…

Déterminée à comprendre ce qui se passait, Isabella se dirigea vers le médecin.

— Qu'est-ce qui ne va pas ? demanda-t-elle d'une voix douce mais ferme.

Simon l'observa en silence. Ses yeux bleus étaient durs comme de la pierre, et sa bouche n'était qu'une fine ligne crispée.

— Je travaille mal, peut-être ? insista Isabella. C'est tout juste si vous me dites bonjour. Ou alors… vous êtes encore de mauvaise humeur ? interrogea-t-elle, volontairement provocatrice.

Avant qu'il ait pu répondre, Carla les rejoignit d'un pas rapide. Elle jeta un coup d'œil surpris à Isabella, puis à Simon.

— Il y a un problème ?

— Je me pose la même question, répondit Isabella. J'ai l'impression que le Dr Purvy m'en veut de quelque chose. On est censés travailler en équipe, non ?

Carla acquiesça.

— Certainement. En équipe et en confiance. Alors ? Qu'y a-t-il ? demanda-t-elle à Simon.

Ce dernier fronça les sourcils, puis il poussa un soupir en évitant le regard d'Isabella.

— Il n'y a rien du tout. Excusez-moi, Isabella, lâcha-t-il en lui lançant juste un bref coup d'œil. Vous n'avez aucun reproche à vous faire.

Puis il tourna les talons et s'éloigna vers son bureau à grands pas, comme s'il se hâtait.

— Il est spécial, quand même, murmura Isabella, la gorge nouée. Il est toujours comme ça ?

— Il a ses moments, admit Carla après une courte hésitation. Je vais essayer de lui parler. Rassure-toi, ton travail est excellent.

Isabella sourit, soulagée.

— Bon, c'est l'essentiel. Je n'ai plus qu'à espérer qu'au fil du temps l'ambiance sera aussi excellente…

— Je l'espère aussi, dit Carla. On va tout faire pour. Promis.

— Merci.

Durant la journée, Isabella s'obligea à ne plus penser à cet incident. Elle espéra aussi ne pas avoir à collaborer de sitôt avec le désagréable Simon. Ce ne devait pas être un homme heureux, pour se comporter de la sorte...

La chance lui sourit car, ce jour-là, elle ne le revit pas. Tant mieux. Toutefois, ils travailleraient forcément encore ensemble par la suite puisqu'il était le principal pédiatre du service. Mais à l'avenir, quoi qu'il fasse et quoi qu'il lui dise, il ne l'affecterait plus !

Elle aimait son travail, son nouveau poste, son organisation, et personne n'atteindrait son moral. D'autant qu'elle devait rester forte pour soutenir sa grand-mère et Nadia.

4

Les jours suivants, entre son travail, les visites à sa grand-mère et à Nadia, et la courte séance de surf qu'elle s'accordait tôt le matin, Isabella ne vit pas le temps passer. Une bonne chose... Cela lui permit de ne plus du tout penser à l'étrange et désagréable Simon Purdy. Les rares fois où elle le croisa, il se montra cependant un peu plus cordial. Froid, distant, mais poli. C'était déjà un progrès. Isabella n'en demandait pas plus.

Cet après-midi-là, sa montre indiquait à peine 16 h 30 quand elle se gara sur le parking de la résidence où Nadia et elle-même vivaient. Au lieu de prendre l'ascenseur pour se rendre à l'appartement de sa grand-mère, elle emprunta l'escalier, tourna à gauche et alla directement chez sa sœur.

Elle frappa à la porte, mais personne ne répondit. Elle toqua de nouveau, insistant jusqu'à ce qu'elle entende la voix de Nadia. Une voix faible.

— J'arrive... Une minute !

Isabella ressentit une bouffée d'inquiétude qui s'intensifia dès que Nadia parut sur le seuil. La jeune femme se tenait au chambranle, pâle, les yeux brillants, une main sur son ventre proéminent.

— Tiens, c'est toi ?

— Tu attendais de la visite ? s'étonna Isabella en entrant et en refermant derrière elles. Tu n'as pas l'air très en forme… Va donc t'asseoir.

Gagnée par un mauvais pressentiment, elle aida Nadia à prendre place sur une chaise et l'examina rapidement.

— Comment te sens-tu ?

— Pas terrible. J'ai très mal à la tête depuis hier. Et ça s'accroît. Je ne comprends pas, murmura Nadia en se frottant le front.

Isabella jeta un coup d'œil aux chevilles de sa sœur. Elles ne paraissaient pas enflées, mais, par expérience, elle savait qu'un œdème pouvait survenir subitement.

— Tu vas aux toilettes comme d'habitude ?

Nadia soupira d'un air abattu.

— Non… Mais je ne bois pas et je ne mange pas non plus, alors, que veux-tu, il n'y a rien à évacuer. J'ai le ventre un peu douloureux.

Elle esquissa une grimace.

— J'ai dû attraper un petit virus.

— Peut-être. Mais je préférerais qu'un médecin t'ausculte, dit Isabella en dissimulant tant bien que mal son anxiété.

— Inutile. Je viens d'avaler un antalgique. Je vais plutôt aller m'allonger et me reposer.

Elle crispa soudain les paupières comme si la lumière était trop vive et la gênait.

— J'étais sur mon lit quand tu as frappé.

— Je comprends. Mais… quelque chose ne tourne pas rond, insista Isabella. Mon petit doigt me dit qu'une auscultation en urgence est nécessaire. Il faut penser à ton bébé, ma sœur chérie.

— Au bébé, oui… Tu as raison…

Nadia ferma les yeux quelques secondes.

— Tu as raison, murmura-t-elle. Ça ne va pas.

Une demi-heure après leur arrivée à l'hôpital, Nadia commença à se plaindre de flashs devant ses yeux, puis elle fut saisie de tremblements incontrôlables. On lui diagnostiqua une forte crise d'hypertension, et elle fut admise en urgence dans le service de maternité où son suivi était déjà assuré.

Profondément inquiète, Isabella patienta dans la salle d'attente. Heureusement que l'établissement permettait aux patientes d'être accompagnées d'une personne de confiance qui pouvait rester sur place autant que possible...

Au bout d'une quinzaine de minutes, un médecin aux cheveux bruns, grand de taille et souriant, s'avança vers elle.

— Je suis le Dr Malachi Madden, l'obstétricien de garde. Vous êtes la sœur de Nadia ? Et également sage-femme, je crois ?

— Oui.

— Parfait, alors je peux vous expliquer ce qui se passe et vous comprendrez tout de suite.

Sans le quitter des yeux, Isabella se leva lentement, redoutant le pire.

— Je vous écoute.

— Nadia souffre de prééclampsie, une pathologie qui, vous le savez, se manifeste par une forte hypertension et une perte de protéines dans les urines. Nous allons garder Nadia en observation pendant vingt-quatre heures. On va voir si on peut quand même prolonger sa grossesse, juste un tout petit peu... Nadia est à trente-deux semaines, ce qui n'est pas idéal pour accoucher.

— Je le sais bien.

Le médecin hocha la tête d'un air grave.

— On va débuter un traitement stéroïdien dès maintenant, pour favoriser la maturation des poumons du bébé, mais il y a de fortes chances que votre sœur mette au monde son bébé dans les quarante-huit prochaines heures.

Isabella acquiesça. Malachi Madden était vif et direct, ce qu'elle appréciait.

— En cas d'éclampsie, plus rien n'est plus optimal pour le fœtus, voilà le problème, conclut l'obstétricien.

— Je comprends. Je travaille aux soins intensifs en néonatalogie.

— Ah bon ?

Le Dr Madden lui sourit gentiment.

— Ma femme et moi avons des jumeaux âgés d'un an maintenant. Nous connaissons bien votre service. En tout cas, rassurez-vous, nous allons veiller très attentivement sur votre sœur.

À 5 h 30 le lendemain matin, le téléphone de Simon sonna. Il se leva d'un bond et prit l'appel. Il était très tôt, mais à cette heure-ci, il ne se rendormirait pas. Le soleil darderait bientôt ses rayons et il irait faire du surf avant d'aller travailler. Du moins espérait-il que ce serait possible... Au cours des six derniers jours, il avait été appelé cinq fois d'affilée à l'aube, et il avait dû filer à l'hôpital en urgence.

La seule fois où il avait pu s'accorder ce temps de détente tant attendu, il avait remarqué, au loin, sur les vagues, une superbe jeune femme blonde en bikini. Il avait aussitôt reconnu Isabella... qui ne l'avait pas vu, heureusement.

— Allô, Simon ?

La voix enjouée de Henry, le jeune interne du service de pédiatrie, résonna à l'autre bout du fil.

— On a un nouveau prématuré. Trente-deux semaines, sexe féminin, deux kilos. Née il y a une heure à la suite d'une éclampsie maternelle. Il a nécessité une CPAP et la mise en place d'une canule nasale un peu compliquée à mettre. Mais l'état du bébé est stable.

La CPAP était un dispositif de ventilation artificielle non invasif maîtrisé par Henry. Dans ce cas, pourquoi avait-il besoin de Simon ?

— Tu peux gérer la situation, non ?

— En fait, j'ai essayé d'insérer la canule à deux reprises, et je n'ai pas réussi, avoua Henry. La tante de ce nouveau bébé m'a dit qu'il fallait que je vous appelle. Elle refuse que je tente le coup une troisième fois.

Simon réprima un soupir résigné, devinant qu'une fois de plus il n'aurait pas droit à sa séance de surf tant espérée.

— La tante ?

Henry baissa la voix.

— C'est la nouvelle infirmière, Isabella Hargraves. Elle m'a dit que si le bébé n'avait pas été sa propre nièce, elle se serait chargée elle-même de cette petite intervention. Mais là, elle préfère ne pas s'en mêler pour cause d'affects trop forts. Elle tremblerait, m'a-t-elle dit.

Simon sentit une bouffée d'adrénaline. Il se souvenait parfaitement de ce que Carla lui avait confié : Isabella avait décidé de se rapprocher de sa grand-mère et de sa sœur enceinte. Elle devait être auprès de cette dernière.

— Très bien, j'arrive.

Ce fut Isabella que Simon vit en premier quand il s'engouffra dans le service.

Il eut la sensation que son regard était comme attiré, capté par elle.

Isabella avait ramené ses cheveux blonds en queue-de-cheval, elle ne portait visiblement pas de maquillage, et pourtant elle était magnifique. Sa beauté jaillissait autant de la façon dont elle se tenait que de son visage aux traits harmonieux.

Troublé, Simon se lava les mains et s'approcha du berceau à côté duquel Isabella se tenait. Il la salua d'un bref signe de tête, puis contempla le minuscule nourrisson placé sous la lampe chauffante.

— Merci d'être venu, dit doucement Isabella.

Il lui jeta un rapide coup d'œil. De près, il percevait sa fatigue. Un pli soucieux lui barrait le front tandis qu'elle observait le bébé.

— C'est normal.

Puis il effectua le geste médical attendu. Placer la canule. Vérifier les branchements, le monitoring. Techniquement parlant, tout allait bien, à présent.

— Et voilà. Votre nièce va pouvoir continuer à se développer tranquillement. On peut respirer.

Isabella se contenta de sourire, visiblement pensive.

Simon la regarda de nouveau, cherchant à maîtriser l'étrange émotion qui le gagnait dès qu'il se trouvait près d'elle.

— Et comment va votre sœur ?

— Moyennement bien. Nadia est toujours en salle de réveil. Elle a subi une césarienne à la suite d'une prééclampsie qui s'est aggravée. Mais son état devrait bientôt s'améliorer.

— Certainement. Qui est son obstétricien ?

— Malachi Madden.

— C'est un très bon médecin. Il s'occupera bien d'elle.

Les yeux d'Isabella se tournèrent vers lui. Ils étaient d'un vert pailleté d'or, envoûtant.

— Et vous, vous vous occuperez de Kate ?

— Évidemment. Elle s'appelle donc Kate ? murmura-t-il en palpant délicatement le corps du prématuré.

Il lui effleura l'abdomen et observa les poumons se soulever et s'abaisser dans un mouvement rassurant.

— C'est un beau prénom.

— Merci. C'est le même que celui de notre grand-mère Catherine. Notre grand-mère qui est hospitalisée en ce moment même.

— Ah… Je suis désolé de l'apprendre, dit Simon, refusant d'en savoir plus. Bon, maintenant, écoutons cette petite fille…

Il prit son stéthoscope et ausculta bébé Kate une première fois. Il lut rapidement le compte rendu de l'accouchement, les notes laissées par son confrère, et regarda Isabella.

— Il y a des antécédents d'éclampsie dans votre famille ?

— Pas à ma connaissance.

— Votre petite nièce semble aller bien…

— C'est une bonne nouvelle. Une merveilleuse nouvelle, même.

Une lueur de soulagement se reflétait dans les prunelles émeraude de la jeune femme. Simon aurait pu y plonger des heures durant.

— Mais elle a un léger souffle au cœur, précisa Simon à regret.

Isabella hocha la tête d'un air grave.

— Je m'en suis aperçue quand je l'ai examinée tout à l'heure. C'est peut-être une persistance du canal artériel. Comme Kate est prématurée, ce canal devrait se fermer au fur et à mesure de sa croissance.

— C'est ce que je pense également. L'ennui, c'est que les enfants nés après seulement vingt-huit semaines de grossesse sont susceptibles d'avoir des problèmes à long terme.

— C'est le cas de huit enfants sur dix, rectifia Isabella. On doit être optimistes !

Simon fut brièvement désarçonné par cette injonction. En même temps, la jeune femme souriait, ce qui adoucissait la fermeté de son propos.

— Vous avez raison. D'autant que Kate a un poids correct pour un bébé né à trente-deux semaines, donc la prééclampsie ne paraît pas l'avoir trop affectée. De nombreux prématurés mènent aussi une vie sans aucun souci par la suite !

— Ah oui, c'est bien vrai. Albert Einstein est né deux mois avant terme, et regardez ce qu'il a accompli !

Simon ne put s'empêcher de sourire à son tour.

— Exactement. Vous savez si Nadia va allaiter ?

— Elle en a l'intention, oui.

Isabella paraissait déjà moins inquiète, et Simon fut soulagé d'avoir pu la rassurer.

— Très bien. Et vous serez auprès d'elle pour l'aider si besoin.

— C'est certain, affirma-t-elle.

Elle le regarda dans les yeux quelques secondes, puis reporta son attention sur la petite Kate, l'air rêveur cette fois. L'observant discrètement, Simon se demanda à quoi elle pensait. Avait-elle des enfants ? Était-elle mariée ? Il ignorait tout d'elle, mais il avait maintenant très envie de mieux la connaître. Étrange comme, en quelques instants, la méfiance qu'il avait ressentie envers cette ravissante jeune femme s'était évanouie.

Mais ce n'est pas en elle que je n'ai pas confiance, c'est en moi...

Chassant ses idées sombres, Simon s'obligea à sourire de nouveau.

— Il est si tôt. Je boirais bien un café...

— Moi aussi. J'ai passé la nuit ici, avoua-t-elle d'un air entendu.

— Une longue nuit, alors. Vous devez être épuisée.

— Oui, mais heureuse. Ma nièce est venue au monde, et ma sœur va récupérer !

Isabella était foncièrement optimiste, Simon le sentait.

Après avoir jeté un dernier coup d'œil à la petite Kate endormie, il sortit de la pièce et se dirigea vers le distributeur automatique situé près de la salle d'attente. Tout naturellement, Isabella lui emboîta le pas.

— Au lait ou noir ? Sucré ou non sucré ? demanda-t-il.

— Au lait, sans sucre. Merci...

La manière dont Isabella avait prononcé « Merci » exprimait un tel étonnement que Simon ne put s'empêcher de lui sourire encore une fois. Il s'en voulait d'avoir été si peu aimable avec elle. Il devrait s'expliquer et s'excuser... Isabella méritait qu'on soit bienveillant avec elle. Vraiment.

5

Isabella avait du mal à cacher son étonnement. Soudain, Simon Purdy se montrait gentil et prévenant… Incroyable ! Elle y était d'autant plus sensible qu'elle n'avait pas dormi de la nuit.

— Oui, je sais, je n'ai pas été très sympa avec vous depuis votre arrivée, dit-il alors, devinant les pensées d'Isabella. Je vous prie de m'en excuser. J'étais probablement de méchante humeur comme vous l'avez si bien noté… Mais j'avais une bonne raison : je n'ai pas pu faire du surf pendant plusieurs matins de suite.

— Vous surfez ?

— Eh oui. De bonne heure, sauf ces derniers jours. Toujours appelé en urgence, que voulez-vous, ajouta Simon en hochant la tête.

Ses yeux bleus pétillaient. Détendu, il était encore plus beau… Encore plus séduisant.

— Moi aussi, je fais du surf, confia alors Isabella, soudain troublée.

— Je sais. Je vous ai d'ailleurs aperçue une fois… La seule fois où j'ai pu m'accorder ce temps précieux avant d'entamer le rush de la journée.

— Vous m'avez aperçue ?

Il s'est bien gardé de me le dire ! songea-t-elle, prise de court.

— Eh oui. Il faut dire que vous êtes visible… Je veux dire que sur la plage, même de loin, on vous remarque. Vous êtes une très jolie femme, ajouta Simon.

— Oh… merci du compliment.

Gênée, elle avala quelques gorgées de café, et il fit de même avant de s'éclaircir la voix.

— Dans le service, les collègues connaissent ma vie, alors autant que je vous dise tout maintenant. Il y a trois ans, j'ai perdu ma femme, Louise, et l'enfant qu'elle portait. Embolie de liquide amniotique.

Isabella resta sans voix. Une telle embolie se produisait quand le liquide amniotique traversait le placenta et passait dans le sang de la mère. Une complication tragique, mortifère.

— C'est terrible, dit-elle en soutenant le regard de Simon, sincèrement chagrinée.

— Oui, terrible. Lorsque je vais faire du surf le matin, je réussis à me sentir plus fort pour tout… La maladie, le destin, les souvenirs douloureux… Vraiment tout. Ça me galvanise. C'est mon moment de paix.

— Comme je vous comprends. La puissance des éléments, le parfum des embruns, le goût du sel, l'iode… J'aime profondément l'océan. Ce qui est bien, c'est que je vis juste à côté de la plage, poursuivit Isabella presque distraitement. Je n'ai pas besoin de prendre la voiture pour emporter ma planche !

— Moi non plus. Où habitez-vous, si ce n'est pas indiscret ?

— Pas loin d'ici, en fait. La résidence Sun Beach.

Simon la dévisagea avec stupeur.

— Sérieusement ?

Un bref éclat de rire lui échappa.

— J'y vis également. Au dernier étage.

— C'est vrai ? Incroyable !

La coïncidence était vraiment surprenante. Troublante.

— Alors vous connaissez forcément ma grand-mère, dit

Isabella. Mme Catherine Hargraves. Son appartement est au septième étage de cet immeuble !

Simon l'observa en silence, puis il secoua la tête, l'air sidéré.

— Ah, mais oui… Bien sûr. Je l'ai déjà croisée dans l'ascenseur. Pauvre Mme Hargraves… J'ai entendu parler de son accident. Je n'avais absolument pas fait le lien entre elle et vous, même si vous avez le même nom, avoua-t-il, visiblement confus. Comment va-t-elle ?

— Elle est toujours dans le coma, hélas. Je vais lui rendre visite tous les jours. J'habite chez elle pour le moment, précisa Isabella.

Elle finit son café et jeta le gobelet dans la poubelle. Croisant alors le regard de Simon, attentif, étonnamment grave, elle sentit de nouveau un trouble étrange l'envahir.

— Je vais rejoindre Carla, on a une réunion d'équipe d'ici peu, dit-elle.

— Je suis au courant. Je n'y vais pas, des consultations m'attendent. Carla a été prévenue.

Simon ébaucha un sourire.

— Ravi d'avoir fait connaissance avec vous, Isabella. Et à plus tard…

— Oui, à plus tard, Simon.

Tout en s'éloignant, Isabella se rendit compte que son cœur battait plus vite que de coutume. Cet échange inattendu restait imprégné en elle, et les paroles, les confidences qu'il lui avait faites résonnaient encore à son esprit. Le malheur avait frappé Simon. Un grand malheur. Ce qui expliquait sans doute qu'il soit fermé, par moments… Emmuré dans son passé ?

Mais il s'était excusé, et pour le coup, elle ne lui en voulait plus du tout.

Au contraire, elle le trouvait même attachant.

— Mamie, Nadia a accouché d'une jolie petite fille…

Le visage endormi de la vieille femme resta figé, sans expression.

— Elle l'a appelée Kate, comme toi.

Ce jour-là, Isabella avait pu se rendre au chevet de sa grand-mère en milieu d'après-midi. Carla lui avait proposé d'écourter sa journée et d'aller se reposer, car elle savait qu'Isabella avait passé la nuit auprès de Nadia. Une mesure exceptionnelle qu'Isabella avait acceptée avec gratitude.

Alors qu'elle gagnait l'unité de soins intensifs pour adultes, son père l'avait appelée. Elle lui avait résumé la situation concernant Kate, et il lui avait annoncé qu'il prendrait l'avion le lendemain pour venir voir sa petite-fille.

Isabella avait également reçu un autre message de Conlon qu'elle avait effacé, comme les précédents.

— Aujourd'hui, tu es arrière-grand-mère ! C'est merveilleux...

Pourvu que tu te réveilles bientôt... Reviens-nous, mamie ! pria Isabella, les yeux rivés sur la vieille dame qui respirait calmement.

— Kate pèse deux kilos, et même si elle est minuscule, elle est magnifique. Elle a de grands yeux comme Nadia. Simon Purdy, le médecin de l'unité dont je t'ai déjà parlé, va bien veiller sur elle, ce qui me rassure. Figure-toi qu'il habite dans le même immeuble que nous, à l'étage au-dessus de chez toi ! On est donc voisins... Il doit jouir d'une vue imprenable sur l'océan, avec la belle terrasse de toit là-haut... Et figure-toi qu'il est un peu plus gentil avec moi. Enfin ! Ça me fait plaisir. J'aurais eu du mal à travailler dans une mauvaise ambiance... Mais je me serais accrochée. Comme toi, ma mamie, accroche-toi ! J'ai hâte qu'on puisse, tous ensemble, profiter de petite Kate !

Elle se pencha et embrassa la joue douce et ridée de sa grand-mère.

— Je t'aime, mamie... Je t'aime très fort.

Quelques jours plus tard, alors qu'elle sortait de la chambre de Nadia - sa sœur commençait à aller un peu mieux –, Isabella aperçut Simon en compagnie du Dr Malachi Madden. C'était le sympathique médecin qu'elle avait rencontré lors de l'admission de sa sœur.

Le sourire aux lèvres, Simon lui fit signe de les rejoindre.

— Isabella, je vous présente le Dr Madden. Malachi, voici Isabella, l'une des infirmières de l'unité de soins intensifs en néonatalogie. Elle est également sage-femme.

— Oui, je sais, dit Malachi. Enchanté de vous revoir, Isabella.

— De même, répondit-elle. Ma sœur Nadia se trouve entre de bonnes mains, dans cet établissement.

— Tout comme la grand-mère d'Isabella, Mme Hargraves, renchérit Simon. J'ai appris qu'elle a été très gravement blessée, renversée par un chauffard qui a fui, le lâche. Mme Hargraves est dans le coma et hospitalisée en réanimation. Tu connaissais cette vieille dame, je crois. Je crois que c'est une amie de ta propre grand-mère, précisa-t-il à Malachi.

— Ah oui, en effet.

Le médecin observa Isabella avec curiosité.

— Millicent a été peinée d'apprendre la nouvelle. Vous êtes donc la petite fille de Mme Hargraves ?

— Oui. Je suis revenue du Vietnam spécialement pour être auprès d'elle, et j'ai eu la chance d'être embauchée dans ce service ! Avant, je vivais à Sydney, mais ma sœur habite sur la Gold Coast depuis longtemps, et je tenais aussi à être auprès d'elle. Nadia doit se remettre de son accouchement par césarienne, comme vous le savez. Quant à notre grand-mère, même si elle n'a pas encore repris connaissance, elle a besoin d'être entourée, ajouta Isabella en croisant le regard de Simon.

Il la contemplait en souriant.

Quel changement d'attitude ! Il est tellement plus agréable, maintenant... Plus humain !

— Vous avez mille fois raison, confirma Malachi avec gravité. J'ai dit à ma grand-mère de rendre visite à la vôtre, mais peut-être l'a-t-elle déjà fait.

Après un court silence, il reprit :

— Vous ne connaissez probablement pas beaucoup de monde par ici…

— Non, admit Isabella.

— Dans ce cas, vous devriez venir dîner à la maison et rencontrer ma femme, Lisandra, qui est également sage-femme.

Il lança un coup d'œil à Simon et ébaucha un sourire taquin.

— Toi aussi, Simon, tu es invité. Isabella, si vous réussissez à convaincre mon cher ami et confrère d'arriver au début du repas, et non au moment du dessert, vous aurez accompli un miracle !

Isabella resta muette de stupeur.

— Sur ce, je vous laisse, lança Malachi en consultant sa montre. Bonne journée.

— Merci, dit Isabella.

Elle le suivit du regard, puis se tourna vers Simon.

— Il est très gentil.

— C'est sûr. Malachi et moi, nous nous connaissons depuis longtemps. On a fait nos études de médecine ensemble.

— Je vois. Mais pourquoi lui avez-vous parlé de ma grand-mère ?

Simon haussa les épaules.

— Je n'ai pas réfléchi. Désolé si ça vous a gênée. Mais Malachi a eu une bonne idée de vous présenter Lisandra. Malachi et sa femme sont parents de jumeaux qui viennent d'avoir un an.

Isabella sourit, se souvenant que Malachi le lui avait dit.

— Ils doivent être heureux… et débordés au quotidien !

— Je crois qu'ils sont très bien organisés, répliqua Simon en hochant la tête. Et ils s'aiment beaucoup. Pour tout vous confier, Malachi et Lisandra sont un peu comme ma famille. Je n'ai, personnellement, ni mère ni grand-mère…

Ni femme, compléta intérieurement Isabella. Mais était-il célibataire pour autant ? Probablement. Elle le sentait très seul.

— J'ai un père, qui ne cesse de travailler, lui apprit-elle, se confiant spontanément à son tour. Il est médecin, comme vous le savez…

— Oui. Dans nos métiers, savoir prendre du temps pour soi est compliqué.

Au même instant, le bip de Simon sonna.

— Rappel à l'ordre, commenta-t-il avec une pointe d'humour. On se reverra plus tard…

— Certainement.

Isabella le regarder s'éloigner d'un pas rapide. Quel homme étonnant… Surprenant. Après l'avoir jugé bien antipathique, elle le trouvait maintenant franchement touchant. Et de plus en plus séduisant.

6

La journée avait été chargée, et à 16 h 30 Simon s'occupait enfin de son dernier patient. Du moins espérait-il qu'aucune urgence ne surgirait, car il était fatigué.

Le jeune Reece souffrait d'un diabète instable, mais depuis qu'il était équipé de sa nouvelle pompe à insuline, il pouvait jouer plus longtemps avec les autres enfants, plus qu'il ne l'avait jamais fait auparavant.

Simon soignait Reece depuis trois ans, et il aimait toujours discuter avec lui et la mère du petit garçon. Un bavardage amical et rassurant.

À 17 heures, alors qu'il les raccompagnait jusqu'à la porte, son téléphone sonna.

— Docteur Purdy ?

C'était Malachi, qui semblait de très bonne humeur.

— Lui-même, docteur Madden. Vous avez l'air en pleine forme.

— Je le suis. Pour reprendre ce que je te disais l'autre fois, ma femme adorée serait heureuse de t'inviter à dîner demain soir.

— Ah bon ? Mais là, tu es déjà rentré chez toi ? Quel changement !

À une époque, Malachi avait été encore plus investi dans son travail que Simon. Il restait à l'hôpital tous les jours, du matin au soir.

— Tu n'as qu'à venir chez nous et tu comprendras, répondit

son ami. Nos jumeaux t'attendent de pied ferme. Ils réclament tonton Simon !

Simon sentit un grand sourire s'épanouir sur ses lèvres, même si une curieuse sensation d'incrédulité l'envahissait. Malachi était vraiment métamorphosé.

— C'est vraiment toi, Malachi, qui me parles comme ça ? Que s'est-il donc passé ?

Mais Simon savait très bien ce qui s'était produit. Lisandra avait bouleversé l'existence de Malachi, ainsi que les priorités que ce dernier se fixait. Un bouleversement ultra-positif. Et même si Malachi n'était pas le père biologique des jumeaux, il les adorait et s'en occupait de tout son cœur.

— L'espoir et la lumière sont entrés dans ma vie, répondit simplement Malachi. Dis-moi, demain, tu pourrais terminer plus tôt ?

Simon réfléchit.

— Ma secrétaire n'est pas encore partie. Je vais la voir et étudier mon planning avec elle.

— Parfait. Je te préviens, Lisandra m'a également demandé d'inviter Isabella.

Soudain embarrassé, Simon garda un silence prudent. Il connaissait Lisandra... Elle savait qu'il était célibataire et elle avait sûrement une idée en tête en proposant aussi à Isabella de venir. *Elle va jouer les marieuses...*

— Je ne connais pas les horaires d'Isabella.

— Dans ce cas, donne-moi son numéro et Lisandra l'appellera. Entre elles, les sages-femmes sont toujours solidaires, tu t'en doutes !

— Oui, oui, je suis au courant.

Simon soupira.

— Depuis qu'Isabella travaille ici, j'ai l'impression de la croiser sans arrêt. Figure-toi qu'elle vit dans l'appartement de sa grand-mère, donc dans le même immeuble que moi, à l'étage du dessous. Incroyable mais vrai. On est collègues et voisins. Et devine quel est son passe-temps préféré ?

Malachi se mit à rire.

— Ce ne serait pas le surf ?

— Si.

Malachi rit à nouveau.

— J'ai hâte de raconter tout ça à Lisandra.

Simon ne put s'empêcher de sourire. Il n'y avait pas si longtemps, un seul petit rire de Malachi l'aurait réjoui. Son ami était redevenu joyeux et plein de vie. *Contrairement à moi.*

— Demain, viens à 18 heures. Tu seras rentré chez toi vers 20 heures. Tu sais qu'on aime se coucher de bonne heure.

Et Malachi coupa la communication de manière abrupte.

Simon regarda son portable puis, haussant les épaules, décida de ne pas rappeler son ami. Les dés étaient lancés, et de toute façon, il n'allait pas refuser cette invitation… qu'Isabella déclinerait peut-être.

Dans un sens, il espérait que ce serait le cas. Cette jeune femme l'intriguait, l'attirait, le faisait fantasmer… Mais non, il ne tenait pas à mieux la connaître. Surtout pas dans un contexte non professionnel. Ce serait trop perturbant…

Une petite voix intérieure lui souffla alors qu'il se mentait à lui-même. Au contraire, rencontrer Isabella en dehors du travail lui serait très agréable. Plonger dans les yeux d'Isabella, la regarder sourire, l'écouter parler, la découvrir… Pourquoi pas ?

Oui, mais je risque de…

Interrompant volontairement ses pensées, Simon alla voir sa secrétaire pour qu'elle réorganise la fin de sa journée du lendemain, puis il retourna dans le service de pédiatrie.

Ce soir-là, quittant l'hôpital, Simon se glissa au volant de sa voiture et, pour la première fois depuis longtemps, se rendit au cimetière où avaient été inhumés Louise et Lucas, son fils qui n'avait jamais pu naître.

Le soleil se couchait, créant des ombres entre les arbres. Mais, au-dessus des cimes, le ciel s'illuminait d'une belle lueur orangée qui se reflétait sur les pierres tombales.

Le cœur serré, Simon marcha jusqu'au caveau.

Là, ils étaient là, enterrés sous ce marbre froid. Louise n'avait que vingt-huit ans quand elle était morte. Une femme douce, aimante...

Je t'ai tant aimée...

Ce qu'ils avaient vécu ensemble avait été merveilleux, parfait... Irremplaçable.

Les griffes de la culpabilité étreignirent de nouveau la poitrine de Simon.

Louise avait été heureuse pendant sa grossesse malgré l'absence régulière de Simon. Elle s'était adaptée, avait patienté, emplie d'espoir qu'il serait un jour davantage présent. Mais il n'avait pas pu faire la part des choses, toujours absorbé par ses obligations professionnelles et ses responsabilités, happé par le sentiment de devoir qui l'habitait... Devoir envers ses patients. Depuis, il ne cessait de se blâmer, de se reprocher de ne pas avoir passé assez de temps auprès de Louise. Il se répétait inlassablement, empli de remords, que s'il avait été plus attentif, plus présent, le drame ne se serait peut-être pas produit.

Pourtant, Malachi lui avait répété que rien n'aurait pu sauver Louise. Tout avait été si rapide... Une anaphylaxie due à une embolie du liquide amniotique, avérée par la suite dans le sang lors de l'autopsie.

Sauf que Louise était décédée seule, enceinte de presque neuf mois.

Malachi lui avait précisé que les chances de survie du bébé auraient été minces même si quelqu'un s'était trouvé avec elle. Mais Simon n'était pas dupe. Son ami voulait l'apaiser. La vérité était que s'il avait été là, son fils aurait quand même eu plus d'une chance sur deux.

S'il avait été là, au lieu d'être au travail, son fils serait peut-être vivant aujourd'hui. Ils auraient peut-être pu le sauver avant que Louise soit emportée.

Depuis cette tragédie, trois années s'étaient écoulées. Un temps suffisant pour faire son deuil ? Apparemment pas. Son chagrin restait toujours aussi vif. Simon se sentait toujours autant meurtri et en complet décalage par rapport à ses amis qui l'encourageaient aujourd'hui à refaire sa vie. Il ne désirait pas vivre avec une autre femme. Il ne s'imaginait plus jamais heureux…

Il ne méritait pas d'être heureux.

Cependant, il devait bien s'avouer que quelque chose d'étrange survenait dans sa vie ces derniers jours. Il se surprenait souvent à penser à Isabella Hargraves. Elle réveillait en lui un élan qu'il avait cru définitivement éteint. Un intérêt, une curiosité… Et du désir.

Mais il se doutait que ce n'était qu'une illusion. Un fantasme. De toute manière, il ne risquerait pas de se lier avec elle… Ni avec aucune femme, d'ailleurs. Il aurait trop peur de tout perdre une fois de plus.

Isabella reçut un SMS à 18 h.

Bonjour, Isabella. Je m'appelle Lisandra Madden. Est-ce le bon moment pour vous appeler ?

Lisant le message, Isabella se rappela aussitôt l'invitation de Malachi Madden. *Il a fait vite !*

Maintenant, oui, ça va.

Le téléphone sonna dans les dix secondes qui suivirent.

— Merci de votre réponse rapide, dit une femme à la voix douce. Donc, je suis Lisandra. Mes deux enfants, des jumeaux, dorment, et j'essaie d'organiser ce que je peux pendant ces quelques instants de calme !

— Je comprends, dit Isabella en souriant.

Son interlocutrice reprit d'un ton enjoué :

— Malachi, mon mari, m'a expliqué que vous étiez sage-femme et que vous veniez d'arriver dans la région. Il m'a aussi indiqué que vous travailliez avec Simon Purdy, qui est le meilleur ami de mon mari. C'est toujours très difficile de réussir à inviter Simon... Il s'avère que j'ai prévu un dîner demain en tout début de soirée. La grand-mère de Malachi sera également des nôtres, et nous aimerions vous inviter, Simon et vous, si vous êtes d'accord.

Avant qu'Isabella ait pu répondre, Lisandra ajouta :

— On commencera tôt, et on finira tôt. Malachi et moi appelons ça des « 6 à 8 » car on mange vers 18 heures. Vous êtes tentée ?

Bien que conquise par le naturel de Lisandra, Isabella hésita. Refuser ? Ce serait impoli et inexplicable. L'ennui, c'était d'y aller avec Simon. Ce serait gênant même si, forcément, cela leur permettrait de mieux se connaître.

Mais ai-je envie de mieux le connaître ?

— Oui, bien sûr, s'entendit-elle répondre. Il se trouve que mon père prend l'avion demain pour venir voir ma sœur qui vient de mettre au monde une petite fille, mais il arrivera tard. Je dois le rejoindre à son hôtel à 21 heures, donc ça tombe bien, je suis libre.

— Bonne nouvelle. Nous, à 21 heures, on dormira comme des loirs ! affirma Lisandra d'un ton amusé.

Isabella ne put s'empêcher de rire. Elle appréciait déjà la femme du Dr Madden.

— En tout cas, c'est très gentil de votre part de m'inviter. Qu'est-ce que je peux apporter ?

— Rien. Si jamais ça vous est possible de voir Simon, et de vous assurer de sa présence à l'heure, ce serait fabuleux. Il a souvent des contretemps de dernière minute. Pour le repas, tout est déjà prévu. Je vous enverrai l'adresse par SMS, au cas où Simon serait quand même réquisitionné par son travail ! Vous pourrez vous garer sur le parking de la résidence, il y a des places réservées aux visiteurs. Vous n'aurez plus qu'à prendre l'ascenseur. Je vous communiquerai les codes d'accès.

— Entendu. Je vois que vous avez déjà pensé à tout, fit remarquer Isabella.

— J'essaie ! En tout cas, j'ai hâte de vous rencontrer. Je n'ai pas pu bavarder avec une sage-femme depuis une éternité.

— Vous savez, pour le moment, je travaille comme infirmière spécialisée en néonatalogie, précisa Isabella. Mais, moi aussi, je me réjouis de faire votre connaissance.

— Très bien. Alors à demain ! Au revoir, Isabella.

— Au revoir.

Son téléphone à la main, Isabella resta songeuse, partagée entre l'enthousiasme et une certaine anxiété. Elle avait l'impression d'être subitement emportée dans un tourbillon. Que penserait Simon en découvrant que tous deux dîneraient ensemble le lendemain ? *Mais il le sait sûrement déjà !*

Comme en écho de ses interrogations, elle reçut alors un SMS de Simon.

Vous avez accepté l'invitation ?

Elle sourit, le cœur battant. Au moins était-il direct. Et elle n'aurait pas à aller le voir spécialement pour lui parler de cette soirée du lendemain. Encore moins d'évoquer le souhait de Lisandra qu'il soit ponctuel.

Oui. C'est gentil de la part de vos amis.

Ils sont adorables. Demain, je peux passer vous prendre chez vous à 17 h 45. Je crois savoir où vous habitez ! Malachi et sa femme vivent à dix minutes de notre résidence.

Il avait ajouté un émoji complice en fin de message. Isabella hésita à faire de même. Quelque chose la freinait. Timidité ? Étonnement ?

Mais, au fond, elle se réjouissait de cet événement imprévu. Entre Simon et elle, les relations étaient devenues plus détendues, et ce futur dîner scellerait fort probablement une bonne entente entre eux. En fin de compte, n'était-ce pas une bonne nouvelle ?

Entendu, demain à mon appartement, 17 h 45. Si on ne se croise pas avant !

Ça marche. Bonne soirée.

En posant son portable, Isabella éprouva soudain une profonde sensation d'incrédulité. Elle regretta de ne pouvoir en parler à personne. Nadia était très occupée avec son bébé. Sa grand-mère sommeillait toujours, dans un profond coma. Et ses amies se trouvaient à Sydney, débordées elles aussi par leur travail et leur vie de famille. Elle était la seule à être encore sans enfant, et sans homme dans sa vie. Totalement disponible. *Finalement, cette invitation tombe à point nommé… Je vais enfin rencontrer de nouvelles personnes !*

Et faire davantage connaissance avec Simon, son énigmatique collègue qui, finalement, se révélait bien plus sympathique qu'il n'en avait d'abord eu l'air. Tant mieux… Le contraire aurait été vraiment pesant.

7

À 17 h 45 précises le lendemain, Simon appuya sur la sonnette de l'appartement où vivait Isabella.

Il était rarement en dehors de l'hôpital à cette heure. D'ailleurs, il avait l'impression de s'être lâchement enfui de son service... L'unité de soins intensifs en néonatalogie venait d'admettre des jumeaux nés à trente-quatre semaines. Mais il avait confié la responsabilité de veiller sur ces prématurés à Henry, l'interne, en insistant sur le fait qu'il ne voudrait être appelé qu'en cas d'extrême urgence.

Quand le battant s'ouvrit, laissant paraître Isabella sur le seuil, il resta d'abord sans voix. La jeune femme portait un pantalon fluide couleur crème, un chemisier de soie ivoire et mauve qui mettait en valeur ses courbes féminines, et une élégante veste, également en soie, d'un bleu chatoyant. Ses yeux verts étaient soulignés d'un fin trait de khôl, et elle avait noué sa chevelure en un chignon haut, révélant la finesse de sa nuque.

— Vous êtes magnifique...

— Merci !

Elle l'examina d'un bref coup d'œil, et une étincelle rieuse brilla dans ses prunelles quand elle regarda la cravate qu'il avait choisie.

— Ces motifs de tigreaux sont adorables.

— Les fils de Malachi en sont fans.

— Je vois...

Isabella laissa échapper un petit rire qu'il trouva tellement sexy qu'une bouffée de désir le surprit.

— Vous êtes à l'heure, bravo, ajouta-t-elle d'un ton gentiment taquin.

— Pourquoi ? Lisandra vous a dit que j'étais toujours en retard, c'est ça ?

Isabella hocha la tête d'un air entendu.

— Mais vous avez fait un effort pour ce soir. Si ça ne vous ennuie pas, on va prendre ma voiture, poursuivit-elle. Ensuite, je dois aller voir mon père à son hôtel. Il vient découvrir sa petite-fille et nous rendre visite, à Nadia, grand-mère et moi… Je vous déposerai en route.

— Bon… Puisque vous avez déjà tout décidé…

Isabella arqua un sourcil moqueur.

— C'est juste un arrangement. Sinon, on va chez Malachi et Lisandra chacun de notre côté, mais ce ne serait pas très écologique.

— C'est le moins qu'on puisse dire. Je vous suis.

— Parfait.

Isabella attrapa son sac à main, referma la porte et se dirigea vers l'ascenseur.

Dans la cabine, Simon resta silencieux. Il sentait le léger parfum de la jeune femme, une senteur citronnée et fraîche. Délicieuse.

Croisant le regard d'Isabella, il sourit.

— On pourrait se tutoyer ? suggéra-t-il.

— Bonne idée.

Elle lui adressa un sourire éblouissant, très franc, qui intensifia le trouble que Simon ressentait déjà.

Évitant de regarder de nouveau Isabella, il garda le silence, conscient des pensées inavouables qui l'assaillaient tout à coup. Enlacer Isabella… Découvrir le grain de sa peau… Embrasser sa bouche sensuelle… Glisser une main sous la soie de son chemisier et caresser le doux galbe de sa poitrine…

Il s'obligea à penser à autre chose.

— Jolie voiture, dit-il quelques instants plus tard, en s'installant sur le siège côté passager d'une petite berline verte garée sur le parking de l'immeuble.

— Je te présente Rosa.

Isabella tapota le tableau de bord en cuir.

— C'est mon amie. Tu attaches ta ceinture ?

— À vos ordres, madame.

— Ah, ah...

Elle lui lança un coup d'œil malicieux et démarra le moteur. Les yeux fixés sur la route, Simon s'efforça de ne pas trop respirer le parfum délicat d'Isabella qui imprégnait l'habitacle... et s'insinuait en lui.

Il faisait encore jour. Des familles traversaient la rue pour se rendre à la plage, des gens promenaient leur chien après le travail... La conduite d'Isabella était souple et assurée, comme tout ce qui la caractérisait, et il se détendit en dépit du souvenir fugace de sa femme Louise, piètre conductrice quant à elle, qui lui revint à la mémoire.

— Comment Malachi et Lisandra se sont-ils rencontrés ? Elle travaillait comme sage-femme ? demanda Isabella.

Simon ne put s'empêcher de rire.

— Franchement, leur rencontre a été épique et tout sauf romantique. Ils se sont retrouvés dans un ascenseur bloqué, à l'hôpital. Lisandra avait perdu les eaux et Malachi a failli mettre les jumeaux au monde dans la cabine de l'appareil.

— Sérieusement ?

— Tout à fait. Mais je ne peux t'en dire plus. Ils s'en chargeront si l'occasion s'y prête. Aujourd'hui, en tout cas, c'est le couple le plus heureux que je connaisse. Grâce à Lisandra, la vie de Malachi a changé radicalement, et en bien. Je ne la remercierai jamais assez.

— Je suis sûre qu'il a aussi changé la sienne. Il a l'air très gentil.

— Il a le cœur sur la main.

Ils traversèrent la ville animée de Coolangatta, longèrent le front de mer et poursuivirent jusqu'à la plage de Kira. Simon observa les vagues qui roulaient sur le sable. De belles vagues qui éveillaient en lui l'envie de plonger, de faire du surf…

Peut-être un jour avec Isabella !

— C'est ici, dit-il soudain, revenant à la réalité.

Il indiqua une résidence entourée d'un parc arboré, fleuri d'hibiscus rouges.

— Prends à gauche. Le parking est juste là.

Mais Isabella dirigeait déjà la voiture vers le bâtiment blanc où Malachi et sa femme vivaient. Surpris, il la regarda taper le code sur le clavier. La barrière se souleva et ils se garèrent à côté des ascenseurs du parking réservé aux visiteurs.

— J'avais toutes les informations, lui expliqua Isabella. Si jamais je reviens pour rendre visite à Lisandra, je saurai me débrouiller, précisa-t-elle en coupant le contact.

Il se contenta de sourire.

Dans la cabine de l'ascenseur un court instant plus tard, il appuya sur le bouton du cinquième et dernier étage. Puis, évitant encore une fois de croiser le regard d'Isabella, il s'efforça de ne pas être trop sensible au délicieux parfum d'Isabella. Mais ils se retrouvaient si près l'un de l'autre. Trop près.

J'aurais le temps de lui voler un baiser…

Un désir surprenant, insistant, l'emplissait décidément de fantasmes insensés.

— Tu vas sûrement apprécier la vue qu'on a depuis leur appartement, dit-il, s'obligeant à détourner sa pensée.

— Et je vais sûrement apprécier la soirée, aussi courte soit-elle ! Je me rends compte que j'ai terriblement besoin de me changer les idées, répondit Isabella alors que les doubles portes s'ouvraient.

— Moi aussi, avoua Simon.

Il attendit galamment qu'elle passe avant de sortir et admira sa fine silhouette et sa démarche décidée. Qu'elle était étonnante, cette Isabella… Elle ne le laissait décidément pas indifférent.

Une femme blonde âgée d'une trentaine d'années les accueillit et embrassa affectueusement la joue de Simon. Isabella se douta qu'il s'agissait de Lisandra. Celle-ci avait une ossature fine, une bouche délicatement fardée de rose et de grands yeux turquoise.

— Simon, bienvenue à toi...

Elle sourit à Isabella, l'air réjoui.

— Et bienvenue à vous, Isabella.

Elle lui fit également une bise.

— Merci d'avoir fait en sorte que Simon soit à l'heure ! Je suis heureuse de te rencontrer. On peut se tutoyer, hein ? Je suis Lisandra.

— Enchantée de faire ta connaissance, dit Isabella.

Lisandra leur fit signe de la suivre.

— Entrez. Malachi est en train de donner le bain aux enfants.

Elle était simple, directe, et Isabella eut la certitude que toutes deux sympathiseraient.

L'appartement de leurs hôtes s'avéra agréablement spacieux, doté d'une grande terrasse dont la baie vitrée entrouverte laissait entrer une douce brise marine. Depuis le salon-salle à manger, on jouissait d'une vue magnifique sur l'océan. D'un rapide coup d'œil, Isabella détailla le mobilier blanc et bleu, l'écran de télévision mural et le petit bar incurvé devant lequel étaient disposés de hauts tabourets. Puis elle aperçut une femme âgée, élégante, qui venait à leur rencontre.

— Voici Millicent Charles, la grand-mère de Malachi, annonça Lisandra.

— Bonsoir, madame Charles, dit Simon en serrant la main de Millicent.

Cette dernière portait un pantalon couleur pêche et une tunique assortie. Son maquillage était parfait, et ses cheveux courts, bouclés et blancs comme neige, étaient savamment ébouriffés.

Millicent ébaucha un sourire chaleureux.

— Comment allez-vous, Simon ? C'est toujours un plaisir de vous voir.

Elle lui embrassa les joues, mais ses yeux étaient rivés sur Isabella.

— Chère Isabella, nous ne nous connaissons guère, mais je peux vous assurer que vous ressemblez à votre grand-mère Catherine...

— Merci... Vous êtes amie avec elle, dit Isabella.

— En effet. Je connais aussi votre père.

Stupéfaite, Isabella la contempla en silence, puis elle jeta un coup d'œil à Simon. Quelle coïncidence ! *Encore une...*

— Très heureuse de vous rencontrer, madame Charles...

— De même. Et, je vous en prie, appelez-moi Millicent. Je suis si bouleversée depuis l'accident de Catherine... Son état s'améliore-t-il ? J'ai demandé de ses nouvelles à votre père, mais il n'a rien pu me dire.

Isabella s'efforça de ne pas grimacer. *Typique de papa...*

— Ce qui est plutôt positif compte tenu de la situation, c'est que mamie respire sans aide artificielle. Elle est alimentée par intraveineuse. Et...

Elle joignit les mains.

— On patiente. On espère qu'elle va se réveiller.

— Malachi m'a appris que vous lui rendiez souvent visite.

— Tous les jours, confirma Isabella, agréablement surprise que Millicent et Malachi aient évoqué sa grand-mère. Parfois, j'ai l'impression qu'elle m'entend. Je lui raconte tout et n'importe quoi, mes journées, mes soucis... Oh ! je dois probablement l'ennuyer !

Millicent lui adressa un sourire bienveillant.

— Je suis certaine que Catherine ressent votre présence, et que vous lui faites beaucoup de bien. Personnellement, je voudrais également aller la voir, mais il me faut une autorisation puisque je ne fais pas partie de la famille. Votre père m'a laissé entendre que ce serait compliqué.

— Ah bon ? Il arrive ce soir. Je lui en parlerai et vous pourrez sûrement rendre visite à ma grand-mère, assura Isabella, consciente que Simon les écoutait avec attention.

À ce moment-là, Malachi surgit d'un couloir latéral, portant sur chaque bras un bambin blond en pyjama. Alors qu'ils s'approchaient, l'un des petits garçons se pencha vers Simon, et celui-ci le prit aussitôt dans ses bras, et le posa affectueusement contre sa poitrine.

Malachi serra la main de Simon.

— Tu vas bien ? Bienvenue chez nous, ajouta-t-il en souriant à Isabella.

Lisandra saisit l'autre petit garçon et l'installa sur sa hanche.

— Isabella, voici nos deux garnements adorés, Bastian et Bennett. C'est Bennett qui est dans les bras d'oncle Simon, en train de lui tirer sa cravate ! Je précise que c'est un geste affectueux pour mon fils chéri... Simon lui a acheté un bébé tigre en peluche, et il a offert à Bastian un Winnie l'Ourson. Bastian et Bennett dorment avec.

Isabella regarda Simon, et une bouffée d'attendrissement inattendu l'envahit. Qui eût cru que ce pédiatre, qui s'était d'abord montré tellement désagréable avec elle, pouvait être en réalité aussi décontracté ?

La soirée se déroula également avec simplicité. Ils se réunirent autour d'une table sur laquelle des quiches, pizzas et salades étaient déjà disposées. Les conversations allèrent bon train et, d'un accord tacite, tous évitèrent d'aborder leurs métiers et le quotidien à l'hôpital. Une fois le repas terminé, Malachi et Simon emmenèrent les petits garçons dans leur chambre pour leur lire une histoire. Millicent resta tranquillement sur le canapé, et Isabella aida Lisandra à remplir le lave-vaisselle.

— J'espère que tu reviendras nous voir, dit Lisandra. Tu sais où j'habite et tu as tous les codes d'accès !

— Et j'ai aussi ton numéro de téléphone, ajouta Isabella en souriant.

— Exact. Tant que les enfants sont petits, je n'ai pas l'intention de reprendre le travail, confia Lisandra.

Elle baissa la voix comme si elle ne voulait pas qu'on l'entende.

— Malachi serait heureux si je ne retravaillais plus jamais ! Mais j'ai adoré être sage-femme, et je crois que ça me manquerait.

— Je te comprends. C'est un très beau métier.

— Oh oui ! Enfin, je verrai bien par la suite ce que je ferai… Aucune urgence pour le moment, avoua Lisandra. Sinon, Malachi m'a dit que tu travailles dans le service de néonatalogie ?

— Oui, avec Simon. Un excellent pédiatre. Et toute l'équipe est archi-compétente.

— Je le confirme. On a eu une belle frayeur lors de la naissance des jumeaux, et on a eu la chance que Simon soit là pour nous aider.

— J'imagine, oui. Sa présence a dû être rassurante. Personnellement, je compte sur lui pour veiller sur le bébé de ma sœur ! Me voici tata pour la première fois…

Lisandra sourit.

— Un grand moment ! Et votre père devient donc grand-père également pour la première fois. Il arrive ce soir ?

— Oui, à 21 heures.

— Si tard ! Enfin, tard pour nous… Je dormirai sur mes deux oreilles à cette heure, rappela Lisandra d'un air entendu.

— Normal. S'occuper de ses enfants, des jumeaux en plus, ça fatigue.

— Plus que je ne l'aurais cru, admit Lisandra.

Entendant Malachi et Simon revenir dans le salon, Isabella et Lisandra les rejoignirent.

— Bon, tout est prêt pour que vous alliez vous reposer, fit remarquer Millicent en souriant à Malachi avec bienveillance. Tu as l'air épuisé…

— C'est pour cette raison que nos dîners se terminent de bonne heure, répondit Malachi. Les journées sont longues.

Lisandra lui effleura le bras avec affection, et tous deux échangèrent un sourire. Les observant, Isabella sentit à quel point tous deux s'aimaient.

— Nos bouts de chou dorment ? demanda Lisandra.

— Comme des anges, répondit son mari.

— Alors il est temps de nous mettre à la porte, intervint Simon en se levant. Millicent, voulez-vous qu'on vous raccompagne ? Cela dit, je m'avance car c'est Isabella qui m'a conduit jusqu'ici dans sa voiture...

— Je prendrai un taxi, ne vous en faites pas, assura la vieille dame. J'ai été ravie de vous voir tous les deux. Simon, prenez soin de vous. Isabella, j'espère que nous aurons l'occasion de nous revoir.

Isabella lui serra la main, songeant à quel point elle aurait aimé que sa propre grand-mère soit présente, elle aussi. Sa gorge se noua, et elle s'obligea à penser à autre chose. Elle salua Lisandra et son mari, et les remercia vivement de leur invitation.

— À bientôt, dit-elle à Lisandra en l'étreignant affectueusement comme si c'était une amie de toujours.

Quelques instants plus tard, dans l'ascenseur qui les menait au rez-de-chaussée, elle s'efforça d'éviter le regard de Simon. Elle se sentait étrangement chamboulée, et pas seulement parce que sa grand-mère bien-aimée lui manquait. Elle avait l'impression d'avoir entrevu une famille comme elle en rêvait... Et une cruelle sensation de solitude la gagnait soudain.

— C'était sympa, pas vrai ?

Isabella tourna les yeux vers lui, espérant que Simon ne percevrait pas la tristesse qui l'accablait soudain.

— Très sympa. Lisandra et Malachi sont adorables. Et leurs enfants également. Ça m'a fait du bien.

En lui répondant, Isabella réalisa que maintenant elle percevait

Simon autrement. Il se tenait devant elle d'un air un peu gauche, l'air fatigué mais détendu, sa cravate imprimée de bébés tigres un peu froissée et de travers. Si elle s'était écoutée, elle la lui aurait remise bien droite.

C'était sûrement le véritable Simon Purdy qu'elle entrevoyait maintenant. Un homme profondément gentil, qui avait perdu sa femme et qui, sans doute autant qu'elle-même, se sentait seul.

— J'ai été surprise que Millicent connaisse ma grand-mère, reprit-elle tandis qu'ils gagnaient le parking.

Elle ouvrit les portières de sa voiture et Simon s'installa sur le siège côté passager.

— Tu le savais ? demanda-t-elle en se glissant au volant.

— Je savais juste que Malachi l'avait déjà rencontrée. Mais j'avais oublié que les deux femmes sont amies. Le monde est petit.

— C'est certain, dit Isabella en démarrant. Et j'ai été émue de pouvoir parler de ma grand-mère.

— Je comprends.

— Tout à l'heure, quand mon père sera là, je le lui dirai. Mais je doute qu'il soit sensible à ce que je partagerai avec lui.

— Pourquoi donc ? interrogea Simon d'un ton surpris.

— Oh... C'est un homme très préoccupé. Même si ma grand-mère est sa mère, il donne l'impression d'éprouver peu d'émotions.

— Ça ne doit pas être facile pour toi, observa Simon après un court silence.

— Non, pas du tout.

En conduisant vers leur résidence, Isabella se rendit alors compte qu'elle redoutait le moment où elle allait retrouver son père. Entre eux, les relations étaient si froides...

— Il a pris une chambre à l'hôtel de l'aéroport. J'aurai le temps de me préparer mentalement en l'attendant au bar.

— Je connais cet endroit. Il est au dernier étage et, de là, on peut voir les avions, les gratte-ciel, la côte et l'océan... Le panorama est fantastique.

— Tant mieux. Au moins, je ne m'ennuierai pas.

Un silence régna dans l'habitacle. Les yeux rivés sur la route, Isabella se surprit à espérer que la soirée se prolonge. En fait, elle se sentait bien en compagnie de Simon… Vraiment bien.

— Si tu veux, et si Henry ne m'appelle pas en urgence, je peux t'accompagner, proposa-t-il alors, comme en écho des pensées d'Isabella.

Stupéfaite, elle lui jeta un coup d'œil. De profil, Simon semblait calme et terriblement sérieux.

— Tu ferais ça ?

— Bien sûr. Après tout, on vient de dîner ensemble chez Malachi et Lisandra. On est collègues et… plutôt amis, je me trompe ?

— Non, tu ne te trompes pas, répondit-elle en laissant échapper un petit rire. Disons qu'on est de nouveaux amis.

— Tout à fait. Dans ce cas, si tu es d'accord, je peux rester avec toi. Sauf si ton père s'attend à te voir seule.

Il ne s'attend à rien…

— On boira un cocktail en attendant l'arrivée du célèbre Dr Hargraves, ajouta Simon.

— Tu sais être convaincant…

Isabella hésita un bref instant. Ce revirement annonçait une nouvelle évolution dans leurs relations. Ils se rapprochaient davantage. En avait-elle envie ? La réponse était évidente…

8

C'est ainsi qu'Isabella se retrouva au dernier étage d'un hôtel proche de l'aéroport, à contempler les scintillements de la Gold Coast en compagnie de Simon Purdy. À l'horizon, les lumières des navires semblaient étinceler, tandis que des avions décollaient et atterrissaient… Un spectacle époustouflant.

Simon leur apporta deux thés chaï fumants et s'installa sur un haut tabouret, à côté d'Isabella.

— Merci, dit-elle en prenant la tasse.

Il devenait de plus en plus gentil… De plus en plus prévenant, attentif… Irrésistible.

— De rien. Tu as eu une semaine émotionnellement éprouvante, et si je comprends bien, ce n'est pas fini…

Simon ébaucha un sourire.

— La petite Kate est donc le premier bébé de la famille ?

Isabella avala une gorgée de thé, agréablement chaud et apaisant.

— Oui. Je n'ai qu'une sœur. Notre mère est morte quand nous étions jeunes.

— Ah, ça nous fait un point commun… Comme avec Malachi, d'ailleurs. Nos deux mères sont mortes prématurément, quand on était encore très jeunes, et s'il n'avait pas eu sa grand-mère Millicent, Malachi aurait été bien malheureux. Mais aujourd'hui, Lisandra le comble de joie.

— Je l'ai bien vu. Tant mieux.

Isabella émit un rire un peu triste.

— Mon père était trop occupé par son travail après le décès de notre mère. Notre grand-mère a alors tout représenté pour Nadia et moi.

— J'imagine. La retrouver aujourd'hui dans le coma doit être très douloureux.

Simon parlait calmement, posément, c'était comme s'il savait qu'il valait mieux éviter d'être trop compatissant, faute de quoi Isabella fondrait en larmes.

Cette pensée la soulagea et, prenant une profonde inspiration, elle le regarda et s'efforça de sourire.

— Oui, c'est très douloureux. Enfants, Nadia et moi avons été en pension, et c'était notre grand-mère qui nous accueillait chez elle pendant les vacances scolaires. Elle était câline, adorable, à l'écoute... Aujourd'hui, c'est la personne que j'aime le plus au monde.

— Hum... Elle doit en avoir de belles à raconter sur vous, commenta Simon après un petit silence.

D'abord surprise par cette plaisanterie, Isabella émit un petit rire.

— C'est sûr. Elle me connaît bien... Et toi ? Comment s'est passée ton enfance ?

Le visage de Simon s'assombrit d'un coup.

— Mon enfance ? Eh bien, je n'ai aucun souvenir de ma mère. Elle est morte à ma naissance. Même si, objectivement, je n'y suis pour rien, je pense que mon père m'en a toujours voulu...

Simon n'arrivait pas à croire qu'il venait de lui révéler son secret le plus douloureux. Malachi était la seule autre personne à le connaître. Et probablement Lisandra maintenant, parce que Malachi ne cachait rien à sa femme.

Avec un peu de chance, Isabella ne lui poserait aucune question... Mais elle l'observait, attentive et soucieuse.

— C'est triste. J'espère qu'il y a eu quelqu'un d'autre dans ta vie pour s'occuper de toi et t'offrir de la tendresse.

Simon hocha la tête, la gorge nouée malgré lui.

— Pas vraiment. Je me rappelle que certaines des femmes de ménage embauchées par mon père se montraient très gentilles avec moi. Ma grand-mère maternelle est morte peu de temps avant ma mère, et je n'ai pas eu beaucoup de liens avec ma grand-mère paternelle.

Isabella esquissa une moue attristée.

— La vie est décidément parfois très cruelle. J'espère pouvoir te présenter ma grand-mère un jour, si par chance, elle se réveille...

— C'est peu probable, Isabella, lança alors une voix masculine au ton autoritaire derrière eux.

Tressaillant, Simon se retourna. Un homme grand de taille, aux tempes grisonnantes et au visage fermé, s'avançait vers eux. Il se leva et, d'instinct, se rapprocha d'Isabella, comme pour la protéger de la froideur de M. Hargraves.

Isabella se redressa également, un léger sourire aux lèvres. Une certaine défiance se lisait dans son regard.

— Bonsoir, papa.

Elle inclina la tête, mais son père ne la serra pas dans ses bras, et elle ne l'embrassa pas non plus. Jamais Simon n'avait assisté à des retrouvailles aussi peu chaleureuses. Pourtant, Isabella était une femme généreuse, vibrante d'émotions... Tout sauf distante.

M. Hargraves se rendit peut-être compte du malaise qui régnait soudain entre eux car, d'un geste vague, il effleura l'épaule de sa fille.

— Je suis conscient de l'affection que tu portes à ta grand-mère, mais il faut être réaliste. J'ai parlé à l'équipe soignante hier, et son état n'a pas du tout évolué. Ce n'est pas bon signe.

S'abstenant de tout commentaire, Isabella se tourna vers Simon.

— Papa, je te présente le Dr Simon Purdy, pédiatre dans le service où je travaille. Simon, voici mon père, le professeur Piers

Hargrave, chef du service de neurologie de l'hôpital général de Sydney.

Simon échangea une poignée de main avec le père d'Isabella. Le sang-froid de cette dernière l'impressionnait car il imaginait sans peine la détresse que la brève remarque paternelle avait pu lui causer.

Les yeux de M. Hargraves le sondèrent.

— Vous vous occupez du cas de ma petite-fille ?

Apparemment, il n'avait rien de plus à dire à propos de sa propre mère plongée dans le coma. C'était peut-être mieux ainsi.

— Effectivement. La petite Kate est aussi stable qu'un bébé de trente-deux semaines peut l'être, précisa Simon. Pour l'instant, nous ne voyons pas de raison de nous attendre à d'autres complications lorsqu'elle grandira.

— D'autres complications ? répéta le Dr Piers Hargraves en le regardant fixement.

— Elle est sous photothérapie pour le moment. Elle boit du lait avec succès grâce à une petite sonde. La bonne nouvelle est qu'elle n'a plus besoin d'assistance respiratoire.

M. Hargraves acquiesça d'un signe de tête. Toujours sans l'ombre d'un sourire, il s'adressa à Isabella :

— Comment va Nadia ?

— En principe, elle quittera le service de soins intensifs très prochainement, et elle sera transférée dans une chambre près de l'unité de néonatalogie, lui apprit Isabella qui se tenait très droite, comme figée. Sa tension artérielle est en train de baisser. Comme je te l'ai expliqué au téléphone, l'éclampsie s'est déclarée subitement. Elle est suivie par le Dr Madden qui a l'air satisfait de l'évolution de l'état de Nadia. Tu devrais appeler ce médecin dès demain.

— C'est prévu. Je m'entretiendrai avec lui.

M. Hargraves jeta un coup d'œil à sa montre.

— Je reprends l'avion samedi soir. Je veux d'abord voir ma mère, puis Nadia et…

Il hésita sur le nom de sa petite-fille.

— Kate. C'est son nom complet ? demanda-t-il à Isabella.

— Oui, mais en réalité, c'est Catherine. Comme mamie.

— Bon… Vous avez choisi. Très bien, Isabella, on se reverra demain. Ravi de vous avoir rencontré, docteur Purdy, ajouta-t-il en regardant brièvement Simon. Bonne soirée.

Sur ce, il tourna les talons et s'éloigna d'un pas rapide.

Isabella le suivit des yeux, songeuse. Elle semblait décontenancée… Un peu perdue.

— Tu ne lui ressembles pas du tout, avoua spontanément Simon, blessé pour elle.

Un sourire mélancolique flotta sur les lèvres de la jeune femme.

— En tout cas, il paraît que j'ai hérité de son intelligence ! Il m'en a voulu de ne pas faire d'études de médecine.

— Il aurait aimé que tu suives la même voie que lui ?

— Eh oui.

Isabella haussa les épaules.

— Il a bien été obligé d'accepter la réalité. J'admire son talent, mais pour rien au monde je ne voudrais vivre comme lui. Bon…

Elle jeta un coup d'œil à Simon et sourit. Un sourire un peu forcé, mais Simon sentit qu'elle voulait passer à autre chose.

— Merci d'être là. Ça m'a aidée à affronter le manque d'affection que mon père a pour moi, je l'avoue. Maintenant, je boirais bien un verre !

— Bonne idée. Qu'est-ce qui te ferait plaisir ?

Elle l'observa, parut hésiter, et soudain une étincelle brilla dans son regard, comme si elle venait de penser à quelque chose qui lui faisait plaisir.

— Il n'est pas très tard, on habite au même endroit… Si tu veux, je t'invite à la maison. Enfin, chez ma grand-mère, précisa Isabella d'un air entendu.

Pris de court, Simon ne répondit pas tout de suite. Il devrait décliner cette invitation. Pour le coup, toute frontière entre vie privée et vie professionnelle serait totalement abrogée... Mais n'était-ce pas déjà le cas ? Ne venaient-ils pas de passer la soirée ensemble ? N'avait-il pas rencontré le père d'Isabella ?

— C'est très gentil. D'accord.

— Super !

Et Isabella lui sourit de nouveau, plus joyeusement cette fois.

Quand Simon lui emboîta le pas vers les ascenseurs, il admira, encore, la démarche de la jeune femme. Elle ondulait légèrement des hanches, droite, fière... Déterminée. Pourtant, il avait perçu à quel point elle avait été ébranlée par la rencontre glaciale avec son père. Ce qui expliquait sans doute pourquoi elle lui proposait d'aller chez elle... Elle voulait se changer les idées. Il se promit alors de tout faire pour lui remonter le moral. Elle le méritait. Elle était si courageuse, si bienveillante et généreuse... *Une belle personne, à l'extérieur comme à l'intérieur.*

Isabella posa sa pochette en cuir sur le guéridon à côté de la porte. Elle se sentait troublée, mais sûre d'elle. Dans l'ascenseur, près de Simon, elle avait eu l'impression qu'il entendrait les battements affolés de son propre cœur. Pourquoi l'avait-elle invité ? L'attirance qu'elle ressentait ne cessait de s'intensifier, et elle savait - elle sentait - que c'était réciproque...

Je joue avec le feu !

Oui, et elle agissait ainsi en toute conscience, prête à en assumer les conséquences.

Isabella ôta la veste en soie qu'elle avait achetée au Vietnam chez une amie couturière, et la glissa sur un cintre accroché au portemanteau du vestibule. Le pantalon fluide qu'elle portait avait également été confectionné là-bas, formant un ensemble à la fois simple et élégant.

Ce soir-là, elle s'était certes habillée pour aller dîner chez des amis, mais le choix de sa tenue avait été dicté davantage par son envie d'être remarquée par son père que par le désir de plaire à Simon. *Bien sûr, ce cher papa n'a rien vu ni commenté...*

Mais elle savait que Simon l'avait admirée. C'était réconfortant et plaisant. Très agréable. Depuis combien de temps un homme ne l'avait pas ainsi contemplée ?

Adossé au chambranle, il l'observait d'ailleurs en silence, un petit sourire aux lèvres.

— Tu es très belle.

Comme s'il avait perçu ses pensées.

— Merci...

— Je suis sincère. Tu es toujours belle, que tu sois habillée avec élégance ou non.

— Merci, Simon, répéta-t-elle, touchée.

Ce compliment compensait largement l'indifférence paternelle à laquelle elle s'était, une fois de plus, confrontée.

Elle l'invita à gagner le salon, et se dirigea vers le petit bar en angle où elle rangeait du cognac et d'autres alcools. Simon s'avança dans la pièce, le pas lent, comme s'il hésitait. Le suivant du regard, elle éprouva soudain une sensation nouvelle, grisante, qui lui fit oublier toutes ses préoccupations. Une pulsion irrésistible, un tourbillon ensorcelant...

Elle n'avait jamais ressenti ce genre d'émotions en compagnie de Conlon. Jamais. Là, elle avait l'impression d'un élan magnétique vers Simon, quelque chose d'absolument incontrôlable. Et quand, à cet instant, il croisa son regard, elle éprouva comme un coup au cœur. *Je craque pour lui... Complètement !*

— Qu'est-ce que tu m'offres à boire ? demanda-t-il d'une voix qui lui parut plus basse, transformée par le désir. Je crois que j'ai besoin d'un alcool fort.

Isabella sentit son pouls s'accélérer encore davantage.

— Ma grand-mère conserve un excellent cognac...

C'était à croire qu'ils jouaient tous les deux un rôle dans une pièce de théâtre. Ils faisaient semblant d'être normaux alors qu'ils ressentaient exactement la même envie l'un de l'autre.

— Ta gentille mamie que je serai heureux de rencontrer... J'espère vraiment qu'elle va se réveiller de son coma.

— Et moi donc, murmura Isabella en servant un peu du liquide ambré dans deux verres de cristal.

Elle lui en tendit un et il lui sourit. Elle évita de laisser ses yeux se poser sur les lèvres de Simon.

— Trinquons à sa santé.

Émue, Isabella entrechoqua doucement son verre à celui de Simon.

— Merci, Simon. Merci d'être avec moi ce soir. Merci d'avoir été là pendant les cinq minutes incroyablement frustrantes que mon père a daigné m'accorder. Merci d'avoir compris que j'ai besoin d'espérer que ma grand-mère sera de nouveau auprès de nous un jour.

— Bien sûr que je le comprends.

Simon but une gorgée, puis il posa son verre sur le plateau d'argent disposé au-dessus du bar. Un léger tintement sembla scintiller dans l'air, tel le son de bols tibétains. Lorsqu'il se retourna, Isabella s'approcha de lui, remarquant les teintes bleu d'encre que prenaient ses prunelles. *Le bleu de l'océan...*

— Si je t'offre un peu de réconfort, Isabella, tant mieux, ajouta-t-il.

Sa voix basse avait des inflexions chaudes, envoûtantes, et elle aima la façon dont il avait prononcé son prénom.

Le cœur battant, elle laissa à son tour son petit verre sur le plateau, puis elle se tourna vers Simon. Quand il s'avança pour lui effleurer la joue du bout des doigts, elle ne recula pas. Au contraire, elle lui sourit, le cœur battant. Le sang martelait ses tempes.

— Depuis que je suis revenue en Australie, c'est la première fois que je me détends vraiment. Et... j'ai très envie de continuer, chuchota-t-elle sans le quitter des yeux.

La main de Simon se glissa sur la nuque d'Isabella, et elle frissonna de plaisir. Et lorsqu'il l'attira contre lui, elle se laissa faire, cédant déjà au désir fou qui les embrasait tous deux.

— Moi aussi, j'ai très envie... Envie de toi, terriblement, lui murmura-t-il à l'oreille.

Il lui mordilla le lobe, puis sa langue traça un sillon jusqu'aux lèvres d'Isabella, s'attardant doucement aux commissures. Enfin, il s'empara de sa bouche.

Enivrée, Isabella se blottit contre Simon et répondit passionnément à son baiser. Leurs souffles se mêlèrent, brûlants, avides... Et brusquement, elle se ressaisit, s'écarta, desserrant leur étreinte.

— On ne devrait pas... On risque de le regretter...

— Regretter ? Pourquoi ? On est tous les deux consentants, et il n'y a pas de mal à se faire du bien, dit-il, les yeux brillants. Tu sens comme je te désire...

— Oui, et moi aussi...

— Pour une nuit, Isabella. Juste pour une nuit...

— Ou pour une nuit de temps en temps ? Pourquoi pas ? Tu as bien raison, il n'y a pas de mal à se faire du bien.

Isabella lâcha un petit rire et s'avança de nouveau vers Simon. Il l'enlaça et lui posa une main dans le creux des reins pour qu'elle se plaque encore plus contre lui.

— Je te désire tellement...

Isabella le regarda dans les yeux, plongeant au milieu des nuances bleues de ses prunelles, s'y noyant presque avec délice.

— Demain, on est samedi, murmura-t-elle. Je travaille à partir de 16 heures. Et toi ?

— Pas avant 17 heures. Ça tombe bien, parce que je n'ai pas l'intention de dormir beaucoup...

Et Simon écrasa ses lèvres sur celles d'Isabella.

9

Quand le lendemain matin Isabella s'aperçut qu'elle était seule dans son lit, son cœur se contracta douloureusement.

Déception.

Désillusion immédiate.

Simon était donc parti en silence... En cachette... Parce qu'il n'avait pas le courage de lui dire, en face, qu'il s'en voulait ? Qu'il avait des regrets ?

Ils s'étaient aimés la nuit entière... Dans les bras de Simon, elle avait eu l'impression de renaître. Le plaisir l'avait submergée, encore et encore... Simon était un amant très doux, attentif, immensément sensuel, et elle avait eu la sensation qu'il avait aimé ce qu'ils avaient partagé...

Sauf qu'il n'était plus là.

Lui avait-il au moins laissé un mot ?

Voilà pourquoi je déteste les aventures d'un soir...

Mais il était trop tard pour se reprocher quoi que ce soit.

La gorge nouée, Isabella se leva et, lançant un coup d'œil aux draps froissés, se demanda brièvement si elle devait regretter ce qu'elle avait fait. *Non !* Elle avait passé de délicieux moments, Simon l'avait transportée au septième ciel et, à présent, elle redescendait sur terre. Un peu brutalement, d'accord... Pour autant, nul remords ne l'habiterait. Son corps était content... Son âme et son esprit un peu moins, car elle aurait préféré siroter un café ou un thé en compagnie de Simon, regarder le soleil se lever tout en lui donnant la main, bavarder tranquillement comme s'ils étaient de vrais amoureux…

Quelle incorrigible romantique je suis !

Et la réalité ne se privait pas de le lui rappeler.

Haussant les épaules, elle gagna la salle de bains, se doucha, revêtit son maillot de bain, et décida d'aller surfer pendant une bonne heure avant de rendre visite à sa grand-mère. Il n'y avait rien de tel que l'océan, les vagues, le vent marin, le grand air pour la revigorer en profondeur. Même si elle n'avait pas le moral, une séance de surf la requinquait toujours. Aucune raison que ce soit différent aujourd'hui !

Refusant de trop réfléchir, Isabella se prépara un grand jus d'orange et un thé vert au jasmin qu'elle but sur la terrasse, en admirant l'océan qu'on apercevait non loin, frangé de sable blond. L'eau semblait calme, mais c'était trompeur, elle le savait. La houle se lèverait sans prévenir, et les vagues rouleraient, mettant au défi les surfeurs audacieux ou, au contraire, les faisant chavirer. S'imaginant déjà debout sur sa planche, cuisses fermes, pieds ancrés, elle se remémora ses étreintes avec Simon. Il avait un corps d'athlète, magnifique…

Ne pense plus à lui ! C'était juste une nuit, rien qu'une nuit. Oublie !

Il n'empêche que ce ne serait pas facile de prétendre que rien ne s'était produit entre eux lorsqu'ils se reverraient au travail. Il faudrait qu'elle se prépare mentalement, qu'elle affiche son plus beau sourire… Et surtout, qu'elle ne fasse aucun reproche à Simon.

À ce moment-là, son téléphone émit un bip. Elle avait reçu un message.

> Désolé de t'avoir fait faux bond. Une urgence au travail. Tu dormais, je n'ai pas osé te réveiller. Merci pour cette parenthèse délicieuse… Tu es délicieuse.

Délicieuse ?

Isabella relut le SMS plusieurs fois, emplie d'un mélange de soulagement et de joie. Simon lui avait écrit ! Et il s'expliquait… Il avait eu une véritable raison de disparaître ainsi, aussi vite et discrètement.

En aucun cas, il ne l'avait fuie !

Isabella inspira, profondément soulagée. Pourquoi s'était-elle imaginé le pire ? Parce qu'elle avait l'habitude de fréquenter des hommes qui n'étaient jamais présents ? Jamais disponibles ? Toujours pressés… comme son père ?

Le sourire aux lèvres, elle s'autorisa à être rêveuse quelques instants. Qui sait, peut-être iraient-ils faire du surf ensemble un de ces jours ? Tout comme elle, il était adepte de ce sport…

Ne te fais pas trop d'illusions ! lui souffla une petite voix intérieure.

Non, bien sûr. Elle s'était promis d'assumer le fait qu'entre eux il ne s'agissait que d'une seule et unique nuit. Ils pourraient être amis, oui… De bons amis partageant un secret. Mais pas davantage.

Déterminée, Isabella lava son verre et sa tasse, puis alla chercher le grand sac où elle avait laissé son drap de bain et ses chaussures de surf. Il ne lui restait plus qu'à récupérer sa planche, rangée dans un cabanon sur la plage.

En quittant l'appartement, elle se surprit en train de fredonner. Elle se sentait légère, tout à coup. Si elle croisait Simon dans la journée, elle lui sourirait… Et il comprendrait peut-être qu'elle était heureuse de leur parenthèse enchantée.

— Bonjour, mamie. C'est moi. Je t'ai apporté des fleurs. Elles sont violettes, un beau violet profond comme tu aimes, et elles dégagent un parfum subtil…

Inconsciemment, elle attendit un signe qui ne vint pas.

Isabella secoua la tête comme pour s'intimer de se ressaisir. Après sa séance de surf aussi revigorante que d'habitude - les effets de sa nuit blanche s'étaient miraculeusement effacés –, elle était allée rendre visite à sa grand-mère.

— Ce sont des iris violets. Tes fleurs préférées, pas vrai ?

Elle posa le petit vase déjà rempli d'eau sur la table de chevet, et y arrangea les fleurs.

— Une stimulation douce des cinq sens peut t'aider à te réveiller !

S'il te plaît, mamie, reviens..., pria-t-elle silencieusement, submergée par l'émotion.

Une boule d'angoisse se logea soudain dans sa gorge, et elle eut du mal à avaler sa salive.

— Quatre semaines se sont déjà écoulées, tu as assez dormi, tu ne crois pas ?

Elle ouvrit le tiroir de la table et en sortit un tube de crème hydratante pour les mains. Elle s'assit et prit les doigts fins de sa grand-mère dans le creux de sa paume.

— Nos cinq sens nous permettent de vivre... Et en te parlant, j'essaie de faire réagir ton ouïe, pas de t'embêter avec mon bavardage ! Au fait, tout à l'heure, ton amie Millicent viendra également te rendre visite. Elle te parlera sûrement, elle aussi. J'ai cru comprendre qu'elle t'appréciait beaucoup.

Se remémorant Millicent, Isabella songea à Simon, et une sensation brûlante tourbillonna en elle. Jetant un coup d'œil au visage de sa grand-mère, elle crut alors, l'espace d'un instant, que les yeux de la vieille dame s'étaient ouverts. Mais non, hélas... Quelle illusion.

Le cœur d'Isabella s'emballa puis se calma peu à peu.

Si seulement...

Là, de toute évidence, son propre cerveau ne fonctionnait pas correctement ! Le souvenir de Simon et de ce qu'ils avaient vécu ensemble s'immisçait dans ses pensées de manière obsédante, déformait ce qu'elle voyait...

Elle laissa échapper un soupir.

— Le parfum des fleurs devrait titiller ton odorat. Tu sens ce parfum subtil ?

Elle commença à lisser la crème sur les mains ridées de sa grand-mère.

— Et quand je te masse, je stimule ton sens du toucher.

Isabella se concentra quelques instants, s'assurant que la texture onctueuse pénétrait bien dans la peau.

— Il fait beau dehors... Très beau. Il faut vraiment que tu te réveilles pour voir ce magnifique ciel bleu ! Et ton arrière-petite-fille Kate t'attend... Kate pour Catherine. Comme toi, mamie. Kate, Nadia et moi avons tant besoin de toi...

Isabella sourit. Elle aurait voulu confier tant de choses à sa grand-mère, mais sans évoquer Simon. Ce serait trop troublant, perturbant... Et ça restait son secret.

— Tu seras contente de savoir que papa est là, lui aussi. L'infirmière m'a dit qu'il est déjà venu te voir. Tu as reconnu sa voix ?

Elle crut discerner un battement de cils sur les paupières de la vieille femme.

— Papa... Toujours égal à lui-même. Pressé. Distant. Son travail lui prend tout son temps. Mais tu as l'habitude, tout comme moi... On ne se plaint pas. On l'aime quand même. On l'accepte tel qu'il est...

Enfin, j'essaie... Et je me demande si Simon n'a pas le même genre de fonctionnement. Tout pour son métier et rien que son métier !

Mais, au fond, peu lui importait si Simon faisait partie de ces hommes qui consacraient leur vie entière à leur profession. Simon avait été son amant d'un soir. Un très bon amant. Il était surtout son collègue et le resterait pour plusieurs mois, voire de nombreuses années si elle s'installait dans la région. Entre eux, les relations devaient être agréables, fluides, sans problème. Voilà ce qui était important. *Et toi, mamie, ma précieuse mamie, tu comptes plus que tout au monde !*

Isabella déposa un tendre baiser sur le front de sa grand-mère, puis elle se leva.

— Je t'aime fort. Je tiens tellement à toi... Régénère-toi bien en dormant, puis réveille-toi en pleine forme, d'accord ?

Ses paroles lui semblaient bien naïves, mais elles venaient de son cœur. Et Isabella avait confiance. Le destin ne pourrait pas lui enlever celle qui les avait élevées, Nadia et elle. Ce serait trop injuste.

Cet après-midi-là, quand elle gagna l'unité de soins intensifs en néonatalogie, la première personne qu'Isabella aperçut fut son père.

Une vision peu commune, car il n'était jamais là.

Grand, un peu voûté, il lui parut soudain vieilli. Elle n'avait pas noté cette évidence la veille au soir.

La deuxième personne qu'elle remarqua fut Simon, beau, empli d'énergie, debout à côté du père d'Isabella. Ils discutaient à mi-voix près du berceau de Kate, et ne l'avaient pas encore vue.

Elle marqua un bref temps d'arrêt, le regard fixé sur eux.

Deux hommes de grande taille. L'un brun, l'autre blond. Malgré leur différence d'âge, ils dégageaient le même genre d'autorité, celle des professionnels de la médecine ayant étudié longtemps pour accomplir des miracles. Tous deux étaient très préoccupés et passionnés par leur travail. Tous deux étaient des sauveurs exceptionnels.

Étrangement émue de les retrouver ensemble, Isabella rangea son sac dans la petite salle réservée au personnel, enfila sa blouse blanche et traversa la pièce pour les rejoindre.

Ils cessèrent de parler lorsqu'elle s'approcha.

— Bonjour, papa. Bonjour, Simon...

Ce dernier lui adressa un léger sourire, et une lueur singulière - complice ? - traversa ses prunelles bleues.

— Bonjour, Isabella. Comment vas-tu aujourd'hui ?

La question faillit la faire rougir.

Je garde le goût de tes baisers et la sensation de tes caresses sur mon corps...

— Très bien, j'espère que toi aussi. Papa, tu as vu mamie ? poursuivit-elle tout en jetant un coup d'œil à la petite Kate endormie paisiblement.

M. Hargraves hocha la tête d'un air grave.

— Il est possible qu'elle ne soit pas aussi profondément inconsciente que je le croyais, mais je préfère éviter de vous donner des faux espoirs, à Nadia et toi. Votre grand-mère souffre probablement d'importantes lésions cérébrales, annonça-t-il sans ménagement.

Isabella accusa le coup. Elle sentit que Simon la regardait d'un air désolé, et là, ce fut pire que tout. Des larmes lui piquèrent les paupières et elle les refoula rageusement.

— Je vais essayer de ne pas me faire d'illusions, dit-elle.

Elle inspira profondément pour se ressaisir, et contempla de nouveau sa nièce endormie.

— Comment va notre petite Kate ?

— Eh bien, on a noté des changements, lui apprit Simon à voix basse. Sa courbe de température est irrégulière. Il y a eu quelques bradycardies et deux apnées. On a arrêté l'alimentation par voie nasogastrique.

Isabella sentit sa gorge se nouer.

— Quoi ? Elle souffre d'une infection ?

C'était la cause la plus fréquente de problèmes chez les prématurés.

— C'est probable, confirma Simon. On attend les résultats des analyses.

Examinant Kate, Isabella constata que le bébé respirait effectivement un peu plus vite que d'habitude. Une infection pouvait être traitée avec des antibiotiques. Ils avaient d'ailleurs déjà commencé à en administrer à Kate.

Elle palpa doucement le ventre du bébé. Il était gonflé. *Entérocolite nécrosante ?*

— J'ai constaté une diminution des bruits intestinaux depuis ce matin. Tôt ce matin, j'ai été appelé en urgence auprès de Kate, précisa alors Simon.

Croisant brièvement son regard, Isabella acquiesça. Maintenant, elle comprenait pourquoi il était parti si vite de chez elle...

Mais, à cet instant, seule comptait Kate.

Elle sortit son stéthoscope de la poche où elle le gardait pour qu'il reste tiède, et extirpa un tampon d'alcool enveloppé d'une pochette protectrice de son autre poche. Ignorant son père qui, elle le sentait, l'observait fixement, elle déchira la pochette et nettoya soigneusement l'embout d'écoute. Elle chercha ensuite une poubelle des yeux, mais Simon lui tendit la main, paume ouverte.

— Je m'en occupe, proposa-t-il gentiment.

— Merci, répondit-elle en lui donnant le tampon usagé et sa pochette.

Puis elle se pencha au-dessus de Kate et, très délicatement, posa le stéthoscope sur l'abdomen du bébé. Elle espérait que le petit ventre gargouillerait ou émettrait des bruits, quels qu'ils soient. Mais elle ne perçut qu'un son infime, tel un vague ruissellement... Et du silence. Un silence effrayant.

Isabella ôta le stéthoscope, refoulant la peur qui menaçait de la submerger.

— Quelle est l'évolution de l'aspiration gastrique ? Il y a une augmentation ?

— La dernière fois, on a enlevé cinq millimètres.

— On a fait une radio ?

Simon ne la quittait pas des yeux, calme et attentif.

— Bien sûr. On note une petite accumulation de gaz.

— Quel traitement est préconisé ?

— Un changement d'antibiotiques. Rien par la bouche pendant trois jours… Et on croise les doigts.

Isabella acquiesça. C'était le protocole standard.

— Les résultats de la biologie ne sont pas encore disponibles, même pas les résultats préliminaires, précisa Simon d'un air ennuyé. Ça tarde.

Isabella sentit alors qu'il était inquiet. Et son père aussi. Mais ce dernier repartirait prochainement pour s'occuper de ses propres patients.

Il ne fallait surtout pas qu'elle se laisse dominer par l'anxiété.

Elle jeta un coup d'œil vers le bureau du personnel infirmier, puis regarda Simon et son père.

— En tout cas, notre Kate est entre de bonnes mains. Je vous laisse veiller sur elle, et je vais voir ce qui m'attend aujourd'hui, j'ai du travail…

Sur ces mots, elle s'éloigna d'un pas rapide, refusant de montrer à quel point elle était bouleversée. De toute manière, elle ne pouvait rien faire… Rien du tout. Seulement espérer – prier… Oui, prier pour que sa petite nièce ne souffre de rien de grave.

10

— Ma fille a toujours été sensible et réactive, commenta Piers Hargraves.

Simon perçut de la fierté dans la voix du père d'Isabella. Et lui-même se sentait impressionné par le sang-froid dont la jeune femme avait fait preuve. Même s'il savait qu'elle était très inquiète, elle n'en avait rien montré.

— Elle aurait pu être médecin, mais elle a choisi d'être sage-femme, ajouta M. Hargraves d'un ton empli de regrets.

— Isabella est une excellente sage-femme et une très bonne infirmière, affirma Simon, choqué. On a de la chance qu'elle travaille avec nous.

— Oui, c'est certain. J'espère qu'elle ne restera pas ici. J'aimerais qu'elle revienne à Sydney.

Simon fronça les sourcils, surpris, une fois de plus, par le détachement qu'affichait le père d'Isabella. Impliquait-il que la jeune femme partirait après le décès de sa grand-mère ?

Pour sa part, il n'avait aucune envie qu'Isabella s'en aille. Et il n'imaginait même pas que cela fût possible. Après tout, Nadia, la sœur d'Isabella, vivait sur la Gold Coast. Nadia et sa fille Kate, qu'Isabella adorait déjà. Même si la situation de Kate s'avérait inquiétante, Simon était persuadé que le bébé s'en sortirait. Il ne s'agissait que d'un hiatus momentané, un problème qu'ils étaient déjà en train de traiter pour guérir le nourrisson au plus vite. Nul doute qu'Isabella pensait de même.

Toutefois, par prudence, Simon tut ses pensées. Il préférait ne rien formuler afin d'éviter toute promesse impossible à tenir.

Se faisant cette réflexion, il se rendit alors compte que cette philosophie, il l'appliquait à toute sa vie, professionnelle comme personnelle. Il n'avait rien promis à Isabella... Rien sauf le fait qu'entre eux, c'était provisoire, une aventure agréable... *Délicieuse... Envoûtante...*

Chassant les souvenirs torrides qui lui revenaient à l'esprit, Simon regarda le père d'Isabella. Un homme posé, qui gardait une certaine distance, une froideur qui, peut-être, le rassurait. M. Hargraves évitait de s'impliquer émotionnellement, et ainsi, se protégeait. De nombreux médecins se comportaient de la sorte, ce qui n'était pas toujours facile à comprendre par leurs collègues, et encore moins par les patients. Surtout si ce comportement se répétait dans la sphère privée. Simon avait bien remarqué qu'Isabella avait tiqué face à l'attitude paternelle dénuée de chaleur humaine et d'empathie.

— Que pensez-vous de l'état de ma fille Nadia ? demanda alors M. Hargraves.

Simon n'avait pas encore rendu visite à la mère de la petite Kate aujourd'hui, mais il avait l'intention d'y aller maintenant.

— Tout évolue bien pour le moment. Son œdème se résorbe. Et sa tension artérielle est stable. Il semble qu'il n'y ait pas de séquelles. Elle m'a dit qu'elle essaierait de marcher jusqu'ici en fin d'après-midi. J'imagine qu'elle veut voir Kate et Isabella. Je vais demander de l'amener en fauteuil roulant.

— Bonne idée.

Piers Hargraves contempla Simon en silence quelques instants, l'air songeur.

— J'ai cru deviner qu'entre mon autre fille et vous, le courant passe plutôt bien.

— Isabella et moi, nous nous respectons mutuellement. On s'épaule, précisa Simon, surpris par cette remarque.

Naturellement, il n'en révéla pas davantage. Ce secret qu'il partageait avec Isabella, personne ne l'apprendrait.

— Tant mieux. C'est ce qu'il faut. Dans notre métier, on a besoin de tous les soutiens possibles.

M. Hargraves jeta un coup d'œil autour de lui, puis il consulta ostensiblement sa montre.

— L'heure tourne. J'ai un avion à prendre, il faut que je file.

— Allez donc dire au revoir à Isabella, intervint Simon.

Le père de la jeune femme s'apprêtait-il à disparaître ainsi, sans même un dernier mot à sa fille ?

Je ne vais pas le laisser faire...

En dépit de son propre emploi du temps chargé, Simon invita le père d'Isabella à le suivre jusqu'au bureau du personnel infirmier.

— Désolé de vous déranger, dit-il, croisant le regard d'Isabella. Tu veux bien venir, s'il te plaît ?

Isabella obtempéra aussitôt et referma la porte derrière elle.

— Qu'y a-t-il ?

— M. Hargraves va nous quitter.

— Ah oui...

Les yeux verts de la jeune femme exprimèrent quelque chose d'indéfinissable et, se tournant vers son père, elle sourit poliment.

— Merci d'être venu, papa.

— Mais c'est normal. Tu diras au revoir à Nadia. Je suis rassuré que Kate soit dans ce service. Merci à vous.

— On fait notre travail, assura Isabella.

Elle hésita un bref instant avant d'ajouter :

— Bon retour à Sydney.

Elle s'avança pour déposer une bise sur la joue de son père, et il se contenta de lui tapoter l'épaule.

— Bonne continuation.

Puis il se détourna et s'éloigna à grands pas.

Isabella le suivit du regard un court instant avant de reporter son attention sur Simon. Ses grands yeux verts brillaient comme si elle contenait ses larmes.

— C'est lui qui a voulu me dire au revoir, ou c'est toi qui l'as incité à venir me voir ?

— Quelle importance ? Sur ce, je vais téléphoner au labo pour savoir s'ils ont enfin les résultats pour notre petite Kate...

Notre petite Kate... Il en parlait comme si cette minuscule petite fille faisait partie de sa famille.

— Très bien. Et à quelle heure on va chercher Nadia ? demanda Isabella.

— Tout à l'heure. Je serai là.

— C'est vrai ?

L'interrogation qu'il perçut dans les yeux de la jeune femme émut Simon davantage qu'il ne l'aurait souhaité.

— Oui, je serai là, affirma-t-il en lui souriant. Mais on va d'abord transférer ta sœur et la changer de chambre pour qu'elle soit plus près de sa fille. Ce sera plus pratique.

Isabella esquissa un sourire soulagé, et elle soutint le regard de Simon. Pensait-elle, elle aussi, à ce qu'ils avaient partagé la nuit précédente ? Leurs baisers ? Leurs étreintes fougueuses ?

— Merci, Simon.

— De rien, dit-il, chassant les souvenirs qui l'assaillaient de nouveau. On se voit plus tard.

Et spontanément, il lui adressa un clin d'œil. Pour la rassurer. Pour qu'elle comprenne qu'en effet, il était là. Présent. Engagé...

Professionnellement engagé. D'un point de vue personnel, c'était une autre histoire, même si à cet instant il aurait aimé la serrer dans ses bras.

Juste avant 17 heures, Simon amena lui-même Nadia dans un fauteuil roulant, afin qu'elle reste auprès de sa fille Kate. Nadia avait été transférée dans le service de suivi postnatal, et sa chambre se trouvait dorénavant dans le même couloir que celui du service de néonatalogie.

En l'observant, Isabella trouva sa sœur calme et posée, même si elle savait que son bébé rencontrait des problèmes de santé.

— Comme ça me fait du bien d'être ici, auprès de ma fille, murmura Nadia en tendant sa main pour la première fois vers Kate.

Visiblement bouleversée, elle lui caressa très doucement les doigts. Les jours précédents, elle se sentait encore trop mal pour pouvoir se déplacer, même en fauteuil.

— J'imagine ton soulagement... Heureusement que tu vas mieux, dit Isabella, les larmes aux yeux. Maintenant, tout va être plus facile pour toi.

— Oui... Mais pas pour Kate. Elle est si fragile. Si petite...

Nadia croisa le regard d'Isabella.

— Enfin, elle est bien soignée, je le sais. Vous veillez bien sur elle. Le Dr Purdy a une excellente réputation.

— Il est fiable, c'est certain. On peut compter sur son expérience, et même s'il a de nombreux autres patients, il prête beaucoup d'attention à Kate, assura Isabella.

Simon avait dû filer au service des urgences pour soigner une petite fille de trois ans atteinte d'épilepsie, mais il avait promis de revenir.

Il sera si fatigué ensuite ! Il faudrait qu'il se repose pour être d'attaque au cas où Kate aurait besoin de lui, songea alors Isabella.

Il serait d'autant plus épuisé qu'il n'avait pas beaucoup dormi la nuit précédente... Et pour cause !

— Papa est parti ? demanda Nadia en jetant un coup d'œil à sa montre.

— Oui, tout à l'heure. Il avait son avion à prendre. Il est venu te dire au revoir, non ?

Mais Nadia secoua la tête, et Isabella devina la blessure que sa sœur s'efforçait de dissimuler.

Décidément, il ne s'arrange pas...

C'était choquant.

— Papa a rendu visite à mamie. Il t'a vue - un peu –, ainsi que Kate, lui et moi avons échangé quelques mots, et voilà, il a filé. Comme d'habitude, ajouta Isabella avec amertume.

Lorsqu'elles étaient enfants, leur grand-mère avait sans doute dû forcer leur père plus d'une fois à être auprès d'elles, mais ni Isabella ni Nadia ne l'avaient su ! Dans leur grande naïveté de fillettes, elles avaient pu imaginer qu'il était quand même un tout petit peu affectueux… Aujourd'hui, une telle illusion était impossible.

— Quel est son diagnostic, à propos de mamie ? interrogea Nadia.

— Il estime que son coma est probablement un peu moins profond qu'au début, mais il n'est pas optimiste. Il préfère qu'on n'ait pas d'espoir.

Isabella ne précisa pas qu'elle-même avait cru que les yeux de leur grand-mère s'étaient brièvement entrouverts, ni que leur père supposait que des lésions cérébrales seraient problématiques.

— Hum… J'imagine bien, murmura Nadia d'un air sombre. Je regrette tellement de ne pas avoir rendu visite à mamie plus souvent avant la naissance de Kate. J'étais trop angoissée suite à l'accident que mamie a eu, et inquiète parce que j'étais sur le point d'accoucher… C'était trop, pour moi.

Isabella se pencha vers elle et la serra dans ses bras.

— Je comprends, ne t'inquiète pas.

Au même instant, l'alarme du moniteur cardiaque de Kate se déclencha. Isabella garda les yeux rivés sur les données du rythme cardiaque de sa nièce qui, lentement, diminuait. Jesse, une des infirmières qui veillaient sur Kate, s'approcha et, à son tour, observa le bébé et les différentes courbes qui s'affichaient sur les écrans.

— Nous ne voulons pas stimuler Kate, parce que nous préférons qu'elle s'autorégule, chuchota Isabella à l'oreille de sa sœur. Mais si dans trente secondes Kate ne respire pas profondément, et si sa tension ne remonte pas, on agira immédiatement.

Le teint pâle, Nadia hocha la tête, et Isabella lui serra affectueusement l'épaule.

Au bout de dix-sept secondes, Kate prit une grande inspiration, et son rythme cardiaque remonta.

— Bravo, dit Isabella, et sa collègue Jesse sourit.

— Kate a réussi à se débrouiller toute seule, expliqua cette dernière à Nadia. C'est bon signe.

— Ouf, fit Nadia, un peu plus rassurée. Donc vous êtes confiantes ?

— Tout à fait. Jesse, autant que moi, vient voir Kate régulièrement. Mais en ce qui me concerne, poursuivit Isabella, je ferais mieux de retourner m'occuper de mes autres petits patients... Je te laisse avec Kate ? Et quand tu voudras retourner dans ta chambre, demande l'aide d'une aide-soignante, s'il te plaît.

— J'aimerais rester encore une dizaine de minutes, mais je commence à avoir mal...

Isabella fronça les sourcils.

— Dans ce cas, je te conseille d'aller te coucher dès maintenant. Et je viens te rejoindre dans ta chambre lors de ma prochaine pause.

— Ce sera mieux ainsi, avoua Nadia en contemplant la petite Kate avec autant d'inquiétude que d'adoration. Je n'ai pas encore complètement récupéré.

— Alors va te reposer. Je te retrouve tout à l'heure.

Quarante minutes plus tard, une fois que tous les bébés eurent été nourris et les divers comptes rendus rédigés, Isabella se rendit dans la chambre de Nadia avec le plateau-repas qu'elle était allée chercher à la cafétéria.

Nadia était en train de terminer son propre dîner. Son regard s'illumina quand elle vit sa sœur.

— Comment va ma petite Kate ?

— Elle dort tranquillement, lui assura Isabella.

— Bonne nouvelle ! J'ai eu peur quand j'ai entendu tous ces bips et cette alarme tout à l'heure... J'ai cru qu'elle avait quelque chose de grave.

Isabella s'abstint de lui dire que l'état de Kate demeurait, à cette heure, préoccupant. Elle mangea en silence quelques bouchées de la salade mixte qu'elle avait prise à la cafétéria.

— Au fait, si mes souvenirs sont justes, l'autre fois, tu as dîné chez le Dr Madden ? reprit Nadia.

— C'est vrai. Comment le sais-tu ?

— Il m'en a parlé. J'ai cru comprendre que le Dr Purdy était avec vous, lui aussi ?

Isabella sourit, dissimulant le trouble qu'elle ressentait en pensant à Simon.

— Le très séduisant Dr Purdy, ajouta Nadia d'un air entendu. Pas mon genre, mais c'est un très bel homme.

Une expression nostalgique se refléta sur son visage, et Isabella devina qu'elle se remémorait son mari. Il n'avait pas rendu sa sœur heureuse... Oh ! non. Il était joueur et infidèle. Il faudrait du temps pour que Nadia accorde de nouveau sa confiance à un homme... Elle aurait sans doute du mal à refaire sa vie.

Mais je ne vais pas lui en parler maintenant, ça la démoraliserait davantage, songea Isabella.

— J'ai passé une belle soirée... Enfin, une courte soirée, car les Madden se couchent de bonne heure, précisa-t-elle. Lisandra Madden est adorable. J'espère qu'on se reverra, elle et moi.

Nadia s'essuya discrètement les paupières.

— Bonne nouvelle.

— Oui, et j'ai même rencontré la grand-mère du Dr Madden. Millicent. C'est une amie de mamie.

— Ah bon ?

Surprise, Nadia sourit en secouant la tête.

— C'est une petite ville ici.

— Disons plutôt qu'on est tous reliés par cet hôpital. Quoi qu'il en soit, le dîner était sympa, on a bien bavardé, et les jumeaux de Lisandra sont magnifiques.

— Je les rencontrerai un jour…

— Bien sûr.

Isabella prit une tomate cerise et la croqua avant de commencer à manger sa salade.

— Et tu t'entends bien avec le Dr Purdy ? demanda Nadia.

— Oui, ça va… Il est gentil avec moi.

Et il embrasse bien… Très bien…

— Il m'a accompagnée jusqu'au bar de l'hôtel où j'avais rendez-vous avec papa.

— Ils se sont rencontrés ? s'étonna Nadia.

— Oui, brièvement. Et ils se sont revus ici même pour discuter de Kate et de toi, bien sûr.

Isabella n'en révéla pas davantage. Elle ne voulait pas confier à sa sœur ce qui s'était passé entre Simon et elle. C'était trop tôt. Peut-être même n'en parlerait-elle jamais. Après tout, il y avait peu de chances que Simon et elle se revoient en dehors du travail. En avait-elle envie ? Oui… Mais lui, il paraissait si préoccupé par son travail. *Comme papa.*

— Je trouve qu'en devenant plus âgé, notre père ne s'arrange pas, observa alors Nadia, en écho des pensées d'Isabella. Il est de moins en moins disponible pour nous.

— Je suis d'accord. C'est sans doute grâce à mamie si toi et moi sommes plus… humaines, ajouta Isabella sur le ton de la plaisanterie.

Mais elle était sérieuse.

Nadia garda le silence, le visage sombre. Elle devait penser, elle aussi, à leur grand-mère toujours plongée dans le coma.

— Tu crois qu'elle va se réveiller ? demanda-t-elle finalement.

— Au fond de moi, dans mon cœur, oui. Quand elle sera prête.

Isabella termina de manger sa salade. Il ne lui restait qu'un quart d'heure avant de finir sa pause.

— Au fait, tu as vu le Dr Madden aujourd'hui ? Désolée de ne pas t'avoir posé la question plus tôt.

— Oui, juste avant le déjeuner, répondit Nadia. Il m'a dit que mon état s'améliorait, mais qu'ils devaient continuer à contrôler très régulièrement ma tension artérielle.

— C'est certain. Maintenant, tu peux au moins être avec Kate plus souvent, et lui tenir la main… Elle sentira ta présence.

— Oh oui…

Nadia poussa un soupir.

— À ton avis, elle sera hospitalisée pendant longtemps ?

C'était la question que se posaient anxieusement tous les parents dont le bébé se trouvait dans ce service dédié aux naissances prématurées.

— Environ cinq semaines, je pense. On sera plus précis d'ici quelques jours, assura Isabella. Mais ne t'inquiète pas, ta petite Kate ira de mieux en mieux…

En prononçant ces paroles, elle pria qu'il en soit réellement ainsi. Elle voulait avant tout rassurer Nadia qui devait avoir un bon moral pour retrouver plus facilement une bonne santé.

— J'espère, murmura Nadia.

— Mais oui… Évidemment, il y aura des hauts et des bas, comme aujourd'hui, par exemple, mais l'évolution générale de Kate ira dans le bon sens. Elle grandit de jour en jour. C'est minime, mais réel. Donc, soyons confiantes, conseilla Isabella.

Sa sœur acquiesça en lui souriant d'un air reconnaissant.

— Que ferais-je sans toi, ma sœur adorée ? Merci… Merci pour tout.

— Tu n'as pas à me remercier. Tu es dans mon cœur pour toujours, assura Isabella. En plus, grâce à toi, notre famille vient de s'agrandir. N'est-ce pas merveilleux ? Et malgré tout, pour l'instant, tout se passe bien…

En prononçant ces paroles, elle se demanda alors si elle-même, un jour, aurait la chance de mettre un enfant au monde. Mais encore faudrait-il qu'elle rencontre un homme qui deviendrait le futur père, prêt à s'engager tout comme elle, et que tous deux s'aiment réellement, envers et contre tout. Connaîtrait-elle jamais ce bonheur ?

11

Après son intervention aux urgences, Simon retourna dans le service de néonatalogie en espérant pouvoir revoir Isabella. Il voulait lui remettre en mains propres les résultats de l'analyse biologique concernant la petite Kate. Mais Isabella n'était pas là.

Il devina vite où elle se trouvait : auprès de sa sœur Nadia, pour soutenir cette dernière.

Je ne vais pas les déranger...

Dans ce cas, autant qu'il rentre chez lui. Le compte rendu de la biologie serait bientôt intégré au dossier de Kate, et le personnel en informerait Isabella d'ici moins d'une demi-heure. Inutile qu'il parte à la recherche de la jeune femme dans tout l'hôpital...

Sauf que ses pas le portèrent vers le couloir du service de suivi postnatal et de la chambre de Nadia. Tout en s'approchant, il perçut la voix d'Isabella.

Et malgré tout, pour l'instant, tout se passe bien...

De quoi parlait-elle ?

Simon ne put s'empêcher de penser à eux, à ce qu'ils avaient fait ensemble la nuit précédente. Isabella dans ses bras, nue, vibrante de désir... Leurs étreintes passionnées...

Oui, pour l'instant, tout se passe bien, s'avoua-t-il.

Il ferma brièvement les yeux, chassa les souvenirs qui se bousculaient à son esprit, frappa à la porte et entra.

Deux têtes blondes se tournèrent vers lui ; deux regards verts :

l'un un peu assoupi à cause des analgésiques, l'autre vif, brillant... Envoûtant. Les deux sœurs se ressemblaient, mais bien que Nadia fût aussi une belle femme, la beauté d'Isabella lui coupait le souffle. Il ébaucha un sourire.

— Je viens apporter quelques nouvelles...

— Celles qu'on attend ? demanda Isabella en haussant les sourcils en signe d'interrogation.

Simon n'avait encore jamais vraiment prêté attention aux sourcils des femmes auparavant, mais ceux d'Isabella, joliment arqués et plus foncés que ses cheveux, semblaient intensifier le modelé de son visage.

Prenant conscience de ses pensées, il s'obligea à se ressaisir. Il se dispersait, se liquéfiait... *Réagis !* Il avait intérêt à trouver le moyen de ne plus être ainsi troublé et séduit par Isabella. Courir, nager, faire du surf... et travailler, oui, travailler d'arrache-pied, voilà ce qui l'aiderait à rester sur le bon chemin.

— On a les résultats des analyses. Il n'y a rien de bien grave, annonça-t-il. Kate souffre d'une inflammation de l'intestin à un stade précoce. Les antibiotiques arrêteront la propagation de l'infection. Donc on poursuit l'alimentation uniquement par perfusion jusqu'à ce qu'on obtienne une amélioration.

Isabella le regarda, l'air soulagé, puis elle sourit à sa sœur.

— C'est une bonne nouvelle.

— Oui... Dieu merci.

Nadia poussa un soupir.

— Quand est-ce que son système digestif fonctionnera de nouveau ? Et je continue à tirer du lait ?

Isabella ajusta soigneusement la couverture au-dessus de sa sœur, en s'assurant que cette dernière était bien confortable.

— Oui, toutes les deux heures, comme jusqu'à présent. On le conservera, et ce qu'on aura stocké répondra aux besoins de Kate lorsqu'elle sera prête. On y veillera, ne t'inquiète pas.

Isabella jeta un coup d'œil à sa montre puis à Simon.

— Merci pour ces nouvelles, Simon. Et maintenant, toi, tu as fini ton service, non ? L'heure du repos a sonné, ajouta-t-elle d'un air entendu. Tu as commencé très tôt, si je ne m'abuse.

Surpris par cette remarque, Simon garda le silence quelques instants. Soudain, il se sentait de trop. Comme exclu. Peut-être qu'Isabella ressemblait à son père... Une idée déplaisante car M. Hargraves ne lui était pas sympathique.

Non, Isabella n'a pas la même attitude froide et distante...

— Oui, il serait temps que j'aille me reposer, admit-il. Et toi ? Je crois me souvenir que tu finis tard, ce soir. Tu as ta voiture ou tu rentres à pied ?

Il regarda Nadia et ajouta :

— Il s'avère que votre sœur et moi - donc vous aussi, ainsi que votre grand-mère – habitons dans la même résidence. Petit monde !

— C'est sûr, admit Nadia en souriant. Ne vous inquiétez pas, même si Isabella marche jusque chez nous, elle ne craint rien : elle est ceinture noire en karaté.

— Vraiment ?

Étonné et admiratif, il croisa le regard d'Isabella qui se mit à rire.

— Oui, vraiment. Ça te surprend ? Je finis à 23 heures, tout à l'heure. Je rentrerai à pied, pas de problème.

Troublé, Simon hocha la tête. Il la trouvait de plus en plus attirante, et l'imaginer en train de pratiquer un art martial aussi énergique que le karaté excitait sa curiosité autant que ses sens.

— Très bien. Bon, je vous laisse...

— Attends-moi, je m'en vais aussi, dit Isabella.

Elle se pencha pour embrasser sa sœur sur le front.

— Essaie de dormir un peu. Je ne suis pas loin si tu as besoin de quoi que ce soit.

Simon salua Nadia, et Isabella lui emboîta le pas. Tous deux s'éloignèrent de la chambre, se dirigeant vers l'unité de néonatalogie.

— Merci d'avoir pris la peine de venir nous voir, dit Isabella.

Elle s'arrêta pour le regarder.

— Tu as pourtant besoin de te reposer…

Il décela, dans les prunelles vertes de la jeune femme, une franche sollicitude.

Elle s'inquiète pour moi alors qu'elle a déjà tant de problèmes à supporter, à apaiser…

Tandis qu'elle le contemplait, il réalisa qu'il avait envie de l'aider, de la soutenir… jour après jour.

— C'est sûr, hier soir, je n'ai pas beaucoup dormi, dit-il, troublé par ses propres pensées.

Isabella esquissa un petit sourire de connivence.

— Mais tu es quand même venu nous voir, répéta-t-elle. C'est vraiment gentil de ta part.

— J'avais le temps. Personne ne m'attend, précisa Simon. Je n'ai pas de vie de famille.

— Moi non plus. Enfin si, il y a ma sœur et ma grand-mère… Mais c'est différent. Je ne vis pas avec elles.

— Tu as déjà eu envie d'avoir ta propre famille ?

— D'en fonder une, tu veux dire ?

Surpris d'avoir osé lui poser une question aussi personnelle, Simon acquiesça.

— Je suis curieux, pardonne-moi.

— Mais tu es tout pardonné. D'autant que tu as le droit d'être curieux, vu ce qu'on a partagé, toi et moi, observa Isabella d'une voix douce.

Un court silence s'établit.

— Ce qu'on a partagé… C'était magnifique. Un moment enchanteur que je n'oublierai pas de sitôt, murmura-t-il.

Les yeux brillants, Isabella soutint le regard de Simon. Il sentit son cœur battre plus vite, plus fort. Une attirance magnétique régnait entre eux dès qu'ils étaient seuls.

— Je ressens la même chose, confia-t-elle. Et pour te répondre, oui, j'ai déjà envisagé de fonder une famille. J'avais un compagnon quand j'étais au Vietnam. Il s'appelle Conlon. Il n'a pas voulu me suivre quand j'ai dû revenir en Australie pour être auprès de ma grand-mère. En d'autres termes, il m'a laissée tomber. Si j'avais su…

Et elle eut un léger haussement d'épaules comme pour exprimer des remords d'avoir cru en cet homme… ou en l'amour.

Son ex-compagnon est indigne d'elle !

Simon aurait voulu le lui dire, d'autant que là, face à elle, il avait l'impression qu'ils étaient tous deux dans une bulle. Seuls au monde.

Mais ce n'était pas le cas.

Un aide-soignant arrivait en poussant un brancard vide, et ils durent s'écarter pour le laisser passer. Le charme était rompu.

— J'ai été indiscret, désolé. Je ferais mieux d'y aller.

— Bien sûr. Repose-toi bien.

— Merci.

Oui, il avait intérêt à s'éloigner d'Isabella avant de se montrer encore maladroit… ou trop pressant, trop intéressé par elle.

En marchant dans le couloir d'un pas rapide, il sentit qu'elle continuait à le regarder.

Ce soir-là, à 23 h 10, Simon sortit sur son balcon et observa la route entre l'hôpital et la résidence.

Il n'avait jamais vraiment réfléchi au fait qu'il pouvait voir son lieu de travail depuis l'endroit où il vivait, mais c'était le cas… Et idéal pour guetter Isabella.

Il patienta jusqu'à ce que la jeune femme paraisse enfin. Juste à l'heure prévue.

Son sac en bandoulière, elle marchait sur le trottoir éclairé par des lampadaires. Mais en dépit de sa démarche vive, il perçut sa solitude. Sans doute était-ce à cause de la manière dont elle tenait ses épaules, un peu trop basses, comme alourdies par le poids des épreuves.

Son pouls s'accéléra, et une forte émotion l'envahit. S'il avait cédé à son impulsion, il serait parti en courant à sa rencontre, il lui aurait pris la main, il l'aurait écoutée lui raconter ses heures de travail, ses doutes, ses espoirs, ses rêves peut-être...

Mais il resta sur son balcon à la regarder.

Deux heures plus tôt, il avait appelé l'hôpital pour prendre des nouvelles de la petite Kate. L'état du bébé était stable. Isabella ainsi que sa sœur le savaient forcément. Par conséquent, cette nuit-là, toutes les deux, autant que lui-même, pourraient se détendre et se reposer. Pour sa part, il avait sacrément besoin de dormir.

Sauf qu'il n'avait pas du tout sommeil.

Simon continua de regarder Isabella qui avançait vers la résidence.

Pourquoi avait-il la sensation qu'elle était triste ? Était-ce à cause de lui ?

Elle dut sentir l'attention qu'il lui portait car, à ce moment-là, elle jeta un coup d'œil vers le balcon de Simon. Le cœur battant, il se glissa à l'intérieur, alluma et éteignit rapidement la lumière, puis ressortit. Il lui avait fait signe... Et elle l'avait vu puisqu'elle lui adressa un petit geste de la main qui le réjouit aussitôt.

Sans plus hésiter, il lui envoya un SMS. Ses doigts s'activèrent avant qu'il ait réfléchi. D'ailleurs, il ne s'était même pas rendu compte qu'il tenait son téléphone.

Tu passes chez moi ?

Voilà pourquoi il était resté sur son balcon. Pour la voir et l'inviter. Évidemment.

Elle lui répondit presque immédiatement.

OK ! Dans deux minutes.

Une bouffée de désir envahit Simon. Peut-être qu'Isabella aurait envie qu'ils fassent l'amour dès son arrivée... Peut-être debout contre la porte ?

Il ferma les yeux, luttant contre les fantasmes fous qui l'assaillaient.

Non, ce n'est pas le but, même si j'en meurs d'envie !

Il voulait juste discuter avec elle… La rassurer et la consoler… S'occuper d'elle, en somme, puisque personne, apparemment, ne le faisait. Isabella gérait tout, toute seule, pour tout le monde.

Simon retourna dans la cuisine pour mettre de l'eau à chauffer dans la bouilloire. Il vérifia qu'il y avait bien des glaçons dans le congélateur au cas où Isabella souhaiterait boire un alcool fort. Ce ne serait sans doute pas le cas, mais à tout hasard… Il sortit aussi deux tasses, les posa sur la table de la salle à manger et y ajouta deux sachets de tisane apaisante.

Tout était prêt pour accueillir la jeune femme. Il ne voulait pas perdre du temps dans la cuisine lorsqu'elle serait là, parce qu'il espérait profiter de sa présence, la regarder, lui parler sans être occupé à faire autre chose…

Puis il songea que c'était stupide de montrer ainsi qu'il l'attendait. Elle serait gênée, ou le trouverait vraiment trop empressé !

Il s'apprêta à ranger tout ce qu'il venait de préparer, mais elle frappa à la porte.

Simon traversa la pièce à grandes enjambées et ouvrit. Face à Isabella, il éprouva une bouffée de joie et scruta le joli visage qui lui avait tant manqué. Elle paraissait inquiète, fatiguée.

— Entre, dit-il, résistant à l'envie de la prendre dans ses bras.

Elle passa devant lui, laissant dans son sillage un parfum léger mais également l'odeur de l'hôpital qu'il connaissait si bien.

Refermant derrière eux, il suivit Isabella dans le salon dont la baie vitrée, ouverte, donnait sur le balcon.

— C'est sympa, ici… Et aéré ! Avec une belle vue. Tu peux admirer l'océan, toi aussi ?

— Eh oui, comme chez toi. Enfin, chez ta grand-mère. Dans cette résidence, les appartements côté sud sont conçus de la même manière, je crois.

— Probablement. Par la suite, je chercherai un autre logement. Mais pour le moment, je suis bien chez ma grand-mère…

Et heureuse de venir décompresser chez toi, avoua Isabella en lui adressant un sourire crispé. J'ai une mauvaise nouvelle.

Simon fronça les sourcils.

— Que s'est-il passé ?

— Nadia a eu une nouvelle crise d'hypertension. Le Dr Madden - Malachi - est venu en urgence, et elle a été ramenée en soins intensifs.

— Oh non, soupira Simon. Je n'ai pas encore été mis au courant, et quand j'ai appelé tout à l'heure, on m'a appris que la petite Kate se portait bien. Dire que j'étais content…

Sans plus hésiter, il s'avança vers elle et l'enlaça. Isabella se laissa faire, s'appuyant même contre lui, visiblement éreintée.

Peiné pour elle, Simon appuya doucement le menton sur le crâne d'Isabella et huma le parfum fleuri de sa chevelure. *Senteurs d'Isabella…*

— Ça s'est produit à quelle heure ?

— La crise a eu lieu il y a environ trois quarts d'heure. Malachi est venu me prévenir et me rassurer que tout était sous contrôle. Nadia va maintenant un peu mieux, mais elle doit rester sous haute surveillance pendant au moins quarante-huit heures.

Isabella s'écarta de Simon, et se frotta les paupières.

— J'ai appelé mon père. Comme il était en réunion, j'ai laissé un message.

Évidemment. Son père est toujours absent…

— Il rappellera dès qu'il le pourra, ne t'inquiète pas, assura Simon, soudain mal à l'aise en pensant à sa propre façon de vivre à l'époque de son mariage avec Louise.

N'avait-il pas agi comme M. Hargraves ?

Isabella se contenta de hausser les épaules d'un air découragé.

— Je comprends que ce soit pénible pour toi, ajouta Simon. Tu es un peu comme le phare solitaire pour toute ta famille… Mais il faut que tu restes solide. Et, si tu le veux bien, je peux t'aider.

Isabella hocha la tête, et ses lèvres tremblèrent légèrement comme si elle se retenait de fondre en larmes.

— Pour être franche, je ne me sens pas solide du tout, en ce moment.

— Dans ce cas, appuie-toi sur moi...

Simon se tapota la poitrine.

— Je peux t'aider à tenir bon, insista-t-il. N'hésite pas à venir me voir et te confier quand tu en as besoin.

Il s'approcha de nouveau et l'attira vers elle.

— Viens, un autre câlin te fera du bien.

— C'est sûr... À propos de câlin, ce matin, tu as dû partir drôlement tôt, murmura-t-elle en se blottissant contre lui.

— Hélas oui. Je t'ai expliqué pourquoi. Mais maintenant, je suis là, dit-il en guise d'excuse.

C'est mieux que rien, faillit-il ajouter.

— On devient amis... Très amis, même, poursuivit-il doucement.

— Très amis ? répéta-t-elle en levant les yeux vers lui.

Un sourire un peu malicieux flotta sur les lèvres de la jeune femme.

— Très amis, oui... Et même un peu plus que ça, l'espace d'une nuit.

— Exactement. Une nuit que je n'oublierai absolument jamais. Une nuit fabuleuse.

Il lui déposa un long baiser sur les cheveux. Isabella l'émouvait, c'était certain. Elle lui plaisait. Pour autant, il se refusait à lui offrir davantage que son amitié. Même s'il avait adoré faire l'amour avec elle, et en dépit du fort désir qu'elle lui inspirait, il préférait effacer radicalement cette possibilité. Flirter, oui, pourquoi pas... Aller plus loin, non.

— De toute façon, ce qui compte, c'est l'instant présent, dit-il. Qu'est-ce que tu veux boire ? Alcool ? Thé ? Tisane ? Qu'est-ce qui te ferait plaisir ?

Isabella se détacha de lui et poussa un grand soupir. Lorsqu'elle leva les yeux vers lui, elle paraissait plus déterminée.

— Une tisane, c'est une bonne idée.

— J'en prendrai une, moi aussi. Assieds-toi, et détends-toi, ajouta-t-il en lui indiquant le canapé garni de coussins.

Il s'assura qu'elle était confortablement installée avant d'aller chercher la bouilloire d'eau chaude. Les tasses étaient déjà sur la table, avec les sachets.

— On dirait que tu as pensé à tout, remarqua Isabella avec un sourire.

— J'avoue qu'en te voyant arriver, je me suis dit que tu aurais besoin de te relaxer, admit-il en lui apportant la boisson fumante. C'est de la verveine à la menthe.

— Merci, Simon.

— Tu as faim ? Je peux te préparer quelque chose, offrit-il.

— Non, merci. Je n'ai pas faim du tout. Ce dont Nadia souffre de nouveau m'a tellement chamboulée que ça m'a coupé l'appétit.

— Je comprends. Mais il faut que tu reprennes des forces. Je peux te préparer des toasts au fromage... Des toasts que je vais découper en petits morceaux qui auront des airs de petits soldats.

Isabella l'observa d'un air perplexe.

— Des petits soldats ?

Des bâtonnets qu'on imaginera être des petits soldats... Car la vie est souvent un combat ! C'est Malachi qui me proposait ça quand, après la mort de ma femme, je me transformais en zombie. Ça m'a fait du bien.

Isabella resta silencieuse un instant, puis un grand sourire s'épanouit sur ses lèvres.

— Alors oui, je veux bien découvrir, moi aussi, ces petits soldats imaginaires !

— Ne bouge pas, je nous prépare un plateau...

Durant la demi-heure suivante, ils restèrent assis côte à côte à savourer des toasts croustillants garnis de fromage fondu, en buvant de la tisane. Minuit s'annonça bientôt. Simon baissa la lumière, favorisant un doux clair-obscur. Depuis le canapé, ils pouvaient deviner l'étendue de l'océan qui se fondait avec le ciel bleu nuit.

Dehors, tout devenait calme. Plus de voiture, plus de passants... Ils percevaient à présent le bruit des vagues sur la plage, chuintement rythmique, presque hypnotique.

Simon passa un bras autour des épaules d'Isabella et attira la jeune femme contre lui. Elle se laissa faire. Il sentit sa peau douce comme de la soie, chaude, délicieuse. Alors, peu à peu, Isabella se détendit près de lui. Il sourit, heureux de cet apaisement.

On pourrait s'embrasser...

Mais Simon résista. Il préférait cette tendresse, cette complicité bienveillante et durable qui s'instaurait entre eux.

— Tu travailles à quelle heure demain ?

— En fin de journée. Et toi ? demanda-t-elle.

Dans la lumière tamisée, les prunelles d'Isabella brillaient telles des émeraudes.

— 8 heures du matin. Tu devrais aller dormir.

— Toi aussi.

Elle lui sourit et, doucement, lui déposa un baiser sur la joue.

— Un immense merci pour ce moment de détente. Ça m'a fait beaucoup de bien.

Puis elle se leva, prit son sac et se dirigea lentement vers la porte. Simon se redressa à son tour et suivit Isabella. Il songea, une fois de plus, qu'il aurait aimé l'enlacer de nouveau, chercher ses lèvres... Mais non, décidément non. En agissant ainsi, il jouerait avec le feu et le regretterait ensuite.

— Tant mieux. Repose-toi bien.

Elle lui adressa un dernier sourire et partit.

Une fois seul, Simon sentit sa gorge se nouer. Il ne pouvait raisonnablement rien lui offrir de plus que son soutien et son amitié. De tout cœur, il espéra avoir pu aider Isabella pour de bon.

12

Isabella s'attendait à entendre la porte se refermer, mais aucun bruit ne lui parvint.

Devant l'ascenseur, perplexe, elle se retourna.

Toujours sur le seuil de chez lui, Simon la regardait.

Isabella hocha la tête, étonnée. Il lui sourit et patienta jusqu'à ce qu'elle se soit glissée à l'intérieur de la cabine et que les battants aient coulissé.

Étrangement émue, elle songea qu'elle venait de vivre une belle parenthèse après cette journée éprouvante… Simon l'avait choyée. Elle n'avait pas l'habitude qu'on s'occupe d'elle ainsi.

Durant son enfance et son adolescence, elle avait toujours senti sa grand-mère attentionnée. Néanmoins, aussi gentille fût-elle, Catherine Hargraves avait aussi toujours insisté pour qu'Isabella et Nadia soient autonomes et se prennent en charge.

Le fait que Simon lui offre de petits toasts au fromage lui avait vraiment fait du bien ! En général, c'était elle qui préparait à manger. Ce simple moment de partage avec Simon l'avait rendue plus sereine.

Maintenant, elle avait besoin de dormir… Et pas dans les bras de Simon. Ce serait dangereux de s'abandonner à une nouvelle étreinte. Elle risquerait d'y prendre goût ! De toute façon, Simon n'avait esquissé aucun geste ambigu, même si elle avait perçu le désir qu'il éprouvait. Le même qu'elle ressentait. Aussi fort et intense. Irrésistible… Et pourtant, l'un et l'autre avaient été très sages. Raisonnables.

En glissant la clé dans la serrure de l'appartement, Isabella sourit. C'était tout de même incroyable que Simon vive juste à l'étage d'au-dessus. Un signe du destin ?

En tout cas, dorénavant, elle n'était plus seule… Elle avait un ami. Un très bon ami. Qui s'était aussi avéré un merveilleux amant… Recommenceraient-ils à faire l'amour ensemble ? Se l'autoriseraient-ils ? Elle en avait envie, tellement envie, mais elle savait que ce ne serait pas une bonne idée… Hélas. Parce qu'ils travaillaient ensemble. Parce que Simon ne s'était pas remis de son deuil. Parce qu'elle manquait de confiance en elle et ne savait plus trop où elle en était depuis sa rupture d'avec Conlon. Pour le moment, mieux valait donc qu'elle n'y pense plus du tout. Ou du moins, qu'elle essaie de ne plus y penser, et elle verrait bien, par la suite…

Tôt le lendemain matin, Isabella partit faire du surf. Comme souvent, l'océan, les vagues, la brise marine balayèrent ses doutes et interrogations.

Lorsqu'elle sortit de l'eau, elle se sentait parfaitement alerte et pleine de vie. Prête à affronter la journée. Se rappelant que Simon aimait aussi le surf, elle jeta un coup d'œil autour d'elle, le cherchant à tout hasard… Mais elle ne le vit pas. Il devait déjà être au travail. Il veillerait sûrement sur Kate et Nadia. Comme elle n'avait reçu aucun message - sa montre étanche prouvait qu'elle n'avait raté aucun appel –, elle pouvait donc être rassurée pour le moment.

Sa planche sous le bras, elle courut jusqu'au chalet de plage où elle rangeait son équipement, puis elle se hâta de rentrer chez elle pour se doucher et se préparer. Elle sentait qu'elle avait besoin de bouger. Elle était en manque d'exercices physiques. Du karaté ?

Pourquoi pas... Ou de la gymnastique et du jogging ? *Dès que Nadia ira mieux, je m'inscrirai dans un club de sports,* se promit-elle.

En attendant, elle allait retrouver sa grand-mère préférée. Elle lui masserait les mains et lui raconterait sa vie...

— Bonjour, mamie.

Isabella déposa un autre petit bouquet de fleurs violettes en forme de cœur sur la table de chevet. Par contraste avec la blancheur de la pièce, les feuilles paraissaient d'un vert éclatant très printanier, magnifique.

— J'aimerais tant que tu voies la beauté de ces...

Elle jeta un coup d'œil au visage familier et se figea.

Les yeux de sa grand-mère étaient ouverts.

Isabella ferma les paupières et les garda fermées jusqu'à ce qu'elle ait compté jusqu'à trois. Puis elle les rouvrit lentement, emplie d'appréhension.

Les yeux de sa grand-mère étaient toujours ouverts. Ils n'étaient pas vagues et fixes. Ils exprimaient de la lucidité, et étaient emplis de gentillesse.

Isabella resta bouche bée, abasourdie. Elle retint son souffle quand deux larmes coulèrent sur les joues de sa grand-mère.

— Bella..., murmura la vieille femme d'une voix rauque.

Puis elle referma les yeux et s'assoupit. Un doux sourire flotta sur ses lèvres.

— Mamie ? Mamie ?

Le cœur battant, Isabella consulta le moniteur de fréquences cardiaques et remarqua le tracé différent, plus élevé, même si à cet instant les constantes s'apaisaient.

Sa grand-mère s'était bel et bien réveillée.

Elle lui avait parlé...

Elle l'avait reconnue.

Isabella se laissa tomber dans le fauteuil le plus proche. Des sanglots de soulagement dans la gorge, elle porta une main sur sa bouche pour ne pas faire de bruit.

Lorsqu'elle releva la tête, une infirmière se trouvait devant elle. Ella, celle qu'Isabella croisait le plus souvent le matin.

— Que se passe-t-il ? J'ai remarqué un changement dans les données transmises.

Bouleversée, Isabella contempla sa collègue.

— Un immense et merveilleux changement, oui ! balbutia-t-elle. Ma grand-mère s'est réveillée... Et elle a prononcé mon prénom ! Puis elle s'est rendormie d'un coup.

S'entendant prononcer ces mots, elle eut du mal à y croire. Avait-elle rêvé ? Mais non, le tracé des constantes de la vieille femme de nouveau plongée dans le sommeil était éloquent.

Ella acquiesça d'un air triomphant.

— Et voilà ! Tout le monde pensait que je me trompais quand je disais que son coma paraissait moins profond ces derniers temps !

Isabella se redressa et, spontanément, étreignit Ella.

— C'est un miracle auquel je croyais, moi aussi...

— Oh oui ! Je me réjouis tellement pour vous et votre famille, dit Ella en la regardant dans les yeux. Je vais appeler le médecin.

La pièce se remplit rapidement de monde, et Isabella se réfugia dans un coin de la pièce, encore sous le coup de l'émotion.

Elle devrait vite prévenir Nadia...

Et son père.

Mais, curieusement, c'était surtout à Simon qu'elle voulait d'abord annoncer la nouvelle.

— On emmène votre grand-mère passer un scanner et probablement d'autres examens, annonça Ella.

— Bien sûr. Je reviendrai tout à l'heure, dit Isabella.

— Entendu. Je vous tiens au courant, promit Ella.

— Merci.

Assaillie par un tourbillon d'émotions, Isabella quitta la pièce après avoir jeté un dernier coup d'œil à sa grand-mère. Au fond d'elle-même, elle n'avait jamais perdu espoir, et ce revirement prouvait qu'elle avait eu bien raison.

Comme dans un état second, grisée de bonheur, elle gagna les ascenseurs et descendit au rez-de-chaussée.

Une fois dehors, elle se dirigea vers le parking où elle avait garé sa voiture. Elle ne travaillait pas tout de suite et avait prévu d'aller faire quelques courses avant. Mais après s'être glissée au volant, elle saisit son portable et envoya un SMS à Simon.

Ma grand-mère s'est réveillée et a prononcé mon nom !

La réponse arriva quelques secondes plus tard.

Où es-tu ?

Dans ma voiture devant l'hôpital. Je n'arrive pas à partir.

Attends-moi. Je peux te rejoindre dans dix minutes.

Il arriva en huit minutes. Il avait dû courir dans les couloirs...

Isabella sortit du véhicule et s'abandonna entre les bras de Simon. Elle inspira sa chaleur rassurante, se remplit de la solidité qu'il lui communiquait.

— Et si c'était son dernier moment de lucidité avant de mourir ? murmura-t-elle, exprimant sa pire crainte.

Simon lui frotta le dos. De haut en bas, de bas en haut, dans un mouvement apaisant.

— Et si c'était le début de son réveil ? répliqua-t-il en souriant. Misons sur cette possibilité. Envoyons de bonnes ondes positives à ta grand-mère bien-aimée.

Le sanglot dans la gorge d'Isabella se transforma en un rire étranglé.

— J'aime ton optimisme, dit-elle. J'ai désespérément besoin de votre optimisme.

La grande main de Simon lui tapota doucement les épaules.

— Elle a peut-être repris conscience parce qu'elle savait que tu serais là, à l'attendre.

Isabella ne put retenir davantage ses émotions. Elle fondit en larmes et se blottit contre Simon.

Lorsqu'elle se calma, il lui posa, dans le creux de la paume, un grand carré de tissu blanc plié en quatre. Y jetant un coup d'œil, Isabella lâcha un petit hoquet amusé.

— Un vrai mouchoir ? C'est rare, aujourd'hui !

— Je travaille dans un domaine où j'ai parfois besoin d'autre chose qu'un simple mouchoir jetable ! Avec les bébés, le papier n'est pas toujours suffisant...

Isabella déplia le tissu, s'essuya les yeux et se moucha.

Il rit.

— Tu peux le garder.

— Je le laverai et te le rendrai.

— Aucune urgence. J'en ai plein d'autres.

Comme Simon desserrait son étreinte, elle eut soudain l'impression d'un vide en elle.

— Tu te sens mieux ?

— Oui. Merci d'être là, Simon.

— On est amis, non ? Les amis s'aident en cas de besoin.

Les amis...

Il l'observa d'un air bienveillant.

— Tu travailles à quelle heure ?

— Cet après-midi, à 14 h 30. Là, je dois faire quelques courses, puis j'irai revoir ma grand-mère avant de commencer mon service. Comme va Kate ? ajouta Isabella, de nouveau pleine d'appréhension.

— Rien de nouveau. Mais les derniers jumeaux admis dans le service rencontrent quelques problèmes respiratoires. On les surveille, dit-il en souriant.

Un sourire de façade. Ses yeux restaient sérieux et inquiets.

— Encore merci, dit-elle, consciente qu'il venait de lui consacrer du temps alors qu'il avait tant à faire. Ça va aller, maintenant.

— Bon...

Il la dévora du regard. Littéralement. Bouleversée, elle frissonna.

— Envoie-moi un SMS en cas de souci.

— D'accord. Je vais prévenir Nadia... et mon père, murmura-t-elle en s'écartant de Simon.

— Ils ne sont pas encore au courant ?

Isabella le sentit surpris.

— Non, mais ils le seront dans quelques instants. On se revoit plus tard ?

— Si tu veux. Avec plaisir. Sois forte. Je reste avec toi en pensées.

Vraiment ?

Simon fit signe que oui, comme s'il avait lu en elle.

13

Tout en s'éloignant du parking, Simon éprouva ce qui ressemblait étrangement à une sensation de joie.

Isabella l'avait contacté avant de prévenir son propre père...

Elle avait tenu à l'informer en premier, à partager ses craintes avec lui d'abord. N'était-ce pas la preuve qu'elle pensait qu'il la comprenait et qu'il serait là pour elle ?

Elle ne pouvait pas savoir qu'il viendrait, encore moins aussi rapidement... Mais en lui envoyant son SMS, elle avait forcément espéré un soutien de la part de Simon.

Touché, il songea qu'il avait quand même dû l'aider, au moins un peu. Isabella lui avait paru soulagée et même apaisée quand ils s'étaient séparés quelques instants plus tôt. En revanche, lorsqu'il l'avait rejointe, il avait été frappé par l'intensité des émotions exprimées sur le visage de la jeune femme. Elle lui avait fait penser à un délicat vase de cristal sur le point de se briser en mille morceaux.

Mais elle s'était laissée aller contre lui... Elle avait eu confiance en lui ! L'idée qu'Isabella - belle, forte mais aussi ô combien fragile - ait eu besoin de lui le rendait presque heureux.

Je suis en train de tomber amoureux...

Oui, c'était évident.

Jour après jour, il éprouvait davantage de sentiments pour Isabella. Des sentiments qu'il ne pouvait ignorer. Des sentiments qui faisaient battre son cœur et l'emplissaient d'une énergie nouvelle, magnifique, vibrante…

Dire que je voulais éviter ça…

Sauf que ce tourbillon imprévu s'imposait à lui en vagues fracassantes, des vagues sur lesquelles il n'était pas sûr de savoir ou pouvoir surfer. Il avait l'impression d'être happé, et de se laisser mener par quelque chose qu'il ne contrôlait pas. Était-ce désagréable ? Certes pas. Perturbant ? Oui, beaucoup. Et c'était bien ce qui lui posait problème.

Cet après-midi-là, Simon apprit que son rendez-vous de 14 h 30 avait été annulé. Qu'à cela ne tienne, au lieu de s'enfermer dans son bureau pour s'atteler aux différentes tâches administratives qui s'accumulaient inévitablement, il décida d'aller voir Isabella en néonatalogie. Il espérait pouvoir lui parler de nouveau avant qu'elle commence à travailler.

Il arriva pile au moment où elle franchissait la porte du service. Depuis ce matin-là, elle semblait s'être parfaitement ressaisie, et une lueur joyeuse traversa même ses prunelles quand elle le vit.

— Bonjour ! Ou plutôt re-bonjour…

Simon lui sourit. Pour paraître aussi enjouée, c'est qu'elle devait avoir de bonnes nouvelles de sa grand-mère. Il avait hâte de savoir.

— Tout va étonnamment bien, assura-t-elle alors, comme en écho des pensées de Simon. Je te rejoins dans quelques minutes, le temps de voir mes collègues.

— Pas de souci. Moi, je dois modifier un compte rendu, dit-il en allant se connecter sur l'un des ordinateurs sur table roulante. À tout de suite.

Le temps qu'Isabella rejoigne les autres infirmières, Simon saisit des informations concernant les changements qu'il avait apportés dans le traitement d'un bébé, puis il vérifia les notes concernant les autres petits patients de l'unité.

Quinze minutes plus tard, Isabella revint vers lui.

— Donc, nos derniers jumeaux sont sous haute surveillance...

— Eh oui. Il le faut, affirma-t-il.

Isabella évoqua les résultats des dernières analyses de sang et des radiographies de ces deux bébés. Tout en discutant avec elle, Simon se rendit compte qu'il ne tenait pas de conversation aussi approfondie avec Henry, le jeune interne. Isabella s'intéressait au cas de chaque patient de manière minutieuse et globale, et elle retenait beaucoup de choses.

— Merci d'être aussi attentive, la félicita-t-il. C'est important, pour moi, de savoir que tu gardes en mémoire tous les aspects de l'état de santé de ces prématurés. Et pour ta grand-mère ? poursuivit-il. Quoi de neuf ?

Les yeux d'Isabella pétillèrent.

— Elle s'est encore réveillée. Elle reste très faible, bien sûr... Mais son médecin estime que dans la mesure où elle m'a reconnue, et où elle m'a parlé à deux reprises, on peut être optimiste. Ma grand-mère devrait se porter de mieux en mieux, et récupérer pleinement son autonomie physique. Ses facultés mentales sont intactes.

— Quelle excellente nouvelle ! Tu l'as dit à Nadia ?

Simon avait l'étrange impression d'évoquer la sœur d'Isabella comme si elle faisait partie de sa propre famille.

— Bien sûr. Je suis passée la voir. Malachi lui a prescrit un traitement assez puissant, si bien qu'elle est un peu confuse en ce moment, mais elle est très soulagée, elle aussi. Autant que nous.

Autant que nous... Oui, moi aussi, je le suis ! pensa Simon.

— Et ton père ?

— Mon père est fidèle à lui-même : il m'a fortement conseillé de ne pas trop croire aux miracles.

— Typique, rétorqua Simon malgré lui. Pardon de ce jugement négatif sur lui.

Isabella lâcha un bref éclat de rire.

— Mais tu as raison. C'est typique de sa part.

Il lui effleura gentiment l'épaule pour manifester son soutien.

— Quoi qu'il en soit, Nadia et toi, vous pouvez pleinement vous réjouir. Et à titre personnel, je suis très heureux pour vous tous.

Surtout pour toi.

Isabella soutint son regard, visiblement émue, et Simon éprouva une sensation douce, chaude, comme du miel qui se coulait dans son cœur… C'était étonnant, grisant.

Un instant plus tard, il fut brutalement amené à la réalité par la sonnerie de son bip.

— Je dois filer. J'espère revenir te voir tout à l'heure avant de rentrer chez moi. Si je peux.

Isabella le contempla d'un air à la fois incrédule et ravi, puis elle sourit.

— Si tu peux ? D'accord. Merci, Simon…

Il s'éloigna en gardant, en mémoire, le beau sourire de la jeune femme.

En fin d'après-midi, un jeune garçon fut admis aux urgences pour une grave crise d'asthme, et Simon fut mobilisé pendant plusieurs heures, jusqu'à ce que l'état du patient soit stabilisé. Mais durant de longues minutes, il redouta le pire.

Il rentra chez lui vers 22 heures, épuisé. Il n'avait bien sûr pas eu la possibilité de revoir Isabella, et il le regrettait. Quand pourrait-il la voir de nouveau ? En sa présence, tout lui paraissait tellement plus supportable et apaisé…

En chemin, il reçut un SMS. C'était elle.

Elle a dû lire dans mes pensées…

Isabella l'invitait à venir la retrouver à l'appartement de sa grand-mère.

> Mon petit doigt me souffle que ta soirée a été rude. Viens manger un morceau si tu veux.

Il accepta sans hésiter. Il avait besoin de plonger dans le regard émeraude d'Isabella. Il avait besoin d'entendre sa voix, de sentir son parfum…

Il avait besoin d'être auprès d'elle. Simplement.

Lorsque Simon entra dans l'appartement, ses yeux se portèrent aussitôt vers la porte entrouverte qui donnait sur la chambre à coucher. La dernière fois qu'il avait vu cette pièce, Isabella y dormait, lovée entre des draps froissés. Là, le lit était fait.

Une bouffée de désir teintée de nostalgie l'envahit au souvenir de cette nuit-là. Détournant le regard, il croisa alors celui d'Isabella.

— Tu regrettes ce qu'on a fait ? demanda-t-elle.

— Quand j'y pense, je ressens beaucoup d'émotions… mais aucun regret, non.

— Tant mieux. Moi non plus.

Elle lui sourit gentiment, et il se sentit fondre.

— Je peux te proposer une omelette et des toasts coupés en bâtonnets façon petits soldats, tu sais… Comment aimes-tu ton pain ? Bien grillé ou plutôt tendre ?

14

— Plutôt tendre, s'il te plaît.

— D'accord.

Isabella se détourna et gagna la cuisine. Elle se sentait rougir en se rappelant la nuit torride qu'ils avaient passée ensemble… Mieux valait que Simon ne s'en aperçoive pas !

Pour sa part, elle ressentait un véritable charivari émotionnel à propos de cette aventure éphémère qu'ils s'étaient autorisée. Aucun regret, non. Mais elle s'efforçait de ne plus trop y penser. Elle savait qu'elle devait se maîtriser, même si, au fond d'elle-même, une petite voix lui soufflait qu'elle ne rencontrerait pas de sitôt un autre homme qui lui plairait autant que Simon.

L'évidence s'imposait à elle. Il la séduisait de plus en plus.

Mais elle sentait bien que Simon était verrouillé. Bien qu'il fasse preuve d'une grande gentillesse à son égard, il résistait à l'attirance qui persistait entre eux. Elle devinait qu'il refusait de se laisser aller de nouveau… et pour cause. Endeuillé, il craignait certainement de refaire sa vie. Elle pouvait le comprendre.

Elle-même n'éprouvait-elle pas de vives appréhensions à l'idée de se lier plus durablement ? Conlon l'avait tellement déçue ! Il l'avait laissée tomber quand elle avait eu le plus besoin de lui !

Mais Simon est venu m'aider tout à l'heure… Il a été près de moi, avec moi, à l'écoute…

Entre eux, une vraie confiance semblait s'installer. Une

confiance amicale, complice et durable. Une confiance qu'elle avait cru partager avec Conlon... à tort.

Tout en réfléchissant, Isabella prépara une salade composée, une omelette au fromage et des toasts qu'elle beurra pendant que le pain était encore chaud. Sur un plateau, elle disposa des assiettes, tasses, couverts, ainsi qu'une théière emplie de verveine citronnée.

Simon s'était assis sur le canapé, et ses yeux brillèrent quand elle le rejoignit, le plateau garni à la main.

— Tu me gâtes !

— Tu le mérites.

Elle déposa le tout sur la table basse et invita Simon à se servir.

— Je meurs de faim, avoua-t-il. Merci de t'occuper de moi. J'ai perdu l'habitude...

— Toi aussi tu t'es occupé de moi quand j'en avais tant besoin, et ça m'a fait un bien fou.

Puis elle le regarda manger avec appétit. Elle leur versa de la tisane et en but quelques gorgées.

— C'est délicieux. Encore plus parce que c'est toi qui as tout préparé, ajouta Simon en souriant.

Elle ne put s'empêcher de rire.

— Tant mieux. Alors, qu'est-ce qui s'est passé aux urgences ce soir pour que tu finisses si tard ?

— J'ai eu du mal à soigner la crise d'asthme d'un jeune patient. Il étouffait... C'était horrible.

Simon poussa un soupir.

— Quelle maladie terrible... L'affolement se lisait dans les yeux de cet ado. Mais on a eu de la chance. Il s'en est sorti... de justesse, oui, mais il s'en est sorti.

— Soulagement.

— Oh oui.

Sourcils froncés, Simon secoua la tête.

— Le pire, c'est que médicalement parlant, il n'était pas suivi comme il faut. Sa mère ne savait pas comment agir, et elle ne possédait aucun traitement d'urgence... Rien. Aucune consigne. C'est aberrant. Pourtant, son fils est asthmatique, le diagnostic a été posé... Je vais contacter le généraliste de cette famille pour faire le point.

— Tu as bien raison, dit Isabella, partageant son indignation. Mais tu peux quand même te féliciter de l'avoir tiré d'affaire.

— Je n'étais pas seul. Toute l'équipe était avec nous, précisa Simon en détournant le regard.

Isabella devina sans peine qu'il n'aimait pas les compliments. Était-ce lié à l'enfance qu'il avait vécue ? Mais elle n'osa pas le questionner à ce sujet. Ce n'était pas le moment. S'il le souhaitait, un jour, plus tard, Simon s'ouvrirait à elle.

Un silence paisible s'établit. Une brise marine soufflait sur le balcon, et des senteurs d'océan imprégnaient l'atmosphère. Bien qu'il soit tard, il ne faisait pas froid. Isabella ne put réprimer un bâillement.

— Bon, je crois que je devrais aller me coucher, dit Simon en se levant. Je suis vraiment fatigué.

— Moi aussi. Demain, je ne travaille qu'à 14 h 30, donc j'ai l'intention de rendre une longue visite à ma grand-mère, ajouta-t-elle en se redressant à son tour. J'espère aussi voir son médecin, l'équipe... Savoir ce qu'il en est.

— Elle sera très heureuse de te revoir...

Il ébaucha un sourire attendri.

— Elle a de la chance que tu sois auprès d'elle.

— Nadia et moi avons eu de la chance qu'elle soit là. Beaucoup de chance. Sans elle, nous aurions dû supporter un grand vide dans nos vies, précisa Isabella, la gorge nouée.

Simon hocha la tête, songeur.

— J'imagine.

Il se dirigea lentement vers la porte, l'ouvrit et se tourna de nouveau vers Isabella qui lui avait emboîté le pas.

— Tu sais, je suis très heureux de te connaître. Tu es une belle personne, Isabella... Belle à l'intérieur, belle à l'extérieur.

— Merci...

Touchée, elle soutint le regard de Simon. Son pouls s'accéléra lorsqu'il lui effleura la joue du bout des doigts, s'attardant au coin de ses lèvres.

— Si je m'écoutais, je t'embrasserai, murmura-t-il. Mais ce ne serait pas sérieux...

Isabella sentit son cœur s'emballer. Il devait percevoir le désir qu'elle éprouvait... Il savait sûrement qu'elle ne guettait qu'un sourire encourageant pour se lover dans ses bras...

— Eh oui, on doit être sérieux, insista-t-elle en s'écartant d'un pas. Raisonnables.

— C'est certain.

Simon esquissa une moue qui semblait dire qu'ils avaient déjà été imprudents.

— Entre nous, c'était... Enfin, une parenthèse exceptionnelle.

— Exactement ça, dit Isabella, la gorge nouée. Allez, va vite te coucher...

Avant que je craque !

— Dors bien.

— Toi aussi. Et à demain, sans doute.

Simon lui lança un dernier coup d'œil, puis il sortit de l'appartement et Isabella referma aussitôt la porte.

15

Une fois chez lui, Simon se servit un whisky et s'affala dans son canapé. Il avait besoin de réfléchir…

Surtout, il avait besoin d'accepter le fait de s'être éclipsé ainsi, alors qu'il désirait tant rester avec Isabella.

Il s'était montré raisonnable. Mais il savait aussi qu'en vérité son comportement apparemment maîtrisé cachait le manque de confiance qu'il éprouvait. Ses doutes, ses questionnements… Et l'abîme qui s'était creusé en lui depuis la mort de sa femme.

Un autre mauvais souvenir lui revint alors à la mémoire. Un jour, son propre père avait lancé que Simon, à l'époque rêveur et distrait, n'arriverait à rien dans sa vie. Cette affirmation cassante, méprisante, avait poussé Simon à quitter la maison dès qu'il avait atteint sa majorité. Hébergé chez un ami, il avait travaillé dans un restaurant tout en préparant le concours pour être admis en faculté de médecine.

Malheureusement, son père était mort avant de savoir que Simon avait réussi son défi. Depuis, en dépit d'une carrière en pédiatrie couronnée de succès, Simon luttait régulièrement contre un manque de confiance en lui que seul un jugement paternel bienveillant et encourageant aurait pu apaiser.

Cette faible estime de lui-même le freinait-elle encore ? Était-ce la seule raison pour laquelle il se retenait d'écouter l'élan qui le poussait vers Isabella ? Car ces derniers temps, sa culpabilité suite au décès de Louise évoluait, lentement mais sûrement, en acceptation. Aurait-il réellement pu sauver sa femme et leur bébé ? Rien n'était moins sûr.

Peut-être devrait-il se confier encore une fois à Malachi... Ce dernier était comme son frère de cœur. Tous deux s'étaient rencontrés pendant leurs études et une solide amitié les unissait. Malachi avait connu une situation amoureuse des plus compliquées jusqu'à ce que Lisandra s'impose dans sa vie. Il comprendrait Simon.

Je vais lui parler. Il sera forcément de bon conseil...

À cette pensée emplie d'espoir, Simon alla se coucher.

Il se réveilla à l'aube. Pour une fois, son téléphone n'avait pas sonné à l'aube. Il enfila rapidement son maillot de bain, but un café, puis il attrapa sa planche de surf qu'il rangeait dans le hall de son appartement et sortit.

En émergeant dans la semi-obscurité et la fraîcheur du petit matin, Simon inspira l'air marin à pleins poumons.

Arrête de regretter ce que tu ne peux pas faire, ou n'oses pas faire avec Isabella ! Ou alors, agis !

L'esprit reposé, il entrevoyait plus clairement à quel point il avait changé depuis qu'il avait rencontré Isabella cinq semaines plus tôt.

Seulement cinq semaines ?

Elle avait littéralement balayé les barrières qu'il avait érigées intérieurement. Toutes, l'une après l'autre.

Et ce n'était pas seulement parce qu'elle était splendide.

Isabella était intelligente, vive, irrésistible... Sensible et professionnelle jusqu'au bout des ongles. Ultra-compétente. Et sportive ! Adepte de karaté, en plus... Ah, il aurait voulu la voir en action sur un tatami ! C'était une femme affirmée, accomplie, indépendante.

Elle mérite mieux que moi...

Sa gorge se noua tandis qu'il pensait de nouveau à ses propres failles. Et une sensation glaciale le submergea.

Si j'avais été à la hauteur, Louise serait encore en vie... Mon père avait peut-être raison...

Sa planche sous le bras, Simon courut jusqu'à l'océan et se jeta dans l'eau, espérant que ce bain de mer le laverait du désespoir qui lui griffait le cœur.

Il était 8 h 30 quand il s'engouffra dans le bureau de Malachi, les cheveux encore mouillés par la douche qu'il avait prise après sa séance de surf.

À une époque, Malachi était présent dès 7 heures du matin, mais sa vie de famille l'avait détourné de cette habitude. Aujourd'hui, il lui arrivait même de partir de l'hôpital avant 17 heures. Simon ne savait pas exactement comment Lisandra était parvenue à insuffler un tel changement chez son mari... L'amour, sans doute. L'amour et l'attention. Les enfants... L'envie d'être ensemble heure après heure... Tout ce que lui-même ne connaissait pas.

Malachi parut surpris de le voir.

— Salut ! Qu'est-ce qui t'amène de si bonne heure ?

— Je viens juste dire bonjour à mon meilleur ami.

— Mon seul ami à part ma femme chérie qui est ma meilleure amie !

C'était probablement vrai.

— J'ai besoin d'un conseil, annonça Simon sans détour.

Une étincelle brilla dans les yeux de Malachi.

— Ah, laisse-moi deviner. Tu es tombé amoureux d'Isabella ! s'exclama-t-il d'un air tellement triomphant que Simon se sentit presque gêné.

Ce n'était pas une question mais une affirmation. Il n'avait même pas eu à s'expliquer... Et dans un sens, tant mieux.

— Je ne te savais pas aussi observateur.

Malachi haussa les épaules.

— Lisandra m'a prévenu que ça se produirait. Elle te connaît un peu...

Simon soupira.

— Je vois ça. Le problème, c'est que je suis mort de trouille, avoua-t-il.

— Je m'en doute. Résumons : tu as peur qu'il arrive quelque chose à Isabella, comme ça a été le cas pour Louise.

Simon fit signe que oui. Connu pour son franc-parler et sa perspicacité, Malachi faisait mouche une fois de plus.

— Depuis combien de temps tu connais Isabella ?

— Moins de cinq semaines.

— C'est beaucoup, décréta Malachi sans hésitation. Il ne m'a fallu qu'une semaine pour savoir que Lisandra était la femme de ma vie.

Perplexe, Simon le dévisagea en silence quelques secondes.

— Tu es en train de me dire que je dois courir le risque de...

— Le risque d'aimer, oui ! Le risque de t'ouvrir... Et si Isabella était d'accord, ce serait merveilleux, non ?

D'un doigt, Malachi lui montra la porte.

— Lisandra nous affirmerait que tu tardes trop. File ! Agis !

16

Après une journée chargée - deux nouveaux bébés prématurés avaient été admis en néonatalogie –, rassurée par l'amélioration de l'état de santé de sa petite nièce Kate, Isabella quitta l'hôpital et sortit dans la nuit, le sourire aux lèvres.

Curieusement, elle ne fut presque pas surprise d'apercevoir Simon qui l'attendait sur le parvis extérieur, sous un réverbère.

— Tiens, on se revoit déjà ? plaisanta-t-elle.

Ils avaient passé environ quatre heures ensemble, par intermittence, tout au long de leur journée de travail.

Simon sourit et s'avança vers elle.

— J'aime cette heure de la nuit. Pas trop fatiguée ?

— Si... Je n'ai pas arrêté. Demain, je commence tôt le matin, donc, ce soir, pas de petits toasts beurrés !

Simon se mit à rire.

— Je n'avais pas l'intention de venir chez toi... J'aimerais juste te raccompagner.

— Si tu veux. On va au même endroit, donc... allons-y !

Et Isabella se mit à marcher d'un pas dynamique. La présence de Simon l'intriguait, mais elle préféra ne poser aucune question. De toute manière, elle était contente de se retrouver en sa compagnie.

— Tu sais que Malachi fait transférer ta sœur en suivi post-accouchement demain ?

— Oui, quelle excellente nouvelle. Il est quasiment sûr que cette fois elle ira bien. L'état de Nadia s'est stabilisé. On lui administre toujours un traitement de choc contre l'hypertension, c'est un peu lourd mais nécessaire pour que sa tension artérielle se normalise.

— C'est le principal. Et Kate pourra être réalimentée par voie orale, ajouta Simon.

— Oui. Quel soulagement…

Puis Isabella garda le silence. Elle avait l'impression d'être un peu distante, ce qui ne lui ressemblait pas. Sans doute était-ce à cause de ce qu'elle avait perçu entre Simon et elle la veille au soir. Cette amitié chargée de désir non exprimé… Tant qu'ils travaillaient, ça allait. Mais en dehors du contexte professionnel, cela devenait plus compliqué. Les émotions reprenaient le dessus.

— Et Catherine ? Comment va-t-elle ? demanda-t-il.

Isabella apprécia qu'il appelle sa grand-mère par son prénom. Une délicate attention de sa part.

— De mieux en mieux, je crois… J'espère ! Aujourd'hui, elle s'est assise dans un fauteuil. Pas longtemps, bien sûr, mais c'est un début. Ils ont arrêté l'alimentation parentérale, et elle absorbe elle-même, en tenant une paille, des aliments mous. Elle peut également boire. On est tous très optimistes.

— Excellente nouvelle ! C'est miraculeux, non ?

— C'est ce que disent les médecins. Ils n'en reviennent pas de la vitesse à laquelle elle se rétablit. Mon père lui-même est très étonné. D'ailleurs, il va venir nous rendre visite.

— Encore une bonne nouvelle.

Isabella lui jeta un coup et, croisant le regard de Simon, sentit son pouls s'accélérer de nouveau.

— Et bientôt Nadia sortira aussi de l'hôpital ! ajouta-t-il.

— Ce serait fantastique. Ma petite famille se réunit… Et ça, c'est aussi un miracle, confia Isabella. Tout va bien dans ma vie… enfin !

Elle regretta aussitôt ses paroles, craignant d'avoir blessé

Simon. Après tout, il s'était montré si attentionné à son égard, sincèrement gentil…

Et même passionné !

De nouveau, elle chassa les souvenirs de la nuit qu'ils avaient passée ensemble. Leurs étreintes, leurs baisers, leur jouissance partagée… L'interdit était dorénavant posé. La page tournée.

Comme ils s'approchaient de leur résidence, Isabella remarqua soudain la silhouette d'un homme assis sur le muret qui longeait la pelouse.

Cet homme semblait la guetter, elle.

Immédiatement, elle se raidit, méfiante.

Apercevant également l'inconnu, Simon se rapprocha d'elle et, dans un mouvement protecteur, son épaule effleura celle d'Isabella.

Alors qu'ils s'avançaient, l'homme se leva, et Isabella le reconnut avec stupéfaction. C'était Conlon ! Un profond déplaisir s'empara d'elle. Il paraissait petit, et si peu musclé comparativement à Simon. Et pourquoi était-il là ?

— Conlon, bonsoir…, dit-elle poliment.

Tout près d'elle, Simon se crispa. Se souvenait-il qu'elle lui avait parlé de Conlon ?

L'ex-compagnon d'Isabella jeta un coup d'œil à Simon, puis il reporta l'attention sur la jeune femme, l'air irrité.

— Bonsoir. Figure-toi que j'ai atterri à Brisbane spécialement pour te voir. Tu n'as pas répondu à mes messages, ajouta-t-il sur un ton accusateur.

Isabella échangea un bref coup d'œil avec Simon. Il esquissa une moue compatissante comme s'il sentait à quel point elle était agacée par son visiteur.

— J'ai eu ton père au téléphone, précisa Conlon. Il m'a indiqué que tu terminais à 23 heures, et communiqué ton adresse. Pas facile pour moi. Tu te rends compte au moins ?

Encore des jérémiades. Avait-il été toujours ainsi ?

Isabella ferma les yeux un bref instant.

Merci, papa.

Simon, quant à lui, gardait le silence. Comment considérait-il Conlon ? Le regardant de nouveau, Isabella lut de la désapprobation sur son visage. Il ne devait pas trouver Conlon très sympathique.

— Simon, voici le Dr Conlon Brazier. Nous avons travaillé ensemble à Hanoï. Conlon, je te présente le Dr Simon Purdy. Simon m'a raccompagnée. La nuit n'est pas toujours sûre...

Conlon tendit la main à Simon.

— Merci.

— De quoi ? Je ne l'ai pas fait pour vous, répliqua Simon sans lui serrer la main.

Isabella réprima un sourire.

— Non, tu l'as fait pour moi, dit-elle. Maintenant, ça va aller. Je te remercie, Simon.

Il resta à côté d'elle encore quelques instants, puis hocha la tête et se dirigea vers le hall d'entrée de l'immeuble. Après avoir jeté un dernier regard à Isabella, il composa le code et entra sans refermer derrière lui. Il craignait sans doute que Conlon importune Isabella... *Il veillait sur moi.*

Isabella ressentit une bouffée de tendresse et de soulagement. Simon était devenu son ami, oui... Et il voulait la protéger. Et n'était-ce pas une pointe de jalousie qu'elle avait perçue chez lui quand il avait découvert qui était Conlon ?

Elle se tourna vers ce dernier.

— Je travaille demain matin et je suis fatiguée. De toute façon, toi et moi n'avons plus rien à nous dire. C'est fini.

Conlon s'avança près d'elle. Trop près.

— Fini ? Ah non. On commence à bâtir quelque chose, Isabella. On était bien ensemble au Vietnam.

Elle contempla le séduisant visage de Conlon, surprise de n'éprouver que de l'aversion dorénavant. Un mois plus tôt, elle n'aurait jamais imaginé qu'entre eux une telle situation fût possible.

— Peut-être...

Elle secoua la tête comme si elle-même peinait à y croire.

— Mais c'est bel et bien terminé, affirma-t-elle en haussant les épaules.

Conlon esquissa une grimace comme s'il venait de se prendre une gifle.

— Terminé ?

— Eh oui. Terminé, répéta-t-elle.

Il la foudroya du regard et elle ne flancha pas. Il n'y aurait aucun retour en arrière. Leurs relations avaient été tellement superficielles ! Maintenant qu'elle avait connu autre chose avec Simon, elle pouvait ressentir la différence au plus profond d'elle-même.

Elle s'obligea à ne pas regarder en direction de la porte que Simon avait laissée ouverte.

Conlon se rapprocha encore. Elle pouvait sentir son odeur, qui lui déplut profondément.

— Isabella, je sais que j'aurais dû te soutenir davantage. J'essaierai de faire mieux à l'avenir. J'ai pris l'avion pour que tu le saches, quand même. Tu t'en rends compte, au moins ?

Oui, c'est ça, plains-toi encore.

— Et toi, tu te rends compte que tu m'as laissée tomber quand j'ai eu besoin de toi ? Tu n'as pensé qu'à toi. Aujourd'hui, c'est trop tard.

— Trop tard ? Mais tu plaisantes, j'espère ! Je suis venu ici exprès pour te voir ! Quand même !

— C'est ton choix, Conlon. Quant à moi, je suis passée à autre chose.

Isabella laissa échapper un soupir.

— Maintenant, au cas où tu ne l'aurais pas compris, je suis vraiment fatiguée. J'ai besoin de me reposer. Donc, bonsoir.

Conlon écarquilla les yeux d'un air horrifié.

— Quoi ? Tu m'abandonnes ici ? Dehors ? Dans le froid ?

Elle faillit éclater rire, mais la situation n'avait rien de drôle.

— On est sur la Gold Coast, je te signale. Il fait 20 °C, à cette heure-ci.

— Tu pourrais au moins m'héberger pour la nuit, répliqua-t-il d'un ton geignard.

Isabella hésita un instant. N'était-elle pas trop dure avec lui ? Après tout, ils avaient été amants. Puis elle se rappela à quel point il avait été indifférent quand elle avait appris l'accident de sa grand-mère. Décidément, non, cet homme ne méritait pas sa clémence.

— L'hôtel de l'aéroport est ouvert vingt-quatre heures sur vingt-quatre. C'est là que mon père séjourne quand il vient ici. Je suis étonnée qu'il ne te l'ait pas dit.

Conlon parut soudain un peu gêné.

— Il l'a fait.

— Parfait. Je te proposerais bien de te conduire là-bas, mais, sincèrement, je suis épuisée. Appelle un taxi, ils répondent vite par ici. Tu veux que je patiente avec toi ?

— Pas si tu es trop fatiguée pour me parler, rétorqua Conlon d'un ton sarcastique.

Il espérait sûrement qu'elle insisterait et qu'elle finirait par céder...

— Dans ce cas, je te souhaite une bonne nuit, dit-elle.

Sur ce, Isabella se détourna et, sans même un dernier regard pour Conlon, se dirigea vers l'immeuble. Plus elle s'éloignait, plus elle se sentait soulagée. Comment avait-elle pu imaginer qu'elle pourrait s'engager sur le long terme avec cet homme arrogant ?

Une fois dans le hall, elle se rendit compte que l'ascenseur était en train de monter. *Simon vient de le prendre... Il devait veiller...*

Elle sourit.

Quelques instants plus tard, dans la cabine à son tour, Isabella fut brièvement tentée de continuer jusqu'en haut et d'annoncer à Simon qu'entre Conlon et elle, la rupture était consommée. Sauf que Simon n'avait sans doute pas envie d'être mis au courant. Il était ami avec elle... Juste ami.

Elle se sentit soudain profondément éreintée. Pour la première fois depuis son retour du Vietnam, elle accusait vraiment le coup. Revoir Conlon lui rappelait ce moment douloureux où son père l'avait appelée à Hanoï pour lui annoncer l'accident de sa grand-mère. Personne ne l'avait aidée, elle. Elle s'était montrée forte tout le temps. Quand elle était revenue en Australie, lorsqu'elle avait rendu visite, jour après jour, à sa grand-mère, ou encore avec Nadia qu'elle avait emmenée aux urgences en suspectant - à raison - une crise de prééclampsie.

Mais Simon, lui, m'a épaulée... Il a été présent pour nous, pour moi...

L'ascenseur s'arrêta à l'étage de l'appartement de sa grand-mère, et les portes coulissèrent.

Simon se tenait devant.

Surprise et heureuse tout à la fois, Isabella sortit de la cabine en le regardant dans les yeux. Elle voulut lui demander ce qu'il faisait là, mais il la devança.

— Pardon, je suis très mal élevé... J'ai écouté ce que tu as dit à ton ex.

Le cœur battant, Isabella le contempla, admirant sa stature. Il était grand, fort, si séduisant, si attentif à elle... Mais ô combien ambivalent. Il ne savait probablement pas vraiment ce qu'il voulait vivre avec elle. Il était attiré mais réservé. Présent mais prudent. Quoi qu'il en soit, en dépit de ses propres tourments, Simon veillait sur elle... et ça, ce n'était pas anodin.

Émue, elle lui effleura la joue du bout des doigts.

— Dans ce cas, tu as compris qu'il ne reviendra pas.

— C'est sûr.

— Et pourquoi écoutais-tu ?

— Au cas où tu aurais eu besoin de moi.

— C'est gentil. Je pense que je me suis très bien débrouillée...

— Effectivement. Je t'ai entendue lui parler. Tu as été on ne peut plus claire.

Une lueur de soulagement brilla dans les yeux de Simon, vite voilée par autre chose… Du désir ?

— Conlon m'a laissée tomber, précisa alors Isabella. J'avais besoin de son aide, et il n'a pas répondu présent. Il a priorisé son travail. L'absence de soutien est la seule chose que je n'accepterai pas de l'homme avec qui je ferai ma vie. Jamais.

Simon s'approcha.

— Et si, moi, je te promettais de ne pas te décevoir ?

— Toi ?

Il leva le menton d'un air digne, et posa une main sur son propre cœur.

— Oui, moi.

Stupéfaite, Isabella le dévisagea, peu à peu gagnée par un mélange d'incertitude et de joie.

— J'ai cru comprendre que tu n'étais pas prêt à t'engager dans une relation sérieuse…

Il l'observa, captant son regard.

— Je change. Je pense être prêt.

— Tu penses ? Ou tu en es sûr ?

Il la regarda encore, et ne répondit pas.

Soudain déçue - qu'aurait-elle pu imaginer d'autre ? –,

Isabella ne put retenir un bref éclat de rire.

— Tu es un bon ami, Simon. Un très bon ami… Et je ne veux pas perdre cette amitié. Alors, pour le moment, oublions le reste, tu veux bien ? Merci d'être là, c'est déjà beaucoup pour moi.

Elle se dressa sur la pointe des pieds pour l'embrasser sur la joue, puis elle se dirigea vers son appartement, ouvrit la porte et, sans se retourner, entra.

17

La porte se referma.

Seul dans le couloir, Simon hésita à aller frapper.

Il avait envie de parler plus longuement avec Isabella. Il aurait aimé lui expliquer qu'il ne savait plus où il en était, et qu'il pensait à elle souvent, très souvent… De plus en plus. Il voulait lui avouer qu'elle comptait beaucoup plus pour lui, tant et si bien qu'il envisageait de tout faire pour qu'ils ne soient pas seulement amis mais davantage… Et pour longtemps, très longtemps, si elle était d'accord.

Puis il se rappela à quel point Isabella était fatiguée, et il mit de côté son propre désir. Elle devait impérativement se reposer. Et lui aussi.

Résigné, Simon gagna son appartement à l'étage au-dessus.

Ce Conlon, l'ex d'Isabella, devait quand même tenir à elle… Mais elle s'était détournée de lui parce qu'il l'avait laissée tomber. Oui, elle avait été très claire.

Elle avait besoin d'un homme fiable. L'était-il ? Oui… Serait-il capable de s'engager auprès d'elle ?

La réponse lui semblait si évidente, tout à coup. Oui, mille fois oui. Isabella Hargraves méritait qu'on la soutienne et qu'on l'aime.

L'aimait-il ?

Oui… Je crois que oui… Non, j'en suis sûr.

Simon s'assit dans son canapé et renversa la tête contre le dossier. C'était fou, ce qui lui arrivait…

Isabella n'était pas une femme comme les autres. Elle était fragile et forte en même temps. Elle ne cherchait pas spécialement à être protégée, non, elle tenait surtout à être avec un homme qui ne l'abandonnerait pas. Son père, éminent médecin, l'avait beaucoup peinée en se montrant si lointain et préoccupé par son métier avant tout. Son ex-compagnon l'avait lâchée, lui aussi, au nom du travail qu'il avait priorisé.

Et moi, ne suis-je pas pareil ?

Sa Louise chérie ne s'en était pas vraiment plainte, et pourtant… C'était une femme douce, si douce, qui avait besoin d'être protégée. Lorsqu'elle était morte, Simon s'était longtemps persuadé qu'il était fautif en raison de ses absences fréquentes. Jusqu'à ce qu'il comprenne que son problème venait d'ailleurs. De son enfance, du manque de liens affectifs avec son père, de cette faille en lui, faille creusée par le chagrin, le deuil, la solitude… Il s'était peu à peu persuadé qu'il était incapable d'être un compagnon fiable, suffisamment sécurisant…

Jusqu'à ce qu'Isabella entre dans sa vie.

Elle lui avait redonné un élan et de l'espoir. Isabella ne voulait pas de protecteur. Elle voulait un homme qui marcherait main dans la main avec elle, et ferait face au quotidien avec elle, contre vents et marées.

Je l'aime…

Simon se remémora alors ce que son ami Malachi, si heureux en couple, lui avait conseillé. *Agis !*

Oui, il était temps qu'il cesse de réfléchir. Il était temps qu'il avance et s'engage… Qu'Isabella sache qu'il serait toujours là pour elle. Fier d'être à ses côtés.

Le lendemain en fin d'après-midi, alors qu'il gagnait le service de pédiatrie, Simon éprouvait une euphorie inhabituelle. Il venait de valider la fin de l'hospitalisation de trois bébés dorénavant en bonne santé, et les parents avaient tous exprimé leur gratitude. Quand tout se déroulait ainsi, ça compensait tous les autres aléas professionnels.

Je suis vraiment prêt, se répéta-t-il, comme galvanisé.

Il était prêt à avouer à Isabella ce qu'il ressentait pour elle. Prêt à agir ainsi que Malachi l'avait encouragé. Et il savait déjà comment il s'y prendrait.

Il se dirigea vers la chambre de la sœur d'Isabella, qui se portait maintenant de mieux en mieux. Aujourd'hui était un grand jour car le premier peau-à-peau avec sa fille n'allait pas tarder. Isabella était d'ailleurs en train de lui amener le bébé...

Depuis le seuil de la pièce, Simon assista discrètement à l'événement. Une profonde émotion l'envahit quand il vit le minuscule bébé se lover contre sa mère, calé sous la chemise de cette dernière. Lorsqu'il croisa le regard brillant de joie d'Isabella et de Nadia, il ressentit une émotion très particulière, une émotion rare qui aurait pu ressembler à... du bonheur. Un bonheur simple, doux, lié au partage bouleversant de cette rencontre entre une enfant née trop tôt, si fragile mais résistante malgré tout, et sa maman emplie d'amour.

Dès que ce fut possible, Simon adressa un signe à Isabella pour lui proposer de le rejoindre dans le couloir.

— C'est beau de voir ta sœur et sa fille enfin unies.

— Très beau. Je suis très émue, avoua Isabella d'une voix un peu rauque, comme si elle gardait des sanglots dans sa gorge.

— Je te comprends. Je suis ému, moi aussi.

Ce qu'il lut dans les yeux d'Isabella fit battre son cœur plus vite.

— Tu vas voir ta grand-mère tout à l'heure ?

— Oui, pourquoi ?

— J'aurais aimé t'accompagner, si tu m'y autorises.

Elle le dévisagea d'un air étonné, et sembla hésiter un bref instant.

— Tu es sérieux ?

— Bien sûr.

— C'est très gentil de ta part. Je termine à 5 heures. On peut se retrouver sur le parking ?

— D'accord. Je serai là.

Apparemment déroutée, Isabella l'observa en silence.

— Tu es vraiment sûr ?

— Évidemment. Je ne te le proposerais pas, sinon.

— Bon... Je suis touchée, confia-t-elle en souriant. Alors à tout à l'heure ?

— Oui. Attends, j'ai encore quelque chose à te demander. Ensuite, tu accepterais de dîner avec moi ?

— Oh... C'est un rendez-vous ? ajouta Isabella sur le ton de la plaisanterie.

— Un rendez-vous tout à fait officiel, confirma-t-il en soutenant son regard.

— Oh là là... Que dois-je en déduire ?

— Juste que j'aimerais qu'on passe un moment ensemble, pour continuer d'apprendre à se connaître. Tu veux bien ?

Isabella hocha la tête, visiblement encore hésitante. Mais au même instant Carla fit irruption dans le couloir, un document à la main.

— Simon, j'ai besoin de toi.

— J'arrive, Carla.

Il jeta un coup d'œil à Isabella qui le contemplait en souriant.

— À tout à l'heure, dit-elle simplement.

En observant Catherine Hargraves, Simon songea qu'elle ressemblait à ce qu'Isabella deviendrait probablement d'ici une cinquantaine d'années. Ses cheveux blancs comme neige avaient été brossés en arrière, dégageant son visage aux traits fins. Elle avait un long cou comme Isabella, les mêmes pommettes hautes, et les mêmes grands yeux verts - un vert délavé dans le cas de la vieille dame.

Mais c'était surtout la lueur vive qui dansait au fond de ses prunelles qui lui faisait penser à Isabella.

Assis à son chevet, Simon lui prit sa main ridée et la caressa doucement.

— Madame Hargraves... C'est merveilleux de vous voir aussi alerte.

— Par contraste avec ce que j'étais lorsque je me trouvais dans le coma ? répliqua Catherine avec un sourire amusé.

— Isabella était persuadée que vous vous réveilleriez.

— J'en suis consciente. Elle m'a envoyé de bonnes ondes. Merci, ma chérie, ajouta Catherine en adressant un coup d'œil empli de bienveillance à Isabella, qui était installée sur la chaise de l'autre côté du lit.

Leur affection mutuelle et la tendresse qu'elles partageaient étaient évidentes. Un court instant, Simon envia une telle complicité.

Isabella venait de s'entretenir avec le médecin pour évoquer des dates de sortie. Elle avait précisé qu'elle vivrait avec sa grand-mère et qu'elle serait en mesure de l'aider le temps nécessaire.

— En principe, mamie, tu reviens à la maison lundi. Qu'en penses-tu ?

— Que du bien, tu t'en doutes !

Isabella sourit et, brièvement, croisa le regard de Simon.

— Comme je suis en congé mardi et mercredi, je pourrai venir te chercher après le travail lundi après-midi. On passera deux jours entiers ensemble.

Sa grand-mère fit semblant de s'affaler d'épuisement contre les oreillers.

— Pas des journées complètes, ma chérie ! Tu as beaucoup trop d'énergie pour moi !

— Ne vous inquiétez pas, si nécessaire, je viendrai vous enlever Isabella, assura Simon. Vous n'aurez qu'à me prévenir, d'accord ?

Alors qu'il prononçait ces paroles, il vit la stupeur se peindre sur le visage d'Isabella

— Tu es sérieux ?

— Totalement. Ta grand-mère a à se reposer, et toi, tu devras te détendre. Surf et plage, par exemple ?

Isabella arqua un sourcil surpris et, en se levant, il lui lança un clin d'œil.

— Maintenant, je vous laisse ensemble toutes les deux. Je ne veux pas fatiguer Catherine. Isabella, je t'attends à la voiture. Prends ton temps.

— En fait, je viens avec toi, dit la jeune femme. Notre visite a assez duré, et mamie a besoin de calme... Pas vrai, mamie ? chuchota-t-elle en se penchant pour embrasser sa grand-mère sur le front.

Simon emboîta le pas à Isabella. *Enfin seul avec elle...*

— Tu aimes la nourriture grecque ? demanda-t-il une fois qu'ils furent dans le couloir.

— J'adore.

— 19 heures, ça te va ?

— Ce sera parfait.

Il sourit, dissimulant difficilement son impatience.

— Je passe te prendre à 18 h 45.

— Entendu.

Isabella le contempla un instant en silence puis, tout à coup, elle s'approcha et l'embrassa au coin des lèvres. Simon résista à l'envie de l'enlacer, de s'emparer de sa bouche... Mais ce n'était pas encore le moment.

— Je suis heureuse que tu aies rendu visite à ma grand-mère... Ça lui a fait très plaisir, à elle aussi. C'est une revenante...

— Oh oui. Elle a eu une bonne étoile, renchérit Simon.

Il effleura tendrement le visage d'Isabella.

— C'était peut-être toi, sa bonne étoile...

18

Simon lui offrit des fleurs. Des fleurs champêtres, fraîches et sauvages. Une énorme brassée de protéas, marguerites, eucalyptus… Comment avait-il deviné que c'étaient celles qu'elle préférait ?

— Merci, dit-elle, émue, en prenant le bouquet qu'il lui tendait. Elles sont magnifiques.

— Et d'ici le retour de ta grand-mère, elles se seront épanouies davantage. Elles seront encore plus belles.

— C'est adorable d'y avoir pensé.

Il ne savait pas à quel point elle appréciait sa gentillesse. Et il ne savait pas à quel point elle l'aimait…

Il la contemplait d'un air attentif et heureux… Heureux parce qu'il lui avait fait plaisir.

— J'ai aussi apporté des chocolats, ajouta-t-il en sortant un petit paquet bleu de la poche de son veston.

— Oh là là…

Isabella se mit à rire.

— Tu me gâtes. Tu nous gâtes ! Il faudra que tu nous aides à les manger.

Simon ébaucha un sourire gourmand en posant les chocolats sur la table de la cuisine.

— Sans problème.

Touchée et conquise, Isabella alla chercher un vase, le remplit d'eau et y disposa les fleurs. Tout en inspirant leur parfum, elle s'efforça d'apaiser la surexcitation qui la gagnait. Sur le seuil de la pièce, Simon l'observait, un léger sourire aux lèvres. Sentit-il ce qu'elle éprouvait ? Partageait-il ce désir brûlant qui coulait dans ses veines ? Sûrement… La lueur intense dans son regard bleu en disait long.

Le cœur battant, elle posa les fleurs sur le buffet, puis se retourna vers Simon.

— On y va ?

— Oui, sinon on sera en retard. J'ai réservé une table pour 19 h 30.

Ils quittèrent l'appartement et, quelques instants plus tard, Isabella se glissait sur le siège côté passager de la voiture de Simon.

Pendant le trajet, ni l'un ni l'autre ne parla. Une tension inhabituelle régnait entre eux. Isabella songea que tout ce qu'ils ne pouvaient pas se dire, ou tout ce qu'ils ne s'étaient pas encore dit, imprégnait l'atmosphère.

Le restaurant grec était décoré de bleu et blanc. Isabella se fit la réflexion que Simon portait une chemise blanche et elle, une robe bleue.

— On est assortis, ici, plaisanta-t-elle.

Il se mit à rire.

— Exact. En tout cas, tu es superbe. Tu as acheté cette tenue au Vietnam ?

— Oui. J'ai une amie couturière, et comme j'ai soigné son fils, elle me propose toujours des créations sur mesure.

Un serveur les mena à leur table. Simon commanda deux coupes de vin rosé grec, frais et légèrement pétillant. Dès qu'on les leur apporta, il leva son verre.

— À l'avenir.

— À l'avenir, murmura-t-elle, troublée, en trinquant.

Croisant le regard de Simon, elle but une gorgée, savourant les différentes saveurs du vin, fruité en premier, puis empli d'un étonnant goût de rose qui explosa sur son palais.

— Mmm…

— Malachi m'a confié que c'est le préféré de Lisandra. J'ai pensé que tu l'apprécierais également, ajouta Simon.

— J'adore.

Il a évoqué notre dîner avec son ami ?

— De quoi d'autre avez-vous discuté tous les deux ? voulut-elle savoir.

— Eh bien, il paraît que Lisandra pense que je traîne.

— Tu traînes ?

— Oui, je mets trop de temps à t'avouer ce que je ressens pour toi.

Isabella but une autre gorgée, espérant dissimuler son émotion.

— Lisandra te connaît si bien que ça ?

Simon tendit la main vers celle d'Isabella. Il s'empara de ses doigts et les tint doucement.

— Oui, elle me connaît. Et elle a raison. Il est temps que tu saches que je pense à toi sans arrêt… Il est temps que tu saches que je tiens immensément à toi… Que je t'aime, Isabella. Je t'aime…

Le cœur battant, elle resta d'abord silencieuse. Puis elle sourit.

— Moi aussi, je tiens immensément à toi, Simon. Moi aussi, je t'aime…

Durant le dîner, ils ne cessèrent d'échanger des regards sans beaucoup parler. Leurs doigts se frôlaient, leurs genoux se touchaient sous la table.

Isabella n'aurait pu décrire ce qu'ils avaient mangé. Elle se souvint surtout du vin… Le contact frais du verre contre ses lèvres semblait atténuer le désir brûlant qu'elle éprouvait et percevait aussi dans les prunelles de Simon.

Lorsqu'elle ouvrit la porte de l'appartement, il la prit aussitôt dans ses bras. Il referma derrière eux, et n'alluma pas, laissant la lueur de la lune comme seul éclairage de la pièce.

Elle avait laissé les rideaux ouverts, et les rayons de l'astre se répandaient sur le visage de Simon. L'espace d'un éclair, Isabella vit en lui l'image d'un dieu argenté tandis qu'elle-même devenait une femme prête à se donner à lui corps et âme…

Simon posa une main sur la nuque d'Isabella. Une paume chaude, possessive, tandis qu'il enlaçait la jeune femme.

— Tu sens à quel point j'ai envie de toi ?

Elle se pressa contre lui. Les mots de Simon lui caressaient la peau, la faisaient frissonner.

— Oui… Et sens aussi comme c'est réciproque, murmura-t-elle, le cœur battant. On va s'enflammer tous les deux, si ça continue…

Il ne put retenir un éclat de rire.

— Enflammons-nous, oui… Ce soir, demain, après-demain, toujours… Je t'aimerai toujours, lui chuchota-t-il contre ses lèvres.

Puis il s'empara de sa bouche, l'embrassant avec passion… Et Isabella s'abandonna au plaisir de s'unir totalement avec l'homme qu'elle aimait.

19

Trois mois plus tard

Le matin de son mariage avec Simon, Isabella assista aux derniers préparatifs depuis sa chambre dans l'appartement de sa grand-mère. Les divers éclairages nocturnes entre la résidence et le bord de mer avaient permis aux organisateurs de tout mettre en place avant le lever du soleil.

Se marier à l'aube, tels avaient été leurs vœux.

Le chemin menant à la plage avait été décoré de grands drapeaux blancs ornés de cœurs argentés. Ce serait l'allée qu'elle emprunterait avec Simon… Et ils retourneraient chez eux par ce même passage.

Isabella contempla le sable, encore mat, que le soleil dorerait un peu plus tard. Couleur indigo, l'océan était calme, sans vague aucune. Par la suite, la surface de l'eau s'agiterait et s'illuminerait sous les rayons solaires.

Sur le rivage, à une distance raisonnable de la mer, se trouvait un vaste parasol blanc de forme circulaire, également frangé de petits cœurs argentés, disposé au-dessus d'une table recouverte d'une nappe blanche flanquée de palmiers en pot. Deux beaux fauteuils en osier accueilleraient Simon et Isabella après la cérémonie. Ils seraient confortablement assis pour signer l'acte de mariage.

Cinq rangées de chaises, également blanches, quatre de chaque côté de l'allée, attendaient les invités. Là encore, l'espace était agrémenté de ravissants palmiers en pot.

L'ensemble ressemblait à une petite chapelle de style balnéaire.

C'est magnifique...

Isabella sentit des larmes d'émotion lui piquer les paupières.

Non, pas de pleurs maintenant ! Je n'aurai plus le temps de me remaquiller !

— Ma chérie, c'est bientôt l'heure...

Isabella se retourna vers sa grand-mère qui se tenait sur le seuil, vêtue d'une longue robe turquoise pâle. Ses yeux étaient clairs et brillants. Elle avait retrouvé une grande partie de sa vigueur et toute sa vivacité d'esprit.

— Tu es très belle, mamie, la complimenta chaleureusement Isabella.

Le maquillage de Catherine était parfait, et grâce au coiffeur venu à domicile ses cheveux blancs semblaient mousser joliment autour de son visage.

Isabella savait que Lisandra avait été l'instigatrice d'une véritable organisation digne d'un plateau de cinéma dès 5 heures du matin, avec l'arrivée de spécialistes de la coiffure, du maquillage et de l'habillement.

— Le blanc te va à ravir, lui assura Catherine. Tu devrais en porter plus souvent.

Isabella jeta un coup d'œil au long fourreau soyeux, orné de perles scintillantes sur le décolleté et l'ourlet, que son amie couturière à Hanoï lui avait réalisé en guise de cadeau. L'étoffe, fendue sur le côté, révélait sa cuisse bronzée et lui faciliterait la démarche dans l'allée sablonneuse. Ses pieds étaient chaussés de fins escarpins argentés qu'elle laisserait toutefois dans le sable... Car Simon et elle avaient souhaité se déchausser.

— Merci, mamie. Pour être franche, je ne m'étais jamais imaginée dans une robe de mariée blanche...

— Et pourquoi donc ? Le blanc symbolise la pureté de votre amour... Aujourd'hui, c'est le vrai début de ta vie avec Simon. Une longue et belle vie. Votre amour est superbe, et on doit le célébrer de manière spéciale !

Isabella sourit, envahie d'un bonheur pur, enivrant. Les sentiments que Simon et elle éprouvaient l'un pour l'autre s'étaient encore approfondis, se diffusant autour d'eux telle l'écume sur la mer, de manière irrésistible. Même son père lui semblait parfois plus heureux.

J'aime tellement Simon... Je l'aime passionnément...

À ce moment-là, deux autres silhouettes féminines parurent sur le seuil. Nadia, en robe bleu marine, et Lisandra en robe lapis-lazuli. Avec la grand-mère d'Isabella, elles incarnaient les reflets changeants de l'océan... Elles portaient un bouquet de gypsophiles nacrés et des sandales argentées comme celles d'Isabella.

Il avait fallu trois mois à Catherine Hargraves pour récupérer suffisamment d'énergie afin de pouvoir assister à la cérémonie. Isabella et Simon auraient patienté encore davantage si nécessaire afin qu'elle puisse être des leurs.

Le moment était venu.

Le professeur Piers Hargraves parut alors à son tour, le visage sérieux, presque sombre.

— Pour l'amour du ciel, Piers ! C'est un mariage, pas un enterrement. Souris ! lui ordonna sa mère.

Isabella réprima un fou rire nerveux. Depuis qu'elle partageait sa vie avec Simon, elle était moins affectée par l'indifférence quelquefois glaciale de son père. Simon l'avait aidée à comprendre qu'elle n'y était pour rien. Ce n'était pas la faute d'Isabella si M. Hargraves se comportait de manière aussi distante. Elle devait l'accepter et l'aimer tel qu'il était, voilà tout.

Se rappelant cette vérité, Isabella adressa un clin d'œil à sa grand-mère.

Simon se tenait pieds nus au bord de l'eau, guettant l'arrivée de sa future femme sur le chemin tracé entre les drapeaux blancs.

— Isabella ferait mieux de se dépêcher, sinon on va rater le lever du soleil, marmonna Malachi. Et on se sera tous dépêchés pour rien.

Lui-même avait gardé ses chaussures.

Simon secoua la tête.

— Elle ne sera pas en retard.

C'est alors que la musique s'éleva, un air de flûte jouant la « Marche nuptiale », les notes s'envolant dans l'air matinal comme les mouettes au-dessus de leurs têtes.

Lisandra, très belle dans sa robe bleue, parut la première, et Simon entendit Malachi pousser une exclamation admirative.

— En tant que témoin, c'est mon épouse que tu dois encenser, le réprimanda-t-il sur le ton de la plaisanterie.

— Désolé, mais là, c'est ma Lisandra qui a capté toute mon attention, répliqua Malachi. Elle n'est pas ravissante ?

— Si, bien sûr, assura Simon, amusé, en regardant Nadia qui s'avançait à son tour.

Elle était vêtue d'une robe d'un bleu pâle, tel un ciel d'après-midi sans nuages.

Puis vint Catherine, lente et gracieuse, dans sa robe turquoise évoquant les hauts-fonds marins sous le soleil.

Cette palette de teintes avait été choisie par Isabella qui, avait-elle précisé, lui rappelaient celles qu'elle percevait sur l'océan lorsqu'elle surfait.

Comme je l'aime !

Le teint délicatement rose, Catherine avait l'air en bonne forme.

Soudain, Simon se rendit compte que la lumière s'éclaircissait.

Le lever du soleil s'annonçait…

Enfin, il aperçut une fine silhouette en blanc. Son Isabella. La femme avec laquelle il passerait toute sa vie. La femme qui l'avait conquis, séduit, et en qui il avait une confiance absolue.

Son cœur battit plus fort à mesure qu'Isabella s'avançait vers lui, un doux sourire aux lèvres. Elle dégageait une énergie particulière, vibrante, joyeuse, comme le premier jour où il l'avait vue.

D'un geste gracieux, elle enleva ses sandales et marcha sur le sable pour le rejoindre.

Elle avait expliqué avec une sincérité émouvante qu'être pieds nus, l'un et l'autre, symboliserait la promesse qu'ils se faisaient : ils s'ouvraient l'un à l'autre, en toute confiance, reliés, ensemble, aux millions de grains dorés qui se trouvaient là depuis des millénaires.

Je l'aime tant...

Simon croisa le regard d'Isabella, et elle sourit juste pour lui, le visage radieux.

Bouleversé, il lui tendit la main. Alors leurs doigts – et leurs vies – s'unirent pour toujours.

Vous avez aimé ce roman ?
Retrouvez en numérique l'histoire de Malachi et Lisandra
dans *Les jumeaux d'une sage-femme*.

MARIE FERRARELLA

Un médecin dans la tourmente

Traduction française de
MARCELLE COOPER

BLANCHE

HARLEQUIN

Titre original :
FALLING FOR THE M.D.

Ce titre a déjà été publié en 2019.

1

La vie était indissociable de la mort. Le Dr Peter Wilder avait beau privilégier les aspects positifs de l'existence, il le savait et l'éprouvait une fois de plus douloureusement ce matin.

Cinq ans plus tôt, un cancer emportait sa mère, Alice. À présent, la Faucheuse lui volait son père.

Malgré les nombreuses personnes présentes, il se sentait seul. Aux côtés de son frère et de l'une de ses sœurs, il assistait à la mise en terre en compagnie de la foule d'amis et d'admirateurs que le Dr James Wilder s'était attachés au fil de sa longue carrière de chirurgien et chef du personnel de l'hôpital de Walnut River — une carrière menée comme un sacerdoce et couronnée par sa nomination à la tête du conseil d'administration.

En dépit du froid mordant de janvier et des flocons qui voltigeaient dans l'air, tous avaient répondu présent pour rendre un dernier hommage à leur bienfaiteur et ami.

Médecin totalement dévoué à ses malades autant qu'époux et père irréprochable, James laissait le souvenir d'un homme unanimement aimé et respecté. Il allait être bien difficile de lui succéder.

Ce serait désormais vers lui, Peter, l'aîné, que se tourneraient David, Ella et Anna.

Peut-être pas Anna. Il lui jeta un coup d'œil.

Le fait qu'elle soit allée se poster de l'autre côté de la tombe, face à eux, ne relevait pas du hasard. De dix ans sa cadette, Anna avait toujours été à l'écart, comme la brebis galeuse de la famille.

Alors que David et Ella ainsi que lui-même marchaient dans les pas de leur père, Anna s'était démarquée. Elle avait bien tenté de se conformer à la tradition familiale en s'inscrivant en école de médecine, mais, faute de vocation, avait jeté l'éponge dès le premier trimestre.

En lieu et place, elle avait passé une maîtrise de gestion et trouvé sa voie dans le monde de la finance.

Ce n'était cependant pas son orientation professionnelle qui lui valait l'étiquette de brebis galeuse.

Leur père l'appelait affectueusement « sa fille d'élection », en référence aux circonstances de son adoption. Car il l'avait bel et bien trouvée, âgée d'à peine quelques jours, sur les marches de l'établissement auquel il consacrait sa vie.

Étant donné que James Wilder prenait personnellement à cœur tout ce qui concernait l'hôpital de Walnut River, il lui avait semblé naturel d'adopter ce bébé qu'une âme égarée avait abandonné « chez lui ».

Du moins étaient-ce les arguments qu'il avait avancés pour convaincre Alice de se ranger à sa décision.

Leur mère avait essayé d'accepter l'enfant, sans jamais y parvenir. Sans doute la réserve de son épouse avait-elle poussé James à multiplier les attentions envers Anna afin qu'elle ne se sente pas rejetée. Dans son souci de l'intégrer à la famille, il en avait parfois négligé ses enfants biologiques.

Paradoxalement, alors que son attitude partait de bonnes intentions, elle avait contribué à renforcer l'isolement d'Anna puisque David et Ella, jaloux du traitement de faveur qu'elle recevait, se liguaient contre elle à la moindre occasion.

Peter, pour sa part, avait été pris entre deux feux. En tant qu'aîné, il se sentait tenu de protéger sa sœur adoptive quand son inclination naturelle le poussait à rejoindre le camp de sa fratrie.

Au fil des ans, le fossé entre Anna et eux s'était creusé.

Conscient de la scission, James leur avait plus d'une fois demandé ce qui n'allait pas, comment il pourrait remédier à la situation. Chaque fois, des adolescents au visage fermé lui répondaient que « tout allait bien ».

Ce qui avait été loin d'être le cas.

David et Ella s'étaient sentis spoliés de l'amour paternel par cette étrangère qui n'en demeurait pas moins leur sœur.

Quant à la pauvre Anna, qui n'avait au départ rien fait pour s'attirer leur inimitié, elle avait souffert d'être tenue en marge du cercle familial.

Aujourd'hui, l'occasion leur était peut-être donnée de tracer un trait sur cette période, songea Peter. De redémarrer de zéro et d'admettre enfin vraiment Anna dans la famille. Ne serait-ce que pour respecter la volonté de leur père.

Au fond, tous les quatre n'étaient pas si différents, et Anna avait aimé leur père autant qu'eux.

Comme il secouait la neige de ses cheveux, Ella tourna vers lui ses yeux bruns qui exprimaient toute sa peine.

— J'ai l'impression de vivre un cauchemar dont je vais me réveiller. Je croyais papa immortel, une force de la nature, indéracinable comme un vieux chêne.

— La seule chose qui soit en chêne, c'est son cercueil, dit David. Si tu as du mal à te convaincre de son décès, regarde-le bien. Ils sont en train de le descendre au fond du trou.

Ce n'était pas de l'insensibilité ; sa voix trahissait son désespoir.

Suite à des divergences d'opinion, David et son père avaient été en froid dernièrement. Sans doute David s'en voulait-il de ne pas s'être réconcilié avec lui.

Il était à présent trop tard pour le faire.

Peter reporta son attention sur le couvercle de bois verni et sentit une nouvelle vague de chagrin l'envahir.

Quand la bière fut placée dans la fosse, il s'avança pour y jeter une rose rouge.

— Adieu, papa. Repose-toi. Tu l'as bien mérité...

Sa voix se brisa. Il céda la place à Ella qui ajouta sa rose et ses mots aux siens.

Un par un, tous défilèrent. Amis, collègues ou patients reconnaissants, ils rendirent un hommage ému à cet homme bon et généreux qu'ils avaient eu le privilège de connaître.

Anna ne se joignit pas à eux.

Lorsqu'il n'y eut plus personne devant la tombe, Peter la vit s'approcher enfin.

Sans doute voulait-elle être seule avec son père une dernière fois.

Naguère, ils l'avaient tenue à l'écart. À présent, elle s'en chargeait elle-même.

Elle murmura quelque chose, si bas que Peter ne put l'entendre. Bien qu'elle dissimule son visage à leurs regards, il aperçut des larmes dans ses yeux.

Les remords l'assaillirent. C'était sa sœur. Adoptive, sans doute, et alors ? Ils n'auraient dû faire aucune différence. Elle n'avait que quelques jours quand leur père l'avait amenée à la maison.

— Je sais que ton anniversaire n'est que le mois prochain, Alice. Mais je t'ai apporté un cadeau, avait annoncé James en rentrant ce jour-là.

Jusqu'à l'instant de sa mort, Peter se souviendrait de la surprise et de l'incrédulité de sa mère quand elle s'était approchée pour voir ce que son mari tenait dans les bras. Puis, de manière inexplicable, ses traits s'étaient durcis.

Respectivement âgés de dix et six ans, Peter et David avaient assisté à la scène.

Leur mère émergeait à l'époque d'une longue dépression qui l'avait confinée au lit durant des mois, et Peter avait mis sa réaction sur le compte de sa fragilité psychologique.

Dans son esprit de petit garçon, toute femme normalement

constituée aurait dû sauter de joie à la vue d'un bébé et se mettre à bêtifier tendrement.

Leur mère avait fait exception à la règle. Les lèvres pincées, elle avait pris le nourrisson des mains de son mari.

— N'est-ce pas qu'elle est jolie ? leur avait demandé James qui attendait un peu de coopération de la part de ses fils.

— Difficile à dire, elle n'arrête pas de pleurer, avait marmonné David. En plus, elle sent mauvais.

Leur père avait ri.

— Parce qu'elle a besoin d'être changée.

David l'avait pris au mot.

— On pourrait l'échanger contre un poney ?

— Non, David. Que penses-tu d'elle, Peter ?

— Elle est très petite.

Déjà, à dix ans, Peter savait ce que prudence signifiait. D'ailleurs, il avait été trop occupé à observer sa mère pour s'intéresser au bébé. Inquiet et angoissé aussi.

Leur père lui reprochait parfois d'être né vieux, non sans raison. Peter ne se souvenait pas d'avoir jamais été insouciant.

— Justement, avait acquiescé James avec empressement. Il faut la protéger.

Il avait posé sa large main sur l'épaule de son fils pour lui signifier qu'il comptait sur lui.

— Tu es son grand frère. Je t'en charge.

Peter avait hoché gravement la tête. La tâche ne l'enchantait guère, mais il n'était pas question de décevoir son père.

Les sourcils froncés, sa mère avait suivi leur conversation en silence avant de disparaître dans la pièce voisine avec le bébé.

La cellule familiale n'avait jamais accepté la nouvelle venue. David la considérait comme une rivale et Peter comme un fardeau qu'il était de son devoir de porter. La situation n'avait guère évolué au fil des ans.

Lorsque Peter lui tendait un rameau d'olivier, Anna le repoussait avec méfiance. Et les rares fois où elle avait esquissé de timides tentatives de rapprochement, c'était lui qui n'avait pas saisi la balle au bond.

La seule personne avec laquelle Anna s'entendait à peu près bien était Ella.

De malentendus en disputes et silences assassins, le fossé s'était creusé entre les deux frères et leur sœur adoptive.

Le moment était venu d'y remédier.

— Anna ! l'appela-t-il comme elle se dirigeait vers la sortie du cimetière.

Elle se retourna. Le vent fit voler ses mèches blondes qu'elle remit en place derrière ses oreilles. Une question muette se lisait dans ses yeux bleu clair.

En quelques rapides enjambées, Peter franchit la distance qui les séparait. Un sentiment d'urgence l'habitait, comme s'il ne disposait que d'un temps limité pour ramener la paix dans la famille et que le compte à rebours avait déjà commencé.

Toutefois, quand il se trouva à côté d'Anna, il ne sut que lui dire.

En temps normal, il n'était jamais à court de formules pour consoler ou réconforter. Sa faculté de compassion était l'une de ses qualités principales. Il n'avait par exemple aucun mal à s'identifier à un patient en attente d'une greffe du foie et, comprenant ses angoisses, pouvait donc les apaiser.

À l'instar de son père, il disposait d'une capacité d'empathie illimitée qui, liée à la sûreté de ses diagnostics et à son expertise chirurgicale, faisait de lui un excellent médecin, unanimement apprécié par les patients.

La situation n'était cependant pas comparable. Anna faisait partie de la famille. Qu'ils le veuillent ou non, ils avaient un passé en commun. Des contentieux, aussi.

Il s'efforça d'adopter un ton cordial. Après tout, ne partageait-elle pas leur douleur ?

— On se réunit chez moi après les obsèques...

David et Ella les avaient rejoints et se tenaient derrière lui sans rien dire.

— Je ne savais pas si tu étais au courant.

Dès que les mots franchirent ses lèvres, il regretta sa maladresse. Il avait l'air de l'inviter à contrecœur.

— Je l'ignorais, répondit-elle calmement.

Elle les regarda à tour de rôle. De toute évidence, se joindre à eux ne lui disait rien. Comment lui en vouloir ?

À sa grande honte, Peter s'aperçut qu'il souhaitait presque qu'elle refuse. Il y aurait moins de tension, sans elle. Pourtant, il n'aurait pas été correct de l'évincer. Anna avait le droit de recevoir les condoléances au même titre que ses frères et sa sœur.

Il fit un nouvel effort.

— J'ai pensé que ce serait une bonne idée de nous retrouver avec les amis de papa pour parler de lui, échanger des anecdotes. Tout le monde en a des dizaines, ajouta-t-il avec un sourire forcé.

Sans attendre la réponse d'Anna, David prit la parole.

— C'est une excellente idée, Peter, en effet. Malheureusement, ce sera sans moi. Mon avion part dans deux heures. J'ai juste le temps d'accomplir les formalités d'embarquement.

— Prends le vol suivant.

Même si le prix du billet n'était pas remboursé, David pouvait se le permettre. Spécialiste en chirurgie plastique et reconstructrice, il commençait à se faire un nom dans cette profession fort lucrative. Le magazine *People* lui avait récemment consacré un article : « David Wilder, le chirurgien en pleine ascension ». Il était certainement celui qui avait réussi dans la famille, du moins sur le plan financier.

Ella, pour sa part, venait de finir son internat et bataillait pour joindre les deux bouts avec son salaire de médecin débutant.

Peter, qui dirigeait pourtant le service de médecine interne de Walnut River, ne gagnait pas non plus des mille et des cents. Trop démunis pour avoir une couverture maladie, la moitié de ses patients ne le payaient pas, ou alors de manière symbolique. Cela ne l'empêchait pas de leur accorder la même attention et la même qualité de soins qu'aux autres.

Il avait oublié Anna. S'il fallait en juger par ses vêtements et la luxueuse voiture au volant de laquelle elle était arrivée lors de sa dernière visite, elle réussissait fort bien dans le monde des affaires. Comme elle ne parlait jamais de son travail, il en était réduit aux hypothèses.

David secoua la tête.

— S'il ne tenait qu'à moi, je l'aurais fait. Mais j'ai une intervention prévue à la première heure demain. Le voyage me fatigue toujours et il me faut mes huit heures de sommeil pour récupérer. D'autant que j'ai obtenu mon billet grâce à une annulation de dernière minute...

Ses justifications et son air coupable témoignaient de sa mauvaise conscience.

— Tu ne m'en veux pas, Peter ?

Si, songea Peter, mais inutile de provoquer des tensions supplémentaires en exprimant sa déception.

— Je comprends, dit-il. Quand le devoir nous appelle...

S'engouffrant dans la brèche, Anna annonça également son intention de partir.

— Moi aussi, je dois rentrer.

Son regard évitait celui de son frère aîné.

— J'ai une réunion à préparer, ajouta-t-elle.

Elle mentait, Peter en aurait mis sa main au feu, mais il n'insisterait pas plus avec elle qu'avec son frère.

— Tu nous manqueras.

Qui mentait, à présent ?

— Permets-moi d'en douter, répliqua-t-elle.

Ils la dévisagèrent, stupéfaits. Ce n'était pas dans les habitudes d'Anna de répondre.

— Je ne manquerai à aucun d'entre vous, ajouta-t-elle.

— À moi, si, intervint Ella.

Ce fut au tour d'Anna d'afficher un air étonné. Pourtant, l'affection d'Ella, avec qui elle n'avait qu'un an d'écart, lui avait toujours été acquise. Depuis son entrée dans la vie active, Anna n'était revenue à Walnut River que pour les anniversaires de son père et pour la remise du diplôme d'Ella.

— Merci, Ella. Mais il faut vraiment que je parte.

— Une petite heure ? se surprit à demander Peter. Pour papa, pas pour moi.

— Reste pour nous deux, intervint David d'un ton désinvolte.

Il embrassa Ella et donna l'accolade à Peter.

— Je vous appelle bientôt… Anna, poursuivit-il avec un signe de tête à son intention, ça m'a fait plaisir de te revoir.

Les épaules d'Anna se raidirent.

Au temps pour l'entente cordiale que Peter souhaitait de ses vœux. Une autre fois, peut-être.

Alors que Peter escortait Ella vers la limousine de location qui les avait amenés, Bethany Holloway s'approcha d'eux.

Il avait beau vivre comme un moine, les jolies femmes accrochaient son regard. Et Bethany était plus que jolie avec sa longue silhouette, son teint de porcelaine, ses yeux d'un bleu limpide et ses cheveux roux flamboyant.

— Peter, je voulais vous présenter mes condoléances. Votre père était aimé de tous.

Connaître James Wilder, c'était l'admirer et l'aimer. Même le plus obscur des patients ressortait de sa salle de consultation avec l'impression qu'il comptait, puisque le Dr Wilder s'intéressait à son cas et mettait tout en œuvre pour le soigner. En retour, il lui vouait une affection sans bornes.

Il n'était pas donné à tous d'inspirer ainsi le respect *et* l'amour.

— Merci.

Peter ne comptait plus le nombre de fois où il avait dit « merci » ce matin. Peut-être était-ce égoïste de sa part, mais il aurait voulu pouvoir se retrouver seul avec son chagrin. Hélas ! ce luxe lui était interdit. Quelles que soient ses émotions, il devrait les tenir en bride afin que tous les amis et collègues de son père puissent lui rendre hommage à leur guise.

De toute manière, il ne pouvait pas se permettre de s'effondrer devant Ella. Elle avait besoin d'une épaule solide sur laquelle s'appuyer pour supporter l'épreuve.

Bethany leur emboîta le pas.

— En un sens, cela vaut mieux...

— Quoi donc ?

— Le décès du Dr Wilder.

Peter s'arrêta pour la regarder. La logique de Bethany lui échappait.

— Comment cela ?

— Votre père n'aurait pas supporté que Northeastern Healthcare prenne les rênes.

De quoi parlait-elle ?

— Les rênes de quoi ?

— Mais... de l'hôpital de Walnut River, bien sûr.

2

Pendant un instant, le silence fut total.

— Je ne comprends pas à quoi vous faites allusion. Excusez-moi un instant...

Sans laisser à Bethany le temps de répondre, il prit Ella par le bras pour la reconduire à la limousine. Sa sœur était déjà suffisamment éprouvée : inutile de lui infliger une épreuve supplémentaire.

— Attends-moi, dit-il après l'avoir installée dans la voiture. Je reviens.

Peter Wilder ne semblait pas au courant, songea Bethany. La nouvelle paraissait même le contrarier. Il n'y avait pourtant pas de quoi. On ne pouvait que se féliciter qu'un grand consortium médical s'intéresse à Walnut River, et seuls les gens rétractaires au progrès en prendraient ombrage.

Quand Peter la rejoignit, elle eut quelques scrupules à poursuivre. Le moment était mal choisi, mais il avait le droit de savoir.

— Ce n'est pas une rumeur, c'est officiel, lui expliqua-t-elle. Northeastern Healthcare a annoncé publiquement son intention de racheter notre établissement.

Elle sourit.

— Ils le considèrent comme une excellente acquisition qui viendra grossir leur famille d'hôpitaux. Tout le mérite en revient bien sûr à votre père. C'est à lui que Walnut River doit sa réputation d'excellence et sa notoriété.

— Il ne l'a pas fait pour qu'un conglomérat vienne nous piller !

Peter sentit la colère l'envahir. Ces grands groupes de mutuelles médicales ne respectaient absolument rien. La preuve : NHC lançait son offensive alors que le corps de son père n'était même pas encore enseveli !

— Ne me faites pas rire en parlant de famille ! Ces requins vendraient père et mère pour augmenter leurs profits !

Embarrassée, Bethany s'éclaircit la gorge.

— Quoi qu'il en soit, le conseil d'administration se réunit demain matin pour en discuter. Je voulais vous prévenir, étant donné que ce sera votre première séance.

Peter faisait en effet partie du conseil, désormais.

Il n'avait pas hérité du siège de président de son père qui revenait à Wallace Ford. Toutefois, par respect envers James, les administrateurs lui avaient proposé la place libérée par Wallace.

Poussé par son sens du devoir, Peter avait accepté, mais non sans appréhension. Tout ce qu'il voulait, c'était exercer la médecine. Ces discussions sans fin dans le grand bureau directorial seraient autant de temps volé à ses patients.

Malheureusement, pour l'heure, il n'avait guère le choix.

Il hocha la tête en s'efforçant de ravaler sa colère. Rien n'était fait, se raisonna-t-il.

Dans le monde sans foi ni loi des O.P.A., les annonces étaient souvent des écrans de fumée destinés à masquer des manœuvres souterraines visant d'autres objectifs.

Si NHC persistait et faisait une offre en bonne et due forme, il serait toujours temps de lancer une contre-offensive en rameutant des alliés.

— Merci d'y avoir pensé.

Il s'efforça de sourire pour compenser son ton guindé.

— Vous venez à la réception ?

— Bien sûr.

Elle lui serra gravement la main.

— Je suis sincèrement désolée pour ce qui vous arrive. Sachez que je suis de tout cœur avec vous...

Son regard se porta vers la limousine.

— Et avec votre sœur.

Au moins, c'était la mort qui avait arraché James Wilder à ses enfants, songea Bethany en s'éloignant vers son propre véhicule. Hélas ! certains parents, bien vivants, se comportaient comme s'ils étaient morts en oubliant complètement leur progéniture.

Les siens, par exemple.

David et Anna, qui avaient observé la confrontation, se rapprochèrent de Peter.

— Hum, un nouveau visage..., commenta David en regardant Bethany s'éloigner. Une belle ossature, d'après ce que j'ai pu constater. De superbes pommettes saillantes...

Un soupir exaspéré échappa à Anna.

— Es-tu obligé de détailler chaque personne que tu vois comme si elle allait passer sous ton scalpel ?

— Désolé... Pure déformation professionnelle. C'est l'artiste en moi qui s'exprime. Remarque, poursuivit-il à l'adresse de Peter, il n'y aurait pas grand-chose à retoucher chez cette femme. Qui est-ce ?

— Bethany Holloway.

Ils s'étaient peut-être croisés une demi-douzaine de fois depuis l'arrivée de Bethany à Walnut River, six mois plus tôt.

— Elle siège au conseil d'administration.

David poussa un petit sifflement.

— Si jeune et déjà parmi les décideurs... Elle doit s'ennuyer ferme, parmi ces fossiles.

Peter ne put s'empêcher de rire.

— De l'eau a coulé sous les ponts depuis ton départ pour la

côte Ouest. Sache que le conseil s'est considérablement rajeuni. Ces derniers temps, papa en était le doyen.

Cela lui fit mal de parler de son père au passé.

— Ceux de l'ancienne garde ont pris leur retraite, poursuivit-il. Pour en revenir à Bethany, elle est expert en exploitation des ressources et rendement...

Il songea à ce qui l'attendait le lendemain.

— De gré ou de force, il va me falloir m'intéresser à cet aspect des choses, maintenant que je fais partie du conseil.

— Tu reprends le poste de papa ?

— Oh non ! J'ai mes armes à faire avant d'en être capable. Et je ne pense pas y prétendre un jour.

Cette nomination au conseil d'administration ne représentait pas une promotion pour Peter, mais un mal nécessaire.

— Rappelle-toi : papa regrettait d'avoir accepté la présidence, car cela l'empêchait de consacrer tout son temps à ses patients.

— On n'en fait plus des comme lui. Sans vouloir manquer de respect à sa mémoire...

David jeta un coup d'œil à sa montre.

— Il faut que j'y aille, maintenant. Mon taxi attend.

Il désigna le véhicule jaune et noir garé non loin.

— Tu sais que je n'aime pas les adieux. Ne t'inquiète pas pour demain. Tout ira bien.

— Je ne m'inquiète pas, répondit Peter qui ne pouvait cependant s'empêcher de ressentir une pointe d'appréhension qu'il s'efforça de chasser.

La médecine était sa raison d'être. En cela, il était bien le fils de son père. Ce qui le distinguait de ce dernier, c'était son célibat.

Il n'était pourtant pas un solitaire. Ses amis se comptaient par dizaines, mais il n'y avait pas la moindre femme dans sa vie.

Dès l'instant où il avait prêté le serment d'Hippocrate, il s'était juré de ne nouer aucune relation qui l'engagerait à long terme.

Il y avait bien eu quelqu'un des années plus tôt, mais le chapitre était clos depuis longtemps.

Après une dernière accolade, David s'éloigna vers son taxi.

— Je ferais mieux de m'en aller, moi aussi, dit Anna. Euh... Pourrais-tu me déposer à mon hôtel, s'il te plaît, Peter ? Tu me rendrais un grand service.

Elle lui parlait comme à un inconnu.

— Aucun problème.

Le chauffeur de la limousine leur ouvrit la portière. Peter prit place à l'avant tandis qu'Anna s'installait à côté d'Ella.

— Es-tu sûre de ne pas vouloir venir à la réception ? Même quelques minutes ?

Anna secoua la tête.

— Impossible. J'ai également un avion à prendre. Mon travail ne consiste pas à siliconer les seins de quelques starlettes en devenir, mais, ne vous en déplaise, il est aussi important que celui de David.

— Personne n'a jamais prétendu le contraire, Anna, répliqua Peter un peu sèchement.

Pourquoi prenait-elle toujours la mouche ?

Pourtant passé maître dans l'art d'apaiser les conflits, il sentait son humeur conciliatrice fondre au fil des secondes. La mort de leur père exacerbait les tensions.

— Vous n'allez pas commencer à vous disputer, tous les deux, alors qu'on vient d'enterrer papa ! les apostropha Ella avec agacement.

— Ella a raison...

« On ne devrait pas se conduire ainsi », faillit-il ajouter. Il s'en garda néanmoins, sachant qu'Anna le prendrait à coup sûr comme un reproche la visant personnellement. Inutile de mettre de l'huile sur le feu.

Mieux valait changer de sujet.

— Anna, je vais avoir besoin de ton aide.

Dans le rétroviseur, il vit la surprise se peindre sur le visage de sa sœur adoptive.

— *Mon* aide ?

— Mais oui. Dans les semaines à venir, je vais devoir décoder le jargon des financiers et des gestionnaires. J'apprécierais une ou deux leçons.

Après une infime hésitation, le visage d'Anna se ferma.

— Désolée, Peter. Je suis complètement débordée ce mois-ci.

— Je vois.

Pourquoi avait-il pris la peine de le lui demander ? Dans son esprit, ce pseudo-service qu'il sollicitait était une manière de l'intégrer de nouveau à la famille. Une fois de plus, elle avait refusé la main tendue.

La petite maison de Peter grouillait de monde. Presque tous ceux qui avaient assisté aux obsèques étaient là.

Peter tira mentalement son chapeau à Ella. Elle avait contacté un traiteur et tout organisé dans les moindres détails. Un buffet avait été dressé dans le salon et des plateaux de petits-fours et amuse-gueules divers s'y alignaient.

À la vue de ces victuailles, il avait d'abord pensé qu'il pourrait se nourrir sur les restes pendant une semaine. C'était compter sans la voracité des convives. En les voyant se jeter sur la nourriture, il comprit qu'il aurait de la chance s'il lui restait de quoi se préparer un sandwich pour le déjeuner du lendemain.

Le chagrin aiguisait-il l'appétit ? En ce qui le concernait, c'était plutôt le contraire. Il n'avait pas dû faire un seul repas correct depuis le jour où son père avait succombé à cette soudaine crise cardiaque.

« Comme tu vas me manquer, papa. Tu es parti trop tôt. »

— Vous ne mangez pas ?

Ces mots le ramenèrent à la réalité. Ou plutôt la voix. Douce, un peu rauque ; celle de Bethany Holloway, la dernière recrue du conseil d'administration.

David avait raison, se dit-il en se tournant vers la jeune administratrice. Du point de vue physique, elle était la perfection faite femme. Sur le plan des idées, en revanche, il pressentait qu'il aurait avec l'experte en rendement quelques divergences d'opinion.

La manière dont elle lui avait annoncé avec un grand sourire les intentions de Northeastern Healthcare constituait en soi une indication. Sauf erreur, Bethany ferait campagne pour NHC.

Dommage.

— Tout simplement parce que je n'ai pas faim.

— Vous devriez vous forcer un peu.

Sans prévenir, elle lui mit entre les mains sa propre assiette chargée de plusieurs tranches de rosbif.

— Je vous trouve un peu pâle.

Il essaya de lui rendre l'assiette. En vain.

— Etes-vous médecin ? s'enquit-il.

Elle eut une petite moue.

— Inutile de l'être pour voir que vous n'avez pas ouvert votre réfrigérateur depuis des jours. Vous me rappelez mon père. Son travail l'absorbait tellement qu'il en oubliait de manger.

Cela faisait partie des quelques souvenirs que Bethany gardait de l'enfance. L'heure n'était toutefois pas aux réminiscences personnelles.

Peter semblait pétrifié de chagrin. D'après les confidences de ses collègues, James et lui étaient très proches. Si elle pouvait l'aider, ne serait-ce qu'en le persuadant de se nourrir un peu, elle le ferait volontiers.

— Vous en parlez au passé, observa-t-il. Est-il…

Il se tut, comme s'il ne pouvait se résoudre à prononcer le mot.

— Disparu ? termina-t-elle en choisissant l'expression la moins brutale. Non. Aux dernières nouvelles, mes parents étaient en parfaite santé et travaillaient toujours comme des forcenés.

Elle haussa les épaules d'un air qu'elle espérait désinvolte.

— Puisque ça les rend heureux, ma foi, je ne trouve rien à y redire.

Faux, songea Peter. Sa voix trahissait son amertume. La superbe Bethany Holloway aurait-elle souffert dans son enfance ?

Elle promena son regard autour d'elle. Les gens jouaient des coudes pour accéder au buffet.

— Eh bien, il y a foule ! Votre père comptait manifestement beaucoup d'amis. Je regrette de ne pas l'avoir connu davantage, mais je l'estimais beaucoup. C'était un homme généreux, altruiste, qui ne pensait qu'à faire le bien autour de lui.

Comme elle plongeait ses yeux azur dans les siens, Peter se sentit fléchir malgré lui. L'experte en rendement révélait un côté humain, sensible.

À moins que ce ne soit une stratégie pour endormir sa méfiance...

Était-elle à la solde de l'ennemi et tentait-elle de le séduire pour le gagner à la cause du repreneur potentiel ?

— Vous lui ressemblez, poursuivit-elle. La photo affichée à l'étage directorial pourrait être la vôtre. Vous avez le même menton volontaire, le même regard à la fois sage et bon...

Soudain, elle laissa échapper un petit rire.

— Désolée ! Ma mère m'a dit plus d'une fois que ma franchise me jouerait des tours.

Il ne s'agissait pas d'une gentille taquinerie d'une mère à sa fille, mais d'un reproche sévère, comme tous ceux que Jillian Holloway lui adressait depuis l'enfance. De toute façon, rien de ce que disait ou faisait Bethany ne trouvait grâce à ses yeux.

Par-dessus l'épaule de Peter, elle vit un homme qui agitait la main dans leur direction.

— Je crois qu'un monsieur là-bas essaie d'attirer votre attention...

Peter se retourna et vit Fred Trinity, le notaire de son père.

Que pouvait-il bien vouloir ? La lecture du testament était

fixée au lendemain et elle ne devrait en principe leur réserver aucune surprise.

— Excusez-moi.

Il en profita pour lui rendre l'assiette.

L'air chagrin, elle observa la nourriture à laquelle il n'avait pas touché.

— N'oubliez pas de manger quelque chose.

Un soupir résigné aux lèvres, elle s'éloigna vers un groupe de collègues qui discutaient à l'autre bout de la pièce.

Ayant fendu la foule non sans difficulté, Fred parvint à la hauteur de Peter.

Celui-ci ne lui accorda aucune attention, et pour cause : il était occupé à détailler la silhouette de Bethany.

De dos comme de face, elle valait le coup d'œil.

3

Boudiné dans un complet qui datait d'avant sa bedaine, Fred ressemblait à un poulpe, avec sa moustache tombante et son crâne dégarni et luisant. S'il négligeait quelque peu son apparence ces temps-ci, son esprit n'en restait pas moins affûté comme la lame d'un rasoir.

— Peter, dit-il en le rejoignant. Puis-je vous dire un mot en privé ?

La gravité de son ton n'augurait rien de bon.

Peter sentit un frisson courir entre ses omoplates. Se pourrait-il que ce soit en rapport avec la menace que représentait NHC ?

L'hôpital employait un cabinet d'avocats de Chicago alors que Fred était le conseiller juridique de son père depuis toujours. Mais peut-être détenait-il quelque information qui circulait dans la profession. Les hommes de loi, tout comme les médecins, devaient bien parler entre eux...

— Bien sûr. Allons dans mon bureau.

Le notaire le suivit dans le couloir.

— Je n'étais jamais venu chez vous...

— Vous n'avez pas raté grand-chose. Je n'ai guère le temps de m'occuper de la maison, et la situation commence à m'échapper. Vous savez ce que c'est.

— Justement, non. Selma est là pour veiller au grain. Il vous faut une femme, Peter !

— Je vous promets de l'ajouter à ma prochaine liste de courses.

La maison datait d'une cinquantaine d'années. Le besoin de rénovations se faisait cruellement sentir, tant à l'intérieur qu'à l'extérieur.

Depuis que Peter y avait emménagé à sa sortie de l'école de médecine, il se bornait à engager périodiquement une entreprise de nettoyage. Un bon coup de peinture ne serait évidemment pas du luxe, mais à quoi bon ? Il y passait si peu de temps.

Sa résidence principale était l'hôpital où il se partageait entre les urgences, le service de médecine interne et son bureau au quatrième étage. Il ne rentrait chez lui que pour récupérer son courrier, dormir et laver son linge.

Comme toutes les autres pièces de la maison, le bureau était grand ouvert. Peter détestait les portes fermées, synonymes de secrets. Un reliquat de son enfance. Les rares fois où son père et sa mère se disputaient, ils s'enfermaient dans le salon. Quand la porte s'ouvrait, ils apparaissaient l'air tristes et accablés.

Peter alluma la lampe posée sur la table et se tourna vers Fred.

— Alors, quel est le problème ?

L'air embarrassé, le notaire tira de la poche de sa veste une volumineuse enveloppe blanche qu'il tendit à Peter.

Son nom figurait sur l'enveloppe, inscrit dans la belle calligraphie de James, si atypique d'un médecin.

— Votre père voulait que je vous remette ceci. À n'ouvrir qu'après sa mort.

Un soupir échappa à Fred. Lui et James étaient allés à l'école ensemble.

— L'heure est venue, hélas ! Comme il va me manquer... Vous ai-je raconté comment il m'avait sauvé la vie ?

Peter regarda un instant l'enveloppe avant de la prendre avec quelque réticence.

Que contenait-elle de si terrible que son père n'ait pu lui dire de son vivant ?

— Plusieurs fois. Quand vous a-t-il donné ceci ?

— Il y a cinq ans. Après le décès de votre mère. Je crois que ça lui a fait prendre conscience que nul n'était éternel, pas même lui. Il a couché certaines choses sur papier pour être en paix avec sa conscience. Mais bon sang ! si je m'attendais à ce qu'il parte si tôt…

Son père était l'homme le plus droit et le plus honnête de la terre, songea Peter. Point de squelettes dans ses placards ni de secrets honteux. Sa vie avait été un livre ouvert.

— Qu'est-ce qui vous fait penser que mon père voulait soulager sa conscience ?

— Euh… Vous noterez qu'il n'y a pas de lettres pour David ni Ella ni Anna, dit Fred sans répondre à la question. C'est à vous seul, le nouveau chef de famille, qu'il a choisi de s'adresser.

Il fronça ses sourcils broussailleux en voyant Peter mettre la lettre dans sa poche.

— Vous ne la lisez pas ?

— Plus tard. À tête reposée.

Le visage du notaire trahissait sa déception. Sans doute brûlait-il d'envie de connaître le contenu de l'enveloppe. Cependant, beau joueur, il acquiesça.

— Vous avez raison. Au fait, demain soir vous convient-il toujours ?

— Bien sûr.

Fred s'attarda sur le seuil.

— Où sont Anna et David ?

— Repartis. Le travail les appelait.

Le notaire en fut choqué.

— Ils n'assisteront pas à la lecture du testament ?

— S'il devait y avoir quelque chose qui sort de l'ordinaire, je les appellerai.

Ils s'engagèrent dans le couloir côte à côte.

— On dit que NHC va venir frapper à la porte de l'hôpital. Que comptez-vous faire, Peter ?

— Ne pas répondre.

Son ton sans réplique fit sourire Fred.

— Vous êtes le digne fils de votre père. Il serait fier de vous. Il vous regarde de là-haut, j'espère que vous le savez ?

Peter se borna à sourire. La vie après la mort, il n'y croyait pas trop. Plutôt qu'un père veillant éventuellement sur lui depuis l'au-delà, il l'aurait préféré vivant à ses côtés, menant l'offensive contre l'envahisseur.

James Wilder aurait été mieux armé que lui pour repousser les barbares.

Or, il allait devoir livrer bataille seul.

Le lendemain, la première personne que Peter remarqua en entrant dans la salle du conseil fut Bethany Holloway. Sans doute par respect pour leur ancien chef du personnel, elle avait revêtu une robe noire qui mettait en valeur la rousseur de sa chevelure et la blancheur de porcelaine de sa peau.

Les huit autres membres du conseil étaient également en noir ou bleu marine. Son père aurait été surpris de voir tant de gens porter son deuil, mais il avait toujours été modeste…

Penser à son père lui rappela l'enveloppe que Fred lui avait remise la veille.

Ne se sentant pas le courage de l'ouvrir, il l'avait posée sur la cheminée du salon.

Depuis, dans l'ignorance de son contenu, il en était réduit à de folles conjectures.

Peut-être accordait-il à cette enveloppe plus d'importance qu'elle n'en avait. Au lieu de révélations fracassantes, elle ne contenait peut-être tout simplement qu'un legs moral, quelques recommandations d'outre-tombe.

Pourtant, il avait l'intuition que ce qu'il y découvrirait changerait sa vie.

Pour l'heure, il préférait donc ne pas l'ouvrir. Il avait suffisamment de sujets d'inquiétude pour les jours à venir, surtout si la menace de NHC se concrétisait.

Ce matin, le soleil de janvier montrait le bout du nez. Quelques rayons filtraient par la baie vitrée pour éclairer la grande pièce, ce qui n'empêcha pas Peter de frissonner en avançant vers la table ovale. Tous les membres étaient déjà installés, en avance sur l'heure convenue. Fallait-il y voir un présage ?

Wallace Ford, le nouveau président du conseil, se leva et vint au-devant de lui pour lui serrer la main.

— Merci de votre présence, Peter. De nouveau, recevez toutes mes condoléances...

Il les lui avait déjà présentées à l'enterrement.

— Le décès de votre père est une perte inestimable, pour nous tous.

— Merci, Wallace. Euh... Où voulez-vous que je m'assoie ?

Wallace lui désigna le siège libre à côté de Bethany, non sans adresser un sourire complice à celle-ci.

— Il va vous falloir renoncer à votre titre de dernière arrivée, mademoiselle Holloway.

— Bien volontiers.

Quand Peter eut pris place, Wallace déclara la séance ouverte.

— Puisque cette réunion ne figure pas au programme et que nous avons tous des agendas chargés, je vais nous dispenser de la lecture de l'ordre du jour pour entrer directement dans le vif du sujet.

Ses petits yeux bruns se posèrent sur Peter.

— *Des* sujets, pour être exact. Tout d'abord, Peter, les membres du conseil ici réunis et moi-même...

Comme il englobait d'un geste théâtral de la main ses collègues, Peter songea que le style de Wallace était aux antipodes de celui de son père. L'un avait été tout en sobriété et discrétion ; l'autre faisait déjà des effets de manches et se prenait pour un tribun.

— ... avons décidé de vous nommer chef du personnel, conclut Wallace après avoir ménagé le suspense.

Peter en resta interdit. Cela avait été le poste de son père. Il avait cumulé les fonctions de chef du personnel et de président du conseil tout en menant à bien ses consultations et ses gardes. Ces trois emplois bien distincts exigeaient chacun un travail à plein-temps. Son père les avait tenus tous les trois à la perfection en jonglant avec les horaires et en rognant sur ses pauses repas ainsi que sur ses heures de sommeil ce qui, conjugué au stress, avait fini par nuire à sa santé.

L'offre était flatteuse, mais Peter connaissait ses limites.

Un sourire d'excuse aux lèvres, il secoua la tête.

— Je vous remercie, mais je suis loin d'avoir l'expérience nécessaire.

Wallace rit.

— Votre modestie vous honore ! Vous êtes bien le fils de votre père. En fait, nous vous proposons la place à titre provisoire, jusqu'à ce que nous ayons déniché le candidat idéal. Inutile de vous préciser qu'il va nous falloir du temps pour trouver une personne qui supporte la comparaison avec feu le Dr Wilder. Vous nous rendriez un grand service en assurant la relève. Pour tout dire, vous nous ôteriez une sacrée épine du pied...

Très habilement, Wallace avait manœuvré de manière à le mettre dos au mur.

Impossible de refuser sans passer pour le dernier des derniers.

« Courage ! s'exhorta Peter. Ce n'est que l'affaire de quelques semaines. »

— Eh bien, si vous me prenez par les sentiments, j'accepte.

— À la bonne heure ! Peter Wilder est à partir de cet instant le nouveau chef du personnel. À titre provisoire.

Wallace prit un air grave pour aborder la suite.

— Passons au second sujet de la matinée. Comme vous n'êtes pas sans le savoir, Northeastern Healthcare a annoncé son intention d'acquérir notre hôpital. Je crois que leur offre mérite discussion.

Peter sentit son estomac se nouer.

— Du moment que la réponse finale est non.

Le regard de Wallace se durcit. Peter venait de violer une règle sacro-sainte de la procédure. En n'attendant pas son tour de parole, il avait bel et bien contrevenu à l'étiquette. Novice dans les us et coutumes de ce genre de réunion, il s'en souciait de toute façon bien peu. La diplomatie n'avait jamais été son fort. Quand il avait quelque chose à dire, il le disait, tout simplement.

Ce qui l'intéressait, ce n'étaient pas les discours, mais le travail sur le terrain, les patients qui avaient autrement besoin de ses compétences que ces beaux messieurs.

Comment son père, un homme simple au demeurant, avait-il pu supporter cette atmosphère empesée et ce cérémonial qui allaient à Wallace comme un gant ?

Ce dernier prit un air offensé.

— Je vous demande pardon ?

Maintenant qu'il avait mis les pieds dans le plat, songea Peter, autant exprimer le fond de sa pensée.

— J'espère que vous n'envisagez pas d'accepter leur offre, Wallace ?

— Attendez d'en connaître le montant !

Peter lâcha un rire amer.

— Quand bien même il s'agirait de billions de dollars, ça ne changerait rien. Le travail que nous accomplissons ici n'est pas à vendre.

Bethany prit la parole.

— Je doute que les compagnies d'assurances partagent votre point de vue, docteur Wilder. Les soins sont payants, une réalité que certains praticiens qui se piquent de philanthropie ont tendance à oublier, au détriment des caisses de l'hôpital. Si nous avions les reins solides financièrement, la pérennité et l'efficacité des soins seraient garanties et tout le monde y trouverait son avantage, les patients comme les médecins. N'oubliez pas que nous sommes un petit établissement. Une seule action en justice pourrait nous ruiner et nous obliger à fermer nos portes.

— Personne n'a jamais intenté de procès contre notre hôpital.

— Le risque existe. Contrairement à l'époque où votre père débutait dans le métier, les gens sont mieux informés de leurs droits. Ils n'hésitent plus à traîner médecins et chirurgiens devant les tribunaux et à réclamer des dommages et intérêts — abusivement parfois, mais là n'est pas notre propos. Si un grand groupe comme NHC prenait Walnut River sous son aile, nous serions invulnérables.

Le débat tournait à l'affrontement verbal entre eux. Les autres membres du conseil semblaient être passés à l'arrière-plan. L'un d'eux murmura quelque chose que Peter n'entendit même pas.

Il ne pouvait tolérer que leur hôpital tombe dans les griffes de NHC. Ni même que l'on envisage l'éventualité d'un rachat. Parce que son père avait sacrifié sa santé et sa vie à cet endroit, Peter en faisait une affaire personnelle.

Sous ses allures d'ange, Bethany Holloway cachait un caractère froid et insensible.

— Et quelle est la place du patient dans votre logique comptable ?

— Il aurait tout à y gagner.

Cet homme se braquait avant même de savoir de quoi il retournait, songea Bethany avec irritation. Elle entreprit de lui expliquer.

— Une fois que NHC nous aura intégrés à sa carte hospitalière, les crédits afflueront de partout. Nous serons en mesure de rénover les locaux, d'acheter du matériel neuf, voire quelques appareils ultrasophistiqués. Avouez que ce n'est pas négligeable, tout de même...

— Non, bien sûr. Tout établissement qui se respecte doit suivre les progrès de la technologie et adapter son matériel en conséquence. Les appels aux dons privés servent à cela. Jusqu'à présent, ils ont suffi à nos besoins.

C'était un raisonnement étriqué, constata Bethany. Cet homme manquait vraiment d'ambition pour son hôpital.

— Les chèques des particuliers permettent le financement de quelques opérations ponctuelles, soit. Mais songez à ce que nous pourrions accomplir tout au long de l'année avec le soutien financier d'un grand groupe qui renflouerait nos caisses à l'infini.

Seigneur ! Était-elle à ce point naïve, ou faisait-elle commerce de mauvaise foi pour le compte de NHC ? Jusqu'à preuve de sa duplicité, Peter préférait la croire naïve...

— Somme toute, vous prônez de vendre notre âme au plus offrant ? Par simple curiosité... j'aimerais savoir à combien vous l'estimez ?

Wallace s'interposa.

— Inutile de dramatiser, Peter.

— Au contraire, je suis extrêmement pragmatique. Je n'ai pas fait douze ans d'études pour pratiquer une médecine à la chaîne.

Il s'adressait à Bethany. Si elle n'était pas à la solde de l'ennemi, il parviendrait peut-être à lui démontrer les failles de son argumentation.

— Les médecins de Walnut River traitent le patient dans sa globalité, et non en « pièces détachées ». Je ne veux pas qu'un contrôleur me surveille, chronomètre en main, et me dise d'accélérer la cadence pour ne pas mettre en péril le taux de rendement de l'établissement.

— L'optimisation du temps à laquelle vous faites allusion permet de soigner plus de patients. Vous devriez plutôt la considérer comme un avantage...

— Bel avantage qui m'oblige à expédier mes malades pour respecter les quotas des comptables ! Mais ouvrez donc les yeux, bon sang !

Bethany serra les dents. C'est tout juste s'il ne l'accusait pas d'être stupide.

Elle réagissait mal aux critiques pour en avoir trop reçues durant son enfance. À présent, rien ne l'obligeait à les accepter.

— Et vous, êtes-vous sûr de juger objectivement ? Vous êtes tellement convaincu d'avoir raison que vous refusez d'écouter les arguments de la partie adverse. Pourtant, je vous assure que votre hôpital gagnerait à rallier le camp de Northeastern Healthcare, sur tous les plans : infrastructures, crédits, personnel...

— Notre chère Mlle Holloway a manifestement bien étudié son dossier, dit Wallace.

Son ton était admiratif, et son regard à l'avenant. De là à croire qu'il militerait pour NHC, il n'y avait qu'un pas, songea Peter. Ou peut-être Wallace essayait-il simplement, en séducteur patenté qu'il était, de marquer des points auprès de Bethany.

Peter ne perdait pas souvent patience mais, depuis la mort de son père, il ne se sentait plus lui-même.

— Dans ce cas, donnez-lui une médaille, Wallace. Mais de grâce, ne vous laissez pas berner par le chant des sirènes de NHC ! Si vous leur cédez, nos malades seront les premiers à en pâtir.

Peter se leva ; les pieds de sa chaise raclèrent le sol.

— Maintenant, si vous voulez bien m'excuser, je vais aller rejoindre mes patients.

Il dut se retenir pour ne pas claquer la porte en sortant.

4

Le départ de Peter jeta un froid dans la salle. Un quart d'heure plus tard, Wallace leva la séance et Bethany sortit dans le couloir, pensive.

Dire qu'elle avait été persuadée que le rachat de l'hôpital par NHC ne serait qu'une formalité ! Au temps pour son intuition.

Au premier abord, Peter Wilder ne donnait pas l'impression d'être un homme du passé. Il l'était pourtant par son acharnement à refuser le changement.

Tout en se dirigeant vers le bureau du nouveau directeur du personnel, elle peaufina sa stratégie. Elle avait en effet décidé de le convaincre de son erreur, quitte à le harceler.

Cette tâche lui incombait. Manifestement tous extrêmement respectueux du fils du grand homme, aucun des autres membres du conseil ne se risquerait à chanter les louanges de NHC devant lui pour ne pas s'attirer ses foudres. Ce respect était-il simplement une marque de condoléances ou le signe d'une profonde affection envers Peter ?

Peu importe, songea-t-elle avec détermination. Personne n'avait le droit de vouloir empêcher le progrès.

Ce n'était pas le premier individu rétrograde qu'elle affronterait. Ces gens étaient toujours pétris de certitudes. En dehors de leur « vérité », il n'y avait pas de salut. Ils poussaient l'intolérance jusqu'à refuser d'entendre le moindre avis contraire au leur.

Tels des mammouths du quaternaire, ils s'accrochaient à leurs habitudes et à leur mode de vie. La seule différence était que les animaux n'avaient pas eu le choix. Wilder, lui, l'avait et préférait malgré tout croupir à l'ère glaciaire.

Pas question bien sûr d'interrompre sa consultation. Elle se posta donc devant son bureau. Comme tous les médecins de sa connaissance, il ferait sans doute une pause à midi.

À 13 heures, elle attendait toujours.

Perplexe, elle s'approcha de la porte afin de voir s'il était encore dans la place ou s'il s'était esquivé par une autre sortie. Elle venait de saisir la poignée quand le battant s'ouvrit brusquement.

Prise au dépourvu, elle se trouva tirée vers l'avant et heurta le Dr Wilder de plein fouet.

Il la rattrapa par les épaules pour lui éviter de tomber. Le souffle coupé, elle se ressaisit rapidement.

Elle détestait se trouver à son désavantage. À ses yeux, une femme devait être maîtresse de ses réactions et afficher un self-control parfait en toutes circonstances.

— Oh, docteur Wilder...

— C'est le nom inscrit sur la porte, en effet.

Pourquoi semblait-elle si surprise de le voir sortir de son bureau ? se demanda Peter.

— Je ne vous ai pas fait mal ? reprit-il.

— Mais non, dit Bethany en défroissant machinalement sa robe qui n'avait pourtant pas souffert dans la collision. Je suis plus solide que j'en ai l'air.

— Tant mieux.

Là-dessus, il s'éloigna vers l'ascenseur.

Elle le rattrapa et se rendit compte qu'elle devait presque courir pour rester à sa hauteur. S'il essayait de la semer, il ne s'y prendrait pas autrement.

— J'espérais tomber sur vous...

— Et vous avez réussi. Bravo.

Il se moquait d'elle et elle n'était pas sûre que ce soit gentiment. Les sarcasmes de ses parents qui ne laissaient jamais passer la moindre occasion de la ridiculiser avaient laissé des traces.

— Ce n'était pas prévu.

Peter s'arrêta devant l'ascenseur et appuya sur le bouton pour descendre.

— Qu'est-ce qui était prévu ?

Tu aurais mieux fait de te taire, songea-t-il aussitôt en enfonçant les mains dans les poches de sa blouse.

— Je voulais vous parler de la proposition de NHC.

Il la regarda un long moment.

N'avait-elle donc prêté aucune attention à sa diatribe contre les multinationales dans la salle du conseil ? Bien sûr que si, mais cette femme était du genre qui ne s'avouait jamais vaincue.

— Je vous signale que vous l'avez déjà fait.

— Vous ne m'avez pas écoutée jusqu'au bout.

— Ce n'était pas très poli de ma part, je l'admets, mais je ne voyais pas l'intérêt de nous faire perdre notre temps à tous les deux. Le peu que j'ai entendu m'a suffi.

— Vous ne m'avez même pas laissée vous expliquer...

— Oh si ! Et ma limite de tolérance était atteinte avec les mots « Northeastern Healthcare » et « rachat ».

Existait-il plus borné que cet homme ?

Qu'à cela ne tienne ! Bethany en avait vu d'autres. Il lui faudrait de la persévérance, voilà tout.

Ce serait un défi à relever, ce qui n'était pas pour lui déplaire. Elle aimait Walnut River et son travail à l'hôpital, et elle ne laisserait pas cet individu faire obstacle au progrès.

— Vous pourriez au moins prendre connaissance de leurs propositions.

— Je ne suis pas un ermite vivant dans une grotte, mademoiselle Holloway. Je sais exactement ce que NHC propose. Des tonnes d'équipements flambant neufs dont il faudra user avec parcimonie tant leur fonctionnement coûte cher. Je ne suis pas un enfant qu'on peut amadouer avec un beau jouet.

Une petite sonnerie annonça l'arrivée de l'ascenseur. Peter s'y engouffra, Bethany sur ses talons.

Les portes d'acier se refermèrent sur eux.

« Garde ton calme », s'exhorta-t-elle. Avec un personnage tel que Wilder, elle ne parviendrait à rien en haussant le ton.

— Je ne vous considère pas comme un enfant, docteur Wilder.

Contre toute attente, il sourit. Force était de reconnaître qu'il avait du charisme.

— Vos collègues du conseil seront ravis de l'apprendre.

De nouveau, il s'amusait à ses dépens. Tant pis, il l'aurait voulu.

— En revanche, je vous trouve rétrograde, ajouta-t-elle.

— Merci du compliment...

Il se moquait ouvertement d'elle, à présent.

Bethany redressa les épaules.

— C'est mon avis, je vous le donne.

— Vous en avez tout à fait le droit.

Cette escarmouche n'allait mener nulle part. Bethany se força à faire marche arrière.

— Disons que le terme « rétrograde » ne convient peut-être pas.

— Et que proposeriez-vous à la place ? s'enquit-il, la tête levée pour regarder défiler les numéros des étages sur le panneau lumineux.

— Je n'en sais rien, mais admettez que vous vous accrochez au passé.

Le sourire de Peter disparut. Il se tourna vers elle.

— Au contraire. Je suis de plain-pied dans le présent.

Il sentit la colère monter. Alors que cela ne lui arrivait pratiquement jamais, c'était la deuxième fois aujourd'hui, et toujours à cause de cette femme ! Elle avait manifestement le don de l'exaspérer.

— Et sachez que je ne renoncerai pas sans combattre,

poursuivit-il. NHC devra me passer sur le corps pour faire main basse sur l'hôpital.

Ce fut au tour de Bethany de sourire.

— Vous avez le goût du mélodrame, docteur Wilder.

— Appelez-cela comme il vous plaira, mademoiselle Holloway.

Au rez-de-chaussée, Peter se dirigea à grands pas vers la cafétéria, Bethany dans son sillage.

Que n'avait-il apporté un sandwich ! Il aurait pu rester tranquillement dans son bureau sans avoir à subir le harcèlement de l'experte en rendement.

Ce matin, quand il avait voulu se préparer un en-cas, il avait découvert que son réfrigérateur ne contenait en tout et pour tout qu'un tube de mayonnaise, un yaourt périmé et quelques pommes de terre qui commençaient à germer. Il était temps de faire les courses.

— Avez-vous l'intention de me suivre tout l'après-midi, mademoiselle Holloway ?

— S'il le faut, oui.

Ils entrèrent dans la cafétéria. Peter tendit un plateau à Bethany et en prit un pour lui-même.

— Si vous voulez partager ma table, il faudra manger.

— Entendu.

Bethany promena son regard autour d'elle. C'était la première fois qu'elle descendait à la cantine. À midi, elle avait ses habitudes dans l'un ou l'autre des restaurants du quartier.

— Et vous consentirez à m'écouter ?

— Je ne fais que ça depuis que vous m'avez accosté à la porte de mon bureau.

Comme ils arrivaient devant la section des desserts, Bethany se rendit compte que leur conversation semblait vivement intéresser une jeune infirmière qui tenait un plateau chargé de sucreries.

Il ne manquait plus que ça !

— D'ici à ce soir, tout l'hôpital saura que nous avons déjeuné ensemble.

Peter haussa les épaules.

— Ça leur fera un sujet de conversation.

Il lui indiqua la machine à café.

— Un café ?

— Je préfère un cappuccino, dit-elle en s'approchant du petit percolateur à cet effet.

— J'aurais dû m'en douter...

Le café « normal » était bon pour le commun des mortels. Il fallait à madame l'experte en rendement des boissons plus chic, plus raffinées.

Jusqu'à présent, constata Peter, il ne s'était pas trompé sur son compte. Pour combattre efficacement son ennemi, il fallait le connaître, et il réussissait assez bien. À la fin du repas, il serait peut-être en mesure de cerner la personnalité de Bethany Holloway.

— Vous avez quelque chose contre les cappuccinos ? s'enquit-elle d'un ton aigre.

— Absolument rien. Ce que je n'aime pas, ce sont les prétentieux, les frimeurs, ceux qui ne jurent que par le changement pour suivre la mode, être dans le coup, et non parce que le changement pourrait apporter quelque chose de bon.

Les doigts de Bethany se crispèrent sur le bord de son plateau. « Du calme », s'ordonna-t-elle. La victoire n'en serait que plus belle quand Peter se rendrait enfin à ses arguments.

— J'espère que vous ne me rangez pas dans cette catégorie, dit-elle de son ton le plus conciliant. Si je soutiens le rachat par NHC, c'est parce que je suis persuadée qu'il est dans l'intérêt de l'hôpital.

Peter prit un sandwich sous Cellophane sans même jeter un coup d'œil à sa composition.

— Et vous avez tort. Je suis déjà allé dans des hôpitaux gérés par des mutuelles ou de grands groupes médicaux et je sais quel type de médecine on y pratique. Je refuse catégoriquement de voir cela chez nous. À Walnut River, on a une approche humaine, familiale, de la médecine. Le patient ne se résume pas à un foie malade ou un ulcère ! C'est une personne qu'on prend le temps d'écouter et qu'on soigne dans sa globalité, que ses maux soient graves ou bénins.

Un beau discours, mais qui appartenait à une autre époque, se dit Bethany.

— Une telle approche n'est guère viable en milieu hospitalier. Ne serait-ce qu'en raison du temps qu'elle nécessite...

« Et de l'argent », ajouta-t-elle en son for intérieur.

Une réaction prévisible, songea Peter.

Voilà exactement le genre de discussion qui l'attendait si les administrateurs décidaient d'accepter l'offre de NHC.

— Ici, on la pratique pourtant tous les jours, et fort efficacement. Si on ne traite pas le malade dans son ensemble, on risque de laisser passer un symptôme. Je cite toujours à mes internes l'« exemple » à ne pas suivre : un patient se présente aux urgences en se plaignant de douleurs au foie. Le médecin de garde diagnostique un dérèglement hépatique et lui donne un traitement en conséquence. Ce qu'il a omis de faire, ce sont des examens complémentaires qui auraient permis de détecter la pathologie cardiaque dont souffrait le malade et qui se manifestait, entre autres, par ce problème hépatique. En l'occurrence, l'arbre cachait la forêt et le praticien est tombé dans le piège.

— Et ce genre de situation se produit à quelle fréquence ?

Une question digne d'un expert en rendement.

— Plus souvent que vous ne le croyez. Et quand bien même ce serait une fois tous les cent mille cas, cela vaut la peine de pratiquer ces bilans globaux. Songez que ce cent millième patient pourrait être vous, et vous serez d'accord avec moi.

Il marquait un point, concéda Bethany. Mais combien de fois

un médecin rencontrait-il une maladie cardiaque qui entraînait une insuffisance hépatique ? Une fois tous les 36 du mois !

Elle le suivit à la caisse.

— Pourtant, dans la pratique…

Peter ne l'écoutait plus. Après avoir dit bonjour à la caissière, il lui désigna leurs deux plateaux et tendit un billet de vingt dollars.

— Je peux payer mon repas, protesta Bethany en sortant son portefeuille.

Autant parler à un mur. Il empocha la monnaie, sourit à l'employée et s'éloigna vers les tables.

— Je n'en doute pas un seul instant, mademoiselle Holloway.

Elle reprit son plateau et le suivit. Son calme fondait au fil des minutes.

— Vous rendez-vous compte que vous prononcez mon nom comme s'il s'agissait de l'incarnation du mal ?

Il ne prit pas la peine de se retourner.

— C'est vous qui l'imaginez. Parce que vous n'avez pas la conscience tranquille.

— Faux !

— À votre place, je ne l'aurais pas non plus si je votais pour NHC…

Il s'assit à une petite table au fond de la salle.

— … Ce qui n'est pas près d'arriver, précisa-t-il.

— Donc, sans connaître les tenants ni les aboutissants, vous avez déjà pris votre décision ? demanda-t-elle en s'installant face à lui.

— Je les connais fort bien, et rien ne me fera changer d'avis.

Consternée, Bethany secoua la tête.

— Je ne vous imaginais pas aussi… borné !

— Désolé de vous décevoir. Cela dit, j'aimerais bien savoir pourquoi vous tenez tant à me convaincre, moi, en particulier. Je ne suis que le dernier arrivé au conseil.

En tant que tel, son pouvoir d'influence sur les autres membres était presque nul. Manifestement, elle ne le voyait pas ainsi.

— Parce que votre opinion a du poids. Vous êtes Peter Wilder, médecin respecté de tous, quasiment élevé au rang de saint par les patients. De surcroît, vous êtes le fils de James Wilder dont tous révèrent la mémoire. Pour ces raisons, on vous aime et on vous admire. Si vous émettez un avis tranché sur un sujet, les gens vous écouteront et seront tentés de vous suivre — et de voter comme vous. Parce que Peter Wilder ne peut pas se tromper.

Il sourit, ce qui ajoutait encore à son charme.

Le moment était mal choisi pour y être sensible, se sermonna-t-elle.

— Mais vous ne pensez pas comme eux, n'est-ce pas ? demanda-t-il.

— Non. Moi, je vote avec ma tête, pas avec mon cœur.

— Dommage. Le cœur est souvent de meilleur conseil. Mais vous m'intriguez, mademoiselle Holloway... Pourquoi tenez-vous tant à ce que NHC parvienne à ses fins ? Que gagnez-vous dans l'affaire ?

Dans l'esprit de Bethany, la réponse ne faisait aucune doute.

— Personnellement, rien. L'hôpital de Walnut River a, en revanche beaucoup à y gagner...

— Inutile de développer. Je connais la rengaine.

La petite demi-heure qu'il lui restait avant de reprendre sa consultation serait mieux employée ailleurs, songea-t-il.

Son sandwich dans une main, sa tasse de café dans l'autre, il se leva.

— Excusez-moi, le devoir m'appelle.

Il mentait, Bethany était prête à le parier. Sinon, pourquoi descendre à la cantine et s'y asseoir pour repartir aussitôt ?

— Où ?

— Des rendez-vous.

Sans plus d'explications, il tourna les talons.

Stupéfaite, Bethany regarda autour d'elle pour voir si quelqu'un avait suivi leur conversation et lui jetait à présent des regards apitoyés.

Heureusement, sa déconfiture n'avait pas eu de témoins, mais Peter Wilder ne perdait rien pour attendre.

Depuis l'adolescence, Bethany n'avait eu de cesse de se battre pour être la première, qu'il s'agisse d'examens ou de compétitions sportives. Dès qu'elle avait atteint son but, elle passait au défi suivant.

C'était la victoire qui était enivrante, pas la remise du trophée. Hélas ! ce sentiment de dominer le monde ne durait que quelques minutes et le quotidien se chargeait vite de vous ramener sur terre.

Une fois de plus, elle était en quête d'un challenge à sa mesure, et il lui semblait bien l'avoir trouvé en la personne de Peter Wilder. Pour le convaincre, elle le poursuivrait sans relâche et finirait bien par le gagner à sa cause.

Quand l'hôpital aurait rejoint le giron de NHC, il bénéficierait d'importants apports financiers pour s'agrandir, se moderniser, créer des postes de chercheurs, attirer de jeunes talents. Et qui la remercierait alors ? Celui-là même qui l'accusait aujourd'hui de vendre son âme au diable !

Si la situation actuelle perdurait, elle ne donnait pas cher de l'avenir de l'hôpital. James Wilder l'avait porté sur les fonts baptismaux et en avait fait un établissement modèle. Peter veillait sur l'héritage de son père. La réputation de l'hôpital reposait en grande partie sur cette médecine de campagne qu'ils pratiquaient, familiale, bienveillante, charitable. Mais que se passerait-il le jour où il n'y aurait plus de Wilder pour accomplir un tel sacerdoce et se dévouer sans relâche auprès des malades ?

Il ne fallait pas être grand clerc pour l'imaginer. La qualité des soins se dégraderait, la renommée de l'établissement en pâtirait et il n'attirerait plus l'élite de la profession. En quelques années,

Walnut River régresserait au rang d'hôpital médiocre peuplé de praticiens de seconde zone.

Si NHC prenait en main ses destinées, les dirigeants feraient un pont d'or aux meilleurs chirurgiens et spécialistes pour les attirer à Walnut River. La renommée de l'hôpital dépasserait les frontières de l'État, voire du pays.

De toute façon, songea Bethany en finissant son cappuccino, la bataille était inégale. Le pot de terre contre le pot de fer... Au XXIe siècle, le pot de terre avait peu de chances de l'emporter.

En sortant de la cafétéria, elle se dirigea d'un pas déterminé vers l'ascenseur.

Prête pour le deuxième round.

Il était temps que le Dr Wilder ouvre les yeux. S'il continuait à s'obstiner, son précieux hôpital finirait par en subir les conséquences.

Dès qu'il l'aurait compris, ils pourraient passer à des négociations plus constructives.

5

Le testament de James Wilder ne réserva aucune surprise.

Comme prévu, tous ses biens, c'est-à-dire sa maison et le peu d'argent qu'il possédait en banque, étaient partagés équitablement entre ses quatre enfants.

James n'avait ni frère, ni sœur, ni famille lointaine. À part quelques objets qu'il léguait à des amis et dont la seule valeur était sentimentale, tout le reste faisait partie de la modeste succession à répartir entre Peter, David, Ella et Anna.

Selon les dernières volontés du défunt, Peter fut nommé exécuteur testamentaire.

— Et voilà, dit Fred en repliant le document et en le rangeant dans sa mallette. Si tous les testaments pouvaient être aussi simples... Tout de même, je regrette que David et Anna ne soient pas restés un jour de plus pour assister à sa lecture.

Ella déplorait également l'absence de son frère et sa sœur. Selon elle, ils avaient pris la fuite en invoquant des prétextes.

Peter faisait preuve de plus d'indulgence. En proie à leurs démons respectifs, David et Anna avaient préféré regagner leurs terres d'élection, celles où ils existaient de plein droit, indépendamment de la famille. Qui était-il pour leur jeter la pierre ?

Il prit leur défense.

— Ils ont estimé que cette séance ne serait qu'une pure

formalité, et il faut reconnaître qu'ils avaient raison. De plus, le travail les appelait.

Fred esquissa une moue sceptique.

— Ça m'a fait plaisir de vous revoir, Ella. J'espère que la prochaine fois, ce sera en des circonstances moins tragiques.

Les yeux voilés de larmes, Ella serra la main du notaire. Afin de lui permettre de laisser libre cours à son chagrin, Peter prit l'homme de loi par le coude.

— Je vous raccompagne.

Dans le vestibule, Fred revint à la charge à propos de la lettre qu'il lui avait remise la veille.

— L'avez-vous ouverte, Peter ?

— Non, pas encore.

Fred lui jeta un regard perçant.

— Auriez-vous peur ?

Peur ? Peut-être... La vue de cette enveloppe sur la cheminée mettait Peter mal à l'aise. Il avait toujours placé son père sur un piédestal. Or, s'il ouvrait cette enveloppe, il avait le sentiment que ce qu'il y découvrirait ternirait son image.

— Ça ne peut pas être une bonne nouvelle, n'est-ce pas ? Sinon, mon père n'aurait pas fait tant de mystères. Il n'était pas du genre « À lire après ma mort ». Du moins, pas à ma connaissance.

L'avait-il bien connu, finalement ? Jusqu'à hier, il aurait juré que oui. À présent, il ne savait plus.

— Quand vous aurez lu la lettre, soyez gentil de me tenir au courant.

— Quelle que soit sa teneur, il s'agit du secret de mon père !

Un petit rire échappa à son interlocuteur.

— Avez-vous oublié que James n'en avait aucun pour moi ? J'étais son notaire, et qui plus est son ami d'enfance.

— Vous voulez dire que vous savez ce qu'il y a dans cette enveloppe ?

En notaire qui se respecte, Fred se garda bien de confirmer.

— Disons que j'ai mon idée.

À quoi rimaient tous ces secrets, dans ce cas ? Et pourquoi Fred lui demandait-il de le tenir au courant s'il savait déjà ?

— Du diable si je...

— Je ne peux rien vous révéler, Peter. Comme les médecins, les hommes de loi sont tenus à une obligation de confidentialité envers leurs clients.

Il tapota le bras de Peter.

— Gardez l'esprit ouvert, mon garçon, c'est tout ce que je peux vous conseiller. Vous êtes le fils en qui James avait confiance.

N'aurait-ce pas été une meilleure preuve de confiance que de partager son secret avec lui de son vivant ?

— Je commence à en douter...

— Mais non. Considérez qu'il n'a pas voulu mettre ce fardeau sur vos épaules avant d'y être absolument obligé. Au revoir, Ella, ajouta-t-il en élevant la voix. Et avertissez-moi, reprit-il en sourdine à l'intention de Peter, quand vous aurez... vous savez quoi.

La porte venait de se refermer derrière Fred quand Ella déboucha dans le vestibule.

— De quoi parliez-vous ?

En bon petit soldat, elle avait séché ses larmes. D'ailleurs, songea Peter, il devrait perdre cette habitude de la considérer comme une gamine. Elle était désormais une femme adulte et un médecin diplômé, s'il vous plaît. De taille à se défendre toute seule.

Pourtant, il ne put s'empêcher de la protéger.

— Oh, de détails administratifs, répondit-il, désinvolte. Il y a des tonnes de papiers à signer.

— Je croyais qu'on en avait fait le tour tout à l'heure.

— Tu connais Fred ! C'est un bavard impénitent.

Voyant qu'Ella attendait des détails, il improvisa.

— Figure-toi qu'il me suggère de rédiger mon testament, maintenant que je suis chef de famille.

— Ah non ! Je te défends de mourir, tu entends ?

Il rit.

— D'accord. Je dirai à Fred que ma sœur s'y oppose.

— C'est cela.

Elle passa son bras sous le sien.

— Et si nous sortions dîner ? C'est moi qui invite.

— Tu n'es pas d'astreinte, ce soir ?

— J'ai échangé ma garde avec ma collègue de nuit, ce qui me laisse quelques heures.

Il lui sourit tendrement.

Au retour, il ouvrirait l'enveloppe. Peut-être. Rien ne pressait.

— Alors, en route. Et je te préviens que je ne me contenterai pas d'un hamburger. Un trois étoiles ou rien.

La plaisanterie dérida Ella qui joua le jeu.

— Mon budget est sans limites. Tant qu'on ne dépasse pas dix dollars.

— Je vais chercher les manteaux, miss Rockefeller.

— NHC nous envoie un émissaire à la fin du mois pour entamer les négociations, annonça Bethany en entrant en coup de vent dans le bureau de Peter.

Il n'était même pas 8 heures du matin. La consultation en ambulatoire ne commençait qu'à 9 h 30, après la tournée des lits.

Les sourcils froncés, Peter leva la tête de la publication médicale qu'il lisait. Voilà qui lui apprendrait à ne pas fermer sa porte. L'étage était encore désert, et il s'était cru tranquille. Même Eva, son infirmière-réceptionniste, n'était pas encore arrivée.

Il observa froidement l'intruse.

— N'avez-vous rien de mieux à faire que de vous promener par ici ?

Bethany ne se laissa pas démonter.

— Non, dit-elle avec un grand sourire. Je ne vois pas de meilleur endroit pour commencer la journée !

La veille, il ne s'était pas privé de se moquer d'elle ; la perfide lui rendait la monnaie de sa pièce.

Résigné, il glissa un marque-page dans la revue et se leva.

— Libre à vous de perdre votre temps. En ce qui me concerne, le devoir m'appelle.

Elle se plaça en travers de la porte.

Tous ses collègues avaient beau chanter les louanges de Peter Wilder — il n'y avait pas plus gentil, calme, attentif aux autres… —, elle ne voyait en lui qu'une tête de mule doublée d'un mufle. Fort séduisant au demeurant, mais mufle tout de même.

— Vous m'avez dit la même chose à la cafétéria hier. À présent, qui débite des rengaines ?

— Il n'empêche que c'est vrai. Je ne sais pas à quoi vous, les administrateurs, employez votre temps en dehors des conseils, mais moi, je le passe à exercer mon métier qui consiste à soigner les gens.

Pour se débarrasser de Bethany, il déformait quelque peu la vérité. Quatre des membres du conseil étaient médecins[illegible] jonglaient avec leurs horaires comme l'avait fait son père[illegible] de mener de front leurs activités médicales et les intermin[illegible] séances de budgets et de bilans. Séances auxquelles Bet[illegible] devait apporter une contribution majeure, puisqu'elle ét[illegible] l'« experte en rendement ».

Rien que le terme lui faisait froid dans le dos. Comment pouvait-on parler de rendement en médecine ?

Les attributions précises de Bethany ne l'intéressaient pas, en fait. Il se doutait que les chiffres étaient son domaine, mais un point l'intriguait. Avait-elle appartenu au corps médical ? En tout cas, personne ne l'appelait Dr Holloway. La demoiselle était selon toute probabilité l'un de ces comptables de haut vol chargés d'« optimiser » les performances d'un établissement. Encore des notions qui le laissaient perplexe…

— J'ai ma ronde des lits à effectuer, dit-il en se dirigeant vers la porte. Alors, à moins que vous ne vouliez passer votre temps à attendre dans le couloir, je vous conseille de vaquer à vos affaires.

Sur ce, il échappa à sa persécutrice pour la seconde fois en deux jours.

6

— Que savez-vous de Bethany Holloway ?

À la fin de sa tournée des lits, Peter avait décidé de faire un détour par le bureau de l'administrateur en chef afin de glaner quelques informations qui lui permettraient de mieux contrer son adversaire.

Henry Weisfield leva la tête du dépliant touristique qu'il était en train d'étudier et rajusta ses verres à double foyer sur son nez.

L'air mélancolique, il sourit.

— Ah, Bethany ! Si j'étais plus jeune de trente ans, je lui ferais assidûment la cour... Mais pourquoi cette question, mon garçon ? Vous intéresserait-elle ?

Peter réprima un soupir. À quarante ans, il se serait cru à l'abri des entremetteurs de tout poil. Que nenni ! De bonnes âmes continuaient à vouloir le caser.

Elles se fatiguaient pour rien.

Naguère, il avait aimé et souffert une cruelle désillusion. À présent, il était marié avec son métier et plus aucune femme ne lui briserait le cœur.

— Pas comme vous l'entendez. J'aimerais en savoir plus sur son parcours professionnel, sur les raisons pour lesquelles elle est venue s'installer chez nous.

Henry s'adossa dans son fauteuil.

— C'est une tête bien faite et bien pleine. Jugez-en : elle n'a pas *un* mastère de gestion et de management, mais *deux*. Sortie première de sa promotion de Princeton. C'est une gagnante. Wallace ne jure que par elle. Entre nous, je crois qu'il a le béguin...

Les soupçons de Peter se confirmaient.

— Sa femme doit en être ravie, commenta-t-il sèchement.

— Votre père pensait aussi le plus grand bien de Bethany. Après tout, c'est lui qui l'a engagée.

S'il avait su qu'elle militerait pour vendre l'hôpital à l'une des plus puissantes mutuelles médicales, il y aurait réfléchi à deux fois, songea Peter.

Bethany était-elle un cheval de Troie, introduit dans la place par NHC pour noyauter toute opposition de l'intérieur ?

L'accusation était grave, et il ne disposait d'aucune preuve. La belle prétendait n'avoir aucun intérêt dans la reprise par NHC et œuvrer uniquement pour le bien de Walnut River. Mais pouvait-on se fier à sa parole ?

— Si elle est si brillante, pourquoi ne siège-t-elle pas dans le conseil de quelque multinationale cotée en Bourse ? Pourquoi a-t-elle choisi de nous honorer de ses compétences ?

— Bonne question... Je ne peux qu'émettre des hypothèses. Ambitieuse comme elle l'est, elle n'a peut-être pas voulu être un petit poisson parmi d'autres dans une grande mare.

Peut-être...

Songeur, Peter alla se poster à la fenêtre. Quatre étages plus bas, le parking commençait à se remplir. Les équipes du matin embauchaient ; les premiers visiteurs venaient accomplir leur pèlerinage quotidien auprès de leurs proches et les patients arrivaient, la plupart à reculons, pour consulter ou passer des examens.

L'hôpital fonctionnait à merveille. Ils n'avaient pas besoin qu'un conglomérat tentaculaire vienne leur dire comment faire.

En soupirant, il posa les mains sur le rebord de la fenêtre.

— Alors, elle préfère s'approprier notre mare pour se faire une place au soleil.

Henry réfléchit un instant.

— Je crois qu'on peut le résumer ainsi…

Il rit.

— Votre départ avec pertes et fracas de la salle du conseil alimente toutes les conversations depuis hier. Il paraît que vous n'avez même pas laissé Bethany finir sa phrase.

Peter se tourna vers son interlocuteur.

— Mes patients m'attendaient.

Une indulgence amusée se lut dans le regard de Henry.

— C'est faux. J'ai vérifié votre emploi du temps. Vous êtes parti une demi-heure avant le début de votre consultation.

Henry était une fine mouche. Un brin excentrique, mais un administrateur hors pair capable de réunir des fonds de nulle part pour couvrir des dépenses imprévues. Peter ne comptait plus le nombre de fois où il leur avait sauvé la mise.

Une profonde affection les liait.

Inutile de lui mentir.

— J'ai préféré m'en aller avant de perdre mon calme.

— Perdre votre calme ? Vous ? J'aurais bien voulu voir cela ! Tout le personnel vous décrit comme la patience incarnée…

Tout cela commençait à irriter Peter. Hier, Bethany l'avait traité de « saint ». Maintenant, il était un ange de patience…

Au fond de lui-même, il savait qu'il n'était ni l'un ni l'autre, mais simplement un homme essayant de faire au mieux en toutes circonstances.

— On me prête des qualités que je n'ai pas. J'essaie juste d'accomplir correctement mon travail.

Henry se pencha en avant pour l'observer.

— Doux Jésus ! Si je ne m'abuse…

Une main posée sur la poitrine, il feignit la surprise.

— … Vous êtes effectivement en colère ! À cause de Mlle Holloway ?

— Qui d'autre ? Cette femme est un agent infiltré de NHC.

— Ça y est, nous voilà en plein roman d'espionnage ! Votre imagination vous égare, mon garçon.

— À l'entendre développer les arguments en faveur d'un rachat, on pourrait la prendre pour leur chargée de relations publiques.

— Il est vrai qu'elle affiche clairement sa position, ce qu'on ne peut lui reprocher. En ce qui me concerne, je ne serais pas loin de partager ses vues. Northeastern Healthcare n'est tout de même pas le diable…

Peter se sentit blêmir ; il avait espéré trouver un allié en Henry.

— Vous n'êtes pas sérieux ?

Habile tacticien, Henry fit marche arrière.

— Oh, je ne sais pas. Je serais tenté de maintenir le *statu quo*, mais nous sommes au XXIe siècle. Il faut évoluer avec notre temps et nous doter de structures nous permettant d'affronter la concurrence, de résister aux crises. Celui qui n'évolue pas meurt, et je crains qu'en nous accrochant à nos acquis, nous ne laissions passer notre chance.

— Notre chance de quoi ? D'engranger des bénéfices ? De nous développer ? La seule chose qui compte, Henry — et je suis sûr que vous êtes de mon avis —, c'est de donner des soins de qualité à nos patients. Vous savez comme moi que quand un hôpital s'agrandit, il y a un risque qu'il se transforme en usine à soigner. Dans les établissements gérés par NHC, les médecins ne doivent pas dépasser un quart d'heure par patient afin de respecter les quotas qui leur sont imposés. On mesure le rendement et la productivité, comme dans les entreprises. Dans le but de satisfaire les actionnaires toujours plus avides de dividendes, on n'hésite pas à sacrifier l'intérêt des malades.

Il s'interrompit pour reprendre son souffle. Henry avait-il subi un lavage de cerveau ou se faisait-il l'avocat du diable ?

— Il ne faut pas généraliser, Peter. Tous les médecins employés par NHC n'ont pas perdu leur âme.

— Peut-être pas, mais l'organisation pour laquelle ils travaillent s'efforce d'étouffer cette partie de leur personnalité. Le but est de les formater. Les moins exigeants sur le plan de l'éthique se font aisément une raison car les salaires versés par NHC sont plus qu'attractifs.

L'un des fidèles amis de son père allait peut-être passer à l'ennemi. Peter avait l'impression que le sol se dérobait sous ses pieds.

— Laissez-les jeter leur dévolu sur un autre hôpital. Nous ne sommes qu'un petit point sur la carte. Pourquoi s'intéressent-ils soudain à nous ?

La surprise se peignit sur le visage de Henry.

— Vous sous-estimez l'œuvre de votre père, Peter. C'est sous sa houlette que Walnut River est devenu un établissement modèle, cité en exemple par les professionnels. Avant que James ne prenne en main sa destinée, cet hôpital n'était qu'une antenne médicale de campagne. Aujourd'hui, il a acquis ses lettres de noblesse. S'il suscite les convoitises de NHC, c'est précisément à cause de l'excellence de son personnel et de la qualité des soins. Ne vous méprenez pas, Peter ! NHC ne s'intéresse qu'aux établissements de premier plan.

— Vous m'excuserez de ne pas m'en sentir flatté ! D'ailleurs, si nous sommes si performants, pourquoi David n'est-il pas chez nous au lieu d'exercer sur la côte Ouest ?

— David a quitté Walnut River car il était en désaccord avec votre père. Ils n'ont, hélas ! jamais réglé leur différend. Son choix de la Californie s'avère par ailleurs fort judicieux. S'il y a un endroit où les gens ont le culte du physique, c'est bien Los Angeles. Ce n'est par hasard que tous les chirurgiens esthétiques s'y établissent et font recette.

Henry afficha sur son ordinateur la liste du personnel éditée par le service des ressources humaines.

— Nous avons d'excellents cardiologues, des orthopédistes

renommés. L'oncologue recrutée l'année dernière est diplômée de Yale.

Ces médecins resteraient-ils à bord du navire si NHC prenait la barre ?

Peter en doutait.

— Dans ce cas, pourquoi avons-nous besoin de NHC ?

— Parce qu'il nous faut rénover notre équipement et nos locaux, répondit son ami d'une voix soudain lasse. Acheter du matériel neuf, des appareils de pointe...

— Donc, vous préconisez d'accepter l'offre de NHC ? demanda Peter, le cœur lourd.

Un haussement d'épaules lui répondit.

— Je ne préconise rien du tout, hormis ma mise à la retraite.

Peter ne s'attendait pas à cela.

— Henry, non.

— Si. Je suis vieux, Peter. Plus vieux que votre père. Et je me sens usé. Je n'ai plus la force de me battre avec le ministère sur des points de règlement, de m'évertuer à trouver des crédits pour financer tel programme ou tel autre. À force de réfléchir aux moyens de joindre les deux bouts, j'en ai fini par perdre le sommeil.

— Pourtant, vous avez toujours accompli des prodiges, Henry. Dans la famille, on vous surnomme « le magicien ».

— Il est temps que quelqu'un d'autre sorte les lapins du chapeau. Ma santé n'est plus ce qu'elle était, mon garçon. Croyez-moi, il vaut mieux que je m'en aille, la tête haute, avant d'être poussé vers la sortie par ces messieurs du conseil.

Il est vrai que Henry semblait fatigué. Le diabète dont il souffrait — le sexagénaire croyait que personne n'était au courant — s'était aggravé ces derniers temps.

Pour cette raison, Peter n'insista pas.

— Votre décision est prise ?

— Pour mon départ à la retraite ? Oui. Pour le reste, je demande à réfléchir… Ce ne sera pas de gaieté de cœur que je laisserai NHC s'emparer de notre hôpital, mais nous ne rendrons pas non plus service à nos malades si nous devons un jour fermer faute d'argent. Une excellente réputation ne sert à rien si le budget ne suit pas. Le fait que nous dispensions les plus démunis de régler leurs factures ne fait qu'accroître notre déficit, car il faut bien que quelqu'un paie les soins et les opérations. Les fonds alloués à la caisse sociale n'y suffisent pas, et nous sommes parfois obligés de prélever sur nos crédits de fonctionnement pour payer les chirurgiens. À ce rythme, nous ne tiendrons pas longtemps, d'autant que chaque service ne cesse de réclamer davantage. Satisfaire tout le monde exige des talents d'équilibriste, et j'ai passé l'âge de ces acrobaties.

— Céder l'établissement à un conglomérat ne constitue pas pour autant une solution. Il doit bien y avoir une alternative !

— Peut-être… Moi, en tout cas, je n'ai pas la réponse. C'est bien pour cela que je veux passer la main.

— Dans combien de temps ? s'enquit Peter, résigné.

Henry tourna les pages du calendrier posé sur son bureau.

— Avril. Mai au plus tard. J'ai déjà commencé à chercher un remplaçant.

— Vous nous manquerez, Henry. Sans vous, ce ne sera pas pareil.

— Je compte sur vous pour tenir le cap, Peter. Vous êtes un Wilder. Et les Wilder s'en sortent toujours.

Ces mots résonnèrent en Peter longtemps après qu'il a quitté le bureau de Henry. Son père et, avant lui, son grand-père auraient pu les prononcer. Ils avaient une confiance inébranlable en leurs capacités à surmonter les épreuves. Malheureusement, ils ne la lui avaient pas transmise.

7

La séance n'en finissait plus. Peter sentait ses paupières s'alourdir. Malheureusement, il n'était pas question de fermer les yeux pour s'abandonner à une petite sieste.

Dans cette salle surchauffée, coincé au milieu de débats interminables, il se sentait pris au piège. Dire qu'il avait tant d'autres choses plus importantes à faire !

En dehors de ses heures de consultation, il avait passé la semaine à regarder par-dessus son épaule pour éviter — avec succès — la personne qui se trouvait assise à sa droite.

La voix de Larry Simpson, l'orateur du moment, possédait de puissantes vertus soporifiques, mais elle n'était pas entièrement responsable de sa somnolence. Peter avait travaillé jusqu'à l'aube. Puis, trop épuisé pour prendre le volant, il avait dormi sur le canapé de son bureau. Sur le moment, ça lui avait semblé une bonne idée, mais son dos s'en ressentait cruellement, tout comme son cou et sa tête...

Quand Larry eut enfin terminé son laïus, Wallace aborda le sujet suivant à l'ordre du jour : le départ de Henry Weisfield. Il se lança dans un panégyrique qui lui permit quelques belles envolées lyriques.

— Henry laissera son empreinte... Un homme entre mille... irremplaçable... Je charge néanmoins chacun d'entre vous de se mettre en quête d'un candidat apte à prendre sa relève.

— On pourrait proposer à Henry une augmentation de ses émoluments, suggéra Gladys Cooper, une endocrinologue qui siégeait au conseil depuis quinze ans.

— Tout ne se règle pas par de l'argent, laissa échapper Peter.

— C'est vrai, dit Bethany. Mais il constitue parfois une entrée en matière efficace pour des négociations.

Peter refusait de se laisser entraîner sur ce terrain.

— Difficile de vous contredire, acquiesça-t-il prudemment.

— Mais je suis sûre que vous y parviendrez, docteur Wilder…

Pour la première fois, elle lui souriait d'un air malicieux, presque amical.

Pourquoi fallait-il que son parfum soit si enivrant ? Oh, il n'était pas capiteux, mais sa subtile fragrance suffisait à pénétrer insidieusement ses sens et à paralyser ses neurones qui fonctionnaient déjà au ralenti à cause du manque de sommeil.

Il ouvrait la bouche pour répondre quand la sonnerie d'un portable jouant une samba résonna. Wallace porta aussitôt la main à la poche intérieure de sa veste.

— Désolé, dit-il, sourire penaud à l'appui. J'ai oublié de l'éteindre.

Avant d'appuyer sur la touche correspondante, il jeta un coup d'œil au numéro affiché sur l'écran.

— Pardonnez cette interruption, chers collègues, mais il faut que je prenne cet appel. Si nous faisions une pause de quelques minutes ?

Sans attendre leur accord, il quitta la pièce.

Les administrateurs se levèrent afin de se dégourdir les jambes.

Bethany, qui était restée assise, regarda son voisin. Cette suspension de la séance lui offrait l'occasion ou jamais de lui parler du rachat de l'hôpital autrement qu'entre deux portes.

Échaudée par ses précédentes tentatives, elle ne l'aborda pas de front.

— Vous n'êtes pas rentré vous coucher, n'est-ce pas ?

— Est-ce que par hasard vous m'espionneriez, mademoiselle Holloway ?

— Non, répondit-elle calmement. J'ai simplement remarqué que votre voiture n'avait pas bougé de place depuis hier.

Elle se garda de lui dire qu'elle avait attendu un quart d'heure la veille au soir sur le parking, dans l'espoir de le voir apparaître. Vaincue par le froid de janvier, elle avait fini par rentrer chez elle avant de se transformer en glaçon.

— À cause de la neige qui est tombée cette nuit, précisa-t-elle.

— Vous êtes très observatrice.

Presque malgré lui, Peter lui rendit son sourire. Inutile de se mentir plus longtemps. Tout experte en rendement qu'elle était, elle lui plaisait et ce constat avait de quoi l'inquiéter.

— Arrêtons de jouer au chat et à la souris, docteur Wilder. Je désire vous parler et vous ne cessez de m'éviter. Tout ce que je vous demande, c'est d'écouter mes arguments...

Attirés par la promesse d'un bel échange, leurs collègues reprirent leurs places.

— Inutile de vous fatiguer. Je sais tout ce qu'il y a à savoir sur les motivations et les méthodes de NHC.

— Avez-vous eu accès aux dernières statistiques des hôpitaux ?

— Je m'occupe de patients, mademoiselle Holloway, éluda-t-il avec un geste impatient de la main. Pas de statistiques.

— Elles sont établies à partir des patients, docteur. Les chiffres ne nous tombent pas du ciel !

Les statistiques n'avaient jamais constitué un argument recevable. Un repreneur habile pouvait leur faire dire n'importe quoi.

— Mademoiselle Holloway, commença-t-il d'un ton exagérément patient, ce n'est pas à vous que je vais apprendre comment on peut manipuler les chiffres à son avantage. C'est un jeu d'enfant pour un conglomérat à l'appétit d'ogre, avide d'étendre sa domination sur le marché. À coups de sondages prétendument indépendants, il va se faire passer pour une entreprise philanthropique œuvrant pour le bien de la médecine. Et le tour sera joué auprès des crédules et de ceux qui ne demandent qu'à être convertis pour des raisons que je n'approfondirai pas.

Les yeux de Bethany étincelèrent.

Elle lui rappelait Lisa, la femme dont il s'était cru naguère amoureux. Rectification : dont il *avait été* amoureux. Il l'avait été au point d'envisager de passer le restant de ses jours avec elle jusqu'à ce qu'elle lui annonce, en dernière année de médecine, qu'elle le quittait pour un nommé Steven. Celui-ci lui offrirait « de meilleures perspectives » puisque, dès l'obtention de son diplôme, il rejoindrait en tant qu'associé un cabinet très lucratif à Manhattan.

Un frisson le parcourut alors qu'il en prenait conscience. Bethany Holloway avait la même silhouette, le même teint de rousse, les mêmes lèvres sensuelles que Lisa.

Et la même ambition chevillée au corps. Ces femmes-là ne faisaient pas de quartier.

— Mes collègues ne tarissent pas d'éloges sur votre compte. On vous dit gentil, attentionné, compréhensif, ouvert… Jusqu'à présent, je n'en suis pas convaincue.

Pendant quelques instants, on aurait pu entendre voler une mouche dans la pièce.

— Je n'ai aucun désir de vous convaincre de quoi que ce soit à mon sujet, mademoiselle Holloway.

Il mentait. L'opinion des autres lui importait, et il n'aimait pas qu'on le prenne pour ce qu'il n'était pas. Cela le contrariait.

Tout comme ce parfum qui émanait d'elle et qui lui paralysait le cerveau. Faisait-il partie de la stratégie de Bethany pour mettre son adversaire en position de faiblesse, le déstabiliser ? Elle en serait bien capable.

Le parfum n'était pas la seule chose qui l'irritait. Même en dehors de sa présence, il s'était surpris à penser à elle plus d'une fois ces jours-ci. Au beau milieu de l'étude d'un dossier, il laissait son esprit vagabonder… vers elle.

Non contente de le harceler dans les couloirs, elle le poursuivait jusque dans ses pensées !

S'il persistait dans sa dérive, il allait droit au désastre.

Il devait tout faire pour protéger l'hôpital, l'empêcher de tomber entre les griffes de NHC, plutôt que de fantasmer sur celle qui militait activement pour l'ennemi !

— Pardon, mes amis, pardon, dit Wallace en revenant dans la salle.

Il éteignit ostensiblement son portable.

— J'espère que vous en avez profité pour vous dégourdir les jambes. On vient de m'avertir que le service de radiologie a besoin d'un nouvel appareil d'imagerie par résonance magnétique. Selon Mme Fitzpatrick, la manipulatrice en chef, l'ancien est en panne plus souvent qu'il ne fonctionne. Des idées sur la manière de financer cet achat ?

À peine avait-il fini sa question que Bethany demanda la parole.

— Si nous acceptons la proposition de reprise, nous pourrons acquérir l'I.R.M. et bien d'autres appareils. NHC paiera.

— En résumé, vous suggérez de nous vendre, pour un I.R.M., dit Peter. Cela me semble cher payé !

Qu'attendaient les autres pour le soutenir ? Ils savaient tous que le but ultime des grandes mutuelles était le profit, le leur, et non la promotion de la médecine !

— Que voulez-vous dire, Peter ? s'enquit Wallace.

Encore un qui jouait au sourd et à l'aveugle. Sans doute pour s'attirer les faveurs de Bethany…

— Vous le savez très bien, Wallace. On connaît tous les histoires qui circulent sur les établissements qui sont tombés entre les mains des conglomérats médicaux.

— Mais elles datent des années quatre-vingt-dix ! rétorqua Bethany. Les choses ont changé, depuis.

— En pire ! Au lieu de rester assis à attendre que NHC vienne renifler sa proie, nous ferions mieux de diligenter une enquête sur les autres établissements tombés dans son escarcelle depuis, disons, les cinq dernières années. Elle sera fort instructive.

Mal à l'aise, Wallace s'éclaircit la gorge.

— Nous ne disposons pas des crédits, Peter.

Ne comprenait-il donc pas la gravité de la situation ?

Si Wallace était tenté d'accepter l'offre de NHC, il valait mieux qu'il sache à quoi il exposait l'hôpital.

— Pourtant, nous ne pouvons faire l'économie de cette démarche ; il va falloir trouver l'argent. Pour en revenir à l'appareil d'IRM, il suffit de demander à Henry Weisfield de solliciter nos mécènes en organisant une soirée de gala ou quelque tombola dont il a le secret. Il ne part pas avant au moins trois mois.

— C'est la solution que vous recommandez ? s'enquit Bethany, incrédule. Une tombola ?

— Jusqu'à présent, de tels événements ont toujours renfloué nos caisses.

— Et quand nous aurons besoin de moderniser les blocs opératoires, vous ferez encore appel à la charité publique ? Il y a des limites à la générosité de nos donateurs. Si vous persistez dans cette voie, on les perdra tous les uns après les autres.

— On avisera le moment venu.

Se moquait-il d'elle ? se demanda Bethany.

— Ce problème ne se poserait pas si NHC nous reprenait. Ils financeraient sans discuter tous nos projets de rénovation et nos besoins en matériel.

— Se peut-il que vous soyez à ce point naïve ? Ne vous rendez-vous pas compte qu'une entreprise disposée à tout vous donner sur un plateau est également prête à tout vous reprendre si vous ne jouez pas le jeu à sa manière ?

Inutile d'essayer de convaincre Bethany. Il se tourna vers Wallace.

— Si on tire mes ficelles, je veux pouvoir mettre un nom sur le responsable pour me confronter à lui. Avec NHC, nous nous heurterons à un mur. En cas de réclamations, on nous opposera que l'intérêt des actionnaires prime...

Son beeper sonna à cet instant. Peter inclina le petit appareil accroché à sa ceinture pour lire le message.

— Désolé, Wallace. Une ambulance nous amène des accidentés de la route. On me réclame aux urgences.

— Bien sûr. Allez-y, Peter.

En quittant la salle, Peter remarqua que le président du conseil semblait soulagé de son départ.

Tout en écoutant le rapport de Simone Garner, la surveillante des urgences, Peter enfila la blouse jetable.

Jolie brune au sourire généreux, Simone énuméra les blessures et les données vitales des trois patients allongés dans la salle de déchoquage.

— Il ont été victimes d'une collision. Au moment de ralentir à l'approche du feu rouge, le conducteur d'un véhicule utilitaire s'est rendu compte que ses freins ne répondaient plus. Il a percuté l'arrière d'une berline. Le garçonnet de trois ans que voici était assis sur le siège passager.

Le bambin pleurait à fendre l'âme.

— On va te soigner, mon lapin, dit-elle en se penchant sur lui. Il n'y avait pas de siège enfant, poursuivit-elle à l'adresse de Peter.

Son ton désapprobateur indiquait tout le mal qu'elle pensait du père.

— C'est le petit qui a subi le traumatisme le plus lourd. Peut-être souffre-t-il d'une hémorragie interne.

— Faites-lui passer un scanner.

Aidée d'un brancardier, Simone poussa le chariot-lit vers la salle de radiographie.

Peter tourna son attention vers les deux hommes. Celui qui était le plus près de lui empoigna son bras.

— Mon petit garçon..., implora-t-il d'une voix rauque.

Son visage tuméfié couvert de plaies et de coupures ressemblait à celui d'un boxeur massacré par son adversaire. Un œil disparaissait sous une paupière énorme, et celui qui fixait Peter ne valait guère mieux.

— Votre fils est en de bonnes mains. Il va s'en sortir.

Il y mit toute sa conviction. Autrefois, durant son internat, on l'avait mis en garde contre les promesses inconsidérées. Depuis, l'expérience lui avait appris qu'un bon moral était primordial chez le patient.

— Et vous aussi. Pour cela, il faut d'abord que je vous examine.

Il y avait bien hémorragie interne : la rate de l'enfant avait éclaté. Peter dut effectuer une splénectomie en urgence après quoi il retourna auprès du père pour lui expliquer que son fils se remettrait sans conserver de séquelles. Il avait rarement vu un parent montrer un tel degré d'inquiétude et de culpabilité.

— C'est ma faute, ma faute..., ne cessait-il de répéter jusqu'au délire.

À tel point que Peter ordonna une injection de diazépam pour le calmer.

Le conducteur de la fourgonnette souffrait pour sa part d'une lésion à la colonne vertébrale. En gonflant, la blessure comprimait la moelle épinière, ce qui insensibilisait les extrémités de ses membres inférieurs.

Peter appela Ella pour lui demander son avis, et aussi parce que la voix douce de sa sœur calmerait les angoisses du blessé. Du moins l'espérait-il.

Elle arriva en moins d'un quart d'heure et se révéla fort efficace.

— Dans 99 % des cas, cette semi-paralysie n'est que provisoire. Dès que l'hématome de la colonne vertébrale se sera résorbé, vous retrouverez toute votre sensibilité et serez bien sûr capable de marcher. Il faut être patient.

— Mais si je faisais partie du 1 % restant ? Si je restais invalide jusqu'à la fin de mes jours ?

— Il n'y a aucune raison. Dans le pire des cas, nous pratiquerions une intervention chirurgicale, mais nous n'en sommes pas là. Je vous le répète : dans quelques jours, vous sortirez de cet hôpital sur vos jambes.

Peter sourit. Leur père aurait été fier d'Ella.

Si NHC dictait sa loi, c'en serait fini de ce traitement personnalisé du malade. Après un examen pratiqué dans le temps imparti et la pose du diagnostic dans la foulée, le patient recevrait son traitement et serait renvoyé dans ses foyers pour récupérer. Seul avec ses angoisses et ses craintes. Une telle situation pouvait se révéler extrêmement préjudiciable pour des personnes fragiles nerveusement.

Raison de plus pour empêcher le rachat.

Cela avait été le pire mois de janvier de sa vie, songea Peter en se changeant à la lueur blafarde du plafonnier de son bureau.

Bethany avait parlé de neige… Serait-il obligé de sortir la pelle pour accéder à sa porte ce soir ? Au terme d'une journée de douze heures de travail, il n'avait pas envie de ce genre d'exercice.

Il avait beau être natif de Walnut River, il n'était pas un fanatique de la poudreuse.

Après avoir glissé quelques rapports de laboratoire et de radiologie dans sa mallette, ses devoirs d'après dîner, il sortit enfin à l'air libre. Glacial.

Non sans précautions, il descendit l'escalier verglacé en tenant la rampe.

Le concierge l'avait salé ce matin, mais la glace avait depuis longtemps repris ses droits. Il ne manquerait plus qu'un patient ou un visiteur se casse la jambe à l'entrée de l'hôpital ! songeait Peter quand il entendit une femme pousser un cri.

Il se retourna pour voir Bethany Holloway basculer en arrière et glisser en bas des marches.

8

Peter se précipita pour l'attraper par le bras avant qu'elle ne touche le sol glacé.

Dans une tentative désespérée pour rétablir l'équilibre, Bethany jeta tout son poids vers l'avant, entraînant Peter dans sa chute.

Il atterrit sur le dos, avec Bethany sur lui.

Le souffle coupé, elle le dévisagea, stupéfaite.

Au lieu de se redresser d'un air indigné ou au moins d'essayer, elle se mit à rire. Un rire rauque, sensuel. Mélodieux...

Jamais Peter n'avait senti quelqu'un rire contre lui ; c'était une expérience pour le moins troublante.

Songeant au spectacle ridicule qu'ils devaient donner — heureusement, il n'y avait personne pour en profiter —, il se mit à rire à son tour. Si fort qu'il ne put bientôt plus s'arrêter et que des larmes perlèrent au coin de ses paupières.

Soulevés par le rire, leurs corps se mouvaient en rythme, toujours étroitement enlacés.

Leur accès d'hilarité cessa enfin.

Partagée entre l'amusement et l'inquiétude, Bethany tenta de reprendre son souffle.

— Voilà ce que c'est que de vouloir aider son prochain.

Peter plongea ses yeux dans les profondeurs azur de ceux de Bethany.

Un désir qu'il n'avait pas éprouvé depuis des siècles monta

en lui. Son rythme de travail de ces dix dernières années ne lui avait guère permis d'entretenir de vie privée, même si c'était en partie un choix de sa part.

Avec la caresse du souffle de Bethany sur son visage et leurs corps serrés l'un contre l'autre, il prenait soudain une conscience aiguë de ce qui lui avait manqué. De ce qui lui manquait.

Les sensations le submergeaient. Des langues de feu embrasaient ses veines, son être tout entier.

Le regard de Bethany reflétait également l'émoi.

Aussi incroyable que cela paraisse, l'attirance était réciproque !

Peter n'était pas homme à se laisser guider par ses pulsions.

Pourtant, ce soir, il y céda.

Il prit le visage de Bethany entre ses mains gantées et l'approcha du sien.

Le baiser dépassa ses rêves les plus fous. Les lèvres de Bethany exhalaient un parfum de fraise et de printemps, des plaisirs hors saison.

Il les goûta tout son soûl.

En cet instant, il n'était plus le Dr Wilder, brillant spécialiste de médecine interne, gardien de l'héritage de son père, mais seulement Peter, homme de chair et de sang qui se languissait de chaleur et de tendresse.

Naguère, il les avait crues à sa portée. Hélas ! le sort en avait décidé autrement.

Le cœur de Bethany battait à tout rompre. Elle approfondit le baiser.

À la seconde où leurs corps étaient entrés en contact, elle avait senti qu'un mur venait de tomber. En elle.

Elle l'avait érigé autrefois pour se protéger des moqueries de ses parents et de tout ce qui avait fait de son adolescence un enfer. Par la suite, elle l'avait maintenu pour se prémunir de toute nouvelle blessure.

Si personne ne franchissait ce mur, elle ne souffrirait pas. Dans son esprit, c'était aussi simple que cela. Elle serait invulnérable.

Pas en ce moment, en tout cas. Elle tremblait de tous ses membres, et le froid n'y était pour rien.

Elle interrompit le baiser et chercha des paroles de circonstance. En vain, car elle était novice en la matière.

Autant remettre son armure de maîtresse femme.

— Alors, murmura-t-elle en rejetant la tête en arrière, un sourire vainqueur aux lèvres. Au sujet de ce rachat...

Peter rit doucement.

Finalement, il n'était pas dénué d'humour, constata-t-elle. L'aurait-elle mal jugé ?

— Reportons cette discussion à plus tard, si vous le voulez bien. Dans l'immédiat, je ne suis pas en possession de mes moyens... intellectuels.

Consciente du sous-entendu, elle rougit.

Contre toute prudence, elle brûlait d'envie de l'embrasser de nouveau. Peter l'en priva en l'écartant doucement pour s'asseoir.

— Désolé.

— De quoi ?

Regrettait-il déjà de l'avoir embrassée ? Jamais elle n'aurait dû baisser la garde.

— De cette chute.

Le soulagement envahit Bethany.

— Et le baiser ?

— Je ne le regrette pas.

Elle l'observa en silence. Il ne mentait pas.

Une vague de bonheur l'envahit.

« Il n'y a vraiment pas de quoi », se sermonna-t-elle.

— On devrait se relever avant que quelqu'un nous voie.

À contrecœur, elle obéit. À peine s'était-elle redressée qu'elle glissa de nouveau.

Prompt comme l'éclair, Peter saisit sa main pour l'empêcher de tomber.

Décidément, elle se conduisait vraiment comme une idiote, incapable de faire un pas sans l'aide d'un homme.

Son indépendance en souffrait, mais elle n'avait pas le choix à cause de ses maudits escarpins qui ne demandaient qu'à déraper.

— Ça m'apprendra à oublier mes bottes au vestiaire.

— Je vais vous accompagner à votre voiture. J'ai tout mon temps.

Pour une fois, songea-t-il.

Répugnant à être traitée en faible femme, Bethany faillit refuser. La raison l'emporta cependant.

Le parking étant une véritable patinoire, une aide ne serait pas du luxe.

— Merci. Que deviendrais-je sans la gentillesse des inconnus ? ajouta-t-elle, désinvolte.

Il la surprit en reconnaissant la citation.

— *Un Tramway nommé Désir*. Mais vous n'avez rien en commun avec Blanche Dubois. Pour commencer, vous êtes beaucoup trop jeune.

Impressionnée, elle hocha la tête.

— Un médecin qui connaît ses classiques, c'est rare. Vous avez lu la pièce ?

— Walnut River a beau être une petite ville, nous avons une bibliothèque. Avec des livres sur les étagères.

Son ton s'était durci. Il prenait pour de la condescendance ce qui n'en était pas. En fait, elle côtoyait rarement des gens versés dans les arts et la littérature. Évoluant dans un monde d'affaires et de chiffres de par son travail, elle avait supposé que les sujets d'intérêt de Peter tournaient également autour de son métier, la médecine.

Au temps pour elle.

Elle désigna son véhicule.

— C'est la Ford grise, là-bas.

Ils avancèrent prudemment.

Les semelles de Peter étaient en caoutchouc, ce qui lui permettait une meilleure adhérence sur la neige gelée. Il prit néanmoins soin de régler son pas sur celui de Bethany.

— Est-ce vrai ? s'enquit-il soudain, rompant le silence.

— Quoi donc ? Qu'il s'agit de ma voiture ?

Bien qu'ils soient arrivés à la Ford, il ne lâchait pas son bras. Il aimait la manière dont elle s'y accrochait.

— Que vous comptez sur la gentillesse des inconnus.

Bethany avait cité la phrase de Tennessee Williams en guise de plaisanterie, mais celle-ci en révélait plus qu'elle ne l'aurait voulu.

Fine mouche, Peter avait saisi la balle au bond.

Elle chercha un moyen de s'en sortir.

— Eh bien… quand on se déplace beaucoup, tous les gens que l'on rencontre sont forcément des étrangers au départ.

— Pourquoi avez-vous voyagé autant ? Vos parents étaient-ils militaires ?

La question la fit rire. Son père en uniforme… L'image n'était au fond pas si éloignée de la réalité.

— Non. Mon père et ma mère appartiennent au monde des grands patrons d'industrie.

Sa sœur aînée et elle avaient été élevées par des nurses tandis que leurs parents, avides de réussite, enchaînaient des journées qui n'en finissaient plus.

Une fois la réussite et la fortune acquises, ils avaient travaillé plus dur encore.

— J'ai habité New York jusqu'à mon départ pour l'université. Ensuite, j'ai vu du pays…

— Ce qui me ramène à ma question : pourquoi ? À moins que cela ne me regarde pas.

En effet, mais elle lui répondit quand même.

— Je cherchais un endroit où me sentir à l'aise. Essaieriez-vous de me psychanalyser, docteur Wilder ?

— Ce n'est pas mon rayon. On s'est embrassés dans la neige, Bethany. Tu ne crois pas qu'on pourrait laisser tomber les formalités ?

Évitant son regard, elle haussa les épaules.

— Pourquoi pas ? Non que ça change grand-chose… Au prochain conseil, vous… tu continueras à me crier dessus en m'appelant par mon prénom, voilà tout.

— Je ne t'ai jamais crié dessus. Il est vrai que j'ai parfois haussé le ton.

Un sourire en coin lui répondit.

— Bon, d'accord. Si je t'ai crié dessus, je te prie de m'excuser. Pour la forme, pas pour le fond.

Autant qu'elle sache qu'il ne reniait aucunement ses convictions.

— Excuses acceptées. Et toi, en échange, seras-tu prêt à écouter mes arguments en faveur de NHC ?

La demande était assortie d'un sourire irrésistible.

Au fond, cela ne lui coûterait rien. Bien entendu, elle n'avait aucune chance de le convaincre car certaines choses étaient gravées dans le marbre.

Persister dans son refus l'assimilait à un imbécile borné, et il ne voulait pas qu'elle le considère ainsi. Pas après ce qui venait de se passer entre eux.

— Hum. Disons que je ne l'exclus pas.

Mais…

— Il n'y a pas de mais. Simplement une condition.

Elle se rembrunit.

— Une condition ? Laquelle ?

Sa réaction amusa Peter.

Habituée aux complots et aux manœuvres politiciennes des salles directoriales, Bethany se méfiait de lui.

Or, personne ne s'était jamais méfié de Peter Wilder. Il n'y avait pas moins calculateur que lui.

— Si tu me permets de t'inviter pour un verre, je te laisserai développer tes arguments à ta guise.

Contre toute attente, elle n'afficha aucun soulagement.

— Vas-tu me fausser compagnie comme la dernière fois où tu m'as offert un café ?

— Non, dit-il avec un franc sourire. Cette fois, je te promets que nous finirons tous les deux notre boisson. Il y a une cafétéria plus bas sur le boulevard. Ils ferment tard. Est-ce que ça t'obligerait à un détour ?

— Pas du tout. C'est sur mon chemin.

Peut-être l'avait-elle catalogué un peu vite comme un être austère et routinier, se dit-elle. Il n'embrassait certainement pas comme un puritain, mais qu'en savait-elle au juste ? Avec son peu d'expérience de la gent masculine, elle n'était pas vraiment bon juge en la matière.

— Va pour la cafétéria, poursuivit-elle d'un ton un peu trop enjoué. Il vaudrait mieux y aller avec ma voiture. On dirait que la tienne est prise dans les glaces.

— Mais non. Il suffit de dégeler le pare-brise. C'est l'affaire de quelques instants. Ne t'en va pas.

— Pas de danger ! Pour rien au monde, je ne voudrais rater une autre discussion houleuse avec notre chef du personnel.

— Chef temporaire, rectifia-t-il.

— Le poste serait à toi de manière permanente si tu le voulais.

Un avantage, à l'en croire.

Peter préféra mettre les choses au clair pour dissiper d'emblée tout malentendu.

— Je ne le veux pas.

Intriguée, Bethany le regarda. Il ne faisait pas le modeste. C'était vraiment son choix.

Comment pouvait-on refuser une promotion ? Ne pas nourrir d'ambitions personnelles ?

Ne pas avoir envie de se dépasser, d'aller toujours plus haut ?

Son credo à elle était de gravir la montagne et de planter son drapeau au sommet. Puis de passer à une autre montagne. Sa vie avait été jalonnée de défis, tous remportés haut la main. La compétition, elle ne connaissait que cela.

— Pourquoi pas ?

— Parce que l'exercice de la médecine remplit déjà mes journées et me comble. Parce que le temps que je consacrerais à la direction du personnel ou à toute autre responsabilité administrative serait autant de temps en moins pour mes malades. Or, ils sont ma raison de vivre. C'est pour eux que j'ai choisi cette profession. J'aime être médecin, aider mes semblables.

— Si tu occupais une position de pouvoir, tu pourrais les aider bien plus efficacement. Songe qu'en héritant de la présidence du conseil, tu serais en mesure de fixer la politique de l'établissement.

Sans doute avait-elle connu au gré de ses missions des présidents autrement plus influents que Wallace Ford.

— Ça ne m'intéresse pas. Les discours, la diplomatie, l'art de nouer des alliances, d'établir des stratégies, tout cela m'est étranger. De plus, je hais la paperasserie. J'en ai déjà suffisamment en tant que chef de service.

Elle hocha la tête.

En signe d'acquiescement ou parce qu'elle renonçait à le convaincre ? Impossible de le dire.

Peu importe.

Il s'installa au volant de sa berline bleu foncé, croisa mentalement les doigts et tourna la clé de contact. Le moteur toussa et s'arrêta. À la deuxième tentative, rien. La troisième fut la bonne.

— Tu n'auras qu'à me suivre, lança-t-il à Bethany.

— Inutile. Je connais le chemin. Toi, suis-moi.

Ce qu'il fit, non sans quelques sueurs froides. Cette femme conduisait comme elle embrassait : sans retenue.

Il dut appuyer sur l'accélérateur pour rester dans son sillage.

9

Peter se gara à côté de la voiture de Bethany qui l'attendait depuis plusieurs minutes.

Contrairement à elle, il avait respecté les limitations de vitesse et n'était pas passé à l'orange.

À cause de l'heure tardive ainsi que du temps, le petit parking était désert.

Ils descendirent en même temps de leurs véhicules.

— Tu te croyais sur le circuit d'Indianapolis ?

Elle eut la grâce d'afficher un air honteux.

— Désolée. Je suis toujours pressée d'arriver à destination.

— J'avais remarqué.

Toujours en hâte, elle s'apprêta à gravir les deux marches conduisant à la cafétéria.

— Un instant.

Intriguée, elle se tourna vers lui. Lui réservait-il un sermon sur les dangers de la conduite sportive ?

— Qu'y a-t-il ?

— Tu as de la neige dans les cheveux.

Du bout des doigts, il chassa les flocons.

— Ça te donnait l'air d'une reine des glaces.

Il la vit se rembrunir.

— Ai-je dit quelque chose qu'il ne fallait pas ?

— Non, rien.

Peter la devança pour lui tenir la porte. L'air chaud de la salle les enveloppa.

Elle prit une profonde inspiration pour se ressaisir. C'était stupide de réagir ainsi. Il y avait des années qu'elle n'avait entendu la moquerie. « Reine des glaces »... Bien entendu, Wilder l'avait dit sans savoir que cette expression lui rappelait de tristes souvenirs. Un choix malheureux de mots, voilà tout.

Hormis un client accoudé au comptoir, la salle était vide.

Peter laissa Bethany choisir leur table.

— Je vois bien que quelque chose te chiffonne, dit-il en s'asseyant en face d'elle. Mais si tu n'as pas envie d'en parler... je n'insisterai pas.

Elle se sentit coupable car elle n'avait pas autant de scrupules lorsqu'il s'agissait de lui exposer les avantages d'une reprise par NHC.

« Ne sois pas ridicule. »

On ne pouvait comparer les deux situations. NHC était un sujet public alors que les traumatismes de son enfance ne regardaient qu'elle.

Ils passèrent leur commande. Quelques minutes plus tard, la serveuse revint avec leurs tasses de café et la pâtisserie que Peter avait convaincu Bethany de partager.

Sans préambule, elle attaqua.

— La situation actuelle ne peut pas durer, Peter. Tu en conviendras.

— Si nous baissons les bras et nous contentons d'empocher nos salaires, il n'y a en effet aucun espoir pour notre hôpital.

— Les progrès de la médecine obligent à renouveler l'équipement et le matériel plus souvent qu'autrefois. Le budget doit pouvoir suivre. NHC serait en mesure de nous assurer cette sécurité financière.

— À quel prix ! Les médecins employés par ces grands

consortiums réparent en pièces détachées. Très peu pour moi. Moi, je soigne...

Elle soupira.

— Le patient dans sa totalité, je sais. Et pendant que tu lui consacres tout ton temps, tu es indisponible pour les autres.

Elle raisonnait en termes de rendement, de production. Pas étonnant qu'ils ne soient pas sur la même longueur d'onde.

— Tu préférerais que je ne dépasse pas un quart d'heure par malade et que je bâcle mes examens cliniques au risque de négliger des symptômes ?

— Ça ne t'arriverait pas, dit-elle en versant du lait dans son café.

— Et pourquoi pas ?

— Parce que tu es un bon médecin, et que tu as de l'expérience.

Il la tenait : elle venait de lui fournir le contre-argument sur un plateau.

— Et comment crois-tu que je l'ai acquise, cette expérience ? En passant du temps auprès de chaque patient.

Ils tournaient en rond, constata Bethany.

— À l'époque de ton grand-père, les médecins pouvaient se permettre une heure de consultation par patient, et autant pour les visites à domicile. Ils s'intéressaient aux problèmes familiaux de leur clientèle, jouaient les confidents...

— Tu t'es renseignée sur ma famille ?

Il ne lui avait jamais dit que son grand-père avait été médecin.

Quand il avait commencé à lui mettre des bâtons dans les roues, Bethany avait effectivement mené sa petite enquête pour apprendre tout ce qu'elle avait besoin de savoir sur Peter Wilder. Afin de connaître les défauts de sa cuirasse. Elle devait admettre qu'elle n'en avait pas trouvé beaucoup.

— J'aime bien savoir à qui j'ai affaire. Dans mon travail, je ne laisse rien au hasard.

— Moi non plus. Et cela prend du temps.

Il se révélait un bon contradicteur, mais elle avait l'avantage de pratiquer cet art à longueur de semaine au cours des conseils et autres réunions, chiffres à l'appui.

Pour l'heure, elle lui ferait grâce de ceux-ci.

— Si la médecine a fait d'énormes avancées, elle le doit aux groupes médicaux qui financent la recherche...

— Et pour leur témoigner notre reconnaissance, tu nous conseilles de nous livrer pieds et poings liés à eux ?

— Cesse de caricaturer mon propos, et réfléchis un instant aux bénéfices que tu pourrais retirer d'un pouvoir directorial qui disposerait de capitaux illimités. Besoin d'engager un assistant supplémentaire ? De remplacer un appareil ? Il te suffirait de le demander.

Mademoiselle l'experte omettait un point important.

— NHC ne lésinerait pas sur les dépenses d'équipement, je te l'accorde. Mais pour l'utilisation de ce matériel dispendieux, le patron serait en revanche nettement moins libéral. Il nous faudrait présenter des justifications, subir des contrôles...

En toute bonne foi, elle ne pouvait prétendre le contraire.

— Parfois.

— Souvent, rectifia-t-il en prenant un morceau de gâteau.

Il en avait assez de ce ping-pong verbal qui tournait au double monologue. Pour l'heure, il n'aspirait qu'à se détendre en partageant une tasse de café et quelques calories indues avec une jeune femme qui, Dieu lui pardonne, mettait ses sens en émoi comme personne ne l'avait jamais fait.

— Bethany, faisons une trêve, tu veux bien ? Profitons de notre café et de ce cake au chocolat en oubliant momentanément nos dissensions.

À ces mots, elle sentit sa nervosité revenir.

Tant qu'elle parlait affaires, elle était dans son élément et ne craignait personne, mais dès qu'elle se retrouvait en terrain découvert, elle éprouvait une peur panique. Peur de se dévoiler et de souffrir de nouveau, comme jadis.

— Et de quoi bavarderons-nous ? De la pluie et du beau temps ?

Peter rit et tourna son regard vers la fenêtre. La neige recommençait à tomber.

— Façon de parler. Encore que nous aurions tort de nous plaindre, nous sommes au sec et au chaud.

— Pas pour longtemps.

— Es-tu toujours aussi pessimiste ?

— Je me borne à constater qu'il va falloir sortir, répliqua-t-elle sur la défensive. C'est du réalisme, rien de plus.

En gagnante habituée à dominer son monde, elle ne supportait pas la contradiction, songea Peter. En apparence, elle incarnait la réussite, mais quelque part en chemin, elle avait manifestement oublié pourquoi elle se battait. La course contre ses rivaux, la compétition, était devenue une fin en soi. S'en rendait-elle seulement compte ?

Tout en buvant son café, il l'observa tranquillement.

— Je parie que tu collectionnais les 20/20 à l'école.

— Je ne vois pas le rapport, mais c'est exact.

Cela expliquait beaucoup de choses. Habituée à être toujours la première, elle avait une ambition sans bornes et cherchait toujours à se dépasser. Sans doute se montrait-elle impitoyable envers elle-même en cas d'échec.

— Tes parents ont dû être fiers de toi.

Le regard azur se voila.

— S'ils l'étaient, ils l'ont bien caché.

Elle vit une lueur de curiosité s'allumer dans les yeux de Peter et regretta aussitôt son imprudence.

Pourquoi avait-elle laissé échapper ce genre de confidence ?

— Ils étaient trop occupés pour s'intéresser à ton travail ?

La pitié qu'elle décelait dans son ton la hérissa.

— Oui, et ils le sont toujours. Leurs hautes responsabilités ne leur laissent pas une minute libre.

Elle leur cherchait des excuses...

— Pourtant, nous n'avons manqué de rien, ma sœur et moi, ajouta-t-elle.

— Sauf de leur présence, si je comprends bien.

Les épaules de Bethany se raidirent, comme si elle s'apprêtait à livrer bataille.

— Nous avons eu les meilleures nurses du monde, nous vivions dans un appartement luxueux, couvertes de cadeaux, de jouets. Nous avions tout ce dont un enfant peut rêver.

— Des parents pour vous border le soir et vous lire des histoires ?

— Non.

Ils n'étaient pas encore rentrés à l'heure où Belinda et elle se couchaient.

— De toute façon, je n'ai jamais aimé les contes à dormir debout.

— Tous les enfants en ont besoin, dit-il avec douceur. Ils stimulent leur imaginaire.

Il lui faisait sentir qu'on l'avait privée de quelque chose d'essentiel, et elle détestait ce sentiment.

— Admettons. Moi, je n'en ai pas eu. Je ne m'en porte pas plus mal pour autant.

— Tu la vois souvent ?

— Qui ?

— Ta sœur.

— Non.

Comprenant qu'il n'était pas près de lâcher prise, elle préféra prendre les devants.

— Belinda habite à Londres depuis trois ans. Elle est directrice du service placements d'une banque internationale.

« Et mes parents ne tarissent pas d'éloges sur leur fille aînée », ajouta-t-elle pour elle-même avec amertume.

Dans l'espoir de recueillir quelques miettes de leur approbation, Bethany s'était efforcée de surpasser sa sœur dont elle avait suivi les pas à quelques années d'intervalle. Dans tous les domaines, elle avait tenté de faire mieux : les études, les exploits sportifs, mais elle n'avait eu droit à aucun compliment.

Cela ne l'atteignait cependant plus. Il y avait longtemps qu'elle s'était réconciliée avec son passé. N'est-ce pas ?

— Ta sœur a également une maîtrise de gestion et de management ?

— Elle l'a obtenue à Yale.

En termes de prestige, Yale possédait un léger avantage sur Princeton. Encore une fois, Bethany était bonne seconde derrière son aînée.

Cette pensée lui venait toujours à l'esprit quand elle parlait de sa sœur à quelqu'un.

Afin d'évacuer sa frustration, elle s'en prit à Peter.

— Dans ta bouche, on dirait que les mots « gestion et management » sont synonymes de peste et choléra !

Elle lui faisait un mauvais procès. D'expérience, Peter savait que les gens mal dans leur peau pouvaient être des monstres de mauvaise foi.

Il ne s'en formalisa pas.

— Seulement s'ils ôtent aux gens toute humanité.

Furieuse, elle secoua la tête.

— Tu laisses ton auréole et tes ailes au vestiaire ou tu les rapportes chaque soir chez toi pour les redorer ?

Elle s'échauffait toute seule.

À cet instant, le portable de l'homme accoudé au bar sonna, marquant la fin du premier round.

Peter sourit.

— Nous sommes renvoyés dans les cordes. On en profite pour conclure la trêve ?

La voix de la sagesse.

« Si le ton a monté, c'est ma faute », reconnut Bethany. De son propre chef, Peter n'aurait de toute façon jamais abordé la question de NHC et la conversation n'aurait pas dévié vers des sujets plus délicats.

— Tu as raison. On ferait mieux d'en rester là pour ce soir. J'ai envie d'aller me coucher.

À peine les mots eurent-ils franchi ses lèvres qu'elle se rendit compte de sa maladresse.

Le sang afflua à ses joues.

— Dans mon lit.

Zut ! Au lieu de dissiper le malentendu, elle aggravait son cas.

— Seule. Pour dormir, précisa-t-elle en désespoir de cause.

Il eut pitié.

— Rassure-toi, Bethany, dit-il en riant. Je ne l'avais pas pris pour une invitation.

Le soulagement le disputa à l'humiliation en Bethany.

Durant toute sa scolarité, en primaire puis au collège, elle avait été en butte aux moqueries de ses camarades de classe.

Essayait-il également de la ridiculiser ? De l'insulter ? Après l'avoir embrassée ? Ou peut-être justement parce qu'il l'avait embrassée ?

— Pourquoi pas ? Tu me trouves laide à ce point ?

Le sourire de Peter disparut.

— Bethany... Est-ce qu'il t'arrive de te regarder dans une glace ? J'en doute, étant donné ta question. S'il y avait une femme qui pourrait séduire le bourreau de travail que je suis, ce serait toi. À condition que tu n'interrompes pas nos tête-à-tête pour te lancer dans un panégyrique de NHC, ajouta-t-il sur un ton plus léger.

Ce n'était pas une vile flatterie, comprit Bethany. Il était sincère.

Soudain, elle ne sut que répondre. Elle ne voulait pas l'encourager, ni le décourager.

Si seulement elle avait eu un peu plus d'expérience avec les hommes ! Pour elle, flirter revenait à s'aventurer en terre inconnue, et elle faisait une piètre exploratrice.

De nouveau, il vint à son secours.

— Il se fait tard. Rentrons.

— Bonne idée.

— Ah, enfin d'accord sur un sujet ! Comme quoi, il ne faut jamais désespérer. Qui sait, peut-être parviendrai-je un jour à te rallier à mon point de vue ?

Bethany avait été si déterminée à le faire changer d'avis qu'elle n'avait pas imaginé un seul instant l'inverse, à savoir que Peter pourrait également tenter de la convertir.

Cela jetait un éclairage nouveau sur leurs rapports. Méfiance. Sous ses dehors d'homme simple et désintéressé, il cachait une intelligence aiguë et une rhétorique percutante.

— N'y compte pas trop.

Compter n'était pas le terme qu'il aurait employé.

— Oh, mais je suis un incorrigible optimiste. Ma devise est...

Un crissement de freins se fit soudain entendre à l'extérieur, suivi d'un fracas métallique qui se répercuta dans toute la cafétéria.

Aussitôt, Peter se leva et se précipita à l'extérieur.

Pétrifiée, Bethany sentit l'air glacial s'engouffrer par la porte.

— Peter, ton manteau !

Elle enfila le sien en toute hâte puis attrapa celui de Peter.

Le froid la saisit dès la sortie et le panache blanc de son haleine monta dans l'air.

L'accident s'était produit à quelques mètres de là. Une voiture venait d'emboutir un poteau. La collision avait été si brutale qu'une aile du véhicule s'était repliée en accordéon. Heureusement, ce n'était pas le côté conducteur. Le pare-brise avait volé en éclats ainsi qu'une des vitres.

Le jeune homme affaissé contre le volant semblait à peine sorti de l'adolescence. En l'extirpant de l'épave, Peter se rendit compte que son bras saignait.

— Appelle le 911, dit-il à Bethany sans quitter le blessé des yeux.

— Tu as oublié ton manteau.

Elle le lui tendit puis composa sur son portable le numéro des secours d'urgence.

On répondit aussitôt. S'efforçant d'être claire et concise, elle donna les renseignements au régulateur puis mit fin à la communication.

— Que fais-tu ? demanda-t-elle en voyant Peter déchirer une large bande de la doublure de son manteau.

— Je dois endiguer l'hémorragie. Tant pis pour les règles de stérilité.

— Avec la doublure de ton manteau ?

— C'est ça ou ma chemise.

Tout en posant le garrot, il sentait le regard réprobateur de Bethany posé sur lui.

— Qu'y a-t-il ? s'enquit-il, un brin irrité.

— As-tu réfléchi aux conséquences ? S'il y a des complications, ce jeune homme sera en droit de se retourner contre toi et de t'intenter un procès. Si ce n'est pas lui, ce seront ses parents.

Peter secoua la tête. Sur le lieu d'un accident, il avait autre chose à faire que de s'encombrer l'esprit avec des considérations de cet ordre. Il y avait un blessé et il faisait de son mieux pour lui prodiguer les premiers secours avec les moyens du bord.

— Franchement, non. Je laisse ce genre de raisonnement à des gens comme toi.

10

Annoncés par une cacophonie de sirènes, la police et les ambulanciers arrivèrent une dizaine de minutes plus tard.

Le brigadier, un jeunot frais émoulu de l'académie de police, voulut obtenir un maximum de détails.

— Désolé, nous n'allons pas pouvoir vous être très utiles, dit Peter, car nous n'avons pas assisté à l'accident.

Dépité, le policier rangea son calepin.

L'auxiliaire médical, en revanche, se félicita du concours de Peter qui le renseigna d'emblée sur les constantes et l'état de l'accidenté.

En écoutant les deux hommes, Bethany comprit qu'ils se connaissaient.

— Beau travail, doc ! dit l'ambulancier à l'issue d'un examen sommaire. L'artère était touchée. Si vous n'aviez pas stoppé l'hémorragie, je ne donnais pas cher des chances de survie de ce gamin.

Avec les précautions d'usage, lui et son collègue placèrent le blessé sur un brancard qu'ils hissèrent dans l'ambulance.

— Je prends ma voiture et je vous suis, leur lança Peter.

Il ramassa son manteau taché de sang et l'enfila après en avoir secoué la neige.

— Tu retournes à l'hôpital ? s'enquit Bethany.

— Oui.

— Mais ta garde est terminée ! Le médecin des urgences pourra parfaitement prendre le blessé en charge.

Ces considérations n'entraient pas en ligne de compte, songea Peter. Dès l'instant où il avait secouru le conducteur, celui-ci devenait son patient.

— J'ai commencé. Alors autant finir.

Bethany n'en revenait pas. Après une journée de douze heures, il était prêt à sacrifier sa soirée pour un inconnu.

Elle le regarda avec un respect nouveau.

Les affirmations de Peter selon lesquelles ses patients représentaient sa raison de vivre n'étaient pas que de belles paroles. Voilà un homme qui appliquait ses principes.

Il l'impressionnait.

— Tu es bien tel qu'on te décrit...

Un haussement d'épaules lui répondit.

— Je ne sais pas comment on me décrit.

D'ailleurs, il s'en souciait comme d'une guigne. Il n'aidait pas son prochain pour correspondre à l'idée que les autres se faisaient de lui, mais parce que c'était son devoir de médecin et d'être humain.

Il se dirigea vers sa voiture. À sa grande surprise, Bethany lui barra la route et commença à déboutonner son pardessus.

— Que fais-tu ?

— Tu t'es boutonné de travers.

Elle referma le manteau correctement.

— Non que ça change grand-chose... Tu as l'air d'un S.D.F.

Reculant d'un pas, elle secoua la tête. Le vêtement était irrécupérable.

— Le sang ne partira pas.

Sans doute avait-elle raison.

— Tant pis. J'achèterai un autre manteau. C'est un faible prix à payer pour sauver une vie.

Son père aurait-il pu prononcer une telle phrase avec conviction ? se demanda Bethany. Non, impossible.

En tête des valeurs qu'ils privilégiaient, ses parents plaçaient l'argent et le profit, suivis de près par le pouvoir et la reconnaissance sociale. Dans leur panthéon personnel, il n'y avait aucune place pour la générosité, la charité ni le dévouement à son prochain.

Elle n'avait jamais connu quelqu'un comme Peter Wilder, et son monde la fascinait.

Il la fascinait.

Cette pensée lui donna le vertige.

Peut-être était-ce l'hypothermie ; elle n'était plus sûre de rien. Surtout depuis qu'il l'avait embrassée.

— Tu vas pouvoir rentrer seule ? Sois prudente, fais attention au verglas...

Non content d'avoir sauvé une vie, il s'inquiétait de la sienne.

Afin de masquer son émotion, elle afficha un air désinvolte.

— Je suis une grande fille. Au fait, tu n'as pas tenu ta promesse ! ajouta-t-elle sans très bien savoir pourquoi. Nous n'avons pas fini notre tasse de café.

— Ce n'est que partie remise, dit-il en reprenant son chemin.

Lui aussi regrettait que leur escapade soit terminée. Bien sûr, ce n'était pas à proprement parler une sortie, ni même une rencontre préliminaire à quelque rendez-vous plus amical, mais cela aurait pu...

— As-tu l'intention d'assister à cette soirée de gala que Henry organise pour financer l'achat d'une I.R.M. ? demanda-t-il sur un coup de tête.

— Sans doute, répondit-elle, prudente. Pourquoi ?

— Seras-tu accompagnée ?

— Non. Euh, c'est-à-dire...

Le moment était venu de sortir un nom de son chapeau, n'importe lequel, afin de s'inventer une vie sociale. Tout plutôt que de lui avouer sa solitude !

— Non, s'entendit-elle pourtant répéter. Je n'ai personne.

— Dans ce cas, cela te dérangerait-il d'y aller en ma compagnie ?

Bethany sentit son cœur bondir.

— Non. Je veux dire oui…

Elle se ressaisit aussitôt.

— Est-ce une invitation à sortir avec toi ?

— On peut le voir comme cela. Alors, tu acceptes ?

Qu'avait-elle à perdre ?

— D'accord. Ce sera notre contribution pour sauver la planète.

Il la regarda sans comprendre.

— Nous prendrons une voiture au lieu de deux, expliqua-t-elle. Chaque geste compte pour lutter contre le réchauffement climatique. Les gaz d'échappement contribuent à l'effet de serre qui…

— Bethany !

— Quoi ?

Il lui sourit.

— Tu n'as pas à justifier ta décision.

— Je ne me justifie pas envers toi…

« Mais envers moi », ajouta-t-elle en son for intérieur.

Figée sur place, elle le regarda monter dans sa voiture et s'éloigner.

Durant le trajet de retour vers le lotissement résidentiel où elle habitait, Bethany essaya de faire le vide dans son esprit. Ce qu'il lui fallait, c'était une bonne soupe chaude et une émission divertissante à la télévision.

Ce n'est pas ce dont tu as réellement besoin.

Peut-être pas, se dit-elle en chassant cette pensée, mais c'était ce qu'elle aurait.

Peter ôta ses chaussures couvertes de neige et les laissa sur le paillasson à l'entrée du vestibule.

Il faisait bon rentrer chez soi ! Après une journée interminable, il avait dû remettre sa blouse aux urgences pour opérer durant deux heures, mais le jeune conducteur, Matthew Sayers, était désormais hors de danger.

Dès qu'ils avaient reçu l'appel de la police, ses parents s'étaient précipités à l'hôpital. Ils s'étaient confondus en remerciements auprès de Peter qui avait sauvé leur fils. Éperdue de reconnaissance, la mère avait même sangloté dans ses bras.

Il se trouvait que les Sayers étaient l'une des familles les plus prospères de la région. Le père faisait partie du comité directorial d'un organe de presse national et la mère était une riche héritière. Ils venaient d'acheter une maison à Walnut River et possédaient également un duplex à Manhattan.

M. Sayers tint à tout prix à rédiger un chèque pour les bonnes œuvres de l'hôpital ou tout autre projet que Peter lui recommanderait.

Cédant à son insistance, Peter lui parla de l'achat de l'appareil d'I.R.M. et obtint ainsi la première contribution à cet effet.

La soirée avait été fructueuse, songea-t-il non sans satisfaction. Il avait sauvé la vie d'un jeune homme et remis à Henry une rondelette donation pour inaugurer sa collecte de fonds.

Sans oublier son baiser à un ange.

Ce souvenir amena un sourire sur ses lèvres. Mmm, ce parfum de fraise…

La lumière du plafonnier baissa brusquement.

Dehors, le vent hurlait. La bourrasque s'était transformée en tempête et la neige tombait dru. Les conditions semblaient réunies pour une panne de courant. Mieux valait garder une lampe torche à portée de main. Au cas où.

En se dirigeant vers la cuisine, il aperçut l'enveloppe posée sur la cheminée du salon. Toujours cachetée.

Il ne l'avait pas ouverte par manque de temps, et surtout de courage.

Qu'avait-il peur d'y trouver ?

Quelque chose qui fasse basculer son père de son piédestal,

qui lui apprenne que James Wilder n'avait pas été le saint que tous décrivaient, mais simplement un homme. Un homme avec ses faiblesses.

« Ouvre et tu seras fixé. »

D'abord, la torche. Dans le placard aux trois quarts vide de la cuisine, il récupéra la lampe et les bougies rangées sur l'étagère du bas.

La boîte d'allumettes dûment placée à côté des bougies sur la table, il emporta la torche dans le salon.

Devant la cheminée, il prit une profonde inspiration puis saisit l'objet de toutes ses craintes dont il brisa le sceau en cire. Ses mains étaient glacées.

L'enveloppe contenait plusieurs feuilles couvertes d'une écriture serrée ainsi qu'une seconde enveloppe plus petite, adressée à Anna.

Estimant plus prudent de s'asseoir, Peter s'installa dans un fauteuil avant de déplier la lettre qui lui était destinée. Il commença lentement sa lecture.

« À mon fils, Peter,

» Dès l'instant où tu as poussé ton premier cri, je t'ai considéré comme mon successeur. À l'hôpital et à la tête de la famille. Je suis très fier de l'homme que tu es devenu. Tu es tellement plus que ce que je pourrai jamais être… »

Peter fronça les sourcils. Cela augurait mal de la suite.

« Je répugne à t'encombrer de ce fardeau, mais tu es le seul à qui je puisse confier mon secret. Je m'en remets à ta sagesse pour prendre ensuite la décision qui te paraîtra juste.

» Il y a aussi une lettre pour Anna. À toi de la lui remettre ou non après avoir pris connaissance de ces lignes. Peut-être te doutes tu de leur teneur. Ta mère soupçonnait la vérité, mais elle ne m'a jamais posé de questions. Sans doute par crainte des réponses.

» Anna n'est pas ta sœur adoptive. Elle est ta demi-sœur. Sa mère est une infirmière des urgences qui a eu quelques bontés pour moi durant la dépression de ta mère. Tu avais neuf ans, à l'époque. Peut-être ne t'en souviens-tu plus. Alice se retranchait dans son propre monde, et refusait toute aide de ma part. La communication entre nous était devenue impossible.

» J'avais mon travail, et vous, mes garçons. Mais je me sentais perdu. Dans un moment de faiblesse, j'ai accepté le réconfort que m'offrait une autre femme. Anna est le fruit de cette liaison. Sa mère, Monica, n'avait pas les moyens de l'élever seule, de lui donner une bonne éducation et toutes les chances de réussir dans la vie. Elle a décidé de confier le bébé à l'adoption. Nous en avons discuté et j'ai fini par la convaincre d'"abandonner" Anna sur les marches de l'hôpital. Je ferais semblant de la trouver et l'adopterais.

» Peu de temps après, Monica est morte dans un accident d'avion. J'ai longtemps voulu emporter ce secret dans la tombe, mais ce ne serait pas juste pour Anna. Elle a le droit de savoir qu'elle est ma fille — et votre sœur de sang. Toutefois, si tu estimes qu'il vaut mieux ne pas le lui révéler, brûle cette lettre ainsi que celle qui lui est destinée.

» S'il te plaît, conserve-moi ton estime en dépit de ma faute. Je reste ton père qui t'aime et continue à chérir le souvenir de ta mère par-delà la mort.

» Pardonne-moi. »

La lettre dans les mains, Peter resta assis un long moment à la regarder, anéanti.

11

Tout s'expliquait, à présent. Si son père avait accordé un traitement de faveur à Anna, ce n'était pas pour lui éviter de se sentir exclue, mais parce que *lui* se sentait coupable. Coupable de l'existence même de sa fille illégitime, un sentiment sans doute encore renforcé par le fait qu'il lui taisait sa filiation.

Il avait préféré lui laisser croire qu'elle était une enfant abandonnée...

Tout en condamnant l'attitude de son père, Peter était décidé à protéger sa mémoire. S'il gardait le silence, son frère et ses sœurs conserveraient intacte l'image de l'homme exemplaire dévoué à sa famille et ses malades. En revanche, s'il remettait sa lettre à Anna, le secret devrait être également dévoilé à David et Ella.

Pas forcément, songea-t-il en montant dans sa chambre. Cela dépendrait d'Anna. Si elle choisissait de n'en rien dire, cela resterait leur secret à tous les deux.

Un rire amer lui échappa. Qui aurait cru qu'il ferait un jour alliance avec Anna contre son frère et sa sœur ?

En fait, Anna était également sa sœur.

Sa demi-sœur par le sang.

Maintenant, il savait pourquoi elle avait les yeux de son père.

Le lendemain, au lieu d'aller déjeuner à midi, Peter resta dans son bureau pour mettre ses dossiers à jour.

Absorbé par son travail, il n'entendit pas frapper à la porte.

Quand Bethany entra dans la pièce, il réprima un soupir. À tout autre moment, il aurait été content de la voir mais, avec sa découverte de la veille, il avait suffisamment de problèmes sans avoir besoin d'y ajouter la menace de NHC dont elle venait probablement lui chanter les louanges.

— Tu tombes mal, Bethany. Je suis en plein travail.

— Je n'en ai que pour quelque secondes. Le temps de te donner ceci.

Elle brandit une bouteille dont le col s'ornait d'un ruban rouge et qu'elle avait tenue jusque-là cachée dans son dos.

Peter était suffisamment versé en œnologie pour reconnaître un grand cru quand il en voyait un. Sans doute ne l'avait-elle pas trouvé au supermarché du coin.

Pourquoi ce cadeau ? Essayait-elle d'acheter son vote ?

— En quel honneur ?

Cette démarche n'était pas facile pour Bethany, mais elle avait toujours mis un point d'honneur à reconnaître ses erreurs.

— Je viens te présenter mes excuses.

— Pour quoi ?

— Pour t'avoir pris pour un hypocrite qui professe de belles idées sans les mettre en pratique.

Il rit.

— Je croyais que tu me considérais comme un saint.

— Ce n'est pas exactement ce que j'ai dit. Les autres te prennent pour tel. Moi, je croyais que tu utilisais ton image pour amener les gens à penser comme toi.

Elle avait des circonstances atténuantes, se dit Peter. Dans son milieu professionnel, ce genre de manipulation devait être courant.

— Et pourquoi as-tu changé d'avis ?

— Parce que je t'ai observé en action. Tu n'as pas eu peur d'aider cet adolescent blessé en dépit des risques que tu prenais dans un environnement non stérile. Quand j'ai évoqué la menace d'un procès, tu l'as balayée d'un revers de main car elle ne pesait pas lourd face à ton désir d'aider ton prochain. Tu m'as rappelé ces preux chevaliers d'antan qui volaient au secours de la veuve et de l'orphelin.

— N'en jette plus. J'accepte tes excuses, poursuivit-il en prenant la bouteille. Mais il ne fallait pas.

— Maintenant que j'ai fait amende honorable, je ne vais pas te déranger davantage.

— Tu ne me déranges pas.

Il n'avait plus envie qu'elle parte.

En lui faisant perdre ses certitudes, les révélations de son père l'avaient plongé dans un état de vulnérabilité extrême. Il avait l'impression d'être revenu à l'époque où Lisa l'avait trahi.

— Reste quelques instants. À moins qu'on ne t'attende ailleurs ?

Au lieu de saisir la perche, elle s'assit.

— Ça ne va pas te retarder dans tes dossiers ?

— Ils ne vont pas s'envoler.

Il referma celui qu'il étudiait sans toutefois l'écarter.

— De toute façon, la bataille contre la paperasserie est perdue d'avance. Et puis, je n'ai jamais entendu quelqu'un dire sur son lit de mort : « Comme je regrette de n'avoir pas mis mes dossiers à jour ! »

— Toi, que regretteras-tu ?

— De n'avoir pas pris le temps de sentir les roses, d'admirer la beauté qui m'entoure…

Il la regardait de manière insistante en prononçant ces mots.

Bethany sentit le rouge lui monter aux joues.

— Ma parole, tu rougis !

— La pièce est surchauffée… Si le compliment m'était adressé, Peter, je crois que tu devrais faire examiner ta vue.

Ce n'était pas de la fausse modestie, comprit-il. Bethany nourrissait un complexe d'infériorité.

— On ne t'a jamais dit que tu es belle ?

Pas une seule fois. Avec la cruauté dont sont capables les enfants, ses camarades de classe s'étaient moqués de sa chevelure flamboyante. Quant à ses parents, ils lui réservaient d'autres quolibets à la maison de sorte qu'elle ne pouvait même pas y panser ses plaies.

Cela lui avait appris à s'endurcir. Une bonne école, au fond.

— Tu es le premier.

Peter ne cacha pas sa surprise.

— Où as-tu grandi ? Au royaume des aveugles ?

— Avec des gens qui avaient 20/20 à chaque œil.

Ses parents, surtout sa mère, se faisaient un malin plaisir de souligner ses défauts, sans jamais mentionner ses qualités. Ils voulaient la pousser à être la meilleure. Si elle arrivait deuxième à un examen, c'était un drame. Belinda avait placé la barre très haut.

— Ne t'en déplaise, je crois que tu aurais besoin de lunettes. On m'appelait « le vilain petit canard ».

— Dans le conte, le vilain petit canard devient un magnifique cygne.

Elle haussa les épaules.

— Dans ce cas, je n'ai pas encore accompli ma métamorphose.

Incroyable ! À première vue, elle semblait pourtant déborder d'assurance. Comme quoi, il ne fallait pas se fier aux apparences.

— Je peux t'assurer que si, Bethany. Tu as même dépassé ce stade. À mon tour de te présenter des excuses.

— Pourquoi ?

— Pour avoir cru que tu ressemblais à quelqu'un que j'ai connu naguère.

L'animosité qu'elle lui avait inspirée au départ s'expliquait sans doute ainsi.

— Tu n'as rien en commun avec cette personne.

— S'agit-il d'une ancienne petite amie ?

Perspicace, en plus.

— Lisa Dandridge. On s'était rencontrés sur les bancs de la faculté. Sous des allures d'ange, elle cachait une âme nettement moins jolie. Physiquement, vous vous ressemblez.

— Tu tenais à elle ?

— Oui, reconnut-il de façon laconique.

C'était peu dire. À une époque, le monde avait tourné autour d'elle.

— À quel point ?

— Au point de vouloir l'épouser.

— Oh... Eh bien, continue. Que s'est-il passé ?

— Elle a trouvé quelqu'un d'autre.

— Elle t'a trompé ?

Lisa avait-elle couché avec Steven Wilson, l'étudiant fils à papa pour lequel elle l'avait quitté ? Il n'avait jamais cherché à le savoir.

Il se tourna vers la fenêtre. Dehors, la neige tombait de plus belle.

— Nous n'avons jamais abordé le sujet.

— Alors, pourquoi avez-vous rompu ?

De douloureux souvenirs affluèrent à la mémoire de Peter.

— L'avenir que lui offrait mon rival était, semble-t-il, plus prometteur. Le garçon en question avait plus de « potentiel » que moi. Son père lui promettait un partenariat en or dans son cabinet de Manhattan. Entre la 5e Avenue et la Grand-Rue de Walnut River, Lisa a fait son choix.

— Quelle horrible femme ! s'exclama Bethany.

Le cri du cœur. Dans son esprit, il ne faisait pas l'ombre d'un doute que Peter était mieux sans cette Lisa.

— Non. Elle était lucide et savait ce qui la rendrait heureuse.

Bethany fronça les sourcils.

— Et tu dis que je lui ressemble ?

— De manière superficielle. En réalité, tu es bien plus belle qu'elle ne le sera jamais.

De nouveau, les joues de Bethany s'enflammèrent. Elle se leva.

— Je ferais mieux de regagner mon bureau.

— Merci pour le vin. Je le garderai pour une occasion spéciale. Peut-être pourrons-nous le boire ensemble ?

— Peut-être, murmura-t-elle prudemment avant de sortir.

Le cœur plus léger, Peter retourna à ses dossiers.

12

Vêtue de sa nouvelle robe, une création osée qui la faisait ressembler à une James Bond girl, Bethany attendait l'arrivée de son cavalier.

Elle était impatiente d'aller à ce gala de charité. Pour de bonnes raisons, tentait-elle de se persuader. Un mot glissé à l'oreille d'un mécène au moment judicieux pouvait considérablement augmenter le montant d'un chèque. Il était de son devoir d'assister à l'événement.

« Cesse de te mentir ! »

La raison de son impatience tenait en deux mots : Peter Wilder. L'homme qui avait fait basculer son monde en l'embrassant.

Hélas ! il ne manifestait aucune envie de recommencer. Cela avait été un moment de folie, une impulsion due aux circonstances et qui n'aurait pas de suite.

Peter était en quelque sorte marié à ses patients. Il n'avait pas le temps d'entretenir de relation amoureuse.

S'il s'était proposé pour l'accompagner à cette soirée, c'était uniquement en tant que collègue. Il ne fallait rien y voir de plus.

Trois petits coups de sonnette retentirent. Le cœur de Bethany bondit au même rythme.

Une peur panique s'empara soudain d'elle.

Cette robe en lamé gris-vert outrageusement décolletée et fendue jusqu'à mi-cuisse était une erreur. Elle ne lui ressemblait pas. Ses tenues étaient toujours discrètes, dans des tons pastel qui n'attiraient pas l'attention.

À deux doigts de foncer dans sa chambre, elle se ravisa. Elle n'avait plus le temps de se changer ; il lui faudrait assumer sa robe.

Les jambes flageolantes, Bethany se dirigea vers la porte.

Plaquant un sourire sur ses lèvres, elle ouvrit et resta bouche bée.

Peter portait smoking et nœud papillon. Il était beau comme un dieu.

— Bonsoir.

Le visage indéchiffrable, il détailla à loisir la silhouette de Bethany.

Dans l'attente du verdict, elle retint son souffle.

Cette robe transcendait sa beauté, songea-t-il. Ainsi vêtue, elle avait tout d'une femme fatale au corps de sirène et au visage d'ange.

Intimidé, il s'éclaircit la gorge.

— J'aurais dû amener mon défibrillateur portable. Mon cœur vient de s'arrêter.

Se moquait-il ? Était-ce une manière de lui signifier que sa robe ne convenait pas pour l'occasion ?

— Est-ce… trop habillé ?

Le choix du terme le fit rire.

— À mon avis, ça ne l'est pas assez. Oh, rassure-toi, tu es magnifique et je serai fier de t'avoir à mon bras ! s'empressa-t-il d'ajouter en la voyant se rembrunir. Mais il va me falloir prendre des leçons d'escrime.

— Des leçons d'escrime ?

— Pour défendre ton honneur. Si un maraud ose te manquer de respect, il aura affaire à moi en duel.

Ce fut au tour de Bethany de rire, de soulagement. Elle ne décelait aucune méchanceté dans la taquinerie de Peter.

— Je peux encore me changer.

— Et briser le cœur des hommes de sept à soixante-dix-sept ans en les privant de ce spectacle ? C'est hors de question.

— Eh bien ! Pour un médecin marié à son métier, tu sais parler aux femmes, dit-elle en prenant son sac et son manteau. Tu ne cesses de m'étonner.

— Je peux te retourner le compliment. Les petits tailleurs stricts que tu portes à l'hôpital ne rendent guère justice à… tes atouts.

— C'est tout aussi agréable de te voir sans blouse blanche. Tu parais plus jeune, ainsi.

— Sans doute parce que, ce soir, je ne porte pas le poids du monde sur mes épaules.

À leur entrée dans le salon d'apparat, tous les regards se tournèrent vers Bethany.

Le président du conseil d'administration fut le premier à les accueillir. Après un baisemain empressé à Bethany, il la présenta à ceux de ses collègues qui ne la connaissaient pas, sans pour autant cesser de la couver d'un regard fier, comme s'il était l'artisan de tant de beauté.

Peter se sentit irrité de ce manège. Pourtant, il n'avait pas plus de droits sur Bethany que ce brave Wallace. Après tout, il ne faisait que lui servir d'escorte pour un soir.

Pour lutter contre cet instinct possessif, il recula d'un pas dans l'intention de la laisser à ses admirateurs. En le voyant s'écarter, elle reprit aussitôt son bras et le força à rester à son côté.

Dire que, deux semaines plus tôt, elle aurait été soulagée de le voir s'éloigner, songea-t-elle.

— Veux-tu quelque chose à manger ? lui murmura-t-il à l'oreille.

Un délicieux frisson courut dans le dos nu de Bethany.

— Volontiers.

— Quelque chose en particulier ?

Elle se tourna vers lui.

— Surprends-moi.

S'il n'avait tenu qu'à lui, Peter l'aurait fait en cédant à son envie de la soulever dans ses bras pour l'emporter chez lui.

Jusqu'à son lit.

Malheureusement, ce comportement digne d'un homme de Neandertal ne seyait guère au vertueux Dr Wilder. De plus, Wallace en aurait une attaque.

— Entendu.

Quelques minutes plus tard, Bethany échappa au cercle de galants qui s'était formé autour d'elle pour rejoindre Peter au buffet.

— Si j'avais su que cette tenue me vaudrait des hommages aussi extravagants de la part de ces messieurs, je l'aurais laissée dans ma penderie, dit-elle à Peter. Vous avez de la chance, vous, les hommes, de ne pas subir ce genre de harcèlement.

— Tout de suite les grands mots ! répliqua-t-il, taquin, en lui tendant une assiette de canapés aux champignons. Sache que j'ai moi aussi mes admiratrices. Au moins une.

— Qui ? demanda-t-elle avec une pointe de jalousie.

— Ella. Elle m'a dit que j'étais méconnaissable. Je l'ai pris pour un compliment.

Bethany rit de bon cœur.

— J'envie votre relation. Vous vous entendez si bien !

— Ce n'est pas le cas avec ta sœur ?

Elle secoua tristement la tête.

— Enfants, nous étions sans cesse en compétition. Après le lycée, nos chemins se sont séparés. Voilà un an qu'on ne s'est pas parlé.

Il se souvint de ses confidences.

— Ils n'ont pas le téléphone, en Angleterre ?

— Bien sûr que si, mais Belinda ne m'appelle jamais.

— Je te signale que le téléphone est une invention qui fonctionne dans les deux sens. Parfois, il suffit d'un petit pas pour renouer les liens.

Dans leur cas, il faudrait plus qu'un petit pas…

— En plus d'être médecin, administrateur et secouriste à tes heures perdues, tu te proposes de rapprocher les frères et sœurs qui se sont perdus de vue ?

— Ça fait partie du travail.

Sa sincérité ne faisait pas de doute. Peter Wilder était décidément un homme hors du commun, et l'attirance qu'elle éprouvait pour lui allait en grandissant au fil des jours.

Serait-elle en train de tomber amoureuse ?

Quand l'orchestre commença à jouer après le dîner, Peter s'approcha de Bethany.

— Me ferez-vous l'honneur de m'accorder cette danse, mademoiselle ?

Bethany en profita pour s'excuser auprès du neurologue qui la monopolisait depuis dix minutes.

— Tu sais danser ? dit-elle, incrédule.

Il esquissa un sourire taquin.

— Accepte, et tu verras bien.

Bethany savait Peter intelligent, compétent, généreux, charitable, mais elle ne l'imaginait pas évoluant avec grâce sur une piste de danse... Cela semblait incompatible avec son image.

— Au temps pour mes idées reçues, admit-elle en se levant. Je ne t'aurais pas cru le genre d'homme à apprécier la danse.

— Quel genre suis-je ?

Il la conduisit sur la piste.

— Un rétrograde englué dans ses petites habitudes, c'est ça ?

La voyant rougir, il rit doucement.

— Je ne fais que citer tes paroles.

— J'avais tort. Sur bien des choses.

Il posa sa main au creux de son dos et sentit la peau nue. Il avait oublié le décolletant plongeant.

Telle une coulée de lave, le désir enflamma ses veines.

— Par exemple ?

Enlacés, ils se mouvaient au rythme de la musique, en parfaite harmonie. Contre toute prudence, Bethany espérait un nouveau baiser.

— Permets-moi de ne pas répondre.

— C'est donc si inavouable ?

Le parfum des cheveux de Bethany emplissait ses narines. La chaleur de son corps s'infiltrait sous sa chemise. Il essayait de ne pas y réagir, cependant ses sens le trahissaient.

Quand l'orchestre fit une pause, Peter et Bethany continuèrent à danser sur une mélodie de leur composition.

Le rire de Bethany résonna dans la nuit glaciale. Les maisons du lotissement étaient plongées dans l'obscurité ; ses voisins dormaient depuis longtemps.

Pas question pour elle de dormir. Elle n'avait pas sommeil et se sentait prête à aller jusqu'au bout de la nuit.

— On va pouvoir acheter deux appareils d'I.R.M. avec les fonds récoltés ce soir !

Peter venait de la ramener chez elle et elle cherchait ses clés dans sa pochette de soirée.

Étant donné la taille minuscule du réticule, elle aurait dû les trouver aisément. Or, plusieurs verres de vin et quelques coupes de champagne semblaient rendre la manœuvre particulièrement complexe.

— Je ne savais pas qu'il y avait tant de gens riches à Walnut River. Walnut River...

Un énième rire lui échappa.

— N'est-ce pas un joli nom ? Il correspond si bien à la ville, si tranquille, si bucolique... Elle ferait un décor parfait pour *La Petite Maison dans la prairie*, tu ne trouves pas ?

Elle le regarda pour voir s'il était d'accord puis reprit ses recherches dans son sac.

— Henry connaît beaucoup de monde...

Amusé, il la regardait fourrager dans sa pochette.

La demoiselle était pompette. Du coup, elle en perdait sa réserve et ses manières distantes et se révélait adorable.

— À défaut de s'investir personnellement dans de nobles causes, ces gens donnent de l'argent pour avoir bonne conscience. Nous serions malvenus de nous en plaindre. Ton propre chèque comportait trois zéros, si je ne m'abuse…

Elle l'avait rédigé après son troisième verre de vin, ce qui montrait qu'elle était novice à cet exercice. Pour des raisons évidentes, la plupart des donateurs préféraient apporter leur contribution *avant* de s'adonner aux libations.

— Je ne voudrais pas être indiscret, mais…

— Rassure-toi, ce n'est pas un chèque en bois. Eh oui, je suis riche, moi aussi…

Ces millions hérités de sa grand-mère représentaient plus un fardeau qu'autre chose.

— Tu ne le savais pas ? Belinda et moi sommes les héritières de Martha Royce. Mais chut ! C'est un secret.

Elle plaça un doigt sur ses lèvres.

La combinaison vin-champagne était redoutable, songea Peter. Bethany divaguait-elle sous l'effet de l'alcool ?

— Qu'est-ce qui est un secret ?

— Il ne faut pas l'ébruiter, dit Bethany sans répondre à la question. Les gens ne vous prennent pas au sérieux quand ils savent que vous êtes millionnaire. Ils se disent que puisque vous n'avez pas besoin de gagner votre vie, vous faites forcément votre travail en dilettante, ou pour vous encanailler au contact des classes laborieuses. Ah, enfin !

Elle brandit victorieusement ses clés.

Ce n'était pas tout de les trouver, encore fallait il les insérer dans la serrure. À deux reprises, Bethany visa à côté. À la troisième tentative, le trousseau tomba par terre.

Elle le regarda comme si, mû par une volonté propre, il lui avait échappé des mains.

— Oups !

Peter se baissa pour le ramasser. Il ouvrit la porte puis déposa les clés sur la console et suivit Bethany dans le vestibule.

Vacillant sur ses jambes, elle se tourna vers lui. Il l'attrapa par les épaules pour lui éviter de perdre l'équilibre.

— Tu as trop bu.

— Je sais. Je l'ai fait exprès.

— Pourquoi ?

— Parce que, sinon, j'aurais été incapable de faire ceci.

Et elle se jeta à son cou pour l'embrasser avec fougue.

Pris au dépourvu, Peter la serra instinctivement dans ses bras pour lui rendre son baiser.

Le désir alluma de nouveau sa mèche dans ses veines, mais impossible d'y donner suite.

Au prix d'un effort surhumain, il la repoussa.

— Qu'y a-t-il ? demanda-t-elle.

La surprise et la déception se mêlaient dans sa voix.

— Bethany, tu es pompette.

— Je plaide coupable, votre honneur !

Comme elle essayait de se coller à lui, il s'écarta.

— Je ne veux pas profiter de la situation.

— Ce n'est pas toi qui en profites, c'est moi, dit-elle en nouant ses doigts derrière sa nuque. Alors, laisse-toi faire !

Son agressivité était montée d'un cran.

Il serait facile de céder et de se laisser emporter dans un voluptueux tourbillon, songea Peter. Cela faisait bien longtemps qu'il n'avait partagé l'intimité d'une femme, et jamais aucune n'avait provoqué en lui un tel émoi.

Quoi qu'il en soit, on ne transigeait pas avec certains principes. Puisqu'elle n'était plus en état de raisonner, il devait la protéger d'elle-même.

— Bethany, ça ne te ressemble pas de te laisser aller ainsi.

— C'est dommage. Je devrais me laisser aller plus souvent. La

Bethany sobre est pétrie d'inhibitions..., poursuivit-elle comme si elle parlait d'une étrangère. Elle a peur de s'ouvrir aux autres. Et de souffrir. De ne jamais être à la hauteur de leurs attentes.

Des larmes brillaient dans ses yeux. Emu, Peter lui caressa la joue.

— C'est absurde. Tu n'as aucune raison de penser cela.

— Dans ce cas, pourquoi ne m'embrasses-tu pas ? N'en as-tu pas envie ?

Il en mourait bien sûr d'envie.

— Si.

— Alors, qu'est-ce qui t'en empêche ?

Le souffle de Bethany caressait sa peau. Il était à deux doigts de succomber.

— Si je t'embrasse, Bethany, je ne m'arrêterai pas là.

Tendrement, il écarta une boucle de son front.

— Et je ne veux pas que tu te réveilles demain matin en regrettant ce que nous aurons fait.

— Ça n'arrivera pas.

Il était terriblement tenté de la croire.

— Comment peux-tu en être sûre ?

— J'ai toute ma tête. Contrairement à ce que tu crois, je ne suis pas ivre, juste un peu éméchée.

Elle secoua la tête d'un air exaspéré.

— Ah, tu es bien comme moi, à mesurer, calculer, soupeser les conséquences... et finalement à ne rien faire !

Elle leva un regard suppliant vers lui.

— Mais j'en ai assez d'avoir peur. Désormais, j'aspire à tendre la main vers les étoiles, à décrocher la lune... Je veux que nous fassions l'amour.

— Bethany...

Soudain, elle éclata de rire.

— À moins que tu ne sois quelque créature extraterrestre qui craint de révéler son identité.

Où allait-elle chercher tout cela ? Sérieuse, presque désespérée lorsqu'elle évoquait son mal de vivre, elle passait sans transition à des plaisanteries de gamine.

— Bethany, tu n'es pas dans ton état normal. Tu devrais aller te coucher.

Elle ne tenait pas sur ses jambes, constata Peter. Il faudrait la porter.

Au lieu de se diriger vers l'escalier, elle s'accrocha aux revers de son smoking pour l'attirer contre elle.

— Seulement si tu viens avec moi.

Avant qu'il n'ait le temps de protester, elle s'empara de sa bouche pour mordiller sa lèvre. Quand elle l'entendit gémir, elle sut qu'elle avait gagné.

Peter rendait les armes et s'en voulait de sa faiblesse. Dieu sait qu'il n'était pas homme à collectionner les conquêtes ni à considérer le sexe comme une gymnastique obligatoire. Cela faisait des années qu'il n'avait pas partagé le lit d'une femme et, en dehors de quelques moments où il ressentait la solitude, il s'accommodait fort bien de son choix de vie.

Mais là, c'était différent. Bethany était différente. Tout en elle lui plaisait. De plus, la lutte était inégale. Elle avait des arguments contre lesquels ses scrupules ne faisaient pas le poids.

Quand ses lèvres se posèrent sur les siennes, il cessa de résister.

Ils firent passionnément l'amour sur le canapé du salon puis s'endormirent dans les bras l'un de l'autre.

13

Les premiers rayons du soleil les réveillèrent.

Bethany sentit Peter s'écarter d'elle.

La pièce était plongée dans un silence de mort, ce qui ne pouvait signifier qu'une seule chose à ses yeux.

La tristesse l'envahit. Afin d'en avoir le cœur net, elle posa tout de même la question.

— Tu es déçu ?

Elle rassembla son courage pour affronter la réponse.

Emergeant des brumes du sommeil, Peter mit quelques secondes à reprendre ses esprits.

— Par moi-même, oui. Pas par toi.

Il se tourna vers elle et vit dans ses yeux qu'elle ne le croyait pas.

La gorge serrée, Bethany regrettait à présent amèrement son audace de la nuit.

Elle avait pensé que ses sentiments compenseraient son manque d'expérience... Quelle naïveté ! Comment avait-elle pu croire un seul instant qu'il retirerait autant de plaisir qu'elle de leurs ébats ?

Pourquoi diable avait-elle insisté ? S'il existait une chance d'une relation sérieuse entre eux, elle l'avait détruite.

— Tu as dû me trouver bien inexpérimentée...

Il rit doucement.

Seigneur ! Se moquait-il d'elle ? Elle ne le supporterait pas.

— Mais pas maladroite, loin de là, répondit-il. Crois-moi, tu fais partie des personnes douées de nature. Très douées.

— N'essaie pas de me ménager.

Il se souleva sur le coude pour la regarder.

— Telle n'est pas mon intention. Je te dis la vérité, c'est tout.

— Alors, tu... tu as passé un agréable moment?

Comment une femme qui affichait une détermination et une assurance insolentes en public pouvait-elle à ce point douter d'elle-même?

— Oui, mis à part le fait que j'ai violé mes principes. Et c'était beaucoup plus qu'un agréable moment.

— De quels principes parles-tu?

— J'ai fait l'amour avec toi alors que tu te trouvais en état de faiblesse. Tu étais, comment dire...

Il chercha un mot qui ne la blesse pas trop.

— Pompette? proposa-t-elle.

— C'est cela. La première fois entre un homme et une femme devrait être spéciale.

— Qu'est-ce qui te fait croire que ça ne l'était pas?

Un sourire éclaira le visage de Peter.

— Je crois qu'il y a quelque chose de fort entre nous, Bethany. Si nous n'avions pas sauté le pas hier soir, nous l'aurions fait dans un avenir très proche. À la seule différence que tu aurais été pleinement lucide en y consentant.

— Mais je l'étais! Comme je le suis à présent...

L'invitation était claire.

Peter s'empara de sa bouche et ils reprirent leur danse sensuelle, sur un rythme plus lent.

Cette fois, Peter était certain que Bethany voulait la même chose que lui.

Et la culpabilité resta à la porte.

Au fil du temps, la colère de Peter contre son père s'évanouit. Qui était-il pour jeter la pierre à James?

Malgré son faux pas, celui-ci n'en demeurait pas moins un père et un médecin remarquable doublé d'un administrateur fort compétent. Sans oublier ses fonctions de chef du personnel.

James avait dû posséder des dons d'ubiquité pour mener à bien toutes ses tâches.

Avec le travail supplémentaire que lui donnaient ses responsabilités — au demeurant provisoires — de directeur des ressources humaines, Peter trouvait déjà que ses journées n'y suffisaient pas.

C'était en effet un travail à plein-temps que de veiller à la bonne marche des services et de satisfaire, dans la mesure du possible, les demandes du personnel.

Il comprenait pourquoi son père, écrasé par sa charge de travail et désemparé par la maladie de sa femme, s'était tourné vers une oreille compatissante. Et comment, dans un moment de faiblesse, il avait permis à cette compassion de se muer en un sentiment plus tendre.

Après une heure passée aux urgences où il avait remplacé le médecin chef, Peter se dirigea vers le bureau de Bethany. Il brûlait d'impatience de la revoir.

Son cœur battait à tout rompre et son sang chantait dans ses veines, une sensation qui lui était nouvelle et qu'il voulait goûter à loisir et prolonger.

Son père avait-il éprouvé la même intense excitation avant ses rendez-vous avec la mère d'Anna ?

À présent qu'il était à la place de son père, Peter comprenait son comportement et le lui pardonnait.

Ces derniers jours, il avait commencé à mettre de l'ordre dans les papiers de James — une tâche de titan.

La lecture de ces documents révélait beaucoup sur l'homme et son inépuisable générosité.

Non content de soigner gratuitement les démunis, James avait aidé tout au long de sa vie plusieurs œuvres caritatives, ce qui expliquait que, malgré un salaire confortable, il ne léguait que de modestes économies à ses enfants.

En ce qui concernait l'enveloppe destinée à Anna, Peter n'avait pas encore pris de décision.

Plus il attendrait, plus ce serait difficile...

N'y pense pas pour le moment.

Plongé dans ses pensées, il ne vit pas Henry Weisfield qui l'appela deux fois avant qu'il l'entende.

— Désolé, Henry, dit-il en lui emboîtant le pas vers l'ascenseur. J'étais dans la lune.

La tête penchée sur le côté, son vieil ami l'observa.

— Est-ce mon imagination, ou y a-t-il une touche de printemps dans l'air ? Je ne vous ai jamais vu un pas aussi guilleret.

Peter évita le regard inquisiteur de l'administrateur en chef.

— C'est votre imagination, Henry.

Un rire lui répondit.

— Peter, vous êtes un médecin et un chirurgien hors pair, et vos qualités humaines ne sont plus à prouver. Si je souffrais d'une appendicite ou si je devais choisir une personne pour m'accompagner sur une île déserte, ce serait vous. Toutefois, il y a un domaine où vous êtes d'une totale incompétence...

Henry aimait ménager le suspense dans ses discours. D'habitude, Peter lui prêtait une oreille complaisante, mais, aujourd'hui, il était pressé.

— Lequel ?

— La comédie. Vous ne savez pas mentir, mon garçon ! Avec les épreuves que vous traversez en ce moment et la charge de travail supplémentaire qui vous incombe, je m'attendais à vous voir les épaules courbées sous le poids des responsabilités, l'air harassé. Or, vous semblez rajeuni de dix ans ! Avouez qu'il y a de quoi se poser des questions.

Peter ne put s'empêcher de sourire. Il se sentait trop heureux pour prétendre le contraire.

— Depuis le temps que je l'observe, le langage du corps n'a plus de secrets pour moi, poursuivit Henry qui se posait en vieux sage. La gestuelle, les expressions faciales, tout est révélateur... Je suis sûr que quelque chose a changé dans votre vie.

On ne pouvait rien cacher à Henry qui avait parfaitement analysé la situation.

Avec tous les problèmes qui l'accablaient en ce moment et dont Henry ne soupçonnait pas le dixième, Peter aurait effectivement dû se sentir au trente-sixième dessous.

Rien que le projet de rachat de l'hôpital par NHC aurait, il y a peu de temps encore, suffi à lui ôter le sommeil, mais il avait bon espoir de renverser la tendance depuis l'accident devant la cafétéria. Ce soir-là, il avait marqué un point auprès de Bethany en lui montrant les avantages d'un traitement personnalisé du malade.

Elle avait ouvert les yeux. Du moins l'espérait-il.

Que ce soit le secret de son père, le problème de la lettre pour Anna — qu'il avait finalement décidé de lui remettre — ou la menace de NHC, tout passait de toute façon au second plan. Le bonheur d'être avec Bethany et de partager son lit depuis quelques jours éclipsait le reste.

— À ma connaissance, il n'y a qu'une seule chose qui puisse transformer un homme à ce point...

Le directeur rajusta ses lunettes à double foyer sur son nez pour le scruter attentivement.

— Est-ce que vous fréquentez, mon garçon?

L'expression désuète fit sourire Peter.

Ces dernières années, il avait mené une vie d'abstinence sexuelle qui ne lui avait guère pesé puisqu'elle correspondait à un choix. Puis tout avait basculé en une nuit.

Les sentiments que Bethany lui inspirait étaient aussi vieux que le monde. Pourtant, il avait l'impression de naître à la vie, comme un adolescent boutonneux qui découvre l'amour.

L'amour ?

Le mot était prononcé, ou du moins se décidait-il enfin à l'envisager.

Et il en était tout ému.

L'amour… Était-ce ce qu'il éprouvait pour la femme qui avait illuminé ses ténèbres ? Naguère, il s'était pourtant juré de ne plus engager son cœur.

Or, cela valait la peine de le risquer de nouveau. L'amour remplissait d'optimisme, vous rendait capable de déplacer des montagnes et vous donnait des ailes.

Ce qui n'empêchait pas Peter de garder fermement les pieds sur terre malgré tout. Pas question de se confier à Henry.

Il se contenta donc de lui adresser un clin d'œil.

— Un homme du monde ne se vante pas de sa bonne fortune, Henry.

— Le contraire m'aurait étonné de votre part, Peter. En tout cas, sachez que je suis content pour vous. Nous commencions tous à désespérer de vous voir trouver un jour chaussure à votre pied. Mais dites-moi, sans m'indiquer le nom de l'heureuse élue… C'est forcément quelqu'un d'ici ?

Le vieux renard avait plus d'un tour dans son sac, mais Peter ne tomberait pas dans le piège.

— Ne vous fatiguez pas, Henry. Nous avons passé l'âge de raconter nos exploits. C'est bon pour des adolescents dans les vestiaires des gymnases.

— Vous avez raison, admit Henry, dépité.

Ils s'écartèrent pour laisser passer des infirmières.

— Parfois, j'aimerais bien avoir encore quelque chose à raconter, pourtant. Depuis que ma Mildred est partie, paix à son âme, je vis comme un moine.

Un soupir lui échappa.

Le souvenir de sa chère défunte ne l'empêcha néanmoins pas de revenir à la charge.

— Vous ne voulez pas me dire de qui il s'agit ? Est-ce Simone, des urgences ? Non, ça ne peut être elle... Elle a un faible pour cet auxiliaire médical. Comment s'appelle-t-il, déjà ? Celui qui a une tignasse de rock star.

Incroyable ! Malgré toutes ses responsabilités, Henry prenait le temps de s'intéresser à la vie amoureuse de son personnel.

— Mike O'Rourke ?

— O'Rourke, c'est cela ! Il fait les yeux doux à Simone, mais j'ignore s'ils sortent ensemble.

Peter éclata de rire.

— Je ne vous connaissais pas ce côté « midinette », Henry !

Son interlocuteur haussa les épaules.

— J'observe, voilà tout. C'est ma manière de m'investir dans la vie de l'hôpital.

— Vous observez... et vous relayez à l'occasion la rumeur. Alors, ne comptez pas sur moi pour vous confier mes secrets.

— Ah, c'est donc qu'il y a un secret.

Peter regarda ostensiblement sa montre puis mit le cap vers l'ascenseur.

— Je finirai bien par le découvrir, dit Henry derrière lui.

— Il n'y a rien à découvrir.

Il entra dans l'ascenseur.

Resté sur le palier, Henry lança une ultime banderille alors que les portes se refermaient.

— Vous faites un piètre menteur, Peter !

14

Arrivé à l'étage directorial, Peter se dirigea vers le bureau de Bethany.

S'il avait eu le malheur de mentionner leur liaison à Henry, celui-ci se serait empressé de colporter la nouvelle aux quatre coins de l'hôpital. Avant la fin de la journée, tout le monde aurait été au courant.

Lui et Bethany n'avaient vraiment pas besoin de ce genre de publicité.

À ce stade de leur relation où tout était encore à construire, il avait l'impression qu'un rien pourrait détruire cette chose miraculeuse qui existait entre eux. Si on la soumettait à une exposition trop violente ou s'il s'efforçait à tout prix de la définir, elle se désintégrerait.

Il lui fallait du temps pour prendre racine.

Peut-être était-ce de l'amour, peut-être pas. En tout cas, il ne s'était plus senti aussi heureux depuis des années.

Son travail était sa vie, soit. Il occupait chaque minute de sa journée, mais il ne comblait pas le vide de son cœur.

Il était presque midi. Bethany allait être étonnée de le voir. D'habitude, c'était elle qui descendait en médecine interne pour lui proposer de déjeuner en sa compagnie.

Ils se voyaient plusieurs fois par jour, quelques minutes généralement, un peu plus longtemps quand ils en avaient le temps.

Et presque toutes les nuits.

Grâce à Bethany, ses problèmes devenaient plus faciles à supporter.

Comme tout un chacun, Peter était capable de gérer les difficultés courantes. Or, récemment, le sort semblait s'acharner contre lui et cette relation avec Bethany arrivait à point nommé. Il en avait besoin.

Sa porte était ouverte. Rien d'anormal à cela. La chaudière s'étant détraquée, tous laissaient leurs bureaux grands ouverts pour répartir la chaleur.

Il connaissait un moyen plus agréable d'y parvenir...

Sur le point de frapper au battant, il entendit la voix de Bethany.

Son fauteuil club tourné vers la fenêtre, elle parlait au téléphone et ne pouvait le voir.

— Non, non, ne t'inquiète pas, disait-elle à son interlocuteur. Il me mange dans la main. J'en fais ce que je veux.

Interdit, Peter s'immobilisa.

Il détestait surprendre une conversation qui ne lui était pas destinée, mais elle parlait manifestement de lui.

Qui d'autre pourrait-elle évoquer en ces termes ?

Son ton était moqueur.

— D'accord, dit-elle. Quand le moment sera venu, il se rangera à mon avis. Fais-moi confiance, j'ai des arguments de poids. Il ne pourra me résister.

Le cœur de Peter se glaça.

Ainsi, voilà à quoi elle jouait !

Voilà pourquoi cette femme magnifique s'était jetée dans ses bras. Elle le manipulait comme un pantin, du moins le croyait-elle.

Quand le moment serait venu — autrement dit le jour du vote pour adopter ou rejeter la proposition de NHC à la majorité plus une voix —, elle se faisait fort de le rallier au camp des « oui ».

Pas un instant elle ne doutait de sa réaction : sous son emprise, fasciné, il renierait forcément ses convictions pour lui faire plaisir...

Comme il regrettait de n'avoir pas écouté la voix de la prudence ! N'avait-il donc rien appris de la trahison de Lisa ?

Il aurait dû se rendre compte qu'une femme de la classe de Bethany ne pouvait s'intéresser à lui pour ses beaux yeux. Qu'elle avait forcément une arrière-pensée.

Naïf ! Stupide qu'il était ! Aller jusqu'à croire que ses sentiments étaient payés de retour...

Aucune femme ne le regardait jamais amoureusement. Grâce à ses talents de comédienne, Bethany lui en avait donné l'illusion.

Ce qu'il avait pris pour une alchimie unique entre eux n'opérait que dans un sens. Sans doute avait-elle simulé l'extase dans ses bras.

Puisqu'il était rétif à ses arguments sur le plan intellectuel, elle avait utilisé d'autres moyens pour parvenir à ses fins et s'était servie de son corps.

La colère grondait en Peter. Il avait bien envie de faire irruption dans la pièce et d'exiger des explications, mais il détestait élever la voix et ne le ferait certainement pas dans un endroit public où n'importe qui risquait de les surprendre.

Non, il attendrait d'être hors de l'hôpital pour lui exposer ses griefs.

Il tourna donc les talons et s'éloigna.

Parvenu au bout du couloir, il s'apprêtait à pousser la porte de l'escalier quand il entendit crier son nom.

— Peter !

Bethany était sortie de son bureau. Sans doute pour le rejoindre à midi, comme elle en avait coutume.

Les dents serrées, il s'arrêta sans se retourner.

« Du calme », s'exhorta-t-il.

À quoi bon se perdre en reproches et en imprécations ? Il ne ferait que se ridiculiser davantage.

— Oui ? demanda-t-il en enfonçant les ongles dans ses paumes.

— J'allais descendre te retrouver, dit-elle d'une voix enjouée. On va déjeuner ?

Cette même voix qui s'était vantée, quelques instants plus tôt, de se jouer de lui...

Elle s'approcha. Bien entendu, elle ne doutait pas une seconde de sa réponse.

Peter savait que ce serait au-dessus de ses forces de rester assis en face d'elle à la cafétéria et de faire comme si de rien n'était. Comme si elle n'avait pas réduit son cœur en miettes.

Intelligente comme elle l'était, elle remarquerait vite que le pauvre idiot éperdu d'amour ne se comportait pas comme d'habitude.

Il avait toujours été piètre comédien. Contrairement à elle.

— J'ai bien peur de ne pouvoir t'accompagner, répondit-il d'une voix dénuée d'expression. J'ai du travail.

Sur ce, il poussa les portes battantes et dévala l'escalier.

Quelle mouche le piquait ? se demanda Bethany.

S'il n'avait pas le temps de déjeuner avec elle, pourquoi était-il monté la voir ? D'autant que ce comportement abrupt ne ressemblait lui guère.

Même débordé, il ne se départait jamais de sa courtoisie et, jusqu'à présent, ses montagnes de dossiers ne l'avaient pas empêché de lui accorder du temps.

Jamais encore il ne l'avait éconduite aussi sèchement, pas même le jour où il lui avait faussé compagnie à la cafétéria.

Il n'y avait qu'une seule explication : le surmenage auquel il fallait ajouter ses inquiétudes concernant le rachat de l'hôpital.

Assumer des journées de douze heures et une triple casquette de médecin-chirurgien, administrateur et chef du personnel avait de quoi épuiser un homme. La mauvaise humeur de Peter s'expliquait sans doute ainsi.

Dans ce cas, pourquoi se sentait-elle abandonnée ?

« Je te l'avais dit, lui murmura une voix qui ressemblait à celle de sa mère. C'était trop beau pour durer. »

Bethany serra les poings.

En soupirant, elle rebroussa chemin vers son bureau. Elle n'avait plus faim. Son appétit s'était envolé.

Il ne répondait pas à ses coups de fil.

Depuis deux jours, chaque fois qu'elle téléphonait à Peter, son infirmière lui disait qu'il était en consultation et qu'il la rappellerait.

Elle attendait toujours qu'il le fasse.

Sur le portable, elle se heurtait à la boîte vocale. Maudite identification du numéro d'appel qui permettait à Peter de ne pas lui répondre !

Pourquoi l'évitait-il ?

Quelque chose avait changé, mais cela n'avait rien à voir avec elle, tentait-elle de se raisonner. Il traversait une mauvaise passe, voilà tout. Dans quelques jours, tout rentrerait dans l'ordre et elle retrouverait son Peter tendre et attentionné.

Elle avait tort, comprit-elle dès qu'elle le vit entrer dans la salle du conseil à la fin de la semaine.

Contrairement à son habitude, il ne lui adressa aucun sourire. Pas même un regard.

Il lui en voulait, de toute évidence. Qu'avait-elle bien pu faire ou dire qui lui déplaise à ce point ?

Au lieu de s'asseoir à son côté comme lors des séances précédentes, il choisit un siège libre de l'autre côté de la table. Le plus loin possible d'elle.

Cela fit mal à Bethany. Elle aurait voulu lui rendre la pareille, l'ignorer superbement.

Peu importe qu'il lui batte froid, après tout, se dit-elle. Elle n'avait pas besoin de lui.

Un beau mensonge ! Depuis qu'ils étaient ensemble, elle avait gagné en confiance. Elle vivait enfin et se sentait femme à part entière.

Et soudain, pour quelque mystérieuse raison, il avait décidé de l'exclure de sa vie, de l'ignorer avec une froideur qui frisait la grossièreté.

Eh bien, elle lui montrerait qu'on ne pouvait la traiter ainsi impunément !

Tandis que Larry Simpson égrenait l'ordre du jour de sa voix monocorde, Bethany s'arma de patience.

Avant d'aborder le premier sujet, Larry prit soin de récapituler les décisions prises lors de la réunion de la semaine dernière. Un pensum interminable qui allait allonger d'autant la séance.

Il y en avait pour au moins deux heures avant que Bethany ne puisse demander des explications à Peter, ce qu'elle avait décidé de faire à l'issue des débats.

Étant donné qu'elle n'avait pas réussi à le joindre ces jours-ci et qu'il ne daignait pas la rappeler, elle en serait réduite à l'aborder dans les couloirs de l'hôpital.

Il jouait à cache-cache avec elle et elle n'avait pas l'intention de le laisser gagner.

Bethany détestait perdre, mais les blessures d'amour-propre cicatrisaient. Celles d'amour, en revanche, ne guérissaient jamais complètement.

Car c'était bien de l'amour qu'elle éprouvait pour Peter. Par une douloureuse ironie du sort, elle s'en rendait compte maintenant que tout était fini.

La réunion s'étira en longueur.

Ni Bethany ni Peter ne touchèrent à la nourriture que Wallace fit livrer par un traiteur. Le président du conseil essayait ainsi de se faire pardonner le fait d'avoir fixé la séance à l'heure du déjeuner.

Peter y assistait contraint et forcé. Assis au bord de son siège, il semblait prêt à prendre la fuite ; les débats ne l'intéressaient visiblement pas.

Une fois n'était pas coutume, Bethany non plus n'y prêtait aucune attention.

D'une oreille distraite, elle entendit Wallace mentionner l'arrivée d'un certain J.D. Sumner dans le courant de l'après-midi. Sumner était l'émissaire de NHC.

Les veines du cou de Peter saillirent sous sa peau. Le sang afflua à son visage, mais il ne dit rien.

Puis Wallace lâcha sa bombe.

— Il diligentera une enquête pour déterminer si ces allégations de fraude à l'assurance sont fondées.

— Une fraude à l'assurance ?

C'était la première fois que Bethany en entendait parler.

Son intervention sembla chagriner Wallace. Était-ce parce qu'il n'aimait pas être freiné dans son éloquence ou en raison de la situation ? Impossible à dire.

— Hélas ! expliqua le président du conseil, j'ai le regret de vous informer que certains de nos médecins sont soupçonnés de malversations. Pour l'heure, il ne m'appartient pas d'en dire davantage. Vous imaginez le discrédit que cette affaire jette sur notre établissement !

Le visage de Peter s'assombrit encore. Ses yeux prirent la couleur d'un ciel d'orage.

— C'est un coup monté, dit-il, haut et clair.

Tous les regards se braquèrent sur lui.

— Une manigance de NHC pour dévaluer notre hôpital et nous obliger à capituler, poursuivit-il. Ces brigands espèrent que dans notre hâte à éviter le scandale, nous accepterons toutes leurs propositions.

Pour la première fois depuis le début de la séance, il se tourna vers Bethany pour lui adresser la suite de son discours.

— Ils se trompent lourdement. Je compte sur toi pour leur transmettre.

15

Dès la fin de la réunion, Peter fonça vers la porte.

Bethany bondit de son siège pour le suivre.

— Ma chère, un mot, je vous prie, lui dit Wallace.

— Je reviens, Wallace !

Elle s'élança dans le couloir.

Pas question de perdre cette occasion de parler à Peter. Il fallait qu'elle lui demande ce que signifiait sa pique et pourquoi il la fuyait comme la peste depuis des jours.

Le souffle court, elle le rattrapa et allongea non sans mal le pas pour rester à sa hauteur.

— Il faut que je te parle.

Il ne prit pas la peine de la regarder.

Malgré sa trahison, il ne pouvait s'empêcher d'éprouver encore quelque chose pour elle.

Sa détermination de l'éviter n'en demeurait pas moins intacte.

— Désolé, j'ai du travail.

Quelle tête de mule !

— Ta secrétaire me l'a répété à longueur de semaine. Le Dr Wilder est en consultation, on ne peut le déranger...

— Tu sais ce que c'est. La direction d'un vieil hôpital comme celui-ci réclame du temps et de l'énergie aux rétrogrades de mon espèce englués dans leur archaïsme.

Prononcé sur un ton féroce, le sarcasme laissa Bethany sans voix et lui coupa momentanément les jambes.

Peter dévoilait-il son vrai visage ? L'autre n'avait-il été qu'une chimère ?

Tous s'accordaient à le considérer comme un saint. Peut-être n'était-il en réalité qu'un rustre égocentrique et borné !

Pourtant, il s'était montré un amant si tendre, si généreux. Comment était-ce compatible avec ce… cet imbécile qui refusait toute discussion ?

Elle était lasse de raisonner, d'essayer de comprendre et de l'excuser.

Fini, tout ça. Elle voulait des réponses. Maintenant.

Au terme d'une course effrénée, elle le rattrapa comme il entrait dans l'ascenseur. Elle s'y engouffra à sa suite juste avant que les portes ne se referment.

— Je t'ai dit que je voulais te parler.

Son ton n'avait rien à lui envier en froideur, mais il ne broncha pas.

— Et je t'ai répondu que j'étais occupé, rétorqua-t-il, le regard fixé droit devant lui.

— Je m'en fiche.

Sans doute surpris par ce langage trivial, il haussa les sourcils. Enfin une réaction.

— Tu n'es pas occupé maintenant, que je sache. Tu peux bien m'accorder quelques secondes.

Il daigna se tourner vers elle.

— Il va falloir beaucoup plus que quelques secondes si tu veux qu'on parle.

Il était temps, songea Bethany.

— Ton comportement a changé radicalement depuis quelques jours. Qu'est-ce qui ne va pas ?

— Tout.

Les portes s'ouvrirent à l'étage inférieur pour laisser entrer trois personnes.

Impossible de continuer la conversation devant elles. Bethany était néanmoins décidée à avoir le fin mot de l'histoire, même si elle devait pour cela poursuivre Peter jusqu'au vestiaire des médecins.

Il sortit au rez-de-chaussée et prit la direction des urgences, Bethany sur ses talons.

— Tu veux bien développer ta pensée ? demanda-t-elle.

Toute sa vie, elle avait subi le rejet des autres. Ses parents, ses camarades de classe et même sa sœur l'avaient tenue à distance.

Avec Peter, elle avait eu l'impression de tourner la page et d'être enfin acceptée et aimée. Si elle devait perdre tout cela, elle voulait au moins savoir pourquoi.

Il s'arrêta à l'entrée du couloir menant au bloc opératoire.

— Non.

Le mot la transperça.

Cherchant appui contre le mur, elle regarda les portes battantes se refermer derrière lui.

Sous l'effet de la colère autant que du chagrin, les larmes lui montèrent aux yeux. Elle s'efforça de les refouler. Une adulte comme elle devrait pouvoir supporter un rejet. Un de plus.

Pendant quelques merveilleux jours, elle avait cru avoir droit au bonheur, comme tout le monde. Hélas ! c'était déjà terminé.

Il ne lui restait plus qu'à reconstruire le mur protecteur et à relever le pont-levis afin de ne plus jamais s'exposer à une telle souffrance.

Mais avant, elle voulait savoir ce que Peter lui reprochait.

« À quoi cela te servirait-il ? Tout est fini », lui murmura sa petite voix intérieure.

Ce n'avait été qu'une petite aventure de passage comme tant de femmes de son âge en ont. Si elle avait mené une vie normale, elle ne prendrait pas la chose au tragique, songea-t-elle.

Non, elle se mentait. Ça n'avait pas été une petite aventure. Du moins, pas pour elle. Et d'après les rares confidences de Peter, pour lui non plus.

« Il y a quelque chose de fort entre nous », lui avait-il dit.

Grâce à lui, elle était devenue une personne plus équilibrée, ouverte aux autres, sensible à la cause des faibles. Elle ne voulait pas perdre la nouvelle Bethany ; elle ne voulait pas perdre Peter.

Prenant une profonde inspiration, Bethany poussa les portes battantes et arrêta la première infirmière qu'elle croisa.

— Où est le Dr Wilder ?

— Ella Wilder ?

Elle avait oublié qu'il y avait deux médecins du même nom.

— Non, Peter. Le chef du personnel.

La femme en bleu haussa les épaules.

— Aucune idée. Sans doute dans son bureau. Personne ne l'a appelé aux urgences, en tout cas.

Ainsi, il y était juste entré pour se débarrasser d'elle. Cette prise de conscience ne fit qu'accentuer son désarroi, mais elle se ressaisit.

Après avoir remercié l'infirmière, elle reprit le chemin des ascenseurs.

« Peter Wilder, tu ne t'en sortiras pas aussi facilement ! »

La porte du bureau de Peter était fermée à clé.

Poussée par le désespoir, Bethany passa par le couloir de derrière qui conduisait à la pièce communicante, celle où il rangeait ses dossiers.

La poignée tourna sans opposer de résistance. Était-ce un oubli de la part de Peter ? Ou n'avait-il pas pris la peine de fermer en pensant qu'elle ne passerait pas par là ?

Ces questions incessantes ne servaient qu'à lui embrouiller les idées. Pour avoir les réponses, un seul moyen.

Elle poussa la porte puis, sans attendre, contourna les classeurs à tiroirs et entra dans la pièce principale.

Assis à son bureau, Peter était en train de reporter des notes dans un dossier. À sa vue, il afficha une surprise qui ne semblait pas feinte.

— Tu n'avais rien à faire aux urgences, attaqua-t-elle d'un ton accusateur.

Il haussa les épaules.

— J'ai confondu avec mon planning de demain.

Elle s'approcha et referma le dossier. En cet instant où sa vie se jouait, elle réclamait son attention exclusive.

— Ça ne te va pas de mentir.

— On ne peut pas en dire autant de toi. Tu avais le regard si clair, en mentant ! Je t'aurais donné le bon Dieu sans confession.

De quoi parlait-il ?

— Quand ai-je menti ?

Il lâcha un rire amer.

— Tout le temps.

— Épargne-moi les devinettes. Je ne suis pas d'humeur.

— Et moi, je ne suis plus d'humeur à jouer les dindons de la farce. Nous sommes quittes.

— Non ! s'exclama-t-elle avec véhémence. Pas avant que tu m'aies expliqué de quoi il retourne.

Peter se tourna vers la fenêtre. Il répugnait à la traiter ainsi alors qu'il n'avait qu'une seule envie, la prendre dans ses bras et l'embrasser, en dépit de ce qu'elle lui avait fait. Quel imbécile il faisait !

Bethany se campa devant lui, le cœur battant à tout rompre. Les minutes à venir seraient cruciales. Si elle laissait ce malentendu persister, elle perdrait sa seule et unique chance de bonheur.

Elle devait absolument trouver un moyen de démêler cet imbroglio.

— Tout accusé a le droit de connaître le chef d'accusation, lança-t-elle crânement. J'attends.

Il fallait admettre qu'elle avait du cran. S'il n'avait eu la preuve de sa duplicité, Peter aurait juré qu'elle ignorait ce qu'il lui reprochait. Et il se serait fait duper une fois de plus... Sans doute s'en serait-elle vantée ensuite auprès de son commanditaire.

— Inutile.

— Ah non ! C'est trop facile de me rendre folle amoureuse puis de me laisser tomber sans un mot d'explication !

Son ton devenait implorant, mais au diable l'amour-propre !

— Tu es amoureuse de moi ? s'enquit-il, stupéfait.

— Oui.

À son grand dam, elle sentit les larmes lui brûler les paupières. Elle s'était pourtant promis de rester maîtresse de ses émotions.

Alors qu'elle jouait sa vie, il restait tranquillement assis à la regarder se débattre.

— Et c'est ta faute, ajouta-t-elle.

Peter aurait tout donné pour la croire, mais les mots qu'il avait surpris l'autre jour étaient gravés au fer rouge dans sa mémoire.

Pensant que personne ne l'entendrait, elle avait révélé son vrai visage.

— Tu tiens donc tellement à obtenir ma voix pour NHC ?

Elle en resta bouche bée. Que venait faire NHC dans cette histoire ?

— Peter, je ne comprends pas un mot de ce que tu me racontes. Je t'en supplie, éclaire-moi !

Décidément, c'était une comédienne chevronnée. Elle niait jusqu'au bout, et avec quelle conviction.

Cela pouvait durer ainsi des heures, songea-t-il en soupirant. Puisqu'elle n'avait pas l'élégance d'avouer sa faute, il ne lui restait plus qu'à la confondre.

— Je t'ai entendue.

— Comme le reste de l'étage, dit-elle en baissant le ton. Désolée, je n'ai pas pour habitude de hurler, mais aux grands maux les grands remèdes.

— Non. Je veux dire que je t'ai entendue parler au téléphone lundi.

Elle secoua la tête, perplexe.

— Et alors ?

— Tu disais à ton interlocuteur que je te mangeais dans la main, que tu pouvais faire de moi ce que tu voulais. T'en souviens-tu, à présent ?

Écœuré d'avoir dû en arriver là, il se leva pour aller se poster à la fenêtre, dos à elle.

— Je n'ai jamais...

Soudain, elle comprit la méprise.

— Ô mon Dieu ! dit-elle en portant la main à sa bouche.

Il se retourna. Le visage de Bethany était pâle comme la mort ; elle ne jouait plus la comédie. Mademoiselle avait sans doute du mal à supporter d'être démasquée...

La victoire était cependant amère. Si seulement il n'avait pas surpris cette maudite conversation ! Il serait heureux à cette heure avec une Bethany dont il ignorerait les motivations.

— Ah, je vois que ça te revient.

Indignée qu'il ait pu la croire capable d'une telle bassesse, elle laissa libre cours à sa colère.

— Je parlais de Henry ! Au bout du fil, j'avais un candidat pour son poste. La personne avait l'expérience et les qualifications nécessaires, et je lui disais que si j'appuyais sa candidature, Henry se rangerait probablement à mon avis. Nous nous apprécions beaucoup, Henry et moi. C'est un homme adorable.

Peter sentit le rouge de la honte lui monter au front.

— C'est lui qui te mangeait dans la main ?

— Oui. J'admets que ce n'était pas très gentil comme remarque, mais j'avais mes raisons. Le candidat est du genre timide, il a besoin qu'on le pousse...

Elle semblait bien connaître la personne en question.

— Est-ce...

Bethany comprit où il voulait en venir et le devança.

— Non, ce n'est pas un ami. Il s'agit d'un cousin éloigné. Mais revenons à toi. Comment as-tu pu croire un seul instant que je te manipulais, surtout après ce qui s'est passé entre nous ? Ne sais-tu pas que tu m'inspires un profond respect ? Tu es l'homme le plus intègre que j'aie jamais rencontré. J'admire la manière dont tu défends tes convictions envers et contre tout, même si ça t'oblige à aller contre le courant. En fait, j'ai beaucoup réfléchi à la situation depuis ce fameux soir où tu t'es porté au secours de ce jeune automobiliste...

Le soir où il croyait lui avoir ouvert les yeux.

Suspendu à ses lèvres, Peter attendit la suite. Se pourrait-il que le miracle se soit produit ?

— Et je suis prête à te soutenir dans ta lutte. Tes soupçons contre NHC me semblent fondés. J'ignorais cette histoire de fraude à l'assurance, mais ça m'a tout l'air d'être une manœuvre pour faire baisser les enchères. La propagation de fausses rumeurs est monnaie courante chez certaines multinationales peu scrupuleuses...

Ne l'étaient-elles pas presque toutes quand il s'agissait d'arriver à leurs fins ? faillit demander Peter. Il garda cependant le silence.

— Contrairement à ce tu croyais, poursuivit Bethany, je n'ai jamais été à la solde de NHC. Pendant quelque temps, j'ai pensé sincèrement que leur influence pourrait être bénéfique à l'hôpital. À présent, j'ai des doutes.

— Alléluia ! dit-il en s'approchant d'elle. Et c'est moi qui suis parvenu à te faire changer d'avis ?

— Vous, et personne d'autre, docteur Wilder. Au fait, as-tu des nouvelles de ce M. Sumner qui doit venir fouiner dans nos comptes ?

Peter rit.

— Qu'y a-t-il de si drôle ?

— Je vois que tu n'es pas au courant. Remarque, je ne l'ai appris moi-même que quelques minutes avant ton arrivée dans mon bureau. Par un coup de fil de la surveillante du service d'orthopédie...

— Et...

— Ce bon M. Sumner vient d'y être admis avec une jambe cassée. Il a glissé sur un trottoir verglacé. Crois-moi, il est hors d'état de nuire pour un certain temps ! Inutile de te préciser que je mettrai ce répit à profit pour convaincre Wallace et les autres d'écarter définitivement les propositions de NHC.

— Je t'y aiderai de mon mieux. Il devrait être facile de prouver que cette prétendue fraude à l'assurance n'a jamais existé. Je vais m'y employer. Les chiffres, c'est mon rayon. Une fois les manigances de NHC révélées à nos collègues, je doute qu'il y ait un vote. Plutôt que de risquer de porter l'affaire sur la place publique, ce qui porterait atteinte à son image de bienfaiteur de la médecine, NHC retirera son offre et se mettra en quête d'une autre proie.

— Je plains le prochain établissement sur leur liste.

— Moi aussi, parce qu'ils n'auront pas un Dr Wilder pour les défendre. Je t'admire et je t'aime, Peter. Te l'ai-je dit ?

— Alors, tu ne m'en veux plus de t'avoir crue capable du pire ?

— Si, je t'en veux à mort, dit-elle en affectant un air de rancune profonde. Je ne connais qu'une seule manière de te faire pardonner...

— Quelque chose me dit qu'on a la même idée.

Il posa les mains sur ses hanches pour l'attirer contre lui. Le bonheur le faisait trembler ; il ne s'était pas trompé en aimant Bethany.

Ils échangèrent un tendre baiser.

Seigneur, comme ses lèvres étaient douces ! Comme elle lui avait manqué !

— Pardonne-moi d'avoir douté de toi, Bethany. Moi aussi, je t'aime. Plus que ma vie...

— Tu m'aimes ?

— Depuis longtemps, mais j'étais trop lâche pour m'en rendre compte.

— Lâche ? Je ne connais personne de plus courageux que toi.

— J'avais pourtant peur de m'engager. Et de souffrir.

— Comme moi.

— Sans doute étions-nous faits pour nous rencontrer ! Acceptes-tu de m'épouser, Bethany ?

— Tu me prends de court. Laisse-moi le temps d'y réfléchir... cinq secondes.

Regardant sa montre, Peter fit mine de chronométrer.

— Le temps imparti est écoulé. Alors, votre réponse, mademoiselle ?

— C'est oui !